HET ZONNETJE IN HUIS

Van Jill Mansell zijn verschenen:

Solo
Open huis
Tophit
Kapers op de kust
Hals over kop
Geknipt voor Miranda
De boot gemist
Millies flirt
Niet storen!
Kiezen of delen
Gemengd dubbel
Geluk in het spel
De prins op het verkeerde paard
Schot in de roos
En de minnaar is...
Ondersteboven
Scherven brengen geluk
Eenmaal andermaal verliefd
Versier me dan
De smaak te pakken
Drie is te veel
Vlinders voor altijd
Huisje boompje feestje
Rozengeur en zonneschijn
Je bent geweldig
Lang leve de liefde
Ik zie je op het strand
Stuur me een berichtje
Ik wil met je mee!
Heerlijk duurt het langst
Tot aan de zon en terug
De zomer van je leven
Het zonnetje in huis

Jill Mansell

Het zonnetje in huis

UITGEVERIJ LUITINGH-SIJTHOFF

Oorspronkelijke titel *Can You Keep a Promise?*
Vertaling Marja Borg
Omslagontwerp Studio Marlies Visser/DPS Design & Prepress Studio
Omslagillustratie Ingrid Bockting
Auteursfoto Bonnita Postma
Kaart Laura Hall
Opmaak binnenwerk Crius Group, Hulshout

ISBN 978 90 210 3469 0
ISBN 978 90 210 3837 7 (e-book)
ISBN 978 90 210 3838 4 (luisterboek)
NUR 343

www.jillmansell.nl
www.lsamsterdam.nl
www.boekenwereld.com

Uitgeverij Luitingh-Sijthoff vindt het belangrijk om op milieuvriendelijke en verantwoorde wijze met natuurlijke bronnen om te gaan. Bij de productie van dit boek is daarom gebruikgemaakt van papier waarvan het zeker is dat dit niet tot bosvernietiging heeft geleid.

Dit boek draag ik op aan een paar van mijn favoriete mensen!

Marion Donaldson: al jaren mijn zeer goede, geduldige en ontzettend stimulerende redacteur.

Jane Judd: mijn fantastische agent in het Verenigd Koninkrijk, al vanaf het begin van mijn schrijfcarrière toen ik nog (oei!) jong was.

Mijn fijne schrijfvrienden, zowel online als offline: jullie zorgen ervoor dat ik altijd doorga, in goede en in slechte tijden. Ik zou werkelijk niet weten hoe ik het zonder jullie had moeten redden. Ik durf geen namen te noemen, uit angst dat ik iemand vergeet, maar door jullie is dit maffe vak van me stukken leuker dan het anders zou zijn.

Mijn dank gaat ook uit naar medeschrijvers Ruby Basu en Gillian MacAllister die mijn online roep om hulp beantwoordden en me voor dit boek juridische termen hebben aangereikt met betrekking tot testamenten. (De verhaallijn is daarna wel veranderd, zoals dat met verhaallijnen gaat, en daarom waren veel van die termen niet meer nodig, maar toch ben ik ze nog steeds oneindig dankbaar.)

En het spreekt vanzelf dat ik iedereen bij Headline dank, net als mijn andere uitgevers, agenten, redacteuren, omslagontwerpers, pr-en marketingmensen, verkoopteams, boekhandelaren en bloggers wereldwijd. Zonder jullie zou me dit allemaal niet lukken en jullie bijdrage wordt zeer gewaardeerd.

Tot slot dank ik iedereen die van mijn vorige boeken heeft genoten en van plan is om ook dit boek te lezen: jullie hebben een heel goede smaak!

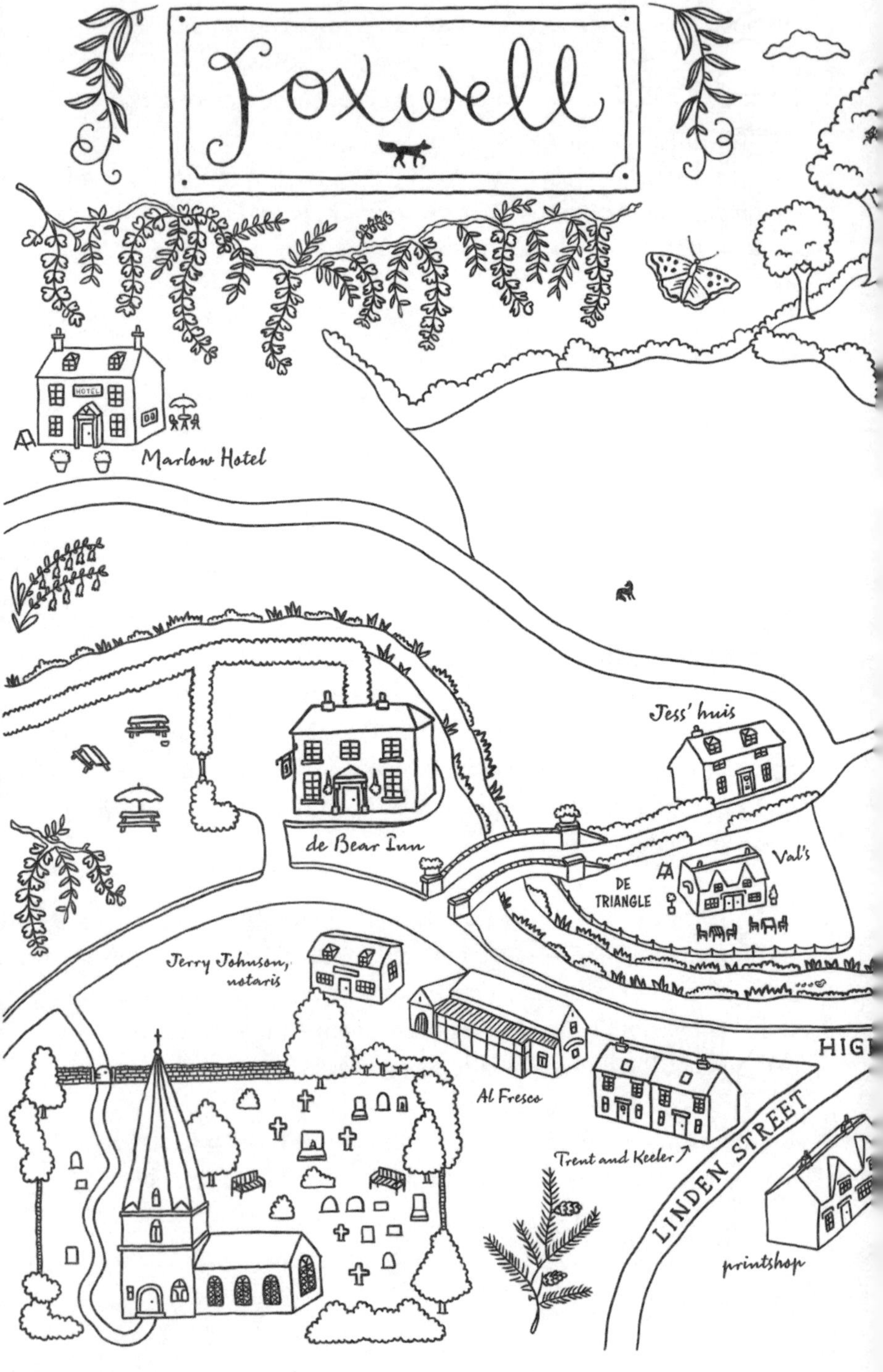
Foxwell
HOTEL
Marlow Hotel
de Bear Inn
Jess' huis
Val's
DE TRIANGLE
Jerry Johnson, notaris
Al Fresco
Trent and Keeler
LINDEN STREET
HIG
printshop

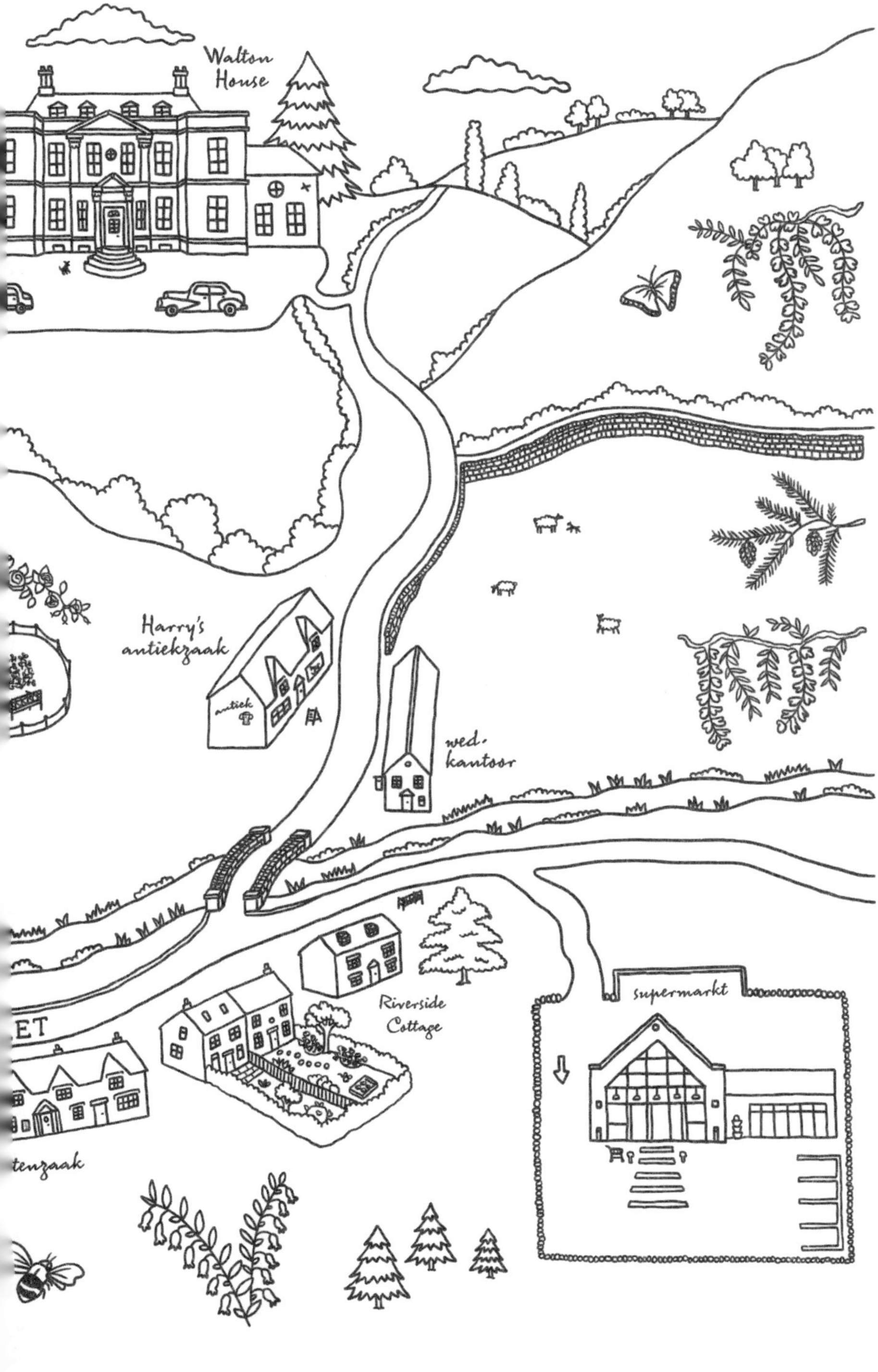
Walton House
Harry's antiekzaak
antiek
wed. kantoor
ET
Riverside Cottage
supermarkt
tenzaak

1

'Hoeveel?' De oude man die voor Lou in de rij voor de kassa stond, keek de caissière boos en vol ongeloof aan.

'Ja, dat weten we nou wel, dat zegt u altijd.' De caissière was blijkbaar gewend aan zijn chagrijn. 'En de prijzen zijn sinds vorige week echt niet veranderd, schat.'

'Ze zijn sowieso te hoog. Dat zou gewoon niet moeten mogen. En noem me geen schat.' Nadat de man had afgerekend met zijn creditcard, pakte hij het plastic tasje waar ze zijn boodschappen in had gestopt en liep trekkend met zijn been naar de schuifdeuren, waar hij, toen ze naar zijn smaak te traag opengingen, hard op bonkte met zijn wandelstok.

'Als hij ooit nog eens dank je wel tegen me zegt, zal ik van schrik van mijn stoel vallen,' merkte de caissière goedmoedig op, terwijl ze Lou's fles merlot en doosje appeldonuts aansloeg.

'Anders zeg ik het wel voor ons allebei. Dank je, dank je,' zei Lou.

Buiten was het op deze middag in augustus helder maar winderig en de oude man liep langzaam over het parkeerterrein. Terwijl Lou nog even bij de uitgang bleef staan, zich afvragend of ze nu meteen al een donut zou nemen, zag ze de man langs een aftandse auto lopen waar een gedeukte bumper half af hing. Zijn plastic tasje bleef haken aan de scherpe rand van de bumper. De man, verrast omdat hij ineens niet verder kon, verloor zijn evenwicht en viel op de grond, met de inhoud van de tas verspreid om zich heen.

Lou rende naar hem toe, maar toen ze hem wilde vragen of hij oké was, sloeg hij haar met zijn wandelstok tegen haar hoofd. Naar haar oor grijpend piepte ze: 'Au!'

'Als je niet uitkijkt sla ik je nog een keer.' De oude man zwaaide dreigend met zijn stok. 'Help, bel de politie! Ik ben beroofd!'

'Wat? Ik heb niemand gezien.' Lou gebaarde om zich heen naar het lege parkeerterrein.

'Jij probeerde me te beroven! Help!'

Wat een rare kerel! 'Ik heb u niet beroofd. Uw tas bleef haken aan die kapotte bumper. Ik wilde alleen maar vragen of alles in orde was.'

'Hoe kan alles nou in orde zijn als ik net ben beroofd?'

'U bent niet beroofd, u hebt uw evenwicht verloren en toen bent u gevallen. Maar gaat het? Hebt u pijn? Moet ik een ambulance bellen?'

'Doe niet zo belachelijk. Je moet mijn boodschappen oprapen. Dat is toch wel het minste. Moet je eens zien.' Geïrriteerd wees hij naar de voormalige inhoud van de plastic tas.

'Oké, geen probleem.' Omdat er een gapend gat in de zijkant van de tas zat, propte Lou de merlot en donuts in haar schoudertas en gebruikte haar eigen plastic tas. Nog geen minuut later had ze de verzameling blikken, pakken en eenpersoons kant-en-klaarmaaltijden ingepakt. 'Maar hoe gaat het met u? Hebt u ergens pijn?'

De oude man schudde zijn hoofd. Hij was ook meer ineengezakt dan echt gevallen. 'Help je me nog overeind of niet?'

'Nou, ik was eigenlijk van plan om hier vierentwintig uur als een malloot te blijven staan. Natuurlijk help ik u overeind.'

Lou ging achter hem staan, stak haar armen onder die van hem en trok hem omhoog. 'Zo.' Ze gaf hem zijn wandelstok. 'Waar staat uw auto?'

Hij wees naar een oude grijze Mini en ze liep er met hem naartoe. Nadat ze de boodschappen in de kofferbak had gezet, zei de man hoofdschuddend: 'O, allemachtig nog aan toe.'

'Wat is er?'

Hij liet haar de kapotte bril zien die hij uit zijn zak had gepakt. 'Ik moet erop zijn gevallen.' Hij keek Lou aan alsof het allemaal haar schuld was. 'Hoe kom ik nu thuis als ik niet eens zie waar ik ben?'

Het was wel duidelijk dat hij niet ver kon lopen. 'Taxi?'

'Doe niet zo idioot. Kun jij rijden?'

'Ja, maar ik heb op dit moment geen auto.'

'Dat is geen probleem. Ik heb toch een auto?' Hij hield de autosleutels voor haar op. 'Breng jij me maar naar huis.' Hij zei het op een toon alsof het de enige mogelijkheid was.

'Waar woont u dan?'

'Op de heuvel. Niet ver weg.' Toen ze bleef aarzelen, voegde hij er geërgerd aan toe: 'Hij is verzekerd voor iedereen die erin rijdt.'

'En hoe kom ik dan terug?'

'Je hebt toch benen?'

Lou slaakte een zucht. Dit werd echt belachelijk. Ze had zichzelf in een lastige situatie gemanoeuvreerd. Deze oude man kende geen manieren. Maar hoe graag ze ook nee wilde zeggen, haar geweten stond het niet toe. En ze wist ook waarom, het kwam door die eenpersoons kant-en-klaarmaaltijden. De man was een mopperkont omdat hij oud was, halverwege de tachtig, schatte ze. Hij had niet veel geld en waarschijnlijk was zijn vrouw overleden. Hij was eenzaam en ongelukkig, kon alleen nog maar lopen met een wandelstok en had vermoedelijk continu pijn vanwege reuma of artritis. Toen hij zijn boodschappen in de supermarkt op de band had gelegd waren haar die maaltijden al opgevallen, maar verspreid om hem heen op het parkeerterrein hadden ze pas echt een hartverscheurende aanblik geboden.

Bovendien was ze altijd al een watje geweest. Natuurlijk kon ze hem hier niet zo achterlaten. Terwijl ze zijn sleutels aanpakte, zei ze: 'Vooruit dan maar, ik breng u wel naar huis.'

Hij kneep zijn ogen tot spleetjes. 'En niet racen!'

Hij wees hoe ze de stad uit moesten rijden en toen een steile kronkelweg op met aan weerszijden bomen die het zonlicht gefilterd doorlieten.

'Verder,' instrueerde hij haar. 'Pas op die bocht. En nu afremmen, het is daar meteen links.'

Lou had een kleine cottage verwacht, misschien een beetje bouwvallig zelfs, net als de gedeukte grijze Mini met zijn stoffige banden en krassen in het lakwerk.

'En nu?' Ze bracht de auto tot stilstand op de oprijlaan van grind.

'Zet de motor uit. We zijn er.'

'Maar waar woont u dan?'

Geïrriteerd zei hij: 'Ben je soms blind? Daar!'

Hij gebaarde naar het majestueuze georgiaanse landhuis dat was opgetrokken uit zachtgeel Cotswold-steen en boven het kleine stadje uittorende als een Romeinse keizer die zijn onderdanen inspecteerde. Het was een stevig vierkant gebouw, met op alle drie de etages symmetrische rijen schuiframen met zes ruitjes elk, een zilvergrijs leien dak, blauweregen die over de gevel omhoogklom en indrukwekkende pilaren aan weerszijden van de voordeur. Was het soms zo'n landhuis dat inmiddels was verdeeld in appartementen? Of zou het een bejaardenhuis zijn? Wat het ook was, Lou was behoorlijk onder de indruk. Nadat ze de motor had afgezet, liep ze om de auto heen om de man te helpen met uitstappen en pakte daarna de boodschappen uit de kofferbak. 'Zo.'

Hij pakte ze niet aan. 'Kun je ze even naar binnen brengen?'

O nou, ze had voorlopig toch niet echt iets te doen. Ze wachtte terwijl hij een zijdeur opende en liep toen achter hem aan door wat gangen naar een keuken.

Het was dus geen bejaardenhuis. En zo te zien was het gebouw ook niet in appartementen opgedeeld.

'Wil je de boodschappen even voor me opruimen?' Hij pakte een tubetje superlijm uit een lade en ging aan de keukentafel zitten om zijn kapotte bril te repareren.

Lou pakte twee kleine doosjes vissticks uit de tas. 'Waar staat de vriezer?'

'In de bijkeuken, die deur door.'

Ze grinnikte. 'Tien minuten geleden dacht u nog dat ik u wilde beroven en nu vindt u het geen probleem meer dat ik in uw huis rondsnuffel.'

Hij trok een wenkbrauw op. 'Het is de bijkeuken. Ik bewaar daar echt geen zakken vol diamanten.'

'Dat is ook weer waar.'

'En ik heb ook niet gezegd dat ik het geen probleem vind. Het is gewoon een klusje dat geklaard moet worden. En ik heb last van mijn benen.'

De keuken maakte een stoffige, rommelige indruk, net als de bijkeuken. Toen Lou weer de keuken in kwam om ook de andere boodschappen op te bergen, vroeg ze: 'Woont u hier alleen?'

Hij knikte, maakte een koektrommel open die op de tafel stond en slaakte een zucht toen hij zag dat er niets meer in zat.

'Maar heeft u wel hulp?'

'Nee.'

Arme man. Hij klonk zo vermoeid en hij sprak op een toon alsof hij zich erbij neer had gelegd dat hij eenzaam en ongelukkig was. 'Is uw vrouw overleden? Wat naar voor u.'

'Wat? Ik heb geen vrouw. Ben nooit getrouwd geweest ook.' Hij keek haar opnieuw achterdochtig aan. 'Dat je dat niet weet.'

Ze nam hem even op. 'Misschien heb ik uw autobiografie nog niet gelezen.'

Ineens ging hem een licht op. 'Kom je niet uit de buurt dan?'

'Nee. Ik woon in Selly Oak.'

'Selly wat?'

'Dat is in Birmingham.' Ze legde de laatste spullen in de ijskast die uitpuilde van eten dat al over de uiterste houdbaarheidsdatum heen was.

'Ga nu maar water opzetten. Theezakjes zitten in de blauwe bus. Maar wat doe je dan eigenlijk hier in Foxwell?' Hij vroeg het op beschuldigende toon.

'Ik ga op bezoek bij iemand die ik nog van school ken, uit Cheltenham.' Ze besefte dat hij haar aan de praat hield omdat hij eenzaam was, hoewel hij waarschijnlijk liever zou doodgaan dan dat te moeten toegeven.

'Hoe heet ze?'

'Het is een hij. Sammy Keeler.'

'Keeler? Een van de broers, bedoel je? Welke van de twee is Sammy? Die smoezelige met dat rode haar? Die altijd op die stomme gitaar van hem zit te jengelen?'

Het was een beknopte, maar zeer accurate beschrijving. 'Ja, dat is hem.'

'Hij is toch niet je vriendje, hè?'

'Nee.'

'Hoe heet zijn broer?'

'Remy.'

'O ja. Twee klontjes. En niet te snel dat theezakje eruit halen.'

Lou's mobieltje ging toen ze zijn thee zat te roeren.

'Hoi,' zei Sammy, 'ben je er al? Sorry, maar ik ben nu in Didcot, er is een probleem met de trein en het duurt nog minstens een uur voordat ik thuis ben.'

'Geeft niks, ik zit bij iemand in de keuken,' zei Lou vrolijk. 'We hebben elkaar ontmoet op het parkeerterrein van de supermarkt en toen ging zijn bril kapot en moest ik hem naar huis rijden.'

'Wie precies?' Sammy, die was opgegroeid in Foxwell, kende iedereen.

'Ik weet niet hoe hij heet, maar hij woont in een groot huis op de heuvel. Het is Sammy,' vertelde ze de man aan de tafel. 'Hij wil weten wie u bent.'

'Allsopp.'

Oké, een beetje rare naam, maar daar kon hij niks aan doen. Tegen Sammy zei ze: 'Hij heet Allsopp.'

'Bedoel je Edgar Allsopp?' Sammy begon te lachen. 'Wauw! Ben je echt op Walton House?'

Walton, ja, die naam had ze zien staan op een van de pilaren aan het begin van de oprijlaan. Als ze alleen was geweest had ze misschien voor de grap gezegd: 'Je wilt me toch niet vertellen dat hij een seriemoordenaar is?', maar omdat Edgar op nog geen twee meter afstand van haar zat, zei ze alleen maar: 'Ja, die! Ik heb net thee voor hem gezet.'

'Sterkte. Het is een ouwe chagrijn.'

Ze wierp Edgar een vrolijke lach toe. 'Dat kun je wel zeggen!'

'Maar als iemand hem aankan, ben jij het. Luister, ik bel je straks nog wel even, oké. Ik denk dat ik om zes uur toch wel thuis ben.'

Nadat Lou haar telefoon had opgeborgen, viste ze het theezakje uit haar eigen mok en liep ermee naar de afvalbak. Vlak voor de bak gleed ze uit en vloog bijna tegen de muur.

'Niet erg handig,' zei Edgar.

'Er ligt iets op de vloer. Het is hier spiegelglad.' Ze ging op haar hurken zitten en voelde met haar hand aan de vloer. 'Hebt u soms olie gemorst?'

'Nee,' zei hij beledigd. 'Het was boter.'

'Nou, daar moet iets aan gedaan worden. De vloer moet worden schoongemaakt.'

Hij keek haar verschrikt aan. 'Wat, met die knieën van mij?'

Ze schudde haar hoofd. In het keukenkastje onder de gootsteen vond ze een ouderwetse boender en ze maakte een sopje in het afwasteiltje. Terwijl ze de zwart-witte tegels schrobde, zei ze: 'U zou iemand in dienst moeten nemen om dit soort dingen voor u te doen.'

'Ik had iemand. Maar die is bij me weggegaan, net als alle anderen daarvoor.' Hij wees naar een plek onder een stoel. 'Je bent daar een stukje vergeten.'

Ze zakte door haar knieën en keek hem aan. 'En u hebt zeker geen flauw idee waarom ze hier niet wilden blijven?'

Een fractie van een seconde leek het erop alsof er een glimlach zou doorbreken op zijn gezicht. Maar dat gebeurde niet. Hij zei alleen maar: 'Te lui, te bang om hun handen vuil te maken.' Daarna nam hij een slok thee.

'Sterk genoeg?'

'Hoe moet ik dat nou weten? Ik heb ze niet gevraagd om de ijskast op te tillen of zo.'

Nu was het Lou's beurt om te glimlachen. 'Ik bedoelde de thee.'

'O. Ja, wel goed, geloof ik. Maar er had wel wat minder melk in gekund.'

Toen ze klaar was met schrobben zei ze: 'Waarom schrijft u niet even een advertentie, dan hang ik die straks op bij de krantenzaak. Het zou toch handig zijn als u iemand hebt die hier één of twee keer per week komt schoonmaken?'

Hij slaakte een diepe zucht, alsof ze hem had gevraagd om aan een triatlon mee te doen. 'Dat is veel te weinig.'

'Nou, dan zegt u dat toch!'

Op het dressoir vond ze een pen en een oud kladblok. Toen ze die voor hem neerlegde, zei hij: 'Schrijf jij het maar op. Zes ochtenden per week, schoonmaken, koken en allerhande klusjes.' Na een korte stilte voegde hij er genereus aan toe: 'Zondag is dan een vrije dag.'

Lou schreef alles op en hij dicteerde zijn telefoonnummer. Toen het over de verdiensten per uur ging, merkte ze op: 'Meestal betalen mensen wel iets meer dan dat.'

Met een geïrriteerde zucht verhoogde hij het bedrag.

'Ik zal het overschrijven op zo'n kaartje en dan op het bord in de etalage hangen.' Ze stopte het opgevouwen velletje in haar tas. 'Hoe heet die vrouw van de winkel?'

'Hoe moet ik dat nou weten?'

'Hoelang woont u hier al?'

'Ik ben hier geboren. Toen naar Londen verhuisd en dertig jaar geleden weer teruggekomen, nadat mijn ouders waren gestorven.'

'In dat geval zou het toch handig zijn om haar naam te kennen. Ze is echt een heel aardige vrouw. Ik heb een heel leuk gesprek met haar gehad toen ze buiten haar hangplanten water stond te geven.'

'Hm. Wacht even.' Hij stak haar de pen toe terwijl ze haar tas over haar schouder hing. 'Schrijf je telefoonnummer even op.'

'Waarom?'

'Voor het geval dat ik je wil bellen. Hoelang blijf je hier trouwens?'

'Alleen vannacht. Ik ga morgen weer naar huis.' Terwijl ze haar nummer opschreef, kwam ze heel even in de verleiding om een paar cijfers te verwisselen. Maar nee, zo stak ze niet in elkaar.

'Heb je werk?' vroeg Edgar.

'Ja. Ik werk in de zorg. En dat bevalt me heel goed,' voegde ze er snel aan toe, want soms wilden mensen dan meteen weten waarom ze voor dat vak had gekozen en ze had nu geen zin om het daarover te hebben.

'Kinderen?'

'Nee.'

'Man?'

'Niet meer.'

'Bij je weggegaan zeker?'

'Zoiets. Hij is overleden.'

Ieder ander zou op dit moment iets hebben uitgeroepen als: 'O, mijn god, wat erg. Sorry.'

Edgar niet. 'Wanneer precies?'

'Een jaar geleden.' Iets meer dan elf maanden. Bijna een jaar dus.

'En hoe is hij gestorven?'

'Onder de frambozenpudding.' Ze schrok er zelf van, ze had het niet hardop willen zeggen. De woorden waren er gewoon uitgekomen als reactie op het beeld dat ze ineens voor zich had gezien.

Na een seconde van geschokte stilte, barstte Edgar ineens in lachen uit. Het klonk roestig, alsof hij niet vaak meer lachte, en dat was ook eigenlijk geen verrassing voor haar. Hij zette zijn mok op tafel. De thee klotste over de rand. 'Hoe bedoel je?'

Ze had het niet moeten zeggen. Ze schudde haar hoofd en liep naar de deur. 'Niets. Blijf maar zitten, ik kom er zelf wel uit.' Niet dat hij aanstalten had gemaakt om op te staan. 'En ik zal die advertentie voor u ophangen in de etalage.'

'Dag.' Edgar had al geen belangstelling meer en trok *The Telegraph* van afgelopen zondag over de tafel naar zich toe.

Lou liep het huis uit en trok de zware deur achter zich dicht. Natuurlijk had hij haar niet bedankt. Het was maar goed dat ze er door haar werk aan gewend was geraakt om met allerlei soorten mensen om te gaan. Zelfs met excentrieke, slechtgemanierde oude mannen als Edgar.

2

'Natuurlijk mag dat!' zei de vrouw achter de toonbank. 'Eerst maar eens twee weken? Voor wie is het?'

Lou zette zich schrap. 'Hij heet Edgar Allsopp.'

'Och heden. Nog steeds op zoek dus? Ik dacht dat hij het had opgegeven. Sorry.' De vrouw wierp haar een stralende lach toe. 'Familie van je?'

'Nee, hoor. Ik heb hem vanmiddag leren kennen. Ik heb hem naar huis gereden nadat hij was gevallen. Hij is… een bijzondere man,' zei Lou.

'Zo kun je het ook noemen. Maar je zou ook kunnen zeggen dat hij een complete ramp is.'

'Zo te horen heeft hij al heel wat hulpen versleten.'

'Dat kun je wel zeggen! Niemand blijft daar lang. Mijn nicht heeft er een week gewerkt en hij was echt onmogelijk. Ze is de deur uit gelopen toen hij zich erover beklaagde dat ze zong terwijl ze de was ophing in de tuin.'

Lou grinnikte. 'Nou, dan wens ik de volgende veel succes.'

'Het kost een pond per week, zo'n advertentie in de etalage.'

Lou gaf de vrouw twee pond. Terwijl ze dat deed, kwam haar telefoon tot leven en door het deuntje wist ze dat het een berichtje van Sammy was.

Hij had geschreven:

We rijden weer. Ben rond 5.30 thuis.

'Waarom ken ik dat deuntje? Sorry, ik moet niet zo nieuwsgierig zijn! Het komt me bekend voor, maar ik kan er niet op komen.'

'Het is een liedje van een vriend van me. Sammy Keeler?'

'Ach ja, natuurlijk. Ik hoorde het hem een paar weken geleden buiten voor de pub spelen. Echt een schat van een jongen. Hij geeft nooit op, hè? Gaat maar door, werkt zich een slag in de rondte. Echt jammer.'

'Hij speelt vanavond in de Bear,' vertelde Lou. 'Daarom ben ik hier, om hem te steunen en toe te juichen.'

'Dat noem ik nog eens een goede vriendin.' Terwijl de vrouw de advertentie ter grootte van een ansichtkaart in het bord voor de etalage schoof, voegde ze er op meelevende toon aan toe: 'Verwacht er maar niet al te veel van. Misschien ben jij wel zijn enige publiek.'

De wind was gaan liggen en de lucht voelde warm aan en daarom was het geen straf om op een van de houten banken bij de rivier te moeten wachten. Lou had koffie en een worstenbroodje meegenomen, en een gezin van kwakende eenden deed zich nu te goed aan de kruimels die ze in het gras had gestrooid.

Omdat de zonnestralen op het water haar bijna verblindden, zette ze haar zonnebril op. Het was fijn om die te gebruiken voor waar hij voor bedoeld was en niet om haar ogen te verbergen voor nieuwsgierige blikken.

Na Bretts dood had ze bijna elke minuut dat ze wakker was aan hem moeten denken. De laatste tijd, bijna een jaar later, werd het wat minder, maar de herinneringen waren er nog steeds, als de riethalmen in het water die vlak onder de oppervlakte heen en weer deinden als hoelarokjes. Terwijl ze van haar koffie nipte, merkte ze dat het weer gebeurde, belangrijke taferelen die van het een naar het andere sprongen en die de twee jaar die hun relatie had geduurd bestreken.

Het was allemaal zo mooi begonnen... Nou ja, logisch, anders had ze nooit een tweede date met hem gewild. En wat een ellende zou haar bespaard zijn gebleven als ze niet had ingestemd met die tweede date.

Maar de avond van hun ontmoeting was zo fantastisch verlopen, had zo goed gevoeld. Het was als een teken geweest, als een vooraankondiging van de toekomst. Zo zag je maar weer hoe je je kon vergissen. Echt, je kon nooit weten hoe iets zou lopen.

Ze was uit geweest met een groepje vrienden van het verpleeghuis waar ze toen werkte. Nadat ze wat hadden gedronken in de stad, waren ze naar een nachtclub gegaan. Niet lang na hun komst daar, was er, toen ze terugkwam van de wc, een lange, breedgeschouderde man op haar afgestapt en had met een brede lach uitgeroepen: 'Lou! Hoi, wat zie jij er goed uit, zeg!'

Hij had leuke ogen en een open, betrouwbaar gezicht en hij vond het zichtbaar fantastisch om haar te zien. Lou pijnigde haar hersens, maar ze kon met de beste wil ter wereld niet bedenken waar ze hem van kende.

'O jee, dat is een behoorlijke aanslag op mijn ego.' Maar hij had erbij gelachen, had zich niet beledigd gevoeld. 'Brett Miles. En ik vind het echt te gek om je te zien, al weet je dan niet meer wie ik ben.'

'Het spijt me echt. Ik werk bij de Elms, in Edgbaston, misschien ken ik je daarvan? Misschien heb je me daar gezien toen je daar op bezoek was bij familie of zo?'

'Nee, dat is het niet. Luister, ik was net op weg naar de bar. Wil je wat van me drinken? Dan zal ik je wat hints geven. Maar eerlijk gezegd vind ik het ongelooflijk dat je het bent vergeten.'

Haar vrienden gingen zich te buiten op de dansvloer. Geïntrigeerd accepteerde ze zijn aanbod en ging ze met hem aan een tafeltje zitten, waar ze twintig minuten haar best deed om erachter te komen waar ze hem van kende. Want moest je hem zien, en hij was ook nog eens heel aardig, hoe was het mogelijk dat ze zich hem niet herinnerde?

En toen vond hij het eindelijk de tijd om haar de waarheid op te biechten. Hij bekende dat hij haar nog nooit had gezien, maar dat ze hem meteen was opgevallen toen ze binnen was gekomen en dat hij iemand haar naam had horen zeggen toen ze in de rij voor de bar stonden.

'Sorry.' Hij keek berouwvol. 'Ik ben heel slecht in meisjes versieren. En ik wilde je heel graag aanspreken, maar ik was bang dat ik het zou verknallen. En de eerste indruk is altijd belangrijk, toch? Als ik je had gevraagd of je met me wilde dansen, had je waarschijnlijk nee gezegd. Het is heel moeilijk om iemand aan te spreken die met een groepje vrienden uit is.

Ik dacht dat als ik deed alsof ik je kende, je me in elk geval een paar minuten de tijd zou geven voordat je je belangstelling zou verliezen.' Hij haalde zijn schouders op. 'Zo, dat is eruit. Ik heb het gedaan omdat ik dacht dat ik er de rest van mijn leven spijt van zou krijgen als ik het niet zou doen.' Hij zweeg even. 'En dat was het enige wat ik kon verzinnen. Nogmaals sorry. Als je nu genoeg van me hebt, snap ik dat wel. Ga gerust weer naar je vrienden.'

Gecharmeerd van de reden van zijn leugen zei ze: 'Wat ik als nog niet genoeg van je heb?'

Zijn lach werd breder. 'Echt? Nou, dan is mijn dag goed! Nee, mijn week, maand... misschien wel mijn jaar.'

'Niet te hard van stapel lopen,' zei ze. Maar haar hart sloeg even over bij de gedachte dat dit weleens het begin van iets betekenisvols kon zijn.

'Erg, hè?' Hij grijnsde. 'Maar ik heb me nog nooit zo gevoeld. Ik liet me een beetje meeslepen. Maar denk je.... Nee, laat ook maar.'

Daar had je het weer, die werveling van toenemende hoop. 'Wat wilde je zeggen?'

'Denk je dat je hetzelfde zou kunnen voelen?'

Het was net alsof ze in een film zat, met de rest van de nachtclub die naar de achtergrond verdween, terwijl de camera inzoomde voor een close-up van hen beiden en het bioscooppubliek als betoverd en met ingehouden adem toekeek.

Zelf kreeg ze ook bijna geen adem meer en het was alsof haar hart elk moment uit elkaar kon spatten toen ze zei: 'Misschien wel.'

En toen gaven ze elkaar hun eerste kus.

'Dus het is je gelukt om aan hem te ontsnappen.' Lou schrok op van de stem achter haar. En daar had je Sammy, lief en sjofel als altijd. Hij omhelsde haar en ging toen naast haar op de bank zitten. 'Ik dacht dat hij je misschien had vastgebonden in zijn kelder.'

'Edgar?' protesteerde ze. 'Hij heeft het niet eens geprobeerd. Zulke rare dingen doet hij toch niet? Of wel soms?'

'Ik plaag je maar. Hij is wel vijfhonderd jaar oud. Je ziet er goed uit trouwens.' Hij plantte een kus op haar wang.

'Dank je.'

'En nu moet jij zeggen dat ik er ook goed uitzie.'

'Jij ziet eruit zoals je er altijd uitziet.' Ze keek hem vol genegenheid aan; een keurige man in pak zou Sammy nooit worden. Zijn koperrode warrige haar kwam tot op zijn schouders, hij had sproetjes op zijn bleke wangen en hij droeg een makkelijke oude spijkerbroek en gympen en een blauw-grijs gestreept overhemd met daarover een zwart giletje waaraan twee zilveren knopen ontbraken. Eerlijk gezegd had ze beter geklede vogelverschrikkers gezien, maar Sammy's outfits hoorden bij zijn persoonlijkheid en hem aankleden als een Ken-pop zou totaal misstaan. Mensen hielden van hem om wie hij was, niet om wat hij droeg. En iedereen die hem leerde kennen werd getroffen door zijn vriendelijke manier van doen, zijn lieve ogen en zijn ondeugende grijns.

Nou ja, behalve Edgar Allsopp dan blijkbaar.

'Ik weet nog de eerste keer dat ik hier was,' zei Lou, terwijl Sammy de voordeur van het slot draaide en haar Riverside Cottage in liet gaan. 'Nog steeds die heerlijke geur van steen en houtvuur en bijenwas. En jouw moeder was ook zo te gek.'

'Dat is ze nog steeds. Maar dan een stuk gebruinder tegenwoordig. Ik heb haar verteld dat je kwam en je krijgt de groeten van haar.'

Lou's eigen moeder was gestorven toen Lou twaalf was. Een jaar daarna, niet lang nadat ze met haar vader van Exeter naar Cheltenham was verhuisd, had Sammy Keeler, een klasgenoot van haar nieuwe school, haar uitgenodigd voor het feest ter ere van zijn dertiende verjaardag, en haar vader had haar toen naar Foxwell gereden. Het feest, dat werd gehouden in de achtertuin van Riverside Cottage, was wild en chaotisch geweest, met een vossenjacht, karaoke en een boomklimwedstrijd. Lou had zich in het stadium van rouw bevonden waarin plezier hebben haar een schuldgevoel bezorgde, want misschien dachten de mensen dan wel dat ze niet genoeg van haar moeder had gehouden.

Sammy's moeder had haar verwarring blijkbaar begrepen, hoewel ze haar helemaal niet kende. Ze was een magere blondine die een gebatikt oranje topje, een korte gele broek en heel veel armbanden droeg; ze was bij Lou komen staan toen een paar jongens de ceder in klommen en had losjes gezegd: 'Je moeder zou het heel fijn vinden als ze kon zien hoe leuk je het had.' Daarna had ze Lou een geruststellend kneepje in haar schouder gegeven, een hamburger aangeboden en was ze weer verdergelopen.

Lou herinnerde zich die dag nog heel goed. Het was alsof ze toestemming had gekregen om weer gelukkig te zijn, en ze had zich ongelooflijk opgelucht gevoeld, omdat Sammy's moeder natuurlijk gelijk had. Haar eigen moeder had ontzettend veel van haar gehouden; natuurlijk zou ze niet willen dat ze de rest van haar leven ongelukkig was.

Hoewel ze niet van plan was geweest om mee te doen aan de boomklimwedstrijd, riep ze tien minuten later, toen Sammy door de tuin had geroepen wie er nog meer meedeed: 'Ik!'

Met een highlighter in de achterzak van haar spijkerbroek waarmee ze haar hoogst bereikte punt kon markeren, was ze als een aap de boom in geklauterd en had ze iedereen verslagen en was ze beloond met een verbaasd gejuich van de andere feestgangers en een geruststellende knipoog van Teresa Keeler waar ze helemaal van was gaan gloeien.

Tegenwoordig woonden Sammy en Remy samen in Riverside Cottage. Drie jaar geleden was Teresa, tot haar eigen verbazing, op Tinder gegaan en halsoverkop verliefd geworden op een accountant die Maurice heette. En tot Maurices verbazing had hij binnen enkele maanden zijn grijze maatpakken aan de wilgen gehangen, zijn baan in Slough opgezegd en was hij samen met Teresa naar Albufeira gevlogen waar ze nu, idioot gelukkig, samenwoonden en een strandtent runden op de Praia de Vilamoura alsof ze nooit anders hadden gedaan.

'Je hoeft toch niet beneden te slapen,' zei Sammy toen hij zag dat Lou de nieuwe bank uitprobeerde op lengte. 'Remy is de hele week weg, dus je kunt in zijn bed.' Trots voegde hij eraan toe: 'Ik heb zelfs de lakens verschoond.'

'Vond hij het ook goed?'

'Ach, wat maakt het uit. Hij zit in het vliegtuig, op weg naar Texas, hij heeft daar een afspraak met een of andere multimiljonair, iets over een ranch.'

'Weet je zeker dat hij het niet erg vindt?' Geïntimideerd was een groot woord, maar Lou had altijd wel enigszins opgekeken tegen Sammy's broer. Remy was niet alleen twee jaar ouder, hij was ook langer en een stuk aantrekkelijker dan zijn jongere broer. Op school was het een uitgemaakte zaak geweest dat Remy van hen beiden de hoofdprijs had gewonnen: hij was opvallend aantrekkelijk, goed in sport en hij haalde zonder er iets voor te hoeven doen de hoogste cijfers. Sammy daarentegen hield niet van leren, was niet goed in sport, had vaak ongelukjes en maakte zich totaal niet druk over zijn minder aantrekkelijke uiterlijk. Bij andere broers zouden die verschillen misschien tot wrok hebben geleid, maar voor de Keeler-broers was het allemaal geen punt. Remy was inmiddels een succesvol architect, terwijl Sammy parttime als bezorger werkte om zijn rekeningen te kunnen betalen, hoewel hij eigenlijk alleen maar muziek wilde maken. Maar hun wederzijdse liefde en steun was onwrikbaar en onvoorwaardelijk.

'Ja, hij wil dat je in zijn bed slaapt,' zei Sammy. 'Hij stelde het zelf voor. Maar kun je me misschien even helpen, ik wilde lasagne maken.'

In de keuken kletsten ze verder. Sammy was een enthousiaste maar niet al te vaardige kok, dus het was slim om goed in de gaten te houden welke ingrediënten hij soms ineens nog aan een gerecht wilde toevoegen. De laatste keer dat hij voor haar had gekookt, had ze anijszaad aangetroffen in de coq au vin.

'Hoe ging het vandaag in Londen?' vroeg ze, terwijl hij fanatiek klontjes uit de béchamelsaus klopte.

'Drie uur pubs bezocht die me niet wilden hebben. Twee uur op straat gespeeld en toen ben ik ook nog voor "rooie" uitgescholden door twee jongens die dachten dat ze origineel waren. En het treinkaartje kostte meer dan ik heb verdiend, maar dat heb ik vaker meegemaakt.' Hij haalde zijn schouders op, zo te zien zat hij er niet mee. 'Maar ach, je kunt nooit weten, misschien komt er op een goede dag iemand langs die wat in me ziet. Als je het niet probeert, zul je het nooit weten.'

'Wie niet waagt wie niet wint.' Lou scheurde een pak lasagnebladen open.

'Precies.'

'Misschien gebeurt dat vanavond wel als je in de Bear speelt.'

'Tja.' Hij rommelde wat tussen de potjes kruiden. 'Alleen jammer dat het nog niet is gebeurd in de andere zevenhonderdveertig keer dat ik daar speelde.'

'Nou, ik vind je fantastisch.'

'En ik vind dat je helemaal gelijk hebt.' Hij hield een potje voor haar op. 'Zal ik hier wat van in de witte saus doen? Misschien is het wel de beste ontdekking ooit.'

Lou schudde haar hoofd, want het was fenegriek. 'Nee, dat is het niet. Dat wordt hartstikke goor.'

'Spelbreekster. Het is maar goed dat ik gewend ben aan afwijzingen.' Blijkbaar bedacht hij ineens iets, want hij vroeg: 'Over afwijzingen gesproken, wil jij vanavond mijn vriendin zijn?'

Ze hadden nooit iets gehad; zo zat het gewoon niet tussen hen. Maar dat wilde nog niet zeggen dat ze een vriend geen pleziertje kon doen.

'Wie is het deze keer?'

'Ze heet Tanisha. Ze is hier een paar weken geleden komen wonen, toen ze aan de slag ging als receptioniste bij het Marlow Hotel. Ze is echt te gek,' zei hij. 'Je zou haar eens moeten zien. Nou ja, dat gebeurt natuurlijk vanzelf, want ze komt vanavond ook. Ik heb haar vorige week mee uit gevraagd.'

'En?'

'Ze zei nee.' Hij haalde zijn schouders op. 'Volgens haar vriendin valt ze op aantrekkelijke types.'

Zoiets als Remy waarschijnlijk.

'Maar je denkt dat ze van gedachten zal veranderen als ze jou met mij ziet?'

'Ik kan het altijd proberen.' Hij straalde, de eeuwige optimist. 'Ze moet gewoon begrijpen dat een fantastische persoonlijkheid hebben belangrijker is dan die eeuwige scherpe jukbeenderen en een sixpack.' Terwijl hij zich van haar afdraaide, strooide hij iets in de sauspan.

'Wat was dat?'

'Niets.'

Lou deed een vergeefse greep naar het pakje. 'Dat is gemalen kardemom. Sammy, je bent echt een ramp.'

'Niet zeuren voordat je het hebt geprobeerd.' Zonder enig berouw strooide hij nog wat poeder in de pan. 'Maar hoe zit het met jou?'

'Ik ben geen ramp.'

'Ik bedoel, heb jij een oogje op iemand?'

'Nee.'

'Ook niet een heel klein beetje?'

Ze hield haar duim en wijsvinger een millimeter van elkaar. 'Zelfs niet zo'n klein beetje.'

'Wie weet gebeurt het vanavond wel. Iemand loopt de pub in en dan bam, liefde op het eerste gezicht.'

Lou wist dat dat niet zou gebeuren. Na alles wat ze had meegemaakt, was de gedachte dat ze ooit weer iets met iemand zou beginnen net zo onwaarschijnlijk als een medaille winnen bij de komende Olympische Spelen.

Ze kon dat emotioneel gewoon niet aan. Hoewel Sammy met haar meeleefde, begreep hij niet echt hoe ze zich voelde, omdat hij het zelf nooit had meegemaakt.

Maar voor anderen was het natuurlijk allemaal te saai voor woorden. Het was veel gemakkelijker om te doen alsof alles prima ging. Vrolijk zei ze: 'Ja, en dan denkt hij dat ik jouw vriendin ben en daar is hij zo kapot van dat hij meteen weer weggaat. Zul je altijd zien.'

3

De Bear Inn, met uitzicht op de rivier, was tot Lou's opluchting minder leeg dan ze had verwacht. Tanisha was er inderdaad ook, met een paar vriendinnen uit het hotel, wat betekende dat Sammy blij was. Hij had haar Tanisha even aangewezen en zat nu in de hoek die het verst verwijderd was van de bar te spelen, terwijl hij naar Lou grijnsde en af en toe zelfs naar haar knipoogde, omdat hij nu eenmaal zogenaamd haar nieuwe vriendje was.

Zou het werken? Zou Tanisha echt met meer belangstelling naar hem kijken? Ooit, heel veel jaren geleden, had het gewerkt, op de kerstdisco op school, toen een meisje op wie hij stapelverliefd was, besloot dat ze toch op hem viel en wel een hele week lang met hem was uitgegaan.

Niet dat het Lou veel kon schelen of het werkte of niet; ze

wilde hem alleen maar helpen. Hoewel ze weinig hoop koesterde voor Sammy, want Tanisha stond zich samen met haar vriendinnen aan te stellen voor een stelletje motortypes aan het einde van de bar.

Arme Sammy. Het was vast niet gemakkelijk geweest voor hem om te moeten opgroeien met een broer die de mooiste meisjes kon krijgen. Remy had nooit om aandacht van de meisjes verlegen gezeten; zijn probleem was meer hoe hij ze kon afwijzen zonder hun gevoelens te kwetsen. Hij was altijd degene op wie alle meisjes stiekem of minder stiekem een oogje hadden gehad.

Nou ja, dat was toen en Lou had hem al geen jaren meer gezien, maar ze nam aan dat dat nog steeds het geval was. Sammy was zelfs een paar keer uit geweest met meisjes van wie later bleek dat ze alleen maar met hem omgingen omdat ze zijn oudere broer graag wilden leren kennen. Ze moesten eens weten wat ze misliepen, want Sammy was aardig, oprecht, attent en grappig, en het meisje dat hem zou krijgen, mocht in haar handjes knijpen.

Het liedje dat hij had gezongen was afgelopen en Lou klapte zo hard dat het pijn deed aan haar handen, maar ze kreeg er wel een stralende lach en een knipoog van Sammy voor terug. Oké, ze zou hem even gaan zeggen dat het wel wat minder kon; drie was gewoon te veel en hij was er niet eens echt goed in.

'Dank jullie wel. En nu volgt een van mijn lievelingsnummers, over een meisje dat op school mijn hart heeft gebroken,' kondigde hij aan. 'Wat me uiteindelijk mijn eindexamen heeft gekost. Het heet: "I Failed It All For You".'

Lou klapte weer enthousiast, want dit was ook een van haar lievelingsnummers. Sammy's teksten waren knap en spitsvondig en zijn composities ingenieus. Ze wist gewoon dat als iemand met invloed in de muziekindustrie zijn nummers zou horen, hij of zij er diep van onder de indruk zou zijn. Hopelijk gebeurde dat een keer. Maar het kon toch niet anders of Sammy moest ontmoedigd raken door in al die jaren nooit ontdekt te worden.

Stopte er nu maar een met diamanten bezette Bentley voor de deur met daarin Elton John. Dat zou perfect zijn.

Aan de bar stonden de breedgeschouderde motormuizen te praten met Tanisha en haar vriendinnen. Er waren nog meer mensen binnengekomen die drankjes bestelden om ze vervolgens mee te nemen naar de tuin, wat minder fijn was. Sammy speelde op zijn gitaar en zong, hij gooide zijn hele hebben en houden in het optreden, maar de ene helft van zijn toch al weinige publiek praatte fluisterend met elkaar en de andere helft luisterde helemaal niet. Dat was het probleem met optreden in je eigen plaatselijke pub; alle klanten hadden je al tientallen keren gehoord, of ze dat nu wilden of niet.

'Je was fantastisch,' zei ze toen de set was afgelopen.

'O, dank je.' Hij gaf haar geen vriendjeskus, want Tanisha en een van de in het leer geklede motormuizen hadden hun drankjes opgedronken en waren tien minuten geleden samen vertrokken. 'Ik vond het leuk, al was het publiek dan niet echt geïnteresseerd.'

Na nog iets te hebben gedronken met Bob en Rico, die de pub runden, gingen ze terug naar Riverside Cottage waar ze de lichtelijk gecremeerde lasagne uit de oven haalden. Bij het eten dronken ze wijn en daarna speelden ze fanatiek bananagrams en boggle terwijl ze naar muziek luisterden. De smaak van de kardemom in de lasagne was in hun mond blijven hangen, maar met een tweede fles grenache wisten ze hem toch nog weg te spoelen. Later pakte Sammy een akoestische gitaar en begon liedjes te spelen die nog in de maak waren en af en toe krabbelde hij een stukje tekst op dat in hem opkwam.

Lou voelde de spanning in haar spieren afnemen en ze legde haar hoofd op een verschoten fluwelen kussen. Het was lekker warm in de kamer en Sammy's troostende stem bezorgde haar het gevoel dat ze weer klein was en in slaap werd gezongen door haar moeder...

'Ahum.' Sammy was gestopt met spelen.

'Alleen even mijn ogen wat rust gunnen.' Ze opende ze en keek hem lachend aan, want dat was wat zijn moeder altijd had gezegd wanneer ze op de bank in slaap was gevallen.

'Maar goed dat dit geen date is. Dat zou niet echt vleiend voor me zijn.'

'Sorry, maar ik ben vanochtend heel vroeg opgestaan.' Ze gaapte, stond toe dat hij haar van de bank hees en gaf hem toen een nachtzoen.

Hij haalde even zijn hand door haar haren. 'Geeft niks. Morgen kun je lekker uitslapen. Ik zal je gewoon laten liggen.'

Bovenaan de smalle trap liep hij linksaf zijn eigen slaapkamer in, terwijl Lou die van Remy rechts in ging. Remy woonde sinds een halfjaar weer in Foxwell, na een paar jaar weg te zijn geweest, eerst voor zijn studie in Edinburgh en later voor zijn werk in Londen, waar hij bij een prestigieus architectenbureau had gewerkt. Tegenwoordig werkte hij op een klein bureau in de stad, als partner van een oude vriendin van zijn moeder.

Lou kon het wel waarderen dat hij de bovenverdieping van het huis onder handen had genomen. Van de drie slaapkamers had hij er twee gemaakt, elk met een eigen en suite-badkamer, waar ze haar tanden poetste. Daarna trok ze haar nachthemd aan en ging onder een dekbed liggen dat veel lekkerder aanvoelde dan dat van haar. Het voelde echter wel heel raar om in Remy's kingsize bed te liggen, met haar hoofd op zijn kussen. Zo voelde het vast ook als je de nacht doorbracht in het bed dat van een of andere beroemde filmster was. O, maar het kussen was echt een soort wolk en de lakens roken verrukkelijk... Het gevoel dat het raar was verdween naar de achtergrond toen ze bedacht dat ze anders op de bank had moeten slapen, wat lang niet zo comfortabel zou zijn geweest.

Nu al genietend van het idee dat ze morgen niet ruw zou worden gewekt door de wekker van haar telefoon, liet ze haar blik glijden over de zachtgroene muren, de zware bronskleurige gordijnen en de slimme spotjes. Tegen de muur tegenover het bed stond een soort werktafel. Ze had zich keurig gedragen en niet in zijn kledingkast gekeken, maar ze durfde te wedden dat die volhing met pakken en netjes gestreken overhemden, waarschijnlijk met een rijtje glanzend gepoetste schoenen eronder. En hoewel ze Sammy's slaapkamer niet had gezien, wist ze vrijwel zeker dat hij, als iemand hem een strijkbout of een kleerhanger liet zien, niet meteen zou kunnen vertellen waar die voor diende.

Ze moest weer gapen, zo hartgrondig dat ze haar kaken daarna bijna niet meer op elkaar kreeg. Ze deed de lamp uit. Tijd om te gaan slapen...

Misschien mocht het geen verrassing heten dat Remy zijn opwachting maakte in haar droom. Per slot van rekening lag ze in zijn bed. Hij gooide zijn honkbalpet als een frisbee door de achtertuin, en iedere keer dat ze hem niet kon vangen zei hij: 'Ongelooflijk, zo slecht als jij hierin bent. Kom op, nog een keer. Ik stop pas als je hem een keertje hebt gevangen.' Het lukte haar echter niet, en voor ze het wist stond hij van alles naar haar te gooien: koude pizzapunten, fluorescerende tafeltennisballetjes, speelgoedmuisjes en handenvol bladeren die gewoon uit elkaar vielen in de lucht en die ze onmogelijk kon vangen.

'O mijn god,' schreeuwde hij, en het drong vaag tot Lou door dat er iets was gebeurd, dat er iets niet klopte, dat er iemand in de kamer was die daar niet hoorde te zijn waardoor ze wakker was geworden.

'Waaah!' Het kwam eruit als een gesmoorde kreet. 'Wat is er? Wat doe je hier?'

Als ze wat wakkerder was geweest, zou ze zich ook wat meer hebben geschaamd, want het was Remy Keeler die voor haar stond, in het echt, met zijn blauw-wit gestreepte overhemd losgeknoopt zodat ze zijn gebruinde borstkas kon zien.

Terwijl Remy nog bij moest komen van de verrassing haar in zijn bed te zien liggen, antwoordde hij: 'Ik woon hier. Dit is... dit is mijn slaapkamer.' Wijzend op het bed voegde hij eraan toe: 'En mijn bed.'

'Maar je wist toch dat ik erin lag!' Hoe kon hij dat nou zijn vergeten? Lou wreef in haar ogen en keek toen snel, een beetje aan de late kant, of ze er wel een beetje netjes bij lag; soms piepten haar borsten boven de rand van haar nachthemd uit.

Nu niet gelukkig.

Remy trok een wenkbrauw op. 'Zie ik eruit alsof ik wist dat jij in mijn bed zou liggen?'

Haar hart bonkte in haar keel. 'Sammy zei dat het mocht. Hij zei dat het jouw idee was!'

Het was echter duidelijk dat dat niet zo was. Lou herinnerde zich ineens weer dat Sammy wel vaker zomaar wat bij elkaar fantaseerde. Niet uit gemeenheid, maar gewoon onschuldige dingen om het leven wat te veraangenamen. In verlegenheid gebracht trok ze haar nachthemd naar beneden tot op haar knieën en gooide toen pas het dekbed opzij. Terwijl ze uit bed wilde stappen, zei ze: 'Sorry. Het spijt me echt heel erg...'

'Ho.' Hij stak zijn hand op om haar tegen te houden. 'Het spijt mij ook. Je mag hier wel blijven slapen. Ik neem de bank wel.'

'Geen sprake van. Dit is jouw bed en... Oef!' In haar paniek had ze te snel naar haar tas gegrepen en daardoor haar evenwicht verloren, zodat ze op haar knieën op het tapijt viel.

'Wacht, ik help je wel even overeind.'

'Nee nee, niks aan de hand.' De combinatie van te veel rode wijn en minder dan twee uur slaap leidde ertoe dat ze zich niet alleen doodschaamde, maar ook nog eens hartstikke duizelig was. 'Sammy zei dat je onderweg was naar Texas...'

'Mijn vlucht had vertraging, en daarna werd de afspraak geannuleerd omdat de vrouw van mijn klant had ontdekt dat hij iets met hun nanny had en toen waren de rapen gaar. Dus eigenlijk maar goed dat die vlucht te laat was.'

'Wat erg,' zei ze.

Remy haalde zijn schouders op. 'Het zal geen verrassing voor haar zijn geweest. Ze was zelf de nanny toen hij nog getrouwd was met echtgenote nummer vier. Maar luister, ik vind het echt niet erg om op de bank te slapen.'

'Nee, dat wil ik niet. Ik slaap op de bank.' Haastig pakte ze haar kleren en toilettas en propte ze bij de andere spullen die ze al onder haar arm had.

'Dan pak ik even de logeerspullen voor je.'

'Dat hoeft niet. Ik weet waar ze liggen. En nogmaals sorry.'

'Nou, tot morgen dan. En je hoeft je echt niet te verontschuldigen. Sammy had me moeten zeggen dat je kwam. Voor straf mag hij morgenvroeg het ontbijt voor ons klaarmaken.'

'Misschien strooit hij er dan wel zoethoutwortelpoeder overheen.'

Remy lachte. 'Of hij gooit er oestersaus en mosterd bij. En nu is het mijn beurt om me te verontschuldigen. Het dringt nu pas tot me door wie je bent. Je bent toch Lou? Sammy's vriendin van school?'

Au. Ze had iedere vierkante centimeter van zijn gezicht en van het grootste deel van zijn lichaam tot in detail kunnen beschrijven, tot aan het sproetje onder zijn linkeroor toe, en hij zag nu pas wie zij was. Maar waarom zou hij haar ook meteen moeten herkennen? Nadat hij was gaan studeren, had ze hem niet meer gezien. Hun bezoekjes aan Foxwell hadden elkaar nooit gekruist. Bovendien had Remy toen vast zo'n opwindend leven gehad dat hij zich de klungelige vriendin van zijn kleine broertje sowieso niet zou herinneren; voor hem was ze vast een van de vele tienermeisjes geweest die een oogje op hem hadden.

Ze moest een beetje teleurgesteld hebben gekeken, want hij vervolgde: 'Ach, het is ook best een tijd geleden. Je ziet er nu heel anders uit. Was je haar vroeger niet langer? En bruin?'

Oké, misschien had hij wel een punt. Met een klein lachje zei ze: 'Dat was voordat ik de magie van kappers en highlights ontdekte. Maar ik ga nu naar beneden.'

Met haar spullen onder haar arm liep ze de trap af. In de gang schrok ze van haar gezicht in de spiegel: streperig blond haar dat alle kanten uit stond, als van een vogelverschrikker, en mascaraklodders onder allebei haar ogen. Wat betekende dat er ook mascara op het kussen boven zat.

Wat een manier om opnieuw kennis te maken met Remy Keeler.

Maar hij was echt veel te lang om op de bank te kunnen slapen. Dat was hem in elk geval bespaard gebleven, dankzij haar.

4

Ze had zich er dan wel op verheugd dat ze niet zou wakker worden van een wekker, maar haar telefoon ging gewoon over. Slaperig keek ze op het schermpje hoe laat het was. Kwart voor zeven. Pardon? Maar toen trok er meteen een scheut van angst door haar heen, want een telefoontje op dit tijdstip betekende meestal niet veel goeds.

'Hallo?'

'Hij is weg.'

'Wat?'

'Kan hem nergens vinden. Heb jij hem meegenomen?'

Ze ging rechtop zitten en vroeg: 'Met wie spreek ik?' Al wist ze dat best.

'Met Edgar Allsopp. Heb jij mijn wandelstok?'

'Nee, die heb ik niet. En weet u wel hoe laat het is?'

'Natuurlijk weet ik dat. Deze melk is zuur. Kun jij me verse komen brengen?'

'Ik?' Lou kneep haar ogen tot spleetjes. 'Het is nog niet eens zeven uur.'

'Als je dat weet, waarom vraag je dan aan mij hoe laat het was? Ik heb zin in een kop thee, maar de melk is bedorven.'

'Dan rijdt u toch naar de supermarkt?'

'Ja, maar dat gaat dus niet. Omdat iemand mijn wandelstok heeft gestolen!'

'Nou, ik kan u verzekeren dat ik dat niet was.'

Na een lange stilte, alsof hij de volgende stap opzocht in zijn Grote Boek voor Goede Manieren, zei hij kortaf: 'Alsjeblieft. Een literpak melk. Meer niet.'

Dat was het nadeel van in de zorg werken. Je geweten stond altijd aan en gunde je gewoon geen dagje vrij, zelfs als de wat minder zorgzame kant van je dat heel graag wilde.

Tien minuten later, na zich snel te hebben opgefrist en aangekleed, liep ze de stille cottage uit en ging op weg naar de supermarkt die net open was. Sammy's gehavende blauwe busje stond op de oprit, maar ze wilde hem niet wakker maken om hem om de sleutels te vragen, waaruit maar weer eens bleek hoe idioot aardig ze was. En wat de zwarte Mercedes die ernaast stond betrof… geen sprake van dat ze achter het stuur van dat ding zou durven plaatsnemen.

Maar god, die heuvel was echt veel steiler dan ze zich herinnerde. Het plastic tasje met daarin twee literpakken melk bungelde aan haar hand, terwijl ze haar ene voet voor de andere zette en haar longen zich vulden met de frisse ochtendlucht. Veel meer lucht dan ze gewoonlijk binnenkregen op dit tijdstip, maar de gedachte aan die ouwe mopperkont alleen in zijn viezige keuken, verlangend naar zijn ochtendthee, maar die niet kunnen zetten, had ervoor gezorgd dat ze in actie was gekomen. Ze kon toch moeilijk gewoon verder slapen, terwijl ze dat wist? Het moest vreselijk zijn om in de tachtig te zijn en mank en niet in staat om te doen wat je wilde, zelfs al was het iets simpels als theezetten.

Bovendien had hij alsjeblieft gezegd.

Uiteindelijk bereikte ze Walton House. Na even op adem te zijn gekomen liep ze over het gazon aan de voorkant en keek naar Foxwell beneden in het dal. De gele stenen van de groepjes huizen en andere gebouwen gloeiden op in het vroege licht van de zon. Op de helling aan de overkant van het dal zag ze nog meer huizen, verspreid tussen bossen en groene weiden, met daarin schapen of koeien. Boven in de bijna onbewolkte lucht dansten vogels.

Ze liep naar de rand van de tuin en bekeek de lanen en huizen in het dal wat beter. Vanaf hier was het alsof ze naar een speelgoeddorpje keek. Een rode bestelwagen van de post reed net door High Street en er fietsten ook al wat mensen door de straten. Een vrouw in een gele zomerjurk liep de supermarkt in. Lou kon zich ineens oriënteren en zag de krantenzaak, de pub met zijn terras naast de glinsterende rivier... en daar had je Sammy's en Remy's huis, met alle gordijnen nog dicht en de reusachtige ceder achter in hun tuin waar ze waarschijnlijk nog steeds in kon klimmen als dat zo uitkwam, maar waarom zou ze dat willen?

Toen er driftig op een raam achter haar werd getikt, draaide ze zich om. En daar had je Edgar. Hij stond haar boos aan te kijken vanuit waarschijnlijk de woonkamer. Het volgende moment was hij al naar de openslaande deuren geschuifeld en trok ze open. En nu wenkte hij haar met... Was dat geen wandelstok?

'Blijf je daar soms de hele ochtend staan?'

Nee dus. Voor haar eigen lol besloot ze te proberen hem aan het glimlachen te krijgen, of misschien zelfs wel aan het lachen. Zou dat geen fantastische prestatie zijn?

'Hallo! Wat een prachtige ochtend, hè? Trouwens, ik heb het u al vergeven.'

'Me vergeven? Wat dan?'

'Dat u me zo vroeg heeft gewekt! En dat op een van mijn zeldzame vrije dagen ook nog! Maar de aanblik van uw vrolijke gezicht maakt alles goed!'

Edgar bestudeerde haar even alsof ze een lastige sudoku was die hij niet af kreeg. Toen zei hij: 'Ik heb geen vrolijk gezicht. Heb je de melk?'

'Ja, hoor. Ta-daa!' Ze zwaaide met het plastic tasje met daarin de ijskoude melk. 'Kijk!'

'Is het volle melk?'

'Nee, halfvolle.'

Hij snoof luidruchtig.

'Dat is goed voor u,' zei ze.

Hij schonk haar een meewarige blik. 'Ik ben tachtig. Het zal mijn tijd wel duren.'

'Oké, het spijt me, maar ik heb deze voor u gekocht. Maar als het niet goed is, kan ik ze weer meenemen.'

'Nou, het moet maar zo.' Hij draaide zich om en gebaarde haar dat ze hem naar binnen moest volgen.

De woonkamer was vierkant, had een hoog plafond en stond vol met niet bij elkaar passende antieke meubels. Het verschoten behang had de kleur van pap.

'Wat een prachtig huis heeft u,' zei Lou.

'Ik weet het.'

'En u hebt uw wandelstok ook gevonden, zie ik.'

'Dit is de verkeerde. Hij is niet fijn om op te steunen.'

Terwijl ze langzaam door de hal liepen, kwamen ze langs een

openstaande deur met daarachter een rommelig kantoor met een raam dat uitkeek op de andere kant van de tuin.

'Wie heeft hier voor u gewoond?' Het was zo'n prachtige plek, met een geplaveid terras van Cotswold-steen en een prachtig uitzicht op de heuvels erachter.

'Mijn ouders. Kom.' Hij schuifelde de keuken in.

'Kijk, daar staat uw wandelstok,' zei Lou. De stok stond tegen een houten dressoir.

Edgar wierp haar een blik toe alsof ze de stok er net had neergezet. 'Ga je nog thee voor me zetten of niet?'

Ze wierp hem een zonnige lach toe. 'Misschien wel, als u het vriendelijk vraagt.'

'Goed. Wil je thee voor me zetten, alsjeblieft? En neem zelf ook een mok, nu je er toch bent.'

Het was verleidelijk om nee te zeggen, maar ze had bijzonder veel dorst na die vermoeiende wandeling heuvelopwaarts. Bovendien was hij een oude man die gevangen zat in een neerwaartse spiraal van ellende en zelfverkozen eenzaamheid. Zo iemand kon ze toch niets weigeren?

Toen ze twee mokken op de keukentafel had gezet en bij Edgar was gaan zitten, zei hij abrupt: 'Die opmerking over je man gisteren. Wat was dat nou?'

Tja, dat kreeg je er dus van als je er van alles uitflapte.

Maar hij had er duidelijk over nagedacht. Ze had zijn nieuwsgierigheid gewekt.

'Wilt u het hele verhaal? Oké.' Lou roerde in haar thee. Soms hield ze de details liever voor zich; andere keren had ze zin om zich helemaal te laten gaan. 'Ik ben met iemand getrouwd omdat ik verliefd op hem was en hem fantastisch vond. Maar hij bleek toch niet zo fantastisch te zijn. Ik ben gevallen voor zijn charme, als de eerste beste idioot, zonder te beseffen dat die charme hoorde bij zijn act. Zo dacht ik dat het een teken van liefde was toen hij iedere minuut van de dag wilde weten waar ik was. Ik dacht dat hij meeging met kleren kopen omdat hij wilde dat ik er goed uitzag. Ik zag niet waarmee hij bezig was, met me langzaam losweken van mijn vrienden, met me helemaal onder controle proberen te krijgen.'

Ze aarzelde; met terugwerkende kracht vond ze het ongelooflijk dat ze dat toen niet door had gehad.

'Wanneer mensen over dat soort relaties lezen, begrijpen ze gewoon niet hoe iemand dat kan laten gebeuren, maar zo gaat het echt. En al die tijd ging hij met andere vrouwen naar bed, dronk hij te veel en snoof hij coke, wat ik allemaal niet wist. Het enige wat ik wist was dat het mijn schuld was als hij kwaad op me werd. Ik was het probleem, omdat ik een mislukkeling was en hem compleet teleurstelde.'

'Je had bij hem weg moeten gaan,' zei Edgar.

Ze knikte; ze had die woorden al zo vaak gehoord, het was zo makkelijk zeggen als je het zelf niet had meegemaakt. 'Ik weet het. En daar werkte ik ook aan. Op de een af andere manier moet je echt eerst helemaal het dieptepunt bereiken en je daarna over je eigen schaamte heen zetten. Je moet eerst beseffen dat het niet jouw schuld is.' Het was lastig uit te leggen hoe stom en wanhopig ze zich had gevoeld door Bretts toedoen.

'Sloeg hij je ook?'

Ze schudde haar hoofd. 'Nee. Misschien dat ik daarom zo lang ben gebleven, want uiterlijk was er niks aan me te zien. Het enige wat hij deed was tegen me schreeuwen en dingen kapotgooien in huis.'

'Hoelang heeft dat al met al geduurd?'

'Een jaartje? Zoals ik zei, het ging zo geleidelijk dat ik geen idee had wat er aan de hand was. Hij pakte het heel slim aan.' Ze stopte om een slok van de nog veel te hete thee te nemen; door het hele verhaal te vertellen kreeg ze in haar borst weer dat gevoel alsof er een vogeltje gevangen zat.

'Ga verder,' drong hij aan.

Ze slaakte een diepe zucht. 'Het werd steeds erger. Op een gegeven moment wist ik dat ik iets moest doen. Ik had al een tas klaarstaan, klaar om weg te gaan mocht dat nodig zijn. Want het geschreeuw was zo erg geworden dat ik min of meer verwachtte dat hij gewelddadig zou worden. Maar hij was bijna jarig, en voor mijn verjaardag had hij me op een paar dagen Parijs getrakteerd, dus ik vond dat ik nog iets voor hem moest doen. In die tijd zaten we behoorlijk krap, dus ik kon me geen al te rare dingen permitteren, maar ik had al zijn lievelingsgerechten voor hem klaargemaakt.'

Ze aarzelde even. Ze zei maar niet dat zij degene was geweest die krap bij kas had gezeten, omdat Brett op de een of andere manier haar geld bestierde. In haar hoofd was ze weer helemaal terug; ze zag de eettafel in hun kleine flatje voor zich, gedekt met kaarsen en bloemen en glanzend bestek op een rood tafelkleed.

'Gerookte zalmrollade als voorgerecht, daarna lamsrug met gebakken aardappelen en boontjes, en frambozenpudding als toetje. Ik dacht dat hij het fantastisch zou vinden.'

Edgar keek haar strak aan; ze had zijn volledige aandacht. 'Heb je hem vermoord?'

Was dat zo? Misschien onbedoeld wel.

Ze schudde weer haar hoofd. 'Brett zei dat hij na zijn werk nog snel even wat zou gaan drinken met zijn vrienden en dat hij rond zeven uur thuis zou zijn. Maar hij was niet thuis rond zeven uur. En ook niet rond acht uur of negen uur of tien uur. En zijn telefoon stond uit. Ik begon al te denken dat hij een ongeluk had gehad of zo. Ik maakte me echt zorgen.'

Na een korte stilte vervolgde ze: 'Hij kwam vlak voor twaalf uur thuis en ik zei tegen hem dat ik niet nog een keer voor hem ging koken. En toen werd hij ontzettend kwaad en toen ik wat terugzei, ontplofte hij. Hij had lippenstift op zijn overhemd en hij stonk naar parfum... Ja, het was wat je noemt echt een cliché.' Het parfum was Obsession van Calvin Klein geweest, en nog steeds werd ze kotsmisselijk van die geur als ze hem toevallig ergens opsnoof. 'Ik beschuldigde hem ervan dat hij een minnares had en hij zei dat dat logisch was, want wie zou nou geen minnares nemen als hij getrouwd was met iemand als ik? Iedereen zou het meteen begrijpen. Dat was natuurlijk heel fijn om te horen.'

Ze stopte om nog een slok thee te nemen, want haar mond was kurkdroog geworden van de levendige herinnering aan de angst die ze toen had gevoeld. 'En toen zei ik tegen hem dat ik bij hem wegging, en dat meende ik ook. En hij wist dat ik het meende. En toen stopte hij zijn vinger in de frambozenpudding, proefde ervan en zei dat het fucking smerig was. En toen zei ik: "Lang niet zo fucking smerig als jij," en toen pakte hij de schaal en smeet hem tegen de muur. Het was een grote schaal van geslepen glas die nog van mijn moeder was geweest en hij wist dat die schaal veel voor me betekende. En dat was dat, de schaal kapot tegen de muur, overal glasscherven en frambozenpudding en Brett die tegen me schreeuwde en riep dat ik er spijt van zou krijgen. De aderen op zijn voorhoofd waren opgezwollen en zijn gezicht was paars en het zweet brak hem uit... Ik wist gewoon zeker dat hij me te lijf zou gaan.'

Ze stopte weer even, verbaasd dat de woorden er zo gemakkelijk uitkwamen. Wie had ooit kunnen denken dat ze het hele verhaal uitgerekend zou vertellen aan een man die ze nauwelijks kende, een lastpak van een man bovendien?

'Nu moet je me de rest ook vertellen,' zei Edgar.

Ze knikte. 'Het was surrealistisch. Ik dacht dat hij me zou doodslaan en tegelijkertijd vroeg ik me af of ik die pudding nog van de muren zou krijgen en hoeveel we onze huisbaas zouden moeten betalen als dat me niet lukte. En toen stopte Brett met schreeuwen en kwamen er ineens allemaal akelige gorgelgeluiden uit zijn keel. Hij kreeg een glazige blik in zijn ogen. Hij deed een paar stappen naar voren en viel toen op de grond, en op hetzelfde moment begon er iemand op de deur te bonzen. Het waren mijn buren die ons hadden horen schreeuwen. Ze hielpen me met Brett op zijn rug leggen en hij zat onder de pudding, vermengd met glasscherven. Hij ademde niet meer. Een van de buren belde het alarmnummer en ik probeerde hem te reanimeren. Daar bleef ik mee doorgaan tot de ambulance er was, al na een paar minuten. Ze hebben alles geprobeerd, maar ze konden zijn hart niet meer aan de praat krijgen. Hij was dood.'

'Ben je gearresteerd?'

'Nee. Ik werd natuurlijk wel ondervraagd door de politie, maar de buren hadden alles gehoord. En uit de autopsie bleek dat hij een hartaanval had gehad, onder andere omdat hij heel veel coke had gesnoven. En hij was ook niet met zijn vrienden de kroeg in geweest. Hij had de avond doorgebracht in een vijfsterrenhotel in Oxford, met een meisje met wie hij al een halfjaar iets had. En zij was ook op de begrafenis en huilde veel harder dan ik. Nou, dat is het hele verhaal.' Ze leunde iets naar achteren en veegde haar pony uit haar ogen. 'Het verhaal van mijn toch niet zo grote liefde.'

Het gezoem van een vlieg die om hun hoofden cirkelde was het enige geluid in de keuken.

Na een tijdje vroeg Edgar: 'En hoe voelde je je daarna?'

'Ik voelde... van alles. Alle emoties die er zijn had ik. Ik was met Brett getrouwd omdat ik van hem hield. Dus om die persoon rouwde ik. Zijn dood was niet het antwoord op al mijn gebeden, als u dat soms bedoelt. Toen vrienden ontdekten hoe hij werkelijk was, dachten sommigen dat ik wel blij zou zijn dat hij dood was.' Ze schudde haar hoofd. 'Maar dat was helemaal niet zo. Het was allemaal heel verwarrend. Ik had een groot probleem gehad en ineens was dat weg, maar als ik me al eens opgelucht voelde, al was het maar een seconde, dan voelde ik me meteen ook enorm schuldig en beschaamd.'

Stilte. En toen: 'En nu? Heb je al een nieuwe vriend?'

'God nee. Echt niet!' Lou zwaaide de vlieg weg die op tafel was geland. 'Geen goede ervaringen mee. Van Brett dacht ik ook dat hij volmaakt was, maar dat was een grote vergissing, Ik geloof niet dat ik erg goed ben in het uitkiezen van vriendjes. Maar genoeg hierover.' Ze keek op haar horloge. 'Ik ga maar eens.'

Edgar keek haar aan, hij moest alles nog even verwerken. Na een paar seconden zei hij: 'De lamp op de overloop is kapot.'

Wat? Was ze per ongeluk in slaap gevallen en een uur later wakker geworden? Maar nee, blijkbaar niet. Edgar wees naar het dressoir. 'De peertjes liggen in die la. En de trap staat in de garage.'

Ze dronk haar thee op. 'Oké, dat wil ik nog wel even voor u doen. Maar dan moet ik echt weg.'

De plafonds in het huis waren hoog en zaten onder de spinnenwebben, en de trap was ook hoog. Nadat ze het nieuwe peertje erin had gedraaid, ging ze terug naar de keuken waar een rol chocoladekoekjes op de tafel lag.

'Koekje?' vroeg Edgar.

'Nee, dank u. Ik hoef niks. Maar ik moet nu echt weg.' Terwijl ze haar tas over haar schouder hing, liet ze erop volgen: 'En denk eraan, als er mensen komen solliciteren, moet u ze wel de kans geven. U hebt iemand nodig voor de dingen die u zelf niet meer kunt.'

'Ik heb je al gezegd dat ik dat eerder heb geprobeerd.'

'Nou, misschien moet u de volgende keer iets beter uw best doen om iemand te houden.'

'Je weet niet hoe ze waren.' Hij trok een gezicht. 'Een van hen liep de hele dag kauwgum te kauwen. Net een koe. Walgelijk.'

Voor deze ene keer had hij misschien wel een punt. 'Oké, dat is inderdaad behoorlijk smerig,' zei ze vrolijk. 'Goed, ik ga. Succes met iemand vinden die niet kauwt als een koe. U hebt een prachtig huis dat het verdient dat er goed voor wordt gezorgd. O, en vergeet niet wat ik zei over melk in de vriezer leggen, voor noodgevallen.'

Edgar pakte een koekje uit de net geopende rol. 'Denk eraan dat je de deur goed achter je dichttrekt zo meteen.'

'Het was leuk om u te leren kennen.' Nou ja, zulke dingen zei je nou eenmaal. Dat heette beleefd.

Hij knikte, terwijl hij met zijn mouw wat kruimels van de tafel op de grond veegde.

'Dat kunt u beter niet doen, anders krijgt u nog muizen,' zei ze.

'Die heb ik al, maar bedankt voor de tip.'

5

Lou liet zichzelf de cottage binnen met de sleutel die ze van het haakje naast de deur had meegenomen.

Ze volgde de geur van gebakken bacon naar de keuken, waar Remy dikke sneeën brood met boter stond te smeren, gekleed in slechts een donkerblauwe short.

'O, daar ben je weer,' zei hij. 'Ik hoorde je weggaan, ik dacht dat je ervandoor was.'

Het was gewoon oneerlijk dat hij zo'n sixpack had, met de hoeveelheid boter die hij blijkbaar naar binnen werkte, dacht ze. Hardop zei ze: 'Te vroeg om weg te lopen. Nogmaals sorry van gisteravond.'

'Jij kon er niks aan doen. Ik wou dat je gewoon in bed was gebleven.' Na een korte stilte voegde hij eraan toe: 'Oké, dat kwam er een beetje raar uit. Maar je weet wat ik bedoel.' Hij nam haar geamuseerd op. 'Hoe heb je geslapen?'

'Echt lekker.' Haar maag knorde.

'Hier.' Hij schonk twee koppen koffie in uit de cafetière en gaf ze aan haar. 'Neem deze even mee naar de tuin. Ik kom zo met de rest.'

De tafel, met daarop zijn mobiel en laptop, was gedekt in het zonnetje, in een beschut stukje van de tuin. Toen hij het huis uit kwam, droeg hij twee borden met baconsandwiches. 'Maar goed dat ik er een paar extra had gemaakt.'

'Lekker. Dank je.'

Hij wachtte tot ze de helft van haar sandwich had verslonden en vroeg toen: 'Ik kreeg er gisteravond de kans niet voor, maar hoe gaat het met je? Ik bedoel, hoe gaat het nu na alles wat er is gebeurd?'

'Wel goed eigenlijk.' Die vraag werd haar continu gesteld. Gelukkig had hij het gedaan zonder daarbij zijn hoofd schuin te houden, wat andere mensen standaard deden.

'Sammy heeft het me natuurlijk allemaal verteld. En ook het bijbehorende verhaal.' Hij schoof zijn bord iets opzij. 'Wat een rottijd moet het voor je zijn geweest.'

'Fijn was anders. Maar ik ben er nog.' Ze likte wat ketchup van haar vinger en veranderde van onderwerp. 'Zijn baconsandwiches soms je specialiteit? Want deze zijn verdomd lekker.'

'Met een broer als Sammy moet je wel kunnen koken.' Remy grinnikte. 'Nou ja, je snapt wat ik bedoel. Hoe ging zijn optreden gisteren?'

'Best goed. Al bleven de meeste mensen niet tot het einde.'

'En hoe ging het met dat nieuwe meisje van het hotel... Tanisha? Had hij daar nog succes mee?'

'Ze was er wel, maar toen ontmoette ze iemand anders met wie ze later wegging.'

'En hij had zich er nog wel zo op verheugd,' zei Remy vol medeleven. 'Nou ja, jammer voor haar dan.' Zijn aandacht werd ineens getrokken door een merel die luidkeels zat te zingen op een van de hoogste takken van de volwassen ceder achter in de tuin. 'Ik weet nog dat je een keer die boom in bent geklommen. Op Sammy's verjaardag.'

'Ja, dat weet ik ook nog. Ik heb toen gewonnen.'

'Zou het je nog steeds lukken, denk je?'

'Natuurlijk. Als ik dat zou willen.' Ze begon aan de tweede helft van haar baconsandwich. 'Maar misschien niet nu meteen.'

'Hebben jullie plannen voor vandaag?'

'Niet echt, het is gewoon leuk om een weekendje vrij te hebben. Vanmiddag gaan we barbecueën bij een vriend van Sammy. En vanavond is het quizavond in de Bear.'

Zijn interesse was meteen gewekt. 'Dat is altijd leuk.'

Lou wist dat hij had verwacht deze week in Texas te zijn en in een opwelling zei ze: 'Als je zin hebt, kom je toch ook? Dan kun je in ons team.'

Hij keek op zijn mobiel. 'Misschien doe ik dat wel.'

Het zou fantastisch zijn om Remy in hun team te hebben, want hij was superslim en Sammy had alleen maar verstand van muziek. Nou ja, van de meeste soorten muziek dan.

'Wauw.' Een paar minuten later verscheen Sammy in de deuropening. Hij knipperde slaperig met zijn ogen en zijn haar stond alle kanten uit. Met een blik op zijn broer vroeg hij: 'Wat is hier aan de hand, waarom ben je niet in Texas?'

'Texas is afgezegd. Ik ben vannacht teruggekomen. En toen bleek dat er iemand in mijn bed lag te slapen.'

'Tegen mij zei je dat hij het wist.' Lou keek Sammy aan. 'Maar dat was dus niet zo.'

'Maar ik wist dat hij het goed zou vinden als ik het hem zou vragen,' reageerde Sammy nonchalant. Toen vlogen zijn ogen wijd open. 'O wauw, is hij echt gewoon bij je in bed gekropen?'

Stel je voor. En nu stelde ze het zich ineens voor, wat ze beter niet had kunnen doen.

'Was je naakt?' vroeg Sammy lachend.

'Ik was niet naakt. En nee, hij is niet bij me in bed gekropen.' Als ze een kleurenwaaier bij de hand had, welke kleur zou haar gezicht dan hebben? Fuchsia Crush misschien? Of Flaming Sunset? Rampant Raspberry?

Sammy ging ook aan tafel zitten. 'Waar heb je dan geslapen?' vroeg hij aan Remy, terwijl hij de laatste sandwich van zijn bord jatte.

'Hij heeft in zijn kamer geslapen,' zei Lou. 'Ik heb op de bank geslapen. Geen probleem.'

Schouderophalend zei Remy: 'Ik heb nog gezegd dat zij het bed mocht hebben, maar dat wilde ze per se niet.'

'Ja, hij heeft het inderdaad aangeboden.' Lou boog zich over de tafel heen om een verdwaalde veer uit Sammy's verwarde haar te vissen. 'En misschien gaat hij vanavond met ons mee naar de quiz.'

'Cool,' zei Sammy. 'Met hem erbij zouden we zomaar eens kunnen winnen.'

Om acht uur was de pub afgeladen en de quiz in volle gang. Omdat Sammy had geweten hoe het eerste album van de Smashing Pumpkins heette en Lou heel goed was in hoofdrekenen en Remy in alle andere dingen, stonden ze er goed voor. 'Hoe weet je dat allemaal?' had Sammy hoofdschuddend gevraagd, terwijl ze een rijtje vragen over vierkantswortels en vijfcijferige getallen had beantwoord. Ze had hem uitgelegd dat het geen kwestie van weten was, maar gewoon van uitrekenen.

Tijdens een korte pauze tussen de tweede en derde ronde ging de telefoon in haar tas over.

Een paar mensen uit de andere teams riepen vrolijk: 'Geen hulptroepen!'

'Misschien is het mijn werk. Sorry, maar ik moet even opnemen.' Ze hield het toestel tegen haar oor en zei: 'Hallo?'

'Kun je even komen? Ik wil het ergens met je over hebben.'

Oké, ze leefde met hem mee, maar dit ging echt te ver. 'Nee, ik kan helaas niet.'

'Wat?'

'Het is zaterdagavond, ik kan nu niet komen, ik ben bezig.'

'Waarmee?' wilde Edgar weten.

'Ik ben uit met vrienden.'

Rico, die de quiz leidde, zei in de microfoon: 'Goed, dan gaan we nu verder met de derde ronde en het onderwerp is: biologie!'

'Boe!' riepen de andere teams.

Geïrriteerd vroeg Edgar: 'Wat is dat voor herrie? Wie doet dat? Ik kan je nauwelijks verstaan.'

'En dan nu de eerste vraag...'

'Luister, het spijt me vreselijk maar ik kan nu echt niet komen.'

'Ik versta je nog steeds niet,' zei Edgar, en toen werd de verbinding verbroken.

Ze voelde zich tegelijkertijd schuldig en opgelucht.

'Waar in het lichaam bevinden zich de eilandjes van Langerhans?' vroeg Rico.

Een oudere vrouw naast Remy gaf hem een por en zei giechelend: 'Geen flauw idee, maar ik wil je die van mij wel laten zien als ik die van jou mag zien.'

'In de alvleesklier,' zei Lou.

Tien minuten later vloog de deur van de pub open, net toen iedereen zat te kreunen na Rico's aankondiging dat het volgende onderwerp scheikunde zou zijn. Sammy boog zich voorover en zei: 'Dat doet hij expres om ons te pesten, omdat hij weet dat we dat allemaal een rotonderwerp vinden,' maar Lou hoorde hem maar half omdat ze had gezien wie de pub binnen was gekomen. De anderen keken nu ook op en stootten elkaar aan om op de nieuwkomer te wijzen. Edgar Allsopp op zijn beurt liet zijn blik door de pub glijden zonder wie dan ook te begroeten.

Rico schraapte zijn keel, ritselde even met zijn vragenlijst en zei toen overdreven vriendelijk: 'Ik weet dat jullie de pest hebben aan scheikunde, maar dat maakt het juist zo leuk. Oké, opletten allemaal, want ik wil dat jullie de atoomnummers opschrijven van de volgende drie scheikundige elementen... Als eerste fosfor.'

'Vijftien,' zei Edgar.

'Je mag de antwoorden niet hardop zeggen,' beet een man aan de bar hem toe.

'Nou, van mij mag hij.' Een blonde vrouw schaterde het uit. 'Want ik weet het niet!'

'Sst,' zei Rico. 'Twee: gallium.'

'Eenendertig,' zei Edgar.

De man aan de bar zei: 'O, godallemachtig!'

'Als u wilt meedoen,' zei Rico tegen Edgar, 'dan kunt u papier en potlood bij de bar halen en deelname kost twee pond.'

'Wat kan ik ermee winnen?' wilde Edgar weten.

'Een fles van onze allerlekkerste Spaanse bubbeltjeswijn.'

'Doe me een lol, zeg.' Edgar schudde vol afkeer zijn hoofd. Hij liet zijn blik nog een keer over de aanwezigen glijden tot hij gevonden had wie hij zocht. 'Daar ben je. Kom even mee naar buiten, ik moet met je praten.'

Had hij tijdens zijn hele leven echt nooit moeite gedaan om een paar van de basismanieren aan te leren? Het was tijd dat ze tegen hem optrad. Kalm zei ze: 'Ik heb al gezegd dat ik nu niet kan. Ik ben bezig.'

'Bezig? Drinken en idioot simpele vragen beantwoorden noem jij bezig zijn?'

Ze waren helemaal niet idioot simpel; sommige vragen waren echt heel moeilijk geweest. 'Als u even wacht, dan kunnen we praten wanneer de quiz is afgelopen.'

'En hoelang gaat dat duren?'

'We zijn om negen uur wel klaar,' zei Sammy. En omdat hij

aardig was en er niks aan kon doen, klopte hij op de lege stoel naast hem. 'Als u wilt meedoen, mag u wel bij ons in het team.'

Edgar keek hem onbewogen aan. 'Ik wacht wel buiten.'

6

Lou ging hem twintig minuten daarna zoeken. Hij zat, zonder een drankje, op een van de houten banken buiten. 'Hoe wist u trouwens waar ik was?' vroeg ze.

'Het klonk alsof je in een pub was. Ik hoorde dat er een quiz begon en toen heb ik rondgereden tot ik bij deze pub een bord buiten zag staan waarop stond dat het quizavond was.'

'Goed gedaan, Sherlock. En neemt u ooit weleens genoegen met nee?'

'Nou, nee.'

'Luister, het spijt me, maar dit is mijn vrije avond en ik wil daar echt van profiteren. U hebt uw auto en wandelstok, dus u kunt zelf alles halen wat u nodig hebt. En als u thuis klusjes hebt, dan kunnen die vast wel wachten tot u weer een hulp in de huishouding hebt.'

'Dat ben ik met je eens. En ik vraag nu aan jou of jij die persoon wilt zijn.'

Had ze vaag al vermoed dat hij haar dit zou vragen? Zou kunnen.

Zou het bij hem zijn opgekomen dat dit misschien niet zo'n fantastisch aanbod was? Blijkbaar niet.

'Ik heb al een baan,' zei ze.

'Dat weet ik. Dat heb je me verteld. Je kunt toch ontslag nemen?'

'Dat wil ik niet. Ik hou van mijn werk.'

'Ik zal je meer betalen.'

'Ik hoef niet meer.'

'Nu doe je belachelijk. Iedereen wil meer.'

Niet als dat inhoudt dat ik voor zo'n wandelende ramp als u moet werken, dacht ze.

Ze slaakte een zucht, want dat kon ze natuurlijk niet hardop zeggen. Zorgvuldig haar woorden kiezend zei ze: 'Ik zorg voor een vrouw die al jaren MS heeft. Ze zit in een rolstoel en kan de meeste dingen die ze vroeger deed niet meer doen. Haar coördinatie is slecht en ze heeft veel zorg nodig. En ik vind het fijn om bij haar te werken, want ze is echt een fantastisch mens.'

'Geef me het kotszakje even,' zei Edgar.

'Het is zo. Ze is aardig en attent en ontzettend geduldig. Ze klaagt nooit.'

'Heb je *The Sound of Music* weleens gezien? Echt iets voor jou.'

'U zou uzelf eens moeten horen.' Hij deed expres vervelend. 'Ze heet Heather en het is gewoon een genot om voor haar en haar gezin te werken. Ze heeft een schat van een man en hartstikke leuke kinderen die allemaal gek op haar zijn. Dus nee, ik ben gelukkig waar ik ben en zelfs als ik ergens anders meer kan verdienen, ga ik daar niet weg.'

'Hm.'

Omdat ze lang niet zo onbeleefd was als hij, zei ze: 'Sorry.' Alweer.

'En wat als ik je loon nu eens verdubbel?'

Dit werd echt belachelijk. Ze schudde haar hoofd. 'Luister, hebt u weleens overwogen om naar een verzorgingshuis te gaan? Er zijn echt heel goede, waar u misschien vriendschap kunt sluiten met andere bewoners en...'

'Ik ga nog liever naar de begraafplaats om daar mijn eigen graf te graven dan dat ik vriendschap sluit met andere bewoners.'

'Maar u kunt ook gewoon op uw kamer blijven, het is niet

verplicht om sociaal te doen.' Ze pakte haar mobiel en googelde 'verzorgingshuizen in de buurt'. 'O, deze hier. Zal ik ze vragen of ze u een brochure kunnen sturen? Echt, het is de volmaakte oplossing. Er is personeel dat voor u kan zorgen en de maaltijden worden bereid door een echte chef-kok.'

'Nee.' Hij schudde zijn hoofd. 'Als ik er al niet tegen kan om met één irritant iemand in mijn eigen huis om te gaan, hoe kom je er dan bij dat een hele groep irritante types een goed idee zou zijn? Het is mijn huis, de enige plek waar ik wil zijn en ik blijf daar tot mijn dood.'

'Dat is natuurlijk prima. Dat mag. Maar dan zult u toch hulp moeten inhuren. Dat betekent dat u minder kieskeurig zult moeten worden.'

'Ja, dat weet ik wel.' Hij spreidde zijn handen in wanhoop. 'Daarom vraag ik het je ook.'

'Ik snap niet waarom u denkt dat ik beter zal zijn dan de mensen die u eerder had.'

'Omdat... Omdat ik het niet erg vind om jou om me heen te hebben. Ik erger me niet aan je. Gisteren niet en vandaag ook niet.'

Dat was nog eens een compliment.

'Nou, dat is toch het bewijs dat u niet iedereen haat?' Ze wierp hem een bemoedigend lachje toe. 'Dus gewoon nog een keer proberen en deze keer positief denken. De advertentie hangt al in de etalage. En ik weet zeker dat u tussen de gegadigden wel iemand kunt vinden aan wie u zich niet ergert. Wie weet, misschien vindt u zelfs wel iemand die u graag om u heen heeft.'

'Echt niet.'

Haar toestel zoemde. Er verscheen een tekst van Sammy op het schermpje:

Ben je ontvoerd?

'Mijn vrienden wachten op me. Ik ga weer naar binnen.' Ze stond op en haalde haar vingers door haar haar. 'Succes ermee.'

'Hebben jullie de quiz gewonnen?'

'Nee, we zijn derde geworden. Als we u in ons team hadden gehad, hadden we misschien wel gewonnen.'

'Hm.'

'En misschien had u dan wel een leuke avond gehad.'

Edgar pakte zijn wandelstok en autosleutels. 'Dat betwijfel ik.'

Besefte hij wel dat hij zichzelf hiermee geen plezier deed? Lou keek hem na terwijl hij langzaam over het gras naar het parkeerterrein liep. Echt, sommige mensen wilden gewoon niet geholpen worden.

Bij de ingang van de pub botste ze bijna tegen Remy op die net naar buiten kwam.

'Heb je je eindelijk van hem weten te bevrijden?' Zijn donkere ogen glansden in het late zonlicht. 'Hij is me er eentje.'

'Hij bood me een baan aan. Als hulp.'

'En?'

'Ik heb natuurlijk nee gezegd.'

'Verstandig besluit. Luister, ik ga nu weg en ik slaap vannacht niet thuis, dus als je wilt, kun je in mijn bed slapen.'

'O. Oké. Zeker weten?'

'Ik beloof je dat ik je niet om twee uur 's nachts zal komen wakker maken.'

'Nou, in dat geval, graag.' Hij had echt een fantastische lach, betoverend gewoon.

'Het was leuk om je weer te zien. Je doet het goed.'

Het klonk alsof hij het meende. 'Dank je.' Lou wist de kleur op haar wangen de kop in te drukken. 'Het was ook leuk om jou weer te zien.'

Twee weken daarna, toen Tony McLean zijn vrouw Heather uit bed in haar rolstoel hielp, maakte ze een zware val waarbij ze haar bekken brak. Zes dagen later, tijdens een ziekenhuisbezoek, vertelde het echtpaar Lou dat Heather niet meer thuis zou komen, maar naar een verpleeghuis zou gaan wanneer ze uit het ziekenhuis werd ontslagen, omdat ze steeds meer zorg nodig had.

'Tony doet zijn best, maar het wordt hem te veel.' Heather sprak slissend en onduidelijk, maar Lou kon haar wel verstaan. 'Het is voor iedereen beter als ik ergens ben waar ik continu verzorging kan krijgen. O Lou, het spijt me, we vonden het echt fijn de afgelopen twee jaar met jou. Ik zal je heel erg missen.'

'Nee, hoor,' zei Lou, 'want ik kom natuurlijk zo vaak mogelijk op bezoek. Zo makkelijk kom je ook weer niet van me af.'

Ze waren inmiddels echte vriendinnen geworden. Lou had met veel plezier voor Heather gezorgd en Heather en Tony hadden haar allebei gesteund in de donkere periode na Bretts dood. Hun ongecompliceerde liefde voor elkaar, zelfs onder de allermoeilijkste en stressvolste omstandigheden, had haar doen inzien dat sommige huwelijken wel gelukkig waren als je maar slim genoeg was om de goede partner te kiezen.

'Maar ik voel me er wel rot bij.' Heathers hoofd schommelde terwijl ze haar ogen droogde aan een in elkaar gepropt zakdoekje. 'Het is alsof we je in de steek laten. Nu moet je een andere baan zoeken.'

'Doe niet zo raar. Ik bel het uitzendbureau wel, eens kijken wat er zoal is. Je hoeft je om mij echt geen zorgen te maken,' stelde Lou haar gerust. 'Ik vind wel weer wat.'

'En zo niet, dan heb je altijd Edgar Allsopp nog achter de hand,' zei Heather droog.

'Ja, vast.' Na haar weekend in Foxwell had ze Heather en Tony over Edgar verteld, zowel over hoe ze elkaar hadden leren kennen als over hun latere ontmoetingen. Edgar stuurde haar nog steeds lange, irritante berichten over wat zijn goedkeuring allemaal niet kon wegdragen. De onderwerpen varieerden van de nieuwslezeres op de radio die duidelijk ongeletterd was omdat ze Clonakilty net verkeerd had uitgesproken, tot het feit dat hij elf minuten, ja, elf, had moeten wachten bij de sigarenzaak omdat de vrouw voor hem haar hele pensioen aan van die stomme krasloten had uitgegeven.

Lou pakte haar mobiel uit haar zak. 'Gisteravond kreeg ik er weer een van hem... wacht even, ja, deze: "Vanochtend kwam er een meisje solliciteren. Ze had een tongpiercing en een tatoeage in haar nek. Ze zei ook dat ze geen wc's schoonmaakte omdat die, en dat zijn haar woorden: echt hartstikke smerig zijn. En toen ik haar vertelde dat ik haar niet geschikt achtte voor de baan, zei ze dat ze al had gehoord dat ik een chagrijnige ouwe zak was en dat er sowieso niemand voor me wilde werken."'

'Wauw,' zei Heather. 'Echt wat je noemt een charmante man. Vraagt hij nog steeds of je toch niet voor hem wilt komen werken?'

'Iedere dag. Soms twee keer per dag.' Lou had online al naar werk gezocht via uitzendbureaus. Zodra ze een nieuwe baan had, zou hij zijn pogingen toch echt moeten staken.

'En beantwoord je al zijn berichten?'

Schouderophalend zei ze: 'Ja, heel kort. Anders voelt het zo onbeleefd. En volgens mij heeft hij verder niemand om tegen te klagen.'

'Je moet zijn nummer gewoon blokkeren.'

'Ja, ik weet het, maar...'

'Dat kun je niet, omdat je daar te aardig voor bent.' Heather greep met haar beverige hand naar die van Lou. 'Lou, het was heerlijk om je om ons heen te hebben. Ik hoop echt dat je volgende werkgevers je op waarde zullen schatten, wie het dan ook zijn. Ze hebben geen idee hoeveel geluk ze met je hebben.'

'Want weet je, het is een soort van cashflow probleem. Het spijt me, maar ik zou het niet doen als het niet moest. Maar het moet echt.'

'O. Oké.' Het kwam als een blikseminslag bij heldere hemel. Lou keek naar Dennis, haar huisbaas, die verlegen zijn hoofd stond te krabben en uit het raam keek. Het kleine eenkamerflatje op de derde verdieping van het oude victoriaanse pand was dan wel niet veel soeps, maar het was wel haar flatje. Alleen was dat dus niet zo. Het was van Dennis, die blijkbaar financiële problemen had en haar daarom uit haar huis wilde zetten, zodat hij het flatje kon verkopen om aan geld te kunnen komen.

Met droge mond zei ze: 'Maar er geldt toch een opzegtermijn van twee maanden? Dat staat in het huurcontract, twee maanden opzegtermijn zowel voor de huurder als verhuurder...'

'Dat weet ik,' onderbrak hij haar. 'Dat staat er inderdaad en ik kan je niet dwingen om eerder te vertrekken, maar je zou me een enorm plezier doen als je wat sneller iets anders vindt. Want er heeft zich iemand gemeld die cash wil betalen en ik wil die vent niet kwijtraken. Het zou te gek zijn als je binnen twee weken zou kunnen vertrekken.'

'Je wilt dat ik jou een enorm plezier doe?' Lou wierp hem een blik toe waarmee ze wilde zeggen dat ze het echt niet begreep. 'Maar ik ben toch degene die nergens naartoe kan... Ik heb niet eens geld om een B&B te betalen.'

Dennis slaakte een diepe zucht. Hij had blijkbaar gehoopt ermee weg te kunnen komen, maar zo gemakkelijk liet ze zich niet in de hoek drukken. Omdat hij nu eenmaal een sjacheraar was, pakte hij een stapeltje bankbiljetten uit zijn binnenzak en pelde er wat briefjes van vijftig af. 'Oké, ik kan het me eigenlijk niet veroorloven, maar vooruit, dit is voor jou.' Hij wapperde ermee voor haar gezicht. Het was geen al te groot bedrag, maar beter dan niets. 'Maar dan moet je er wel eind volgende week uit zijn, oké?'

Lou pakte het geld. 'Oké.'

7

Sammy vond het niet fijn om op de foto te moeten, maar af en toe kon het niet anders. Een recent optreden van hem, in een pub in Strout, had maar weinig publiek weten te lokken, en na afloop zei de eigenares dat de poster die ze hadden opgehangen er misschien een beetje... nou ja... een beetje saai had uitgezien.

'Als je nou eens een nieuwe foto laat maken, met andere kleren aan, dan denken de mensen misschien wel dat je iemand anders bent en worden ze benieuwd,' had ze hem behulpzaam uitgelegd.

Het had nogal harteloos geklonken, maar ze had het goed bedoeld, en misschien werkte het ook wel, je kon nooit weten. En daarom zat hij nu op het stoepje van Riverside Cottage en droeg hij zowaar een echt overhemd in plaats van zijn afgedragen favoriete grijze T-shirt van de Ramones met gaten erin, en deed hij alsof hij gitaar speelde, zich zogenaamd totaal niet bewust van de foto die voor commerciële doeleinden van hem werd gemaakt.

Het plan was dat Remy de foto's zou nemen, maar net toen ze wilden beginnen, werd zijn broer gebeld met de mededeling dat hij nu meteen moest meedoen aan een Zoom-overleg met een klant.

'Shit,' zei Remy. Hij voelde zich verscheurd. 'Ik weet hoe hij is. Dat gaat uren duren.'

Maar Sammy, die in niets meer op de oude Sammy leek in zijn zwarte broek en paarse, zelf gestreken overhemd uit de tweedehandswinkel, was er nu klaar voor. En de zon stond ook precies goed. Tegen de tijd dat Remy's vergadering was afgelopen, zou de zon niet meer op de deuropening schijnen en zaten er ook vast weer kreukels in zijn overhemd.

'Oké, daar heb je de hulptroepen al,' zei Remy, en Sammy

dacht even dat er een heel leger door de straat kwam aan marcheren, maar het was Jess Bailey die kwam aanfietsen.

'Ze kan het ook vast beter dan ik.' Remy stak zijn hand op en Jess kwam met gierende banden tot stilstand, waarbij ze bijna van haar fiets viel.

Logisch dat ze stopte, dacht Sammy bij zichzelf met een steek van jaloezie. Als Remy haar zou vragen om zonder parachute uit een vliegtuig te springen zou ze het waarschijnlijk ook zonder enige aarzeling doen.

'Ja?' Jess werkte in de antiekzaak van haar oom, halverwege de heuvel, en was net klaar met haar werk.

'Heb je heel even? Ah, je bent een schat,' zei Remy toen ze knikte. 'Ik heb een vergadering met een klant en kan hem niet langer laten wachten... Zou jij een foto van hem kunnen maken?' Hij duwde haar Sammy's mobiel in de hand. 'Gewoon heel veel foto's maken, dan zit er altijd wel een goeie bij.'

Toen Remy was weggelopen naar het kantoor een eindje verderop, dat hij deelde met zijn zakenpartner, Briony Trent, zei Sammy: 'Luister, je hoeft het niet te doen, hoor, als je niet wilt.'

'Ik vind het niet erg om te doen. Ik zal een mooie proberen te maken.' Terwijl Jess haar blik over zijn kleren liet glijden, zei ze: 'Ik had je bijna niet herkend, je ziet er heel anders uit zo!'

'Het is voor de publiciteit, om mensen te laten denken dat ik er niet altijd uitzie als een overvolle vuilnisbak.' Verlegen voelde hij aan zijn achterovergekamde haar en de zonnebril die hij erin had gestoken voor een nonchalant en cool uiterlijk. 'Remy is bang dat ik er over een halfuurtje alweer helemaal verkreukeld en slonzig uitzie. En bovendien staat de zon dan niet meer goed.'

'Hij heeft waarschijnlijk gelijk. Oké, laten we beginnen. Wat voor look had je in gedachten?'

'Een uitermate aantrekkelijke natuurlijk.' Grinnikend keek hij even scheel, voor het geval dat ze dacht dat hij het meende, en toen verschoof hij iets zodat het zonlicht dat door de takken van de kamperfoelie viel, zijn gezicht bescheen. De eerdere foto's waarop hij had geglimlacht hadden niet gewerkt, dus nu was het plan om het met een broeierige en gekwelde blik in zijn ogen te proberen. 'Als een echte muzikant,' legde hij uit.

'Ik snap het. En nu niet meer op me letten. Laat me gewoon mijn gang gaan. Ik heb vorig jaar een cursus fotografie gevolgd en daar heb ik allerlei trucs geleerd. Ik voel me nu net een beroepsfotograaf. Echt leuk!'

Voor Sammy, die al een leven lang niet fotogeniek was, was het minder leuk, maar wat moest dat moest. Hij sloeg een paar akkoorden aan op zijn lievelingsgitaar, probeerde gepast intens te kijken en weerstond de neiging om zijn vingers door zijn paasbeste haar te halen. Jess nam de opdracht serieus en wrong zich letterlijk in allerlei bochten om hem vanuit alle hoeken te fotograferen.

Net als Sammy sprong Jess af en toe bij in de Bear als het zo druk was dat Bob en Rico het werk niet meer aankonden. Ze was een harde werker en bezat een prachtige bos bruine krulletjes en had een fantastisch weelderig figuur, en hij vermoedde dat ze, net als de meeste vrouwen in Foxwell, een beetje verliefd was op Remy. In de loop der jaren was Sammy eraan gewend geraakt dat hij de jongere broer was op wie bijna niemand viel; meestal kreeg hij te horen dat je goed met hem kon lachen, of nog veel erger, dat hij een schatje was.

'O, mijn god, wat doe je daar met mijn broer?' Remy, die een halfuur later weer kwam aanzetten, geloofde zijn ogen niet.

'Al zeg ik het zelf, ik ben behoorlijk briljant bezig geweest.' Jess, die boven Sammy stond, had een rood hoofd gekregen van haar succesvolle artistieke onderneming.

'We hebben heel veel van die sombere foto's gemaakt, maar dat werkte echt niet,' vertelde Sammy, die languit op zijn rug in het gras lag, met het paarse overhemd losgeknoopt en zijn niet meer zo netjes gekamde haar als een waaier om zijn hoofd.

'Hij zag eruit alsof hij op sollicitatiegesprek moest bij een bank. Kijk.' Jess liep bij hem weg om Remy de foto's te tonen. 'Ik heb ze allemaal bewaard, zodat je het met eigen ogen kunt zien. Ze waren gewoon niet goed.'

Sammy, die nog steeds als een arend met gespreide vleugels op de grond lag, vulde aan: 'Dus toen leek het ons een goed idee om andere te proberen. En mijn beste song is "Angel in the Snow". Toch?' Hij zwaaide zijn armen omhoog en naar beneden om het voor te doen. 'Dus dit ben ik als engel in het gras.'

Hij keek naar zijn broer die de foto's bestudeerde. 'Jullie hebben gelijk. Ik vind het mooie foto's. Vooral die waarop je naar de camera lacht. Zo ben je echt.' Hij raakte Jess' arm even aan. 'Goed gedaan.'

Opgetogen zei ze: 'Dank je. Ik kreeg ineens dat idee en Sammy vond het oké.'

'Het is echt veel beter dan wat ik had kunnen verzinnen.' Remy wist mensen altijd op zo'n manier complimentjes te geven dat ze smolten van geluk.

Ineens werd er achter Jess getoeterd, en ze slaakte een kreet van schrik.

'Als dat onze kasteelheer niet is,' zei Remy. 'Zo te merken heeft een van ons iets verkeerd gedaan.'

'Waarschijnlijk ik,' zei Jess. 'Hij was laatst in de winkel en toen zei hij dat we belachelijke prijzen vroegen. En daarna werd hij boos omdat er een deukje in een georgiaans zilveren dienblad zat.'

Remy leek geïnteresseerd. 'Is hij dan een klant van jullie?'

'Hij koopt nooit wat,' zei ze schamper. 'Hij komt alleen maar om te klagen en gaat dan weer weg.'

'Hé, jij daar.' Edgar was inmiddels uitgestapt en gebaarde naar hen vanaf de andere kant van het tuinhek.

'Ik?' vroeg Remy.

'Nee, natuurlijk niet. Die andere.'

'Dan zal hij mij wel bedoelen,' zei Sammy vrolijk. Het had geen zin om kwaad te worden op Edgar, die toch altijd gewoon deed waar hij zin in had. 'Wat kan ik voor u doen?' vroeg hij, hoewel hij het wel kon raden.

'Die vriendin van je. Die pas geleden bij je heeft gelogeerd.'

'Ik heb enorm veel vriendinnen,' zei Sammy. 'Ik ben ongelooflijk populair.'

'Ze heet Lou. Ze woont in Birmingham. Ze neemt haar telefoon niet op.'

'O, oké. Misschien hebt u niet het goede nummer.'

'Natuurlijk wel. Ik heb haar berichtjes gestuurd en daar antwoordde ze gewoon op. Iedere keer weer. Maar nu ineens niet meer. En als ik probeer te bellen, neemt ze niet op. Dus ik zou weleens willen weten wat er aan de hand is.' Hij keek Sammy met samengeknepen ogen aan, alsof het allemaal zijn schuld was.

Sammy haalde zijn schouders op. 'Geen flauw idee. Sorry.'

'Wil je haar dan vertellen dat ze op mijn berichten moet reageren?'

'Luister,' kwam Remy tussenbeide. 'Lou heeft geen werk en ze moest haar flat uit, dus waarschijnlijk heeft ze het druk met een baan en een huis zoeken. Soms hebben mensen gewoon geen tijd om op onbelangrijke berichtjes te reageren.'

'Heel slim,' mompelde Sammy.

Remy keek hem aan. 'Wat? Hoe bedoel je?'

Sammy schudde zijn hoofd en zei 'niets', op een toon waaruit bleek dat er toch wel iets was.

'Zeg haar dat ik haar moet spreken.' Steunend op zijn wandelstok liep Edgar terug naar zijn stoffige Mini. Over zijn schouder voegde hij eraan toe: 'En het is wel belangrijk!'

'Stomkop,' zei Sammy nadat de auto was weg gehobbeld.

'Wat heb ik fout gedaan dan? Het is toch zo?' Remy raapte

zijn dure zonnebril op uit het gras. 'Ik wilde hem alleen maar duidelijk maken dat ze belangrijker dingen aan haar hoofd heeft.'

'Hij wil dat ze voor hem komt werken. Daar valt hij haar continu mee lastig, vrijwel iedere dag, al wekenlang. Ze wordt er knettergek van,' legde Sammy uit. 'En nu heb je het er alleen maar erger op gemaakt.'

'Ik snap echt niet wat het probleem is,' zei Remy schouderophalend. 'Die man is een ramp. Als ze niet meer wil worden lastiggevallen door hem, dan hoeft ze hem alleen maar te blokkeren.'

'Dat heb ik ook al tegen haar gezegd. Maar het punt met Lou is dat ze dat niet doet.'

Belangstellend vroeg Jess: 'Lou is toch dat meisje dat vorige week bij de pubquiz was? We hebben even met elkaar gepraat bij de wc's. Ze was echt heel aardig.'

Sammy, die sprietjes gemaaid gras uit zijn haar stond te schudden, zei: 'Dat is het probleem. Soms is ze té aardig, en dan krijg je dit.'

'Waarschijnlijk durft ze zijn nummer niet te blokkeren omdat ze bang is dat hij haar een keer belt als hij haar hulp nodig heeft en dat hij dan doodgaat en dat dat haar schuld is.'

Sammy staarde haar aan. 'Wat?'

'Ik heb een keer een film gezien waarin dat gebeurde,' zei ze. 'En daarom blokkeer ik mensen ook nooit. Want ik ben bang dat ik ze dan per ongeluk vermoord.'

'Dit is maf.' Remy schudde zijn hoofd.

Op uitdagende toon vroeg ze: 'Nou, misschien is er wel iets met haar gebeurd als ze niet opneemt en niet reageert op berichtjes. Dat kunnen jullie niet weten. Misschien heeft ze wel een verschrikkelijk ongeluk gehad en is haar telefoon onder een bus gekomen.'

'Jij bent echt maf.' Sammy begon te lachen.

'Niet, ik ben een catastrofist, ik ga altijd van het ergste uit. Wat in feite heel troostend is,' legde ze uit, 'want iedere keer dat het ergste dan niet gebeurt, heb ik het gevoel alsof ik heb gewonnen.'

8

Niet dat Sammy ook maar een seconde dacht dat Lou een ongeluk had gehad, maar toch schoot steeds de gedachte door hem heen dat ze misschien wel in het ziekenhuis lag. Nadat hij de nieuwe flyer voor zijn optredens had gemaakt en alle kleurencartridges van Remy's printer op waren gegaan aan de tientallen flyers die hij had afgedrukt, belde hij haar om te vragen of het al opschoot met haar zoektocht naar een nieuw appartement.

'Ik heb er een paar bekeken, maar die waren niet veel soeps.' Ze klonk vermoeid. 'Eentje in Walsall leek me wel wat, maar net toen de verhuurmakelaar me de deur uit liet, begon er iemand in de flat beneden trompet te spelen. Het bleek dat hij drie uur per dag oefent.' Na een korte stilte voegde ze eraan toe: 'En het bleek ook dat hij niet kon spelen.'

'Hoor eens, als je echt niks kan vinden, kun je altijd naar ons toe komen. Dat weet je. En ja, deze keer heb ik het wel overlegd met Remy.'

'Dat is aardig, maar ik vind vast wel wat. Een paar vriendinnen hier hebben me al hun bank aangeboden, in geval van nood.'

'Wat ben je nu aan het doen?'

'Ik heb net mijn kleren en andere spullen ingepakt. En nu lig ik op bed vla te eten, zo uit het bakje. En luister ik naar het heerlijke geluid van twee boze dronken kerels die elkaar voor de pub tegenover me voor van alles en nog wat uitmaken omdat ze voor verschillende voetbalclubs zijn.' Met een klein lachje liet ze erop volgen: 'Ja, het leven is hier te gek.'

'Over boze mannen gesproken, Edgar Allsopp is vanmiddag langs geweest.'

'Echt? O nee...'

Sammy hoorde aan haar stem dat ze zich schuldig voelde. 'Hij wilde weten waarom je hem negeert.'

'Ik heb het druk gehad! Ik ben continu in de weer.'

'Dat zeiden wij ook tegen hem. Maar hij vroeg of je hem wilde bellen, hij zegt dat het urgent is, al weten we allemaal dat dat niet zo is.' Sammy bestudeerde de flyers die op de tafel lagen, met nog open plekken voor de data en details van komende optredens. 'Hoe dan ook, hij vroeg me of ik dat wilde doorgeven, dus bij deze. Je kunt hem gewoon blijven negeren als je dat wilt. Remy zegt dat je zijn nummer moet blokkeren.'

'Dat kan ik niet.'

'Dat zei ik al. En Jess ook.'

'Jess met al die krullen, die laatst ook in de pub was? Ik heb even met haar gepraat in de wc-ruimte waar ze jus d'orange uit haar topje stond te boenen. Ik vond haar heel aardig, en ook grappig.'

'Ze heeft me vanmiddag geholpen met foto's maken voor mijn nieuwe flyers.'

'Interessant,' zei ze op plagende toon. 'Ik zag al dat ze tijdens de quiz steeds naar je keek. Volgens mij vindt ze je leuk.'

Vast. 'Nee, ze vindt Remy leuk,' zei hij op vlakke toon. 'En hoe zit het met de banenjacht? Al iets gevonden?'

'Nog niet, maar als ik niet al te kritisch ben, komt er heus wel wat. Ik kan altijd nog aan de slag gaan in een verpleeghuis, maar de diensten die ze daar draaien zijn zo zwaar. Of anders is er vast wel ergens in de rimboe een moeder met een drieling te vinden die hulp nodig heeft.'

'Ik dacht dat je in Birmingham wilde blijven.'

'Ach, eigenlijk is er hier niets wat me bindt. Ik kan overal wonen eigenlijk. Heb je de flyers al geprint?'

'Ben net klaar.'

'Nou, schiet op dan, stuur me er een foto van, dan kan ik zien hoe hij is geworden.'

Hij stuurde haar een foto en wachtte. Een paar seconden later lachte ze. 'Engel in de sneeuw ontmoet engel in het gras. Briljant. Van al jouw songs vind ik die de mooiste.'

Hij glimlachte. Hij wist dat ze de link meteen zou leggen.

'En die spin is ook te gek. Geniaal.'

'Wat?'

'Die spin.'

'Wat voor spin?'

'In je haar, vlak boven je linkeroor.'

Hoe vaak had Remy hem al niet gezegd dat hij een bril nodig had? Maar hij was teruggedeinsd voor het idee omdat een bril van hem vast kapot zou gaan of kwijt zou raken, of anders zou hij er wel mee gepest worden. Hoewel, als Remy zijn leesbril opzette, kreeg hij zelfs nog meer positieve aandacht. Sammy bracht de flyer naar zijn gezicht en bestudeerde hem wat beter. Bah, daar zat inderdaad een spin, een hele grote met harige poten, en het was bijna alsof hij naar hem wuifde vanaf de bovenkant van zijn oor.

Rillend zei hij: 'Wat goor.'

'Maar het is hoe dan ook een fantastische flyer,' zei Lou. 'En als mensen die spin zien zullen ze hem alleen maar nog mooier vinden.'

'Het idee dat er zo'n reusachtige spin vlak boven mijn oor heeft gezeten, heeft helemaal niks moois.' Sammy begon weer te rillen. Was het verbeelding of kriebelde daar echt iets bij zijn oor? 'Stel je voor dat hij er nog zit en zich een weg graaft naar mijn hersenen?'

'Ach, wat dan nog? Hij zal er hooguit honderden eitjes leggen of zo.'

'En dan te bedenken dat ik je succes wilde wensen met je huizenjacht. Misschien moest je toch maar in de flat boven die vent met zijn trompet gaan wonen.'

'Dank je dat je zo met me meeleeft.'

'En vergeet niet Edgar Allsopp te bellen.'

De volgende ochtend was Edgar haar al voor. Lou stond in de plenzende regen te wachten op haar bus toen haar telefoon ging en het inmiddels vertrouwde nummer op haar scherm verscheen. Ze haalde diep adem, veegde de regen van haar wang en hield het toestel ertegen. 'Hallo?'

'Heeft hij je verteld dat je me moest bellen?'

'Sammy? Ja, maar...' O, gelukkig, daar had je de bus al. Eindelijk.

'Waarom heb je dat dan niet gedaan?'

'Het was laat en ik dacht dat u misschien al sliep, dus...'

'En al die keren daarvoor? Ik heb berichtjes gestuurd, maar daar heb je niet op gereageerd.'

Ze vond een lege zitplaats in de bus. 'Sorry, maar er gebeurt op het ogenblik van alles in mijn leven.'

'Probeerde je me soms te ontlopen?'

'Nee! Ik had het gewoon druk. Ik wilde u echt wel...'

'Je kunt slecht liegen, hè? En ik ben niet achterlijk. Dag.'

Verbaasd keek Lou naar haar toestel. Hij had opgehangen. Waarschijnlijk om haar te straffen. Het was een beetje alsof er een bord met echt vies eten waar je eigenlijk toch al geen zin in had, onverwacht voor je neus werd weggegrist. De oudere vrouw tegenover haar, die achter haar in de rij had gestaan, keek haar hoofdschuddend aan en zei vriendelijk: 'Ruzie met je vriendje? Is hij kwaad op je? Mijn Malcolm deed dat ook altijd, gewoon ophangen als hij zijn zin niet kreeg. Gewoon laten sudderen, die mannen, zeg ik altijd. Ze leren wie er de baas is.'

'Hij is mijn vriend niet.' Lou aarzelde, ze voelde zich verscheurd, want ze zag Edgar nu voor zich, alleen in zijn stoffige keuken, voor de zoveelste keer in zijn leven afgewezen.

Ze belde hem terug. Als hij niet opnam, had ze het in elk geval geprobeerd.

'Ik durf te wedden dat hij niet opneemt,' zei de vrouw tegenover haar.

Hij nam echter wel op. Helaas precies op het moment dat twee jongens in de bus tegen elkaar begonnen te schreeuwen zodat 'Stomme zak' het eerste was dat Edgar te horen kreeg.

'Niet ophangen,' zei Lou snel. 'Dat was ik niet.'

Na een paar seconden stilte zei hij: 'Je hebt teruggebeld.'

'Wilde u dat liever niet?'

Weer een korte stilte en toen: 'Ik wilde weten of je dat zou doen.'

Zie je wel? Ze had dus gelijk gehad. Haar hart smolt al een beetje. 'Nou ja, ik heb dus gebeld,' zei ze.

Terwijl ze het zei, blèrde een van de jongens: 'Ik ruk je je oren van de kop!'

'Waar ben je in godsnaam?' Het vredige kerstmoment was voorbij en Edgar klonk alweer geïrriteerd.

'Ik zit in de bus.'

'Stap dan uit. Ik kan je nauwelijks verstaan.'

'Als ik nu uitstap, moet ik tien kilometer lopen en kom ik ook nog eens te laat op mijn afspraak. Dus als u het niet erg vindt, blijf ik zitten waar ik zit.'

'Wat voor afspraak heb je dan?'

Echt, over bot gesproken. 'Dat is... persoonlijk.'

'Ik hoorde dat je werk zocht.'

'Heeft Sammy u dat verteld?' Tegen haar had hij daar niets over gezegd.

'Nee, die broer van hem. En hij zei dat je ook woonruimte zocht.'

Vol ongeloof schudde ze haar hoofd. Waar was Remy in vredesnaam mee bezig?

'Dus volgens mij kun je maar het beste hier komen wonen en voor mij gaan werken.'

Daar gaan we weer. Achter haar maakten de twee jongens nog steeds ruzie, hoewel er tot dusverre geen oren afgerukt waren. Op geduldige toon zei ze tegen Edgar: 'Dat heeft u me al eerder gevraagd en het antwoord is nog steeds nee.'

'Je krijgt je eigen gedeelte van het huis... slaapkamer, woonkamer en de badkamer op de eerste verdieping.'

'Luister, het is heel aardig aangeboden.' Soms was ze echt veel te beleefd. 'Maar het zou niet werken.'

'Wel waar.'

'Dat denkt u alleen maar omdat het nog niet is gebeurd. Over een paar weken haat u me net zo erg als u alle anderen haatte. En nee,' voegde ze er snel aan toe voordat hij het kon zeggen, 'ik ga het niet op de proef doen, want ik weet gewoon dat ik gelijk heb. Het zou zonde van de tijd zijn, voor ons allebei.'

'Je bent bijzonder koppig,' zei hij.

Ze glimlachte. 'U bent koppig, ik ben realistisch.'

'Maar je zoekt toch nog steeds woonruimte? Waarom koop je niet iets?'

'Dit is mijn halte,' zei de oudere vrouw. Ze stond op en de regendruppels vielen van haar regenjas op Lou's knieën terwijl ze zich langs haar heen wurmde. 'Ik weet niet met wie je precies praat, maar zeg maar tegen hem dat hij kan ophoepelen. Aan zulke mannen moet je gewoon geen tijd besteden.'

'Ik hoorde dat wel,' zei Edgar. 'Wie zei dat? Zeg haar maar dat ze zich met haar eigen zaken moet bemoeien.'

'Oké, luister,' zei Lou weer nadat de vrouw met haar boodschappenkar was uitgestapt. 'Ik heb geen auto, ik heb geen spaargeld op de bank en ik verdien al helemaal niet genoeg om een hypotheek te kunnen krijgen. Misschien is het voor iemand als u moeilijk te begrijpen, maar dat is de reden waarom ik huur. Het komt erop neer dat ik me nooit een eigen huis zal kunnen permitteren, hooguit een klein tentje op het strand.'

Hij was niet onder de indruk van haar uitbarsting. 'Ik vroeg het omdat ik een punt wilde maken,' zei hij onverstoorbaar. 'Ik heb een voorstel voor je. Kom voor me werken en als ik dan doodga, mag jij mijn huis hebben.'

Rechts van Lou kwam het tot een handgemeen tussen de jongens en er vloog een geel honkbalpetje uit het smalle raampje. De bezitter van het verdwenen petje schreeuwde woedend: 'Ben je wel goed bij je hoofd?'

'Jazeker wel,' zei Edgar. 'Daarom stel ik het ook voor.'

9

Zoals beloofd stond hij op het perron te wachten toen de trein het station binnenreed. Lou kon er niets aan doen, maar ze kreeg vlinders in haar buik toen ze Remy zag. En hij was nog aardig ook. Hij was niet alleen aantrekkelijk, hij had zelfs aangeboden om haar van het station te halen.

Nou ja, Sammy had hem waarschijnlijk weten over te halen om dat te doen.

'Dat had echt niet gehoeven,' zei ze tegen hem. 'Ik had best de bus kunnen pakken.'

'De bus doet er tijden over. Bovendien had ik een afspraak in Cheltenham.' Hij wierp haar zijn onweerstaanbare lach toe. 'Maar wat een verrassing.'

Dat kon je wel het understatement van de eeuw noemen.

'Iets in me denkt nog steeds dat het een grap is. Nou, iets... Eigenlijk denk ik gewoon dat het niet echt is. Maar hij lijkt het serieus te menen.'

'Ik weet niet of Edgar wel weet wat een grap is. Hoe dan ook, we zullen vanmiddag wel meer te horen krijgen.'

Lou had nauwelijks geslapen sinds Edgar haar dat rare aanbod had gedaan, maar juist omdat hij blijkbaar zo wanhopig was om met dit voorstel te komen, had ze besloten erop in te gaan. Hij was eenzaam, zat om gezelschap verlegen en ze had medelijden met hem. Zo zag je maar weer dat je van geld niet per se gelukkig werd. Ja, natuurlijk was het leuk, vooral als je weinig gewend was, maar dat was echt niet de reden dat ze besloten had de baan te accepteren. Ze was van nature iemand die graag voor anderen zorgde en Edgars wanhoop had haar uiteindelijk over de streep getrokken. Misschien was het het lot of hoe je het ook wilde noemen, maar hij had haar zo'n beetje gesmeekt om hem te helpen, en tegen zo'n uitdaging zou toch niemand nee zeggen?

Bovendien woonden Sammy en Remy in Foxwell; het was een prachtig klein stadje met allemaal aardige inwoners. Nou ja, op een na dan. Je kon op slechtere plekken wonen.

In de auto rook het naar leer en Remy's citrusachtige aftershave, wat toch stukken beter was dan Sammy's aftandse auto of de bus. Toen ze Sammy had gebeld om hem te vertellen over Edgars telefoontje, hadden ze het er natuurlijk een poosje over gehad, en hij had aangeboden om met haar mee te gaan als ze naar Foxwell kwam voor haar gesprek met Edgar en de notaris. Maar toen ze hem later weer belde met de mededeling dat het op een vrijdagmiddag was, had Sammy toch niet mee gekund. Een vriend had hem aanbevolen bij een andere vriend die hem had geboekt voor een optreden op een festival in Sussex. 'Ik weet dat dat niet echt iets groots is,' had hij verontschuldigend gezegd, 'maar het is wel een kans om gezien te worden. Zelfs als ze me alleen maar op het allerlaatste moment hebben geboekt omdat de jongen die eigenlijk zou optreden met twee gebroken benen in het ziekenhuis ligt.' Hij voegde er droog aan toe: 'Ik heb ze niet gebroken, dat heeft een auto gedaan.'

'Fijn om te horen,' had ze gezegd. 'En natuurlijk moet je gaan. Maak je geen zorgen, ik red me wel.' Hoewel ze stiekem een beetje teleurgesteld was geweest.

'Zal ik anders aan Remy vragen of hij met je mee kan? Hij is sowieso beter dan ik in dat soort dingen.'

En Remy kon. Hij had aangeboden met haar mee te gaan naar de afspraak en haar met raad en daad bij te staan.

Toen er even geen verkeer op de weg was, keek hij haar snel aan. 'Zit er soms iets op mijn arm?' vroeg hij.

Lou besefte ineens dat ze zijn prachtige handen en vingers had zitten bewonderen. En zijn polsen mochten er trouwens ook zijn.

'Een vliegje,' loog ze. 'Maar hij is alweer weg.'

Ze reden langs de oude bemoste stenen toegangszuilen en stopten bovenaan de oprijlaan van grind, naast Edgars stoffige grijze Mini. Als ze echt voor hem ging werken, zou ze misschien als eerste zijn auto wassen.

'Wauw.' Remy stapte uit en wierp een blik op het huis. 'Ik heb het nog nooit van zo dichtbij gezien. Alleen uit de verte, vanuit de stad. Prachtig, zeg.'

Edgar had hen waarschijnlijk horen komen aanrijden, want de voordeur ging krakend open en hij verscheen in de deuropening, steunend op zijn stok. Met opgetrokken wenkbrauwen richtte hij zich tot Lou: 'Ik dacht dat je de kleine, sjofele broer zou meenemen.'

'Sammy moet vanavond optreden in Brighton.'

'En daarom heeft ze de andere broer meegenomen.' Lachend gaf Remy Edgar een hand. 'Remy Keeler. Leuk u weer te zien.'

Edgar schudde Remy's hand alsof het een plastic boodschappentas vol koud vlees was. 'Kom maar verder dan. Johnson is er nog niet.'

Binnen zette Lou thee en nam het dienblad mee naar de overvolle huiskamer.

'Goed,' zei Remy, toen ze alle drie om de salontafel zaten. 'Ik weet dat u het heeft besproken met Lou, maar kunt u het mij misschien ook nog even uitleggen?'

'Zo te horen vertrouw je me niet. En zeg maar jij. En dat geldt ook voor jou, want dat wordt tijd,' zei hij met een blik op Lou. Tegen Remy vervolgde hij: 'Het is allemaal heel simpel. Als ik dan toch iemand nodig heb om voor mij en dit huis te zorgen, dan moet zij dat zijn. Maar toen ik haar de baan aanbood, zei ze nee. Dus moest ik iets verzinnen om haar op andere gedachten te brengen.'

'Is dat niet wat drastisch?'

'Er zat weinig anders op.'

'Weet u hoeveel het huis waard is?'

'Natuurlijk weet ik dat,' beet Edgar hem toe. 'Ik ben niet achterlijk.'

Remy bleef kalm. 'En je wilt het nalaten aan Lou.'

'Ik weet niet of "willen" het goede woord is. Blijkbaar is dat wat er moet gebeuren.'

'En er zijn geen familieleden die denken dat ze het zullen erven?'

'Nee.' Edgar schudde zijn hoofd. 'Geen familie. Punt.'

'Vrienden dan?'

Hij haalde zijn schouders op. 'Ook niet. Als dit nu niet aan de hand was en ik zonder testament zou doodgaan, dan zou het sowieso naar de staat gaan.'

Dat was de belangrijkste reden voor Lou om in te stemmen met het plan, want anders zou het te surrealistisch zijn geweest om het serieus te nemen. Ze zei: 'Maar waarom laat u... je het niet na aan goede doelen? Dan zou je echt verschil kunnen maken...'

'Behalve dan dat ik dan dood ben, dus daar zal ik niks van meekrijgen. Waarom zou ik me er dan druk om maken?' Hij keek haar met opgetrokken wenkbrauwen aan. 'Je zei zelf dat ik hulp nodig had. En ik heb besloten dat ik wil dat jij mijn hulp wordt. En wanneer ik eenmaal iets heb bedacht,' voegde hij er volkomen overbodig aan toe, 'dan valt daar niets meer aan te veranderen.'

Remy begon: 'Maar toch, het gaat om heel veel...'

'Geld, ja, dat weet ik, maar zodra ik er niet meer ben, is dat volkomen irrelevant. Dus dan kan het net zo goed naar... haar gaan.'

'Naar Lou, bedoel je. Je zou haar langzamerhand weleens gewoon Lou kunnen noemen, als je haar dan toch zo graag mag,' zei Remy kalm.

'Ik zei niet dat ik haar mocht. Ze is gewoon de eerste aan wie ik me niet erger.'

'Maar wat als je je toch aan me begint te ergeren? Wat als je van gedachten verandert en me op straat zet?'

'Dat gebeurt niet.'

Hm. 'Maar stel dat...'

'Goed dan.' Hij spreidde zijn handen. 'Dan krijg je nog steeds het huis. Daarom laten we het ook allemaal opschrijven door een notaris. Om ons tegen alles in te dekken.'

Lou vroeg zich af hoe lang zij het eigenlijk met hem zou uithouden. Misschien was zij wel degene die er als eerste genoeg van kreeg, omdat ze misschien wel ging denken dat het leven te kort was om met mensen als Edgar opgezadeld te zitten, mensen die tegen elke verandering waren. Hardop zei ze: 'Maar dat is belachelijk, want misschien ga ik dan wel expres heel vervelend doen.'

'Nee, dat doe je niet.'

'Dat kun je niet weten. Je kent me nauwelijks!'

Edgar wendde zich tot Remy. 'Zou ze zoiets doen?'

Remy schudde zijn hoofd. 'Nee, daar is ze het type niet voor.'

Lou zei maar niet dat Remy haar ook nauwelijks kende. Hij vertrouwde blijkbaar op haar oude vriendschap met Sammy.

Maar het was wel waar. Ze zou zichzelf nooit in een monster kunnen veranderen alleen maar om ontslag uit te lokken. De afgelopen dagen had ze bijna alleen maar aan Edgars bizarre aanbod kunnen denken, maar gezien haar huidige situatie was zijn aanbod ook een oplossing voor een probleem, en Edgar leek vastbesloten. Zelfs als ze dat met het huis buiten beschouwing liet, dan bood hij haar nog steeds een plek om te wonen aan en een fatsoenlijk salaris. En ze kon niet ontkennen dat die twee dingen haar op dit moment heel goed uitkwamen. Mocht hij inderdaad onmogelijk blijken te zijn, dan zou ze gewoon weggaan, niks aan de hand.

Edgar schraapte zijn keel. 'Er is één ding waar ik het nog niet over heb gehad...'

Daar gaan we, dacht Lou. Ze keek Remy even aan; als het iets raars was, gingen ze meteen weg.

'Ik zou het fijn vinden als je regelmatig mijn graf bezocht. Het echt bezoekt,' benadrukte hij. 'Ik wil verse bloemen. En die mag je niet even zomaar neersmijten en dan weer weggaan, nee, ik wil dat je het graf netjes onderhoudt, zodat mensen die over de begraafplaats lopen zien dat ervoor wordt gezorgd.' Hij zweeg even, met gefronste wenkbrauwen, en vervolgde toen nors: 'Ik wil niet dat mijn graf er verwaarloosd uitziet.'

Lou vond het een ontroerend verzoek; hij had geen vrienden die zijn graf zouden verzorgen, maar wilde niet dat anderen dat merkten. 'Geen probleem,' zei ze, terwijl het geknars van grind buiten de komst aankondigde van Jerry Johnson, de plaatselijke notaris. 'Ik zorg wel voor het graf.' Als ze er zelf niet meer was, zou ze iemand regelen om het te doen; er waren altijd wel mensen te vinden die wilden helpen in dit soort situaties.

'Maar ik wil niet dat iemand iets te weten komt over deze regeling. We houden het tussen ons, begrepen?'

'Natuurlijk.' Lou knikte. Zelf wilde ze ook niet dat anderen het wisten en daar het hunne van dachten en achter haar rug om over haar roddelden en zeiden dat ze het alleen maar om het geld deed.

Tegen de tijd dat ze het huis verlieten, was het bijna zeven uur 's avonds.

'Honger?' vroeg Remy, terwijl Lou instapte en haar maag een gorgelend geluid als van een afvoerpijp maakte.

'Ik geloof van wel. Ik weet het niet. Dit voelt allemaal zo idioot.' Voor hun vertrek hadden ze Edgar over de imposante trap in zijn stoellift naar boven gevolgd waar hij haar het gedeelte van de bovenverdieping had laten zien dat zij tot haar beschikking zou hebben. Het was duidelijk dat de kamers wel een schoonmaakbeurt konden gebruiken, maar ze waren ruim en de meubels waren oké en het uitzicht was prachtig. Terwijl ze alles op zich in had laten werken, had ze al gezien dat het met een likje verf en haar kleurige lievelingssprei veel leuker zou zijn dan welke appartementje in Birmingham dan ook.

Remy stak de sleutel in het contact. 'Kom, ik denk dat we allebei wat moeten eten.'

'Je hoeft niet voor me te koken, hoor,' protesteerde ze.

'Dat was ik ook niet van plan. Al Fresco is open.'

'O, maar…' Ze aarzelde, denkend aan haar banksaldo en zich afvragend hoe duur het restaurant precies was en of ze het goedkoopste van de kaart kon bestellen. Of misschien moest ze gewoon doen alsof ze toch geen honger had. De afgelopen weken waren duur geweest zonder werk en alleen maar op zoek naar onderdak en een baan.

'Hé, ik trakteer.' Remy kon blijkbaar gedachten lezen.

Ze haalde opgelucht adem. 'Zeker weten?'

'Ik herkende die blik. Zo kijkt Sammy ook altijd als hij zijn deel van de gasrekening niet kan betalen. En ja, natuurlijk weet ik het zeker.' Terwijl hij het zei, pingde zijn telefoon. 'Verdomme, ik moet eerst langs kantoor om iets op te lossen. Ik schat dat het twintig minuten duurt. Is dat oké?'

Meende hij dat nou echt? Ze lachte. 'Hé, je hebt je hele middag voor mij opgeofferd, dus doe er maar net zo lang over als je nodig hebt.'

'Schrik niet,' waarschuwde hij haar een paar minuten later toen hij de deur opende van het kantoor van Trent and Keeler, dat op de benedenverdieping zat van een smal gebouw aan High Street, slechts een paar deuren verwijderd van het restaurant.

'Hoezo? Het ziet er prima uit toch?' De kleine ruimte was zachtgroen geverfd, het tapijt was grijs en aan de muren hingen ingelijste diploma's. Behalve een bureau en drie stoelen stond er ook nog een dossierkast tegen een muur. Lou was nog nooit in het kantoor van een architect geweest, maar op de een of andere manier had ze toch iets meer verwacht.

'Hier ontvangen we onze klanten,' zei hij. Daarna deed hij een deur naast de dossierkast open. 'En nu echt niet schrikken!'

Hij hield de deur voor haar open. Lou liep langs hem heen en de adem stokte in haar keel. Nu begreep ze wat hij bedoelde.

De tweede ruimte was als de tijdmachine uit Dr. Who, zes keer groter en vijftig keer rommeliger dan de eerste: een en al kasten, tekentafels, kartonnen dozen en bureaustoelen, mokken en chipszakken, lippenstiften en vestjes en parfumflesjes. Er waren ook schappen en boekenkasten, sjaals en snoeppapiertjes en ieder beschikbaar oppervlak was bezaaid met stapels papieren, enveloppen, nog meer papieren en architectuurtijdschriften.

'Wauw,' zei ze.

'Ik weet het.' Remy knikte.

'Ik had verwacht dat je... georganiseerder zou zijn.' Thuis was hij heel anders.

'Het komt door Briony. Ze is als een wervelwind.' Hij wees naar een ingelijste foto aan de muur, van een vrouw van ergens in de vijftig die op een enorm podium stond waar ze een prijs in ontvangst nam. Ze had lang, steil en grijsachtig blauw haar, weggetrokken uit haar gezicht waardoor haar indrukwekkende jukbeenderen goed uitkwamen, en ze droeg een smetteloos zwart pak met daaronder zwarte schoenen met een gesp. 'Ziet er goed uit, hè? En ze is fantastisch in haar werk. Dit allemaal...' hij gebaarde om zich heen, 'is haar kleine geheimpje. Begrijp me niet verkeerd, ze is geen viespeuk of zo, ze is alleen ontzettend slordig. Haar klanten hebben geen idee hoe ze achter gesloten deuren haar werk uitvoert.'

'Maar weet ze wel waar alles ligt?'

'Ze beweert van wel, maar volgens mij is dat niet zo. We zijn veel tijd kwijt aan het zoeken naar niet goed opgeborgen dossiers.' Hij pakte een leeg colablikje en gooide het in een prullenbak onder een van de bureaus. 'En voordat je het vraagt, we hadden een schoonmaakster, maar die heeft per ongeluk een envelop weggegooid waarop Briony aantekeningen had gekrabbeld en dat heeft ons een belangrijke opdracht gekost.'

'Jezus.'

'Briony is een te gekke vrouw en een fantastische zakenpartner. Ik ben dol op haar en ben haar dankbaar voor alles wat ze voor me heeft gedaan.' Er verscheen weer een berichtje op zijn telefoon. 'Maar ga zitten, dan zoek ik even uit wat er precies moet gebeuren.'

In de twintig minuten daarna zocht Remy naar papieren, vond hij wat bouwtekeningen, pleegde hij een paar telefoontjes en beantwoordde hij de vele vragen van een klant in Portland, Dorset.

Terwijl Lou op hem wachtte, ruimde ze voorzichtig wat dingen op; ze gooide de snoep- en koekpapiertjes in de prullenbak na zorgvuldig te hebben gecontroleerd of er niets op was geschreven. Ze verzamelde acht koffiemokken en waste ze af in de kleine gootsteen achter in het kantoor. Ze legde de wankelste stapels papieren recht om te voorkomen dat ze zouden vallen, ontdekte een adventkalender van Cadbury met de helft van de chocolaatjes er nog in en schudde kruimeltjes van maanden uit het toetsenbord van de computer op Briony's bureau.

'Zo, klaar,' zei Remy eindelijk. 'Laten we maken dat we hier wegkomen. Tijd om te eten.'

10

Tot Lou's grote opluchting bleek Al Fresco helemaal niet zo duur te zijn. Het was een ouderwets, door een familie gerund restaurant met geruite tafelkleedjes, foto's van Italië aan de muren en overdadige operamuziek. Buiten was het net gaan regenen, maar binnen hing een gouden licht en was het gezellig. Op iedere tafel stonden kaarsen in glazen kandelaars, het bestek glinsterde en vanuit de luidruchtige keuken kwamen hemelse geuren aan zweven.

Toen ze aan een tafel zaten en er een karaf rode wijn was neergezet, tikte Remy zijn glas tegen het hare en zei: 'Nou, het gaat dus echt gebeuren. Het begin van een nieuw leven in de Cotswolds. Welkom in Foxwell.'

De wijn was zacht en aangenaam. Lou nam een paar slokjes; de alcohol kwam hard aan in haar lege maag. 'Het wordt heel interessant.'

'Dat met dat geld, is dat al wel goed tot je doorgedrongen?'

'Helemaal niet zelfs. Het is volkomen surrealistisch.'

'Tien minuten geleden vroeg je je nog af of je je wel een pizza kon veroorloven. En nu lijkt het erop dat je een huis zult erven dat hoeveel... nou ja, in elk geval heel veel waard is. Om maar te zwijgen over de rest.'

'Ik had nooit gedacht dat zoiets zou kunnen gebeuren,' zei ze. 'En eerlijk gezegd moet ik het nog maar zien. Misschien leeft hij nog wel twintig jaar.'

'Ik zou het nog geen twintig uur met hem uithouden,' zei Remy bot.

'Precies. En misschien hou ik het ook maar hoogstens een paar maanden met hem uit. Echt, ik denk niet dat dit wat wordt, en dat maakt dat geld ook irrelevant. Maar hij is wel bijzonder interessant, vind je niet?' Ze ging wat zachter praten en boog zich naar hem toe, hoewel niemand aan de andere tafels op hen lette. 'Ik bedoel, hij woont hier al zo lang, hij is nooit getrouwd geweest, heeft geen vrienden... heeft voor zover ik kan zien zelfs nooit geprobeerd om aardig te zijn. Net alsof het hem niks kan schelen wat anderen van hem denken.'

'Het is droevig. Maar zijn eigen keuze.'

'Precies.' Lou nam nog een slokje wijn en stak toen haar wijsvinger in de lucht om haar punt te maken. 'Maar aan de andere kant wil hij dat ik zijn graf verzorg, waardoor ik ga denken dat het hem toch wel wat uitmaakt.' Ze fronste. 'Hij kan best iemand betalen om dat te doen zonder meteen zijn hele huis weg te geven. O god, mijn hersens kunnen het nog steeds niet verwerken. Maar wel heel droevig dat hij niemand anders heeft om het aan na te laten. Dat hij geen enkele vriend heeft.'

'En daarom laat hij het aan jou na.'

'Het zou eigenlijk naar een of ander goed doel moeten gaan.' Het ging om zoveel geld dat ze zich niet kon voorstellen dat ze het voor zichzelf zou houden, vooral niet omdat ze wist dat ze het nergens aan had verdiend. Ze had er veel over nagedacht en was er vrijwel zeker van dat ze zich verplicht zou voelen om het geld ergens aan te schenken, mocht ze door een of ander wonder nog voor Edgar werken als hij stierf. Goed, ze was natuurlijk geen heilige, misschien zou ze een klein gedeelte zelf houden.

'Natuurlijk zou hij dat moeten doen, maar dat wil hij blijkbaar niet.' Remy's donkere ogen glansden in het kaarslicht. 'Om de een of andere reden wil hij het aan jou geven. Hij is eenzaam, hij zoekt gezelschap. En misschien wil hij het niet toegeven, maar hij mag je.'

'Ha!' Ze haalde haar schouders op en grijnsde. 'Wie mag me nou niet?'

Er was veel om over te praten. Toen ze hun eten bestelden, zei Lou dat ze geen voorgerecht wilde, maar van Remy moest ze iets uitkiezen. 'En neem dan niet het allergoedkoopste. Gewoon nemen wat je lekker lijkt.' Met een lachje liet hij erop volgen: 'Ik probeer natuurlijk een wit voetje bij je te halen. Ooit ben je misschien wel de eigenaar van het grootste huis in Foxwell en moet iedereen voor je buigen.'

Hoewel ze wist dat hij een grapje maakte, zei ze: 'Ik zie het allemaal niet gebeuren. Ik heb altijd pech, dus mocht ik het op wonderbaarlijke wijze wel bij hem uithouden, dan overleeft hij me waarschijnlijk.'

Ze bestelde garnalen in een tomaten-, venkel- en pepersaus. Het bleek verrukkelijk. Tegen de tijd dat hun hoofdgerechten op tafel werden gezet was ze compleet ontspannen, waarschijnlijk dankzij de wijn. Toen haar telefoon ging, was het Sammy die videobelde uit Brighton, tijdens een pauze tussen de optredens. Hij wilde weten hoe het was gegaan.

'Het gaat door,' zei ze. 'Ik verhuis volgende week hiernaartoe. Maar we moeten afwachten hoelang ik het volhoud.'

'Ja, ik vroeg me ook al af of je het wel zou uithouden bij die man,' zei Sammy. 'Maar ja, als je aan het eind van de rit een idioot groot huis krijgt, kun je waarschijnlijk alles aan. Zelfs Edgar Allsopp.'

'Maar dit blijft onder ons, hè?' bracht ze hem in herinnering. 'Verder hoeft niemand het te weten. En het huis is niet de reden waarom ik het doe.'

'Je bent gestoord,' zei Sam liefdevol. 'Het zou voor mij de enige reden zijn om het te doen. Ik wou dat Edgar mij leuk vond.'

Remy boog zich over de tafel heen zodat Sammy hem ook kon zien. 'Hoe gaat het daar?'

'Gewoon, net als anders.' De gebruikelijke stoïcijnse grijns vulde Lou's schermpje. 'Een klein maar kritisch publiek, waarvan de helft wil dat ik degene was die mijn been had gebroken.'

Ach, hij werkte zo hard en hij gaf nooit op. Lou vroeg: 'Waar slaap je vannacht?'

'In mijn busje. Maar dat ben ik wel gewend.' Hij moest lachen om haar gezicht. 'Het is een luxueuze bedoening, met een eigenaardige inrichting, prima eten en eersteklas muziek. Met andere woorden: ik en mijn gitaar in een slaapzak, met een blikje cola en iets uit de snackbar om mijn avond compleet te maken.'

'Tragisch.' Remy bracht zijn bord in beeld. 'Wij hebben kipparmezaan en involtini van zalm.'

'En wijn!' Er klotste wat van over de rand toen Lou haar glas ophield voor de camera.

'Hoe kom je dan thuis?'

'Dat is geregeld,' zei Remy. 'Ik breng haar naar het station. Ik heb maar één glas gehad.'

'Als ze bij ons wil blijven slapen, mag ze mijn bed wel hebben,' zei Sammy. 'Oké, ik moet hangen, mijn enorme schare fans roept me. Maar hoe dan ook, leuk dat je die baan hebt gekregen...'

Nadat hij had opgehangen, vroeg Lou: 'Denk je dat de mensen hier het erg zullen vinden dat ik die baan heb genomen?'

'Ze zullen je waarschijnlijk een medaille voor moed geven. Iedereen weet hoe Edgar is.'

'Maar zouden ze niet denken dat de baan beter naar iemand

uit de buurt had kunnen gaan?' Toen ze langs de krantenzaak waren gekomen, was haar opgevallen dat de advertentie niet meer in de etalage hing.

'Er zijn zat mensen die de kans hebben gehad om voor hem te werken. Maar dat wilden ze niet. Hij heeft jou gekozen,' zei Remy. 'Bofkont.'

'Ik wilde ook niet voor hem werken.' Lou legde haar vork neer. 'Misschien wordt het wel onverdraaglijk.'

'Als dat zo is, kun je altijd weer weg. Niemand zal het je kwalijk nemen.' Hij haalde zijn schouders op. 'Als je jezelf daartoe kunt zetten.'

Dat was het punt. Zou je werkelijk weg kunnen lopen voor zo'n deal die haar was aangeboden, een deal die haar hele leven kon veranderen? Edgar had haar de keus gelaten of ze het huis voor zichzelf wilde houden of aan een goed doel schenken. Lou kon alleen maar hopen dat ze niet van gedachten zou veranderen en maanden of jaren van haar leven zou opofferen voor de verkeerde keuze.

'Ach, gewoon afwachten hoe het gaat,' vervolgde Remy. 'Edgar is een ramp, maar je hoeft hem toch ook niet aardig te vinden? Gewoon je werk doen en hem tolereren, meer niet. En hopen dat hij niet in het Guinness Book of Records belandt als langst levende man ter wereld.'

Lou draaide het glas om tussen haar vingers. Op dit moment wist ze dat ze niet van gedachten zou veranderen. Maar ze wist ook dat ze die zuurpruim van een Edgar niet alleen maar zou tolereren. Tot nu toe was dat iets geweest wat ze alleen maar had gedacht, maar ineens voelde ze de behoefte om haar plannen met Remy te delen.

'Ik ga meer doen dan dat.' Er trok een adrenalinestoot van vastberadenheid door haar heen terwijl ze het zei. 'Ik ga uitzoeken waarom hij zo is en dan ga ik zijn leven leuker maken.' Met een plotseling onoverwinnelijk gevoel vervolgde ze: 'Hij zal dat vast niet fijn vinden in het begin, maar ik geef niet op. Ik zal ervoor zorgen dat zijn leven opfleurt.'

Dat leek haar toch wel de meest logische oplossing. Qua geld stelde ze dan misschien niet veel voor, maar ze was van nature een positief mens, ze zag altijd de goede kant van alles in en wist van iedere situatie iets moois te maken. Terwijl Edgar daarentegen met al zijn geld het woord 'vreugde' niet leek te kennen. En dat waarschijnlijk al het grootste deel van zijn leven niet.

'Nou, succes ermee.' Weinig overtuigd schudde Remy zijn hoofd.

'Ik meen het. Dat wordt mijn missie.'

'Als iemand het kan, ben jij het.'

Hoewel hij haar nauwelijks kende, had hij gelijk. Lou nam het compliment met een soortement zittende buiging in ontvangst. Remy wist je het gevoel te geven dat je speciaal was en interessant en... het gevoel dat je gloeide. Oké, ze had behoorlijk veel wijn gedronken, veel meer dan normaal, maar dat wilde nog niet zeggen dat ze het zich verbeeldde. En na het tumultueuze jaar dat ze achter de rug had, mocht ze zich toch ook wel weer eens goed voelen? Ze had gerouwd om het verlies van Brett – niet om de verschrikkelijke puinhoop die ze van hun relatie hadden gemaakt, maar om wat ze ervan had gehoopt en verwacht. Ze had gelezen dat het verdriet om een overleden partner bij slechte relaties net zo groot was als bij goede relaties. Het was geen kwestie van opgelucht ademhalen en dan welgemoed op naar de volgende.

Zo werkte het niet.

Het kwam erop neer dat ze vanavond, na een jaar van een toestand van emotionele diepvries, ineens echt weer wat voelde. Zoals vroeger, zoals het hoorde. En op dit moment voelde ze zich ook begeerlijk, alsof iemand haar lichamelijk aantrekkelijk vond. Want Remy zei dan wel niet echt van die flirterige dingen, maar hij keek alsof hij dat wel graag zou willen. Daar was ze bijna honderd procent zeker van.

Het was een bedwelmend gevoel, dat nog eens werd versterkt door de gouden gloed van de kaars op de tafel. Remy zag er bijzonder goed uit in dit licht, dus misschien gold hetzelfde wel voor haar. Lou merkte dat ze als reactie vaker glimlachte, geanimeerder praatte en beter luisterde.

Toen ze zag dat hij zijn glas opnieuw met San Pellegrino bijvulde, zei ze: 'Ik voel me een beetje schuldig dat ik lekker aan de wijn zit en dat jij van dat saaie water moet drinken.'

'Dat geeft niet.' Hij wuifde haar woorden weg. 'Wil je nog steeds met de trein naar huis?'

'Ik ben niet moeilijk. Ik bedoel, wat voor jou het makkelijkst is. Als je ook nog wat wijn wilt drinken, neem ik morgen de trein wel.'

'Zeg jij het maar.'

Ooo...

Glinsterden haar ogen? Ze had het gevoel van wel. Het was echt niet zo dat ze zich op hem wierp, maar ze hadden het zo gezellig samen, het zou gewoon jammer zijn als daar vroegtijdig een eind aan zou komen. Ze keek om zich heen, zich afvragend of de andere gasten het ook zo leuk hadden of dat ze stiekem wilden dat ze aan tafel zaten bij Remy Keeler. Ze boog zich iets naar voren, met haar kin op haar hand, alsof ze voor een reclame in een blad poseerde. 'Nee, jij moet beslissen. Als je zin hebt in een paar glazen wijn, doen! We kunnen altijd nog een fles bestellen.'

En ineens leek alles wazig te worden en in slow motion te gaan; het geroezemoes in het restaurant stierf weg terwijl ze in Remy's ogen keek en wachtte op zijn beslissing. Zijn mondhoeken waren iets omhooggegaan en hij tikte met de wijsvinger van zijn linkerhand tegen zijn glas. Hem in stilte aansporend om de juiste keuze te maken – doe het, doe het, zeg gewoon dat je het doet – wierp ze hem een bemoedigend lachje toe.

11

'Misschien dat ik...' Remy maakte zijn zin niet af. Zijn blik gleed naar de deur achter Lou en de betovering was abrupt verbroken, want ineens stond hij op om de roodharige vrouw te begroeten die hem in de armen vloog.

'Je bent er al!' Hij klonk opgetogen, en Lou kon het hem niet kwalijk nemen. De vrouw droeg gewoon een simpele kakikleurige jumpsuit met daaronder een wit T-shirt, maar ze bewoog zich erin als Kate Moss en alle anderen in het restaurant zagen er plotseling saai en tuttig uit. Ze was elegant, met een lichte huid en glanzende roodbruine krullen en had alleen mascara op.

'Ik wilde je verrassen en daarom heb ik een vlucht eerder genomen. Ik kom net met de auto van Heathrow.' Met haar handen om zijn gezicht plantte ze een kus op zijn mond en maakte zich meteen weer van hem los om Lou aan te kijken. 'Sorry, dat was heel onbeleefd van me! Hoi, ik ben Talli en jij bent vast die vriendin van Sammy. Wauw, is dat tiramisu? O, daar ben ik dol op.'

'Lou. Hoi.' Terwijl ze zich verbaasde over de kleur ogen van Talli, levendig groen als van een kiwi, kon ze zichzelf wel voor de kop slaan vanwege haar onnozelheid. Nee, niet eens onnozel; ze had zichzelf gewoon voor de gek gehouden. Remy had totaal geen belangstelling voor haar gehad. En waarom zou hij ook als hij iemand als Talli had?

Er werd een stoel bijgeschoven en nog een tiramisu besteld.

'Het probleem met verrassingen is dat je niet thuis was toen ik daar kwam,' legde Talli uit, met haar hand op zijn onderarm. 'Dus toen ben ik naar de pub gegaan, maar daar was je ook niet. Gelukkig had iemand je hier naar binnen zien gaan.'

'Je had toch kunnen bellen?' zei Remy.

'Maar dan was het geen verrassing meer geweest! Zullen we

nog wat wijn bestellen?' Talli keek Lou stralend aan. 'Waar logeer je vannacht?'

Oké, dit begon een beetje ongemakkelijk te worden. Friemelend aan haar servet zei Lou: 'Daar hadden we het net over. Ik was van plan om de trein te nemen...'

'Maar je hebt je bedacht?'

'We vroegen ons af of het niet makkelijker voor Lou zou zijn om morgenvroeg de trein te nemen, zodat ik ook nog wat kan drinken.'

'Het maakt mij niet uit, hoor,' flapte Lou eruit, want ze vond het allemaal heel fout klinken. 'Wat voor jou het makkelijkst is.' Alleen was het niet zo simpel; ze had geen idee gehad dat Remy een vriendin had, omdat Sammy daar helemaal niets over had gezegd. Echt iets voor een man! En wat een fantastische avond was geweest, veranderde in een behoorlijk beschamende toestand.

'Als je wat wilt drinken, dan doe je dat toch?' Talli kneep even in Remy's arm. 'Bestellen jullie nog een fles, dan neem ik jus d'orange en als we hier klaar zijn, rijd ik Lou wel naar het station.'

'O, maar...'

'Ik sta erop,' zei Talli, terwijl haar toetje voor haar werd neergezet. 'Maar vertel, Remy zei dat je overwoog om hier te komen werken. Opwindend, zeg! Hoe ging het sollicitatiegesprek?'

'Nou... goed. Ik ga het proberen.'

'Fantastisch! Mijn god, zoiets lekkers heb ik echt nog nooit geproefd.' Talli raakte helemaal in vervoering van haar tiramisu. 'Niet normaal.'

Stomkop... stomkop... stomkop...

De woorden tikten als een metronoom door Lou's hoofd, op de maat van het tjoeken van de trein, terwijl ze van Cheltenham Spa op weg was naar Birmingham.

Het was de laatste trein en helemaal aan het andere einde van de wagon zat een luidruchtig groepje meisjes gin-tonic uit blikjes te drinken. Ze schaterden het steeds uit en hadden zo te zien de tijd van hun leven. Lou daarentegen, bij wie de alcohol langzaam uit het bloed wegsijpelde, besefte dat zich zichzelf behoorlijk voor schut had gezet.

Ze was als een blok voor Remy gevallen en in zijn gezelschap had ze zich prachtig gevoeld, zijn gelijke, alsof ze een echte band hadden gesmeed. Totdat Talli was gekomen en moeiteloos had getoond hoe zo'n echte band eruitzag. Want nu Lou erop terugkeek, zag ze maar al te goed dat Remy helemaal niet met haar had geflirt. Hij had alleen maar aangeboden om haar te helpen om zijn broer een plezier te doen. En het voorstel om samen iets te gaan eten, was ook niet meer dan dat geweest. Ze hadden allebei trek en een restaurant was de aangewezen plek om hun honger te stillen.

Ze rilde. Het was maar goed dat Talli was gekomen, anders was ze misschien nog veel verdergegaan, nou ja, dat had ze geprobeerd, malloot die ze was. Stel dat ze zichzelf min of meer had uitgenodigd om mee terug te gaan naar Riverside Cottage, ervan overtuigd dat er iets ongelooflijk romantisch zou gebeuren en dat ze hem dan had willen kussen... O mijn god, wat had hij wel niet van haar moeten denken? Hij had al een vriendin, een fantastische, stijlvolle en supercoole vriendin die Lou zelfs nog even had omhelsd toen ze haar had afgezet bij het station. 'Ik vond het heel leuk om je te leren kennen.' Haar groene ogen hadden gestraald toen ze het zei. 'We zien elkaar vast gauw weer. En denk erom dat je niet in slaap valt in de trein! Anders word je nog wakker in Edinburgh!'

Zie je nou wel? Ze was nog eens aardig ook. Heel erg aardig zelfs.

Goed gedaan, Lou.

Haar telefoon ging en Sammy's gezicht verscheen op haar

schermpje. Hopelijk had Remy hem niet gebeld om te zeggen hoe gênant het was geweest dat hij de hele avond beleefd had moeten doen, terwijl zijn oude schoolvriendin zich bijna als een soort groupie op hem had gestort.

'Hoi, waar ben je?' vroeg Sammy.

'Ik zit in de trein.'

'Vraag me eens hoe de tweede helft van mijn optreden ging?' Hij klonk in elk geval enthousiast.

'Was het fantastisch?'

'Helemaal niet slecht! De mensen liepen niet weg. En aan het eind klapten ze zelfs. Oké, ze waren allemaal behoorlijk dronken, maar dat maakt niet uit... én na afloop kwam er een vrouw naar me toe. Ze zei dat haar vriend een beroemde muziekproducer is en dat ze hem over me zal vertellen. Ik heb haar een van mijn flyers gegeven, dus misschien is het toch de moeite waard geweest om hiernaartoe te gaan.'

Lou was blij voor hem. 'Te gek. En waar ben je nu?'

'Ik zit op een bankje tegenover de bestelbus mijn friet en burger te eten.'

'Wat is dat voor lawaai?'

'Er komt een groep meisjes aanlopen. Zo te zien zijn ze in een goede bui.'

'Ik hoor het.' Zelfs door de telefoon kon ze horen dat ze 'Best Years of Our Lives' zongen, maar wel erg vals.

'Wauw,' zei Sammy, terwijl Lou de meisjes hoorde gillen van het lachen. 'Ze flashten net met hun tieten naar me. Dank u, dames. Hé, wacht eens even, wij kennen elkaar toch?'

Lou hoorde een vrouwenstem zeggen: 'Hoezo, wat heb ik gedaan?'

'Ik ben het, Sammy Keeler! Ik heb net opgetreden, weet je nog? Op het festival. Je zei dat je me fantastisch vond en dat je mijn flyer aan je vriend zou geven.'

'Echt? O ja!' Het meisje lachte uitbundig. 'Maar die heb ik

inmiddels gebruikt om mijn schoen mee schoon te vegen, nadat er een kerel overheen had gekotst.'

'O, nou ja, geeft niet. Mijn busje staat aan de overkant, ik kan wel een andere voor je gaan halen.'

'Hoeft niet, hij kotste maar over één schoen. Maar je was echt fantastisch! Dag dag!'

De meisjes begonnen weer te zingen en liepen verder.

'Nou, lekker dan.' Sammy klonk gelaten.

'Misschien herinnert ze zich jouw naam nog en dan kan haar vriend je googelen,' zei Lou.

'Ze is behoorlijk dronken. Ik denk niet dat ze het zich zal herinneren.' Hij slaakte een diepe zucht. 'En waarschijnlijk heeft ze niet eens een vriend.'

Lou leunde met haar voorhoofd tegen het koele raam en keek naar de duisternis die voorbijflitste. Ze wist hoe het voelde.

Maar gelukkig had ze niet met haar tieten naar Remy geflasht.

Dat was al wat.

12

Met enige moeite wist Lou Edgar zover te krijgen om met haar mee te gaan. Echt, hij was net een lastige puber.

'Waarom moet ik mee?' Hij keek haar scherp aan.

'Omdat ik het zo leuk vind als je bij de kassa op die toon van jou vraagt: "Hoeveel?"'

'Hm.' Toch trok hij zijn dikke winterjas aan en wachtte hij ongeduldig bij de voordeur terwijl Lou de boodschappentassen en autosleutels pakte om samen met hem naar de supermarkt te gaan.

'Hallo, schat, alles goed?' Zoals altijd zat Moira achter de kassa. Moira, die zich vaak te buiten ging aan verfraaiingen, droeg nu rendieroorbellen met knipperende lampjes en had op haar borst een reusachtige kerstman-badge. Terwijl Cliff Richard opklonk uit de luidsprekers, zong ze 'Mistletoe and Wine' met hem mee. Ze keek hen stralend aan, drukte toen op de rode neus van de kerstman op haar borst zodat hij 'Ho ho ho' zei. 'Die heb ik gekocht bij zo'n outlet in Cirencester. Te gek, hè?'

'Helemaal niet,' zei Edgar.

'Ik vind het leuk,' zei Lou. 'Doe nog eens.'

'Ho ho ho,' bulderde de kerstman nog een keer.

Edgar schudde vol ongeloof zijn hoofd.

Moira zei vrolijk tegen Lou: 'Wat een brompot, hè?'

In de afgelopen drie maanden waren de inwoners van het stadje Lou's voorbeeld gaan volgen en reageerden ze blijmoedig en geamuseerd op hem.

Naast de kassa stonden dozen met *mince pies* en Lou zette een pakje bij de spullen die al op de band lagen.

'Belachelijk gewoon,' mopperde Edgar. 'Het is pas 1 december.'

'Nou, dat is het begin van kerst,' zei ze geduldig. 'Wil je echt niet zo'n adventkalender met chocolaatjes?'

'Nee, kom, ik wil hier weg.'

Voor iemand die verder niets te doen had, wilde hij altijd erg graag naar huis. Wanneer ze samen ergens waren, beschuldigde hij haar er altijd van dat ze onzingesprekjes voerde met andere mensen. En wanneer ze dan uitlegde dat ze gewoon sociaal deed, keek hij haar onbewogen aan en vroeg: 'Waarom zou je?'

Maar goed dat ze er niet van was uitgegaan dat Operatie Edgar Opvrolijken makkelijk zou zijn.

Moira had inmiddels alles aangeslagen. 'Dat is dan eenenveertig pond en zestig *pee*, schat.'

'Hoeveel?' vroeg Edgar.

'Ik noem dat een koopje,' zei Lou tegen hem. 'Als we thuiskomen, nemen we meteen een mince pie, lekker toch?'

Edgar wierp een kritische blik op Moira. 'En je zegt pence, niet pee.'

Voor straf drukte Moira nog een keer op de neus op haar badge en toen de kerstman klaar was met zijn 'Ho ho ho', zei ze: 'Fijne kerst!'

Weer thuis pakte Lou de boodschappen uit en zette de verwarming stiekem iets hoger toen Edgar niet keek. Bij wat hij een prima temperatuurtje noemde, konden de mensen in Amsterdam op de grachten schaatsen.

Ze was drie maanden geleden bij hem ingetrokken, eind augustus, op een van de warmste dagen van het jaar. En nu was het december en vroor het buiten; de heuvels waren wit van de rijp en de meeste bomen kaal. Ze had al een heel seizoen overleefd bij de zwijgzaamste man van Foxwell en hij was nog steeds niet spraakzaam, maar toch was ze niet van plan het op te geven.

'Wat ga je nu doen?' vroeg hij toen ze een mok thee en een mince pie voor hem had neergezet.

Ze wapperde naar hem met haar iPad. 'Ik ga boven wat foto's nemen van het uitzicht nu het nog wit is. Met de zon erbij is het prachtig.'

Toen ze tien minuten later terugkwam, was de mok leeg en lag het aluminiumbakje van de mince pie leeg op zijn bordje.

'Hoe was hij?' vroeg ze.

'Droog.'

Ze glimlachte. 'Zou je er nou echt dood aan gaan om te zeggen dat je hem lekker vond?'

'Ja, want hij was droog.'

'De volgende keer zal ik er wat brandy op sprenkelen en er wat room op doen, misschien dat je het dan lekkerder vindt. Maar moet je de foto's eens zien.' Ze ging naast hem zitten en liet hem de foto's zien die ze had genomen. 'Het zijn er wel veel, maar volgens mij is dit de beste, want je hebt dat prachtige uitzicht én een stuk van het huis, zodat de mensen kunnen zien dat de foto is genomen vanaf de bovenverdieping.'

'Welke mensen?'

'Het lijkt me leuk om hem als kerstkaart te gebruiken.'

'Voor wie?'

'Voor jou. Om te versturen.'

'Naar wie?'

Hij keek haar stomverbaasd aan. Het drong een beetje laat tot Lou door dat het voor hem een onbekend concept was. 'Ik vraag Dave wel om er een paar voor me af te drukken.'

'Wie is Dave?'

'Dave Harding, van de printshop in Linden Street. Hij heeft in september een bypass gekregen, maar hij is nu weer aan het werk. Sandy is zijn vrouw. Je weet wel, ze verkoopt jam en taarten op de zaterdagmarkt en is ook klassenassistent. Hun zoon Ben loopt volgend weekend tien kilometer voor een goed doel en...'

'Ik vroeg alleen maar wie Dave was. Ik heb geen behoefte aan een volledige biografie. En ik verstuur geen kerstkaarten.'

'Nou, ik wel, dus waarom doe je het voor de verandering ook niet eens een keer? Het is hartstikke leuk. We kunnen de kaarten die wij krijgen aan een waslijntje boven de haard in de huiskamer hangen en de kerstboom in de alkoof zetten.'

'Ik heb nooit een kerstboom.'

'Maar dit jaar dus wel.' Ze wierp hem haar waag-het-niet-me-tegen-te-spreken-blik toe.

'Dat heeft toch geen zin? Er is niemand die hem ziet.'

Gisteravond had haar vader haar gebeld om te vertellen dat hij de laatste week van december en de eerste van januari zou doorbrengen in Barbados, samen met zijn partner Kate. Nadat hij het haar had verteld, had hij gevraagd: 'Red jij je daar wel,

Lou? Als je vrij kunt krijgen, kun je natuurlijk altijd met ons mee.' Natuurlijk wist ze best dat ze Edgar niet zo lang alleen kon laten en daarom had ze vrolijk geantwoord: 'Aardig aangeboden, pap, maar ik blijf lekker hier.'

En nu zei ze tegen Edgar: 'Jij bent hier. Ik ben hier. Dat betekent dat wij de kerstboom zullen zien. En ik houd nu echt voet bij stuk. Want voor mij is kerst zonder boom geen echte kerst.'

Na een paar seconden opstandige stilte zei hij: 'Goed dan. Maar jij zult het allemaal moeten regelen, want ik bemoei me er niet mee.'

'Het is mijn werk om alles te regelen.' Dat heette er het beste van zien te maken. Het kostte haar al haar wilskracht om een kerstgevoel op te roepen, maar toen keek ze hem stralend aan. 'En weet je? Ik heb er echt zin in!'

Drie dagen later werd de reusachtige boom bij het huis afgeleverd. Lou reed naar Cheltenham en kocht een enorme hoeveelheid goedkope en vrolijke versieringen, en potjes gouden, zilveren en witte verf. Bij thuiskomst plunderde ze armenvol groen en droge takken uit de tuin en klom toen de hoge plataan in.

'Wat doe je daar in godsnaam?' Edgar had zijn slaapkamerraam opengegooid en keek haar verbaasd aan.

'We moeten mistletoe hebben. Op de markt was hij uitverkocht. En toen bedacht ik ineens dat we ook mistletoe in de tuin hebben.'

'Als je valt, breek je je nek.'

'Ik val niet. Ik kan heel goed boomklimmen. Dat is mijn specialiteit.' Lou stond stevig op een dikke tak. Ze moest nog iets hoger klimmen om bij de mistletoe te komen, maar dat was een makkie. Grijnzend naar Edgar boog ze door haar knieën en deed alsof ze ineens wankelde.

'Hou op!'

Ze sloeg met haar vrije hand op haar borst. 'O Edgar! Maak je je zorgen om me?'

'Ik maak me zorgen over mijn avondeten als jij valt.'

'Oké, ik beloof je dat ik niet zal vallen.' Ze hees zich omhoog naar de volgende tak en toen nog eentje hoger. Toen ze bij de mistletoe ter grootte van een voetbal kon, sneed ze hem eraf met het zakmes dat ze in haar beha had meegenomen.

'Je bent knettergek,' zei Edgar toen ze weer veilig op de grond stond.

'Misschien wel. Maar ik heb het gedaan en nu hebben we mistletoe.' Ze hield de bos als een wereldbeker triomfantelijk boven haar hoofd.

Edgar was zo te zien niet erg onder de indruk. Hij sloot zijn raam en verdween uit beeld.

Puur voor haar eigen lol deed Lou alsof ze speelde in zo'n feestelijke kerstfilm waarin ze stapje voor stapje een chagrijnige oude man die niks met kerst had voor zich wist te winnen. Misschien, heel misschien, ontdooide Edgars bevroren hart wel een beetje nu hij had gezien dat ze haar leven had gewaagd voor een bos mistletoe. En dan zou hij later knorrig de huiskamer in sloffen waar zij op een ladder naast de kerstboom stond en per ongeluk de zilveren ster liet vallen die hij dan misschien wel zou oprapen en aan haar zou geven...

En daarna zou er natuurlijk kerstmuziek gaan spelen en zouden ze samen meezingen en de kerstboom verder versieren, terwijl buiten de eerste dikke sneeuwvlokken begonnen te vallen...

Bovendien zou hij zich dan ook nog moeten verontschuldigen voor zijn bijzonder onvriendelijke gedrag van de afgelopen drie maanden.

Natuurlijk bleef het tafereel dat haar belachelijk optimistische verbeelding had opgeroepen in werkelijkheid uit, hoewel ze precies de goede muziek afspeelde en meezong terwijl ze de schuiframen met gekleurde lampjes versierde en daarna nog meer lampjes drapeerde over de takken die naar kerst roken. Toen Edgar de kamer in was gekomen, had hij alleen maar gevraagd hoe laat ze zouden eten en daarna was hij naar zijn studeerkamer gegaan om daar in alle rust zijn *Daily Telegraph* te lezen.

Om zeven uur, nadat ze de afwas had gedaan, verliet ze het huis om naar de pub te gaan waar ze had afgesproken met Sammy en Jess. Voordat ze vertrok, vroeg ze zich onwillekeurig toch even af of de prachtig versierde boom er nog zou staan wanneer ze terugkwam.

Remy's auto stond niet voor Riverside Cottage. Hij was er niet vaak de laatste tijd, want hij bracht zijn vrije tijd voornamelijk door in Cheltenham, waar Talli als orthodontist werkte. Ze woonde daar in een ruim appartement op de begane grond in de dure wijk Montpellier. Ze waren inmiddels al bijna vier maanden samen, na elkaar te hebben leren kennen op een feest in Tetbury. Het was meteen raak geweest en Talli had haar schaterend verteld dat het echt liefde op het eerste gezicht was geweest. Lou had zich over haar eerdere schaamte heen gezet door zichzelf voor te houden dat ze Remy die avond in Al Fresco niet echt oneerbare voorstellen had gedaan, en hopelijk had ze zichzelf ook niet zo voor schut gezet als ze toen zelf had gedacht. Bovendien, mocht hij al iets hebben gemerkt van haar amateuristische geflirt, dan was hij daar wel aan gewend; per slot van rekening hadden we het hier wel over Remy Keeler.

Hoe dan ook, ze had nu zelf de gewichtige taak om voor cupido te spelen, en als alles volgens plan verliep, kon het vanavond weleens gebeuren.

Tot vorige week had Sammy gek genoeg totaal niet doorgehad dat Jess hem leuk vond. Het was alsof zijn nog steeds voortdurende verliefdheid op Tanisha zijn verstand had aangetast. Maar twee weken geleden waren er twee dingen gebeurd. Ten eerste had hij Tanisha en haar vriendinnen, zonder dat ze het merkten, mannen cijfers horen geven voor aantrekkelijkheid, waarbij hij ontdekte dat hij een tweeëneenhalf was. 'Ik bedoel, er is niks mis met hem, maar kun je je voorstellen dat je in een dronken bui met hem naar bed gaat en dan de volgende ochtend wakker wordt en dan ontdekt dat je het hebt gedaan met Sammy Keeler?' Tanisha had het uitgeproest van het lachen.

Meteen daarna, alsof het allemaal al niet erg genoeg was, had een andere klant de deur opengeduwd waar Sammy achter stond, zodat het nog honderd keer erger was geworden, omdat Tanisha en haar vriendinnen hem nu allemaal konden zien. Ter verdediging had Tanisha eruit geflapt: 'Nou, sorry, hoor, maar ik val gewoon op een goed uiterlijk. Ik kan er toch niks aan doen dat jij niet mijn type bent?'

Sammy had gedaan alsof hij het grappig vond, maar Lou wist dat hij zich enorm gekwetst voelde. Maar het was niet alleen maar ellende geweest, want blijkbaar had het lot die avond ook meegeluisterd. Vijf dagen later werd Tanisha op staande voet ontslagen omdat ze seks had gehad met een hotelgast en daarbij was betrapt door de echtgenote van de man die iets te vroeg de kamer in was gekomen nadat ze haar benen had laten waxen in de beautysalon van het hotel.

Tanisha was nu dus uit beeld, want ze was weer bij haar moeder in Noord-Wales gaan wonen. Jess, die tegen Lou had opgebiecht daar opgelucht over te zijn, had zich hardop afgevraagd of ze nu misschien meer kans zou maken bij Sammy. En Lou had Sammy de afgelopen week hints ter grootte van vulkanen gegeven door steeds te zeggen dat er al die tijd een veel leukere vrouw dan Tanisha vlak voor zijn neus had gestaan.

De eerste keer dat ze het had gezegd, had hij haar stomverbaasd aangekeken, toen verwoed zijn hoofd geschud en geroepen: 'Jess? Nee.'

'Doe normaal, ze is te gek, jullie passen perfect bij elkaar.'

'En dan zeker weer afgewezen worden? Dat risico durf ik niet te nemen. Iedereen zou me uitlachen.'

'Maar dat zou niet gebeuren,' zei Lou. 'Want ik weet bijna zeker dat Jess je niet zou afwijzen.'

Sammy was totaal verrast. Hij had er echt geen flauw idee van gehad. Na dat gesprek had Lou zich af en toe nog wat laten ontvallen, heel voorzichtig, want anders zou Sammy misschien het gevoel krijgen dat hij ergens toe werd gedwongen en dan helemaal niet meer willen. Hij had ook zijn trots. Ze wist dat hij moest denken dat het zijn besluit was en niet het hare.

Ach, maar zou het niet fantastisch zijn als het met haar hulp zou gebeuren? Misschien was het dan niet zo'n coup de foudre, zo'n verliefdheid die kwam als een blikseminslag, maar sommige relaties hadden nu eenmaal een voorzichtige start. En groeiden dan uit tot iets heel moois. Jess was precies de vriendin die hij nodig had. Niet opzichtig, niet verslaafd aan reality-tv en niet geobsedeerd door influencers die een uithangbord van de cosmetische chirurgie waren. Ze was gemakkelijk in het onderhoud, aards en bijzonder aardig.

Omdat het opvrolijken van een weerbarstige man van in de tachtig totaal niet leek te werken, had Lou besloten om haar goede daden te spreiden. Misschien was het tijd om haar vaardigheden als koppelaarster op te poetsen en daarmee andere mensen gelukkig te maken.

13

Het was grappig om te zien hoe ze elkaar opmerkten en dan deden alsof dat niet zo was. Toen Lou en Sammy die avond de pub in kwamen, zat Jess al op hen te wachten aan hun stamtafel; ze schreef wat in een notitieboek. Ze knikte en zwaaide even naar hen en ging toen weer verder met schrijven, een fractie van een seconde voordat Sammy ook even zwaaide en toen snel deed alsof hij zijn haar gladstreek. Lou moest een lachje verbijten.

Terwijl Sammy naar de bar liep, ging Lou naast Jess zitten. 'Wat ben je aan het doen?'

'Mijn huiswerk voor vanavond. Mijn moeder vertelde over een hond voor wie ze snel een baasje zoeken en ik stelde voor om iets op Facebook te posten. En nou moet ik dat voor haar doen.'

Jess' moeder, Babs, werkte als vrijwilligster bij een dierenasiel halverwege Foxwell en Cheltenham.

Lou vroeg: 'Waarom moet het zo snel?' Ze keek wat Jess al had geschreven en riep toen uit: 'O mijn god, maar dat kun je zo niet doen!'

Jess trok haar mondhoeken naar beneden. 'Ja, ik weet het, het is riskant, maar de andere manier heeft niet gewerkt. Op hun website had de opvang allemaal aardige dingen over hem gezegd en er waren heel veel mensen die reageerden, tot ze hem in het echt zagen en niet wisten hoe snel ze weer weg moesten komen.' Ze pakte haar toestel en liet Lou een foto zien van een zwart-bruine chihuahua met enorme uitstekende oren en een uitdagende blik in zijn ogen. 'Dit is 'm. Dit is Captain Oates. Ziet er onschuldig uit, maar is een regelrechte ramp.'

Lou las de tekst in het notitieboek:

> Hoi, ik ben Captain Oates. (Dat zal ik later uitleggen.) Niemand houdt van me, omdat het gewoon niet te doen is om van me te houden. Ik haat allerlei soorten mensen, maar vooral oudere vrouwen, waarschijnlijk omdat mijn eerste baasje me altijd een zilveren tutu aantrok. Ik heb ook de pest aan kleine kinderen (te luidruchtig, bijzonder irritant), mannen met gebreide mutsen en tienermeisjes die me willen optillen en 'zo schattig' zeggen.

Dat proberen ze maar één keer, want geloof me, ik ben niet schattig.
Ik heb een thuis nodig waarin al het bovenstaande niet aanwezig is. En ook geen andere huisdieren, want daar ga ik alleen maar mee vechten. En dan win ik toch. Ik hou niet van harde muziek. Ik hou niet van dansende mensen en ik hou er niet van als deuren hard worden dichtgeslagen. Als een van die dingen gebeurt, ga ik grommen en blaffen. Dat doe ik overigens sowieso al vaak; gewoon omdat het leuk is. Als je denkt dat jij degene bent die me kan kneden en ervoor kan zorgen dat ik van je ga houden, dan heb je het mis.
Dus dat ben ik. Als iemand zich geroepen voelt om de uitdaging aan te gaan, bel dan de opvang. Ze zullen daar erg blij zijn. O ja, mijn eerste baasje noemde me Twinkle (je zult begrijpen dat ik dat ééénig vond). Dus ik heb in de opvang mijn naam laten veranderen in Captain Oates. Want als ik wegga, dan vind ik het leuk om echt een hele tijd weg te blijven, net als de beroemde ontdekkingsreiziger.

Sammy kwam bij de tafel met hun drankjes.

'En denk eraan, je zult aardig voor me moeten zijn…'

Lou las het laatste stukje hardop voor.

'Maar je moet niet verwachten dat ik ook aardig voor jou ben.'

'Klinkt een beetje als de berichtjes die ik op Tinder krijg,' zei Sammy.

'Lees dat hele stuk maar.' Lou gaf hem het notitieboek.

Toen hij klaar was, zei Sammy: 'Nou, ze weten in elk geval waar ze aan beginnen. Ze kunnen achteraf niet zeggen dat ze niet gewaarschuwd waren. Is dit 'm?' Hij pakte Jess' telefoon. 'Het is raar, maar hij doet me aan iemand denken.'

Lou lachte. 'Edgar.'

'Precies. Ze zouden goed bij elkaar passen.'

'Hij heeft een hekel aan honden. Echt, hij haat ze.'

Sammy haalde zijn schouders op. 'Captain Oates haat mensen. Dus wat dat betreft staan ze quitte.'

Vanaf zijn plek aan de eerste tafel klapte Rico in zijn handen en riep: 'Iedereen heeft een antwoordformulier, dus laten we beginnen...'

Ze wonnen de quiz niet. Sammy was blij toen het was afgelopen; zijn hersens hadden zo vol met andere dingen gezeten dat hij zich niet had kunnen concentreren. Om halftien ging Lou terug naar Walton House om te kijken of haar kerstboom er nog stond. Nou ja, dat was de reden die ze had gegeven, maar hij wist dat ze wegging om Jess en hem alleen te laten.

Met zijn tweeën.

O god, hij was hier echt hopeloos slecht in. Altijd al geweest. Hij had Jess altijd gewoon als een leuke vriendin beschouwd met wie hij het goed kon vinden, maar dat ze hem ook op die andere manier leuk vond, was voor hem als een donderslag bij heldere hemel gekomen. Als Lou gelijk had dan. Dat was niet eens zeker, misschien had ze iets gezien wat er niet eens was. En nu zat hij hier gevangen, terwijl hij zijn uiterste best deed om te bedenken wat er allemaal in Jess' hoofd omging.

Echt, hij snapte gewoon niet dat dit soort situaties Remy altijd makkelijk afgingen, terwijl het toch bijzonder ingewikkeld was.

Hij nam nog een slok uit zijn flesje Stella en hoorde de slok gewoon door zijn keel gaan. En waarom gebeurde dat eigenlijk alleen als hij zenuwachtig was?

'Nou, dit is helemaal niet ongemakkelijk,' zei Jess na een tijdje.

Sammy wiebelde op de achterpoten van zijn stoel. 'Sorry, het komt door die hond. Ik moet steeds aan hem denken.'

Bij twijfel gewoon iets verzinnen.

Ze keek hem aan. 'Alleen is dat niet zo, toch?'

'Sorry?'

'Lou heeft het je verteld, hè?' Het was geen vraag.

'Wat precies?' Hij gaf nog een zwiep en viel toen bijna met stoel en al om.

'Ga op vier poten zitten voordat je plat op je rug valt. Oké, luister, we zijn allebei volwassen. Ik kan het wel aan. Lou heeft je verteld dat ik je leuk vind en jij hebt geen belangstelling. Zo zit het toch?'

Over direct gesproken. 'Nou...'

'Het geeft niet, het geeft echt niet.' Ze haalde haar schouders op. 'Je bent niet de eerste en je zult niet de laatste zijn. Ik ben het wel gewend.'

'Ik ook! Maar dat is het niet,' legde hij snel uit. 'Het is gewoon omdat... omdat ik altijd dacht dat je op Remy viel.'

'Waarom?'

'Omdat... iedereen op hem valt.'

'Ik niet. Ik vind jou leuk.'

'En hoe zat dat dan die keer dat hij je vroeg om foto's van me te maken? Je kreeg een rode kop en je viel bijna van je fiets toen hij je tegenhield.'

Ze fronste en zei toen: 'Dat was omdat jij er was. Het had niets met je broer te maken.'

Wat?

Hoe meer Sammy erover nadacht, hoe leuker hij het vond dat Jess aan hem de voorkeur gaf boven Remy. 'Het komt nogal als een verrassing, dat is alles.' Hij schonk haar een voorzichtig lachje. 'Maar misschien wel een leuke verrassing.'

'O Sammy, hou op, je hoeft heus niet beleefd te doen.'

'Ik doe niet beleefd.' Zijn hart ging sneller slaan. 'Dit voelt net als zo'n droom waarin je een deur in je huis opendoet en dan een hele reeks kamers ontdekt waarvan je niet eens wist dat die er waren.'

'Dat heb ik ook een keer gedroomd! Er zat een zwembad in

de bijkeuken en dat was zo'n buitenbad met dolfijnen erin. De mooiste droom die ik ooit heb gehad.'

Hij lachte. 'Ik droom meestal dat ik het podium op ga om te zingen en dan ineens ontdek dat ik geen kleren aanheb. Of ik droom dat mijn tanden eruit vallen.'

'Mijn ergste droom is dat ik op een hoge brug sta die begint in te storten en ik weet dat ik zo het ravijn in zal vallen, en dan val ik en val ik... tot ik met een schok wakker word. God, de opluchting als tot me doordringt dat ik nog leef.'

'Soms droom ik dat ik zing,' zei Sammy. 'En dan is er maar heel weinig publiek en niemand luistert echt, en dan word ik wakker en herinner me dat het in het echt ook altijd zo gaat.'

Ze keek hem aan. 'Maar eigenlijk zou dat niet zo moeten zijn, want je bent een fantastische zanger en je muziek is echt hartstikke goed.'

De adrenaline wervelde door zijn bloedstroom, onverwacht en zich opblazend tot een suikerspin. Hij hoorde zichzelf mompelen 'Ik wil je kussen' en kon nauwelijks geloven dat hij dat hardop had gezegd.

'Ik wil jou ook kussen,' zei Jess.

Alsof het zo was afgesproken dronken ze hun drankje op, stonden op van tafel en verlieten heel achteloos via een zijdeur de barruimte. Eenmaal in de smalle gang kwamen ze tot aan de deur die naar de achtertuin leidde, maar toen stopte Jess en draaide zich naar hem om.

Het was de beste kus die hij ooit had gehad.

En het was ook nog eens de deur waarachter hij had gestaan toen hij Tanisha tegen die kakelende vriendinnen had horen zeggen dat ze nooit op iemand als hij zou vallen, en dat maakte alles nog beter.

Hij wist dat hij dit moment nooit zou vergeten. Jess had haar armen om hem heen geslagen, ze drukte haar lichaam tegen het zijne en haar warme mond...

'Oeps, sorry, let maar niet op mij.' Rico verscheen aan het andere einde van de smalle gang en keek hen grijnzend aan terwijl ze elkaar snel loslieten. 'Ik vroeg me alleen af of je wel wist dat je je notitieboek op de tafel hebt laten liggen.'

Hij ging meteen weer weg na die woorden, en ze konden elkaar alleen maar ademloos aanstaren in een waas van lust en verlangen.

'Ik kan het daar niet laten liggen,' zei Jess toen.

'Ik ga het wel even halen,' zei Sammy.

Toen hij de bar in kwam, steeg er luid gejoel op. Rico had er geen gras over laten groeien.

Terwijl hij het notitieboek pakte, zei Sammy: 'Ik wou dat jullie ook zo enthousiast waren tijdens mijn optredens.'

'We hebben je vaak genoeg horen zingen,' zei een van de oudere stamgasten grinnikend. 'Dit heeft de opwinding van het nieuwe. Nog iets drinken, jongen?'

In de deuropening draaide Sammy zich nog even om en zei: 'Gek genoeg weet ik wel leukere plekken om nu te zijn.'

Het vrolijke geplaag volgde hem de gang in.

'Ah,' zei Jess toen ze hem weer zag verschijnen, 'dit is nu een van de geneugten van het wonen in een stadje waar iedereen iedereen kent.'

Hij kuste haar weer en pakte toen haar hand – god, zelfs dat voelde fantastisch – en verliet samen met haar de pub.

Twee uur later, in Riverside Cottage, liep Sammy met koude drankjes de trap op naar zijn slaapkamer. Jess zat rechtop in zijn bed een berichtje te versturen op haar telefoon. Twintig seconden later kwam er al een antwoord.

'Wie is dat?' Hij ging naast haar zitten en kuste haar hals, die verrukkelijk rook.

'Tanisha. Ik heb haar even verteld dat ze echt iets heeft gemist.'

Sammy kon het allemaal nog nauwelijks geloven. In het begin van de avond was Jess een vriendin geweest die hij weliswaar aantrekkelijk vond, maar over wie hij zich geen enkele illusie had gemaakt. En nu, een paar uur later, waren zijn gevoelens tot grote hoogte gestegen. Ze was grappig, hartstochtelijk, vertederend eerlijk en had alles wat hij zich ooit van een vriendin had voorgesteld. Niet dat ze al echt zijn vriendin-vriendin was, maar het was ook beslist geen vluchtige onenightstand. Nu ze eenmaal met elkaar naar bed waren geweest, kon hij zich gewoon niet voorstellen dat ze geen stel waren.

Genietend van haar naakte warmte zei hij: 'Mooi zo. Ik snap niet wat ik ooit in haar heb gezien. Kom hier.'

'Wacht, even dit berichtje afmaken.'

Het was geen berichtje aan Tanisha. Ze had haar moeder gestuurd wat ze over Captain Oates had geschreven. Sammy las mee over haar schouder:

MAMA:

Dank je schat, heel grappig! Even afwachten of de baas het goed vindt. Maar waar ben je eigenlijk?

JESS:

In Riverside Cottage. Bij Sammy.

MAMA:

O jee, speelt hij gitaar en zingt hij voor je?

JESS:

Nee, mam. En even voor alle duidelijkheid, ik kom vannacht niet thuis.

MAMA:

Wauw! Nou, dat is nog eens een verrassing.

JESS:
Voor mij ook. Een heerlijke verrassing.

MAMA:
En????

JESS:
Hij is te gek. We hebben zo'n leuke avond gehad, de beste.

'Niet kijken,' zei Jess toen hij verder wilde scrollen. 'Het is gênant.'

'Sst.' Hij scrolde tot hij de rest ook kon lezen:

De beste avond ooit. Ik ben zo blij. ♡♡♡

Blozend zei ze: 'Ik zei toch dat je niet mocht kijken.'

'Het punt is dat ik ook heel blij ben. Hartje hartje hartje.' Hij had het gevoel dat hij uit elkaar kon spatten van geluk; het was zo'n opluchting voor hem. 'En voor mij is dit ook de beste avond ooit.'

Ping deed haar telefoon toen het volgende berichtje arriveerde.

MAMA:
Nou, dat vind ik fijn voor je, schat. Hij is een schat van een jongen. Maar één wijze raad: wat je ook doet, niet meteen seks op de eerste avond. Altijd beter om ze even te laten wachten. Xxx

Jess schreef terug:

Welterusten, mam xxx

Nadat ze haar toestel had uitgezet en zich weer naar hem omdraaide, duwde ze haar voluptueuze lichaam opnieuw tegen hem aan. 'De schade,' fluisterde ze, terwijl ze haar been over de zijne legde. 'Is.' Haar tong schoot over zijn bovenlip. 'Al geschied.'

Opgelucht zei hij zacht: 'Het was sowieso raad van niks.'

Jess grinnikte. 'Ze is oud. Wat weet zij er nou van?'

14

'Kom,' zei Lou.

'Waar gaan we nu weer heen?'

'Dat is een verrassing.'

'Als het een levensgrote kerstman is, dan wil ik die niet in mijn huis.'

'Mij best, dan zet ik hem wel in de tuin.'

Twintig minuten later stopte ze voor de ingang van Ivy Lodge, de dierenopvang.

'O god.' Edgar schudde zijn hoofd. 'Nee.'

'Wat nee?'

'Nee tegen alles wat je ook maar hebt bedacht. Geen beesten. Gewoon niet.'

'Je moet niet meteen conclusies trekken. Ik heb het niet over een huisdier nemen. Ze hebben hier hondenuitlaters nodig en Jess vertelde me gisteravond over een hond die niemand wil. Hij heeft zo zijn dingen, is gewoon niet zo... schattig. En ik moet nu steeds aan hem denken.' Dat was waar; ze had de hele nacht liggen piekeren over de ongeliefde hond die bijna iedereen haatte. 'Nou, en toen heb ik vanochtend gebeld en ze zeiden dat we wel een stukje met hem mochten wandelen.'

'Nou, ik wil er niks mee te maken hebben. Als hij één keer aan de riem trekt, lig ik op de grond met een gebroken heup.'

'Je kunt gewoon van een veilig afstandje toekijken. Ik doe het zware werk wel.'

De vrouw in het kantoor begroette hen enthousiast en nam hen mee naar de kennels. 'Daar is hij,' zei ze vrolijk. 'Dit is Captain Oates.'

'Ik dacht dat je zei dat het een hond was,' zei Edgar. 'Dat is een knaagdier.'

Captain Oates, die op stijve pootjes helemaal achter in zijn hok stond, nam hen afkeurend op.

'Kom, schat, deze aardige mensen willen een eindje met je gaan wandelen. Is dat niet fijn?' sprak de vrouw op vleiende toon.

'Grr,' zei Captain Oates, terwijl hij zijn tanden ontblootte.

Edgar wees naar hem. 'Als je geen belangstelling hebt, mij best, want ik heb ook geen belangstelling.'

Met ingehouden adem keek Lou toe, terwijl de man en de hond elkaar opnamen. Na een tijdje draaide Edgar zich om en zei: 'Vergeet het maar, hij wil niet. Laten we gaan.'

'O mijn hemel, moet je hem eens zien,' riep de vrouw uit, en toen Edgar zich weer omdraaide, stond Captain Oates met zijn voorpoten tegen het hekwerk. 'Dat heeft hij nog nooit gedaan.' Ze maakte het hok open, bevestigde de riem aan de halsband en gaf de riem aan Lou.

'Geef mij maar.' Edgar stak zijn hand uit. 'Waarom heet hij Captain Oates?'

'Omdat hij graag lange wandelingen maakt,' antwoordde de vrouw.

Edgar keek naar de hond, die naar hem staarde. Toen zei hij: 'Ik ook.'

De volgende dag was het koud en vochtig, met af en toe een korte, felle bui. Lou stond de aardappels voor een *cottage pie* te schillen toen Edgar de keuken in kwam, gekleed in zijn winterjas en met een das om.

'Nou, gaan we nog?'

'Waarnaartoe?'

'Naar dat asiel.'

Ze keek naar buiten waar dikke regendruppels tegen het raam kletterden en de boomtakken doorbogen in de wind. 'Het is niet zulk mooi weer.'

'Maar honden moeten iedere dag worden uitgelaten. Niet alleen als de zon schijnt en het jou uitkomt.'

Nou nou. Dat was nog eens een ommekeer.

Toen ze bij de opvang arriveerden, kwam dezelfde vrouw het kantoor uit lopen, blij om hen weer te zien. 'Natuurlijk kunnen jullie hem meekrijgen, maar niet langer dan twintig minuten. Hij moet om klokslag drie hier weer terug zijn.'

'Waarom?' vroeg Edgar.

'Nou, er is iets heel leuks gebeurd! Gisteravond hebben we een grappig bericht over Captain Oates op Facebook geplaatst, over wat een kleine lastpak hij is. Eerlijk gezegd dacht ik dat dat mensen zou afschrikken, maar de telefoon staat roodgloeiend; het is gewoon een gekkenhuis. Ineens is hij populair! En de eerste mensen komen om drie uur kijken, helemaal uit Cardiff. Het is een wonder hoeveel belangstelling er ineens voor hem is!'

Twintig minuten later zei Lou: 'We moeten hem terugbrengen.'

'Dat wil ik niet.' Edgar stak zijn kin naar voren.

'Het is bijna drie uur. Die andere mensen wachten op hem.'

Hij stopte met lopen, net als Captain Oates die naast hem had getrippeld. Zelfs in de regen zag Lou dat ze precies hetzelfde keken. Ze tikte op haar horloge. 'We hebben beloofd dat we om drie uur terug zouden zijn.'

'En als ik die vrouw nou eens vraag wat het me gaat kosten?'

Wauw, hij meende het echt. 'Ik denk niet dat ze gevoelig zijn voor omkoping.'

'Iedereen is daar gevoelig voor.' Hij wierp haar een betekenisvolle blik toe. 'Als je maar genoeg geld biedt.'

Die zat.

Ze waren zeven minuten te laat weer bij de opvang, waar een vrouw van middelbare leeftijd die helemaal in het roze was gekleed stond te wachten met haar man.

'Daar heb je hem! O, mijn god, kijk nou wat een schatje!'

Ze droeg een lichtroze sweatshirt met daarop in paarse glitters de tekst *I ♡ doggies*. Ze kwam naar hen toelopen, liet zich op haar knieën vallen en gilde: 'Hallo schatje van me, we zijn zo blij je eindelijk in het echt te zien!'

Captain Oates keek haar koeltjes aan en weigerde te kwispelen. Toen ze haar hand naar hem uitstak, ontblootte hij zijn tanden en begon te grommen.

'Nou, dat is ook niet lief van je, gekkie-bekkie, wij zijn heel leuk, hoor!' riep de vrouw uit. Ze ging weer staan en stak haar hand uit naar Edgar voor de riem. 'Ik neem hem wel. Wij zijn nu aan de beurt! Kom, hondenkindje van me, het is tijd dat je je nieuwe pappie en mammie leert kennen... O, en wie is de kleine boevenmans? Ja, dat ben jij!'

'Mijn god.' Edgar rilde toen het echtpaar weg was gelopen met de onwillige Captain Oates in hun kielzog. 'Ze kunnen hem toch niet aan haar geven! Dat kan gewoon niet.'

'Alles goed?' Het was de vrolijke vrouw van het kantoor, die zich blijkbaar afvroeg waarom ze nog niet weg waren.

'Helemaal niet. Ik wil Captain Oates met mij mee naar huis nemen. Nu,' zei Edgar. 'Wij willen hem. Hoeveel?'

Lou kromp ineen; het was duidelijk dat het hem niet beviel dat de hond zonder zelfs maar naar hem om te kijken met het echtpaar mee was gelopen.

'Wij verkopen onze honden niet,' zei de vrouw opgewekt. 'U kunt zich bij ons opgeven als geïnteresseerde, maar wij screenen alle aanmeldingen zorgvuldig en...'

'Vijfduizend pond.' Het kwam eruit op een toon alsof hij wilde zeggen: En waag het niet me tegen te spreken!

Helaas voor hem sprak de vrouw hem wel tegen. Kalm zei ze: 'Donaties zijn natuurlijk altijd zeer welkom, maar ze zijn niet van invloed op onze beslissing. Het gaat ons om de dieren, we willen dat ze naar de beste kandidaat gaan, iemand die ze een veilig en goed thuis kan bieden.'

Er viel een gespannen stilte in de receptie. Alleen het geblaf van honden in de verte was te horen. Lou voelde dat Edgar zich verscheurd voelde; waarschijnlijk zou hij de vrouw het liefst hooghartig op haar plaats zetten, maar hij begreep ook dat hij Captain Oates dan zeker niet zou krijgen.

Na een tijdje schudde hij de regen uit zijn haar en zei: 'In dat geval zou ik me graag inschrijven als belangstellende.'

Lou knikte hem bemoedigend toe.

'Alstublieft,' voegde hij eraan toe.

Lou verbeet een lachje en onderdrukte haar aanvechting om 'Brave jongen!' te zeggen.

De volgende ochtend stond Edgar al om acht uur klaar. Tegen de tijd dat ze aankwamen bij de grote dierenwinkel in Cheltenham had hij Lou al helemaal gek gemaakt met zijn voortdurende controle van zijn boodschappenlijst.

'We hoeven niet alles van te voren te kopen. We kunnen beter wachten tot we zeker weten of...'

'Het ziet er beter uit als we alles al in huis hebben als ze ons komen controleren.'

Ze probeerde zijn verwachtingen wat te temperen. 'Luister, als we hem niet krijgen, zijn er nog genoeg andere honden om uit te kiezen.'

Edgar schudde zijn hoofd. 'Ik wil geen andere honden. Alleen Captain Oates.'

Lou begon zich schuldig te voelen. Het was haar idee geweest, maar hoe had ze nu kunnen weten dat hij meteen als een blok zou vallen voor de hond die compleet ongewenst was geweest totdat Jess dat supereerlijke bericht op Facebook had geplaatst? Gisteravond hadden ze gehoord dat de vrouw in het roze Captain Oates ook wilde. En er bleek ook nog een derde gegadigde. Vanmiddag zou de manager van de opvang langskomen om te kijken of het huis en zij geschikt waren voor een hond. Als ze werden afgewezen, wist ze niet hoe Edgar zou reageren.

De jonge jongen die door zijn baas was aangewezen om hen te helpen, keek Edgar aan. 'Als het een chihuahua is, dan heeft u de kleinste maat mand nodig. Want die zijn best klein, weet u.'

'Maar misschien vindt hij het wel lekker om af en toe in iets groters te slapen. We nemen ze allebei,' beval Edgar. Hij gebaarde de jongen de manden op de inmiddels al volle winkelwagen te leggen.

Ze moesten van alle soorten hondenvoer één verpakking kopen, omdat ze nog niet wisten welke smaak of welk merk Captain Oates het lekkerst vond.

En dat gold ook voor de shampoo, de handdoeken en de ontwormtabletten.

En voor de speeltjes, o ja, al de speeltjes. Piepspeeltjes, kauwspeeltjes, harige speeltjes, stuiterende speeltjes... Wat Captain Oates dan ook leuk zou vinden, hij had alles tot zijn beschikking. Hoofdschuddend dacht Lou aan gisteren, toen Edgar zich in de supermarkt had beklaagd over de prijs van het afwasmiddel dat ze had uitgekozen. En nu gaf hij hier meer geld uit dan sommige mensen voor hun vakantie in het buitenland.

Tegen de tijd dat ze alles in de Mini hadden geladen, konden ze er zelf nauwelijks meer bij.

Thuis werden alle spullen zorgvuldig door het huis verspreid voor het maximale effect.

'We hoeven toch geen zes voederbakjes neer te zetten,' protesteerde Lou.

Edgar zat haar aan de keukentafel te bevelen als een soort Laurence Llewelyn-Bowen. 'Wel netjes naast elkaar,' zei hij. 'Ik wil dat ze zien dat hij zelf mag kiezen welke hij het leukst vindt. Nee, die zilveren links.'

De manager van de opvang kwam zoals afgesproken tussen de middag. Ze had een klembord bij zich en een lange vragenlijst. Lou zette zich al schrap voor een uitbarsting van Edgar, maar hij zette zijn beste beentje voor. Dus hij kon het wel als het moest, beleefd zijn, dacht ze.

'Ik laat hem uit. Daar ben ik heel goed toe in staat,' zei hij tegen de vrouw, die Mary heette. 'En Lou woont hier ook, dus zij kan waar nodig helpen.'

'Dat is goed om te weten.' Mary vinkte weer een vraag af. 'En ik zie dat u een grote tuin heeft.' Nog een vinkje. 'Maar u bent wel tachtig, als er iets met u gebeurt, wie zorgt er dan voor Captain Oates?'

'Lou. Ze zal uitstekend voor hem zorgen. Hoe zit het met dat echtpaar van gisteren?' Hij flapte de vraag eruit die hem al de hele tijd dwarszat. 'Willen ze hem nog steeds?'

'Ja.' Mary keek hem recht aan. 'Ik ga morgenvroeg bij hen op huisbezoek, en dan morgenmiddag bij de derde gegadigde.'

'Is er iets waarmee ik u kan overhalen om mij te kiezen?'

'Nee, meneer Allsopp, dat is er niet.'

'Zelfs niet als ik aanbied...'

'Niet doen,' zei Lou, voordat hij Mary zou proberen om te kopen. 'Gewoon niet doen.' Ze zag al voor zich dat hij als een tweedehandsautoverkoper een stapel bankbiljetten op tafel zou leggen.

'We kiezen de kandidaat die ons het meest geschikt lijkt voor de betreffende hond,' vervolgde Mary op besliste toon. 'Maar ik ben benieuwd, u zei dat u nog nooit een huisdier heeft gehad, vanwaar dan ineens deze belangstelling?'

'Ik wil niet zomaar een hond, ik wil Captain Oates. Hij is lastig en onhandig en vindt de meeste mensen niet leuk. Ik heb het idee dat ik hem begrijp.' Edgar stopte om een schone witte zakdoek uit de zak van zijn grijze corduroybroek te pakken. Nadat hij zijn neus had gesnoten, borg hij de zakdoek weer op. Zijn ogen waren vochtig. Hij hernam zichzelf en zei toen nors: 'En als we elkaar aankijken heb ik het gevoel dat hij mij ook begrijpt.'

15

Edgar werd gek van het wachten. En Lou werd daar weer knettergek van. Uit pure wanhoop reed ze de volgende dag naar Foxwell om de doos kerstkaarten op te halen die ze bij de printshop had besteld.

Hopelijk zorgde het voor afleiding, zodat Edgar niet continu dacht aan het telefoontje dat op zijn vroegst vanavond zou komen en misschien pas morgen.

'Goed.' Ze nam hem mee naar de huiskamer waar ze hem zijn favoriete vulpen gaf. 'Laten we beginnen. En weet je wie we als eerste een kaart sturen?'

'Geen idee. Zeg het maar.'

Lou begon te dicteren: 'Aan de fantastische medewerkers en vrijwilligers van de dierenopvang Ivy Lodge...'

'Wat? Geen sprake van. Alleen als we Captain Oates krijgen.'

'Maar zelfs als we hem niet krijgen, is het een aardige geste.'

'Ik zal ze laten zien wat een aardige geste is.' Edgar haalde zijn neus op. 'Nee. Bedenk maar iemand anders.'

Ze maakte snel een lijst van de mensen die ze in Foxwell had leren kennen en hoopte maar dat in elk geval sommige van hen begrepen waarmee ze bezig was en een kaartje zouden terugsturen.

'Zullen we een kaart sturen aan dat gezin dat in Londen naast je woonde? Je zei dat ze jou altijd verjaardagskaarten stuurden. Dat was heel aardig, vind je niet?'

'Ik kan me hun achternaam niet herinneren. Carter nog wat. Dubbele naam. Geen flauw idee.'

Echt, het was alsof je een tegenstribbelende peuter wilde helpen. 'Misschien heb je het ergens opgeschreven.'

'Ze zullen wel in mijn adresboek staan,' zei hij.

'En waar ligt dat?'

'Boven in mijn slaapkamer. Op de tweede plank van de boekenkast. Blauw leer. Rechts, naast een boek over motten.'

Met zijn geheugen was niets mis als het ging om informatie die hij zich wel wilde herinneren. 'Ik ga het wel even halen,' zei ze hardop.

Ze vond het adresboek zonder enige moeite en bladerde er even in, want het zou toch ontzettend leuk zijn als het vol stond met de namen en adressen van tientallen oude vrienden die hij uit het oog was verloren?

Dat was natuurlijk niet zo. Er stonden eigenlijk maar heel weinig namen in, maar ze trof wel een vergeeld programmaboekje van een schouwburg aan. En in het programmaboekje zaten foto's, merkte ze, toen die eruit vielen. Onder andere een foto van Edgar in een chic pak naast een vrouw die jonger was dan hij en behoorlijk mooi. Ze kwam Lou vaag bekend voor. De vrouw was blond en gebruind en droeg een elegante zachtgele avondjurk met een opvallende ketting die als een zilveren waterval bijna tot op haar navel hing.

Toen Lou weer naar het programmaboekje keek, zag ze dat

het van een toneelstuk was dat dertig jaar geleden in een van de kleinere theaters in West End had gespeeld. De naam van het stuk zei haar niets, maar ze herkende wel een paar namen van acteurs... Ah, natuurlijk, dat was waarom de vrouw haar bekend was voorgekomen. De blondine in de gele jurk was Della Lucas.

O, en ze was met Edgar. Interessant.

Della was bekend geworden als de glamoureuze assistente van de presentator van een populair spelprogramma, *Make My Day*. Toen de show stopte, was ze gaan acteren en had ze ontdekt dat dat moeilijker was dan het leek. In de jaren daarna was ze af en toe nog als tv-bekendheid opgedoken in quizzen, net als op feesten en partijen, filmpremières en in vrouwenbladen.

Er waren vijf foto's in totaal en op elk ervan stonden Edgar en Della als paar, bij verschillende gelegenheden.

Oké, ze moest nu echt terug naar de huiskamer en hem vragen naar het verhaal achter deze onverwachte ontdekking.

'Ik heb er al eentje gedaan,' verkondigde Edgar toen ze de kamer in kwam lopen.

Hij verborg iets onder de tafel.

'Goed zo.' Ze controleerde even of hij niet iets had opgeschreven waarvoor ze hem konden oppakken en zag dat hij: *Groetjes, E. Allsopp* in de eerste kaart had geschreven. 'Voor wie is deze?'

'Geen idee. Kies jij maar.'

Hopeloos. Echt.

Van onder de tafel kwam het geluid van hoog geblaf, wat betekende dat hij stiekem naar de video had zitten kijken die hij gisteren had gemaakt, tijdens de wandeling in het bos achter de opvang van Captain Oates.

'Je hoeft het heus niet te verstoppen, hoor,' zei ze. 'Ik weet best wat je aan het doen bent.'

'Waf-waf,' zei Captain Oates, haar kwaad aankijkend vanaf de telefoon die Edgar op tafel legde.

Blij dat ze hem ergens mee kon afleiden, ging ze ook zitten en gebaarde naar zijn adresboek. 'Ik heb trouwens iets heel interessants gevonden!'

'Het is een adresboek.'

'Ik heb het over wat erin zat.'

'Dus je hebt er stiekem in zitten neuzen?'

'Nee, ze vielen eruit toen ik het adresboek van de plank pakte.' Ze toonde hem het programmaboekje en de foto's. 'Moet je jou nou toch eens zien, aantrekkelijk en galant en met een beroemdheid aan je arm!'

Edgar slaakte een zucht en zette de video uit toen Captain Oates opnieuw hard begon te blaffen. 'Ze was geen beroemdheid, ze was een actrice.'

'Maar ik herkende haar wel. Zelfs nu is ze nog steeds een beetje bekend. En deze foto's zijn allemaal bij andere gelegenheden gemaakt, dus je kende haar echt. Moet je deze zien!' Ze hield een foto op die in een tuin was gemaakt. 'Je lacht zowaar. Je ziet er zo anders uit!'

'Het is heel lang geleden.'

'Maar je kunt zien dat je toen gelukkig was.'

Edgar pakte de foto uit haar hand en bestudeerde hem. 'Ja, dat was ik ook. Maar het heeft niet standgehouden.'

'Waren jullie echt een stel? Goh, dat wist ik niet.'

'Nee, natuurlijk niet, want ik heb het je nooit verteld.'

'Te gek, zeg. Hoelang waren jullie samen?'

'Bijna een jaar, denk ik.' Hij slikte. 'Af en aan.'

Ze aarzelde; ze had op het punt gestaan om te vragen of hij verliefd op Della Lucas was geweest, maar ze was bang dat hij dan zou dichtklappen. Bovendien zat het er dik in dat hij verliefd was geweest. En daarom zei ze alleen maar: 'Dat moet vast een te gekke tijd zijn geweest. Ze lijkt me een erg leuke vrouw.'

'Dat was ze ook.'

'Wat is er gebeurd?'

'Ze trouwde met iemand anders,' antwoordde hij op vlakke toon.

'Och, wat droevig.' Della had zijn hart gebroken.

Hij legde de foto neer. 'Waarom vertel ik je dit eigenlijk?'

'Omdat ik ernaar vroeg.' Ze haalde haar schouders op. 'En ik heb jou ook over mijn afschuwelijke huwelijk verteld. Want soms helpt dat, weet je. Om de nare dingen met iemand te delen.'

Aan zijn blik kon ze zien wat hij dacht over iets met iemand delen. Hardop zei hij: 'Ach, die tijd is voorbij.'

'Hebben jullie geen contact gehouden?'

'Dat had geen zin. Zij had haar man en daarna haar kinderen. Gaan we nu nog verder met die stomme kaarten of hoe zit dat?'

'Ze zijn niet stom. En ja, we gaan verder.' Ze gebaarde dat hij zijn vulpen weer moest pakken en zei: 'Schrijf: "Voor Babs en Bob..."'

'Wie zijn dat?'

'Je kent alle elementen van het periodiek systeem uit je hoofd, maar je doet geen moeite om de namen van de mensen hier in de stad te kennen. Schrijf: "Prettige kerst en een gelukkig nieuwjaar".'

Ze keek toe terwijl hij schreef:

Prettige kerst, E. Allsopp.

'Nee,' zei ze. 'Je moet ondertekenen met "Edgar".'

Met een opstandige blik in zijn ogen zei hij: 'Dan weten ze niet van wie de kaart is.'

'O, echt wel. Geloof mij maar.' Ineens kreeg ze een briljant idee. 'Je zou ook een kaart aan Della Lucas kunnen sturen!'

'Wat? Waarom zou ik dat doen?'

'Omdat het leuk is om opeens een kaart te krijgen van iemand die je jaren geleden hebt gekend. Je kunt er iets bij schrijven, zeggen dat je hoopt dat het goed met haar gaat... Zou je het niet leuk vinden als je een kaart van haar kreeg? Vast wel. Dat is gewoon... aardig. Echt iets in de geest van kerst!'

'Ze zou mij er nooit eentje sturen,' zei hij.

'Nou, dan niet.'

'Ze is getrouwd.'

'Oké, maakt niet uit.'

'Het heeft geen zin.'

'Prima, laten we het er maar niet meer over hebben. Waarom kijk je niet of je de namen van die vroegere buren van je kunt vinden, dan stuur je die een kaart.'

Terwijl hij in het adresboek keek, pakte Lou haar eigen toestel. Tegen de tijd dat Edgar de achternaam van zijn oude buren in Kensington had gevonden, had zij nog veel meer ontdekt.

Toen hij klaar was met zijn eerste kaart, zei ze: 'Googel je Della weleens?'

'Nee.'

Ze had al gedacht dat googelen niet echt iets voor hem was. 'Nou, ik heb dat net gedaan en er zijn heel veel dingen over haar te vinden. Ze is dertig jaar geleden getrouwd met Barry Lloyd. Ze hebben twee kinderen, een zoon en een dochter, Tom en Fiona. Ze...'

'Dat weet ik,' onderbrak hij haar. 'Ik heb een keer een interview met haar op tv gezien.'

'Ze woonden in Brentwood, Essex, waar Barry een nachtclub runde. Vier jaar geleden is hij gestorven aan een hartaanval.'

'Is hij dood?' Edgar was plotseling een en al belangstelling. 'Allemachtig zeg, hij was twintig jaar jonger dan ik.'

Dit was opwindend. Waren Barry en hij elkaars rivalen geweest?

'Kende je hem?'

Hij schudde zijn hoofd. 'Nee.'

'Hoe heb je Della leren kennen?'

'Op een feest.'

'Edgar!' zei ze plagend. 'Ik wist niet dat je van feestjes hield!'

'Ik wilde er ook niet heen.'

'Maar je bent wel gegaan en toen heb je Della Lucas leren kennen. Dat heb je nou eenmaal met feestjes, hè, van tevoren weet je nooit of ze saai zijn en een complete verspilling van make-up, of dat je er iemand ontmoet die je hele leven op de kop zet.'

'Ze heeft mijn leven niet op de kop gezet.'

'Jullie zijn bijna een jaar samen geweest. Dat moet toch iets in je veranderd hebben.' Lou kon haar blik nauwelijks afhouden van de foto's op de tafel waar ze als een stel op stonden. Ze had Della vaak genoeg op tv gezien om te weten dat ze een glamoureuze, elegante en levendige vrouw was. 'Moet je haar zien. Ik durf te wedden dat jullie heel veel lol hadden.'

'Gaan we nog verder met die kaarten of niet?' veranderde Edgar van onderwerp.

'Natuurlijk. Nou, zullen we er dan maar eentje aan Della sturen?'

'Nee.'

Het was alsof ze een weerspannig kind zover had moeten zien te krijgen om zijn wiskundehuiswerk te maken, maar eindelijk zat het erop. De postzegels waren op de kaarten geplakt die op de post zouden gaan, en de kaarten die voor de mensen in Foxwell waren, zouden ze zelf in hun brievenbus stoppen. Ze haalde Edgar over om naar de stad te rijden, en terwijl hij achter het stuur bleef zitten, stapte zij in en uit om kaarten in de brievenbussen te stoppen bij zo'n beetje alle mensen die ze hier de afgelopen drie maanden had leren kennen. Toen de schemering viel, ging in de winkels en de huizen de kerstverlichting aan. Bij een van de huizen stond een plastic kerstman op het dak en een hele familie van opblaasbare rendieren in de tuin. Een drie meter hoge sneeuwpop zong liedjes bij het hek en op het gazon tjirpten reusachtige plastic roodborstjes.

'Waarom doen mensen dat?' zei Edgar.

'Omdat het leuk is en mensen er vrolijk van worden.'

'Ik word er niet vrolijk van.'

'Nou ja, chagrijnige oude mannen zijn ook niet de doelgroep.'

'Waar nu naartoe?'

'De krantenzaak.' Ze had hem gedwongen om ook een kaart voor Belinda te schrijven.

Net toen Edgar de auto tussen een blauwe bestelbus en rode Volvo probeerde te manoeuvreren, ging zijn mobiel.

'O, misschien is zij het wel.' Hij remde abrupt en pakte zijn toestel uit zijn jaszak. Zijn hand trilde. 'Hallo? Ja?'

Lou deed haar uiterste best om het gesprekje af te luisteren, maar hij had zijn telefoon zo dicht tegen zijn oor gedrukt dat ze alleen maar vaag een vrouwenstem hoorde. De veelkleurige kerstverlichting werd gereflecteerd op zijn gezicht, terwijl hij in stilte luisterde. Ze bereidde zich voor op woede, maar zag toen zijn adamsappel op en neer gaan terwijl hij slikte. Toen zei hij: 'Ja, meteen morgenvroeg. Dank u. Dank u zeer.'

Hij keek Lou geëmotioneerd aan en ze zag dat hij tranen in zijn ogen had.

'Is hij van jou?' vroeg ze.

Hij schraapte zijn keel en knikte. 'Hij is van mij.'

16

De volgende ochtend stond Jess' moeder, Babs, hen op te wachten in de receptie van het asiel.

'Eigenlijk zou ik het jullie niet mogen vertellen, fluisterde ze over de balie heen tegen Lou, 'maar die andere vrouw was verschrikkelijk. Ze had op Facebook gepost dat ze niet kon wachten tot ze haar nieuwe hondje had, want ze wilde zijn nagels meteen roze lakken, zodat ze bij haar lievelingstas pasten.'

'Dat zal Edgar niet doen,' beloofde Lou haar.

'Ik heb geen nagellak die bij mijn lievelingstas past,' zei Edgar en zijn toon was zo droog, dat het even duurde voordat tot hen doordrong dat hij een grapje maakte.

'En de andere kandidaat bleek een papegaai te hebben, dus dat is wachten op een bloedbad. Hoe dan ook,' vervolgde Babs, 'we vonden allemaal dat jij en Captain Oates het beste bij elkaar pasten.'

'Dat is ook zo,' zei Edgar met een ferme knik.

Nadat het vereiste papierwerk achter de rug was, werd Captain Oates gehaald. Hij ontblootte zijn tanden en gromde tegen Babs, negeerde Lou volkomen en stond met stijve poten voor Edgar, duidelijk te wachten op iets.

'Je gaat met mij mee naar huis,' vertelde Edgar hem, terwijl hij zich voorzichtig bukte om hem op te tillen.

'Pas op!' riep Babs. 'Hij houdt er niet van om...'

Captain Oates aarzelde, alsof hij overwoog om uit te vallen. Maar toen stak hij zijn kop naar voren en snuffelde voorzichtig aan Edgar hals.

Met ingehouden adem keek Lou toe, hopend dat hij niet woest zou worden.

Captain Oates, niet Edgar.

Maar Captain Oates legde zijn pootjes op Edgars schouder en likte de wang van zijn nieuwe baasje. Er brak een brede lach door op Edgars gezicht.

'O, mijn god, dat ik dat nog mag meemaken!' riep Babs uit. 'Het is net een kerstwonder!'

Captain Oates draaide zich om en ontblootte zijn tanden naar haar.

'O, misschien ook niet,' zei Babs.

'Goed zo, jongen van me.' Edgar aaide de hond over zijn kop en zei trots: 'Kom, je hoeft niet meer bang te zijn. We gaan naar de auto en dan naar huis.'

Lou besefte vrijwel meteen dat het verwante zielen waren. Soms keken ze haar met een bijna identieke blik aan. Maar de grootste openbaring was nog wel de liefde en trots die Edgar uitstraalde. Voordat ze gisteravond naar bed waren gegaan, had Captain Oates zich genesteld in de door hem uitverkoren hondenmand in de keuken, maar een uur later hoorde ze het vertrouwde gebrom van de traplift die naar beneden ging, gevolgd door de trage terugkeer naar boven die vergezeld ging van gedempt geblaf.

'Hij was eenzaam in zijn eentje,' verdedigde Edgar zichzelf toen ze hem er bij het ontbijt naar vroeg.

'Heeft hij op de grond geslapen of op het bed?'

'Op de grond.'

Lou schudde haar hoofd. 'Jij kunt echt heel slecht liegen.'

Met een liefdevolle blik keek hij naar de nieuwkomer. 'Ik heb in geen jaren zo lekker geslapen. Zullen we hem meteen gaan uitlaten?'

Nog steeds gekleed in haar pyjama en ochtendjas vroeg ze: 'Mag ik me misschien eerst nog aankleden?'

'Een beetje snel dan.'

En het was geen ommetje door de tuin dat Edgar in gedachten had. Ze reden de heuvel af naar Foxwell waar ze de auto parkeerden voor de antiekwinkel van Jess' oom. Toen Jess hen zag met Captain Oates aan een riem, kwam ze snel naar buiten om hem voorzichtig te begroeten. En het was maar goed dat ze voorzichtig was; de hond zette zijn haren op en gromde, draaide zich toen resoluut om en weigerde haar verder nog aan te kijken.

'Hij houdt niet echt van mensen,' zei Edgar tevreden.

'Ik merk het. Echt een hond die weet wat hij wil.' Jess deed nog een paar passen naar achteren.

'Hij is de allerbeste.'

Twintig minuten later zei Lou: 'Je ziet er gelukkig uit.' Het was net alsof er een donkere wolk was opgetrokken. Misschien was het verbeelding, maar ze had de indruk dat hij zelfs gemakkelijker kon lopen. En de mensen die ze onderweg tegenkwamen, wilden de nieuwste aanwinst van de stad maar al te graag begroeten.

Edgar keek onderweg steeds stiekem in etalages om zichzelf met Captain Oates aan de lijn te bewonderen. Hij zei: 'Ik voel me net Clark Gable.'

'Dat snap ik even niet.'

'In *Gone with the Wind*. Toen Rhett Butler en Scarlett O'Hara een baby kregen, Bonnie Blue, ging hij met haar wandelen, met de wandelwagen. En iedereen in de stad bewonderde haar dan. Zo voel ik me nu ook.' Hij stopte bij een van de lege banken bij de rivier, ging zitten en tilde Captain Oates op schoot. 'Zullen we nog een foto maken?'

Het was ontroerend zoals ze voor haar poseerden. Lou klikte er lustig op los, nam foto's uit alle hoeken, tot ze het moment te pakken had dat ze niet meer op haar letten, maar elkaar in de ogen keken.

'Dit is 'm.' Ze liet hem de foto zien: Edgar op de houten bank, in zijn donkergrijze wollen jas met de rode das die ze hem voor zijn eenentachtigste verjaardag had gegeven, en met op zijn schoot Captain Oates, met heldere ogen, zijn oren wijd uitstekend, op zijn Gremlins. En achter hen de zachtblauwe lucht, de rij winkels met hun kerstversieringen en... links iemand die uit een zwarte Mercedes stapte.

'Dat verpest de hele foto.' Edgar weer naar de figuur op het scherm. 'Die zul je eruit moeten snijden.'

'Wie moet je eruit snijden?' Zonder dat Edgar het had gemerkt, was Remy over het berijpte gras naar hen toe komen lopen. 'Ik hoop dat jullie het niet over mij hebben. O, maar dit moet de beroemde Captain Oates zijn. Hallo, jongen, ik heb al heel veel over je gehoord.'

'Hij mag je niet,' zei Edgar tevreden toen de hond, niet onder de indruk van Remy's fantastische uiterlijk, opstoof en hem neerbuigend aankeek.

'Hij is echt te gek. Jullie passen goed bij elkaar.' Vrolijk wendde Remy zich tot Lou. 'Mag ik even kijken?'

Ze gaf hem haar toestel.

'O, jullie willen me er echt uitsnijden. Maar terecht. Dan is het een mooie foto. Je zou die moeten kopiëren en dan naar iedereen sturen die je kent.'

'Dat is een goed idee.' Edgar knikte en zei toen tegen Lou: 'Zullen we dat nu meteen doen?'

'De printshop is vandaag gesloten, maar we doen het morgen direct.'

'Nee, dat wil ik niet. Kunnen we niet ergens anders printen?' Zoals altijd was Edgar bijzonder ongeduldig.

Na een paar seconden zei Remy: 'Ik wil me nergens mee bemoeien, maar...'

Voordat hij nog iets kon zeggen, keken Edgar en Captain Oates hem al venijnig aan.

'Maar wat?' vroeg Edgar.

'Ik wilde zeggen dat wij op kantoor ook een printer hebben en dat jullie die wel mogen gebruiken. Maar als je dat niet wilt, ook goed.'

Stilte. Lou deed haar uiterste best om haar gezicht in de plooi te houden, want Edgar was het niet gewend dat anderen iets voor hem deden, en dan ook nog een van de Keeler-broers over wie hij nooit enthousiast was geweest.

Aan de andere kant, ze wist dat hij die foto's echt heel erg graag wilde.

'Goed,' zei Edgar na een tijdje met enige tegenzin. 'Laten we dat dan maar doen.'

'Zeker weten?' Lou keek naar Remy en sloeg haar handen in elkaar en zei overdreven blij: 'O, maar dat is fantastisch! Heel, heel erg bedankt!'

Zo voelde Edgar zich genoodzaakt om ook 'bedankt' te mompelen.

'Graag gedaan,' zei Remy met een brede lach. 'Ik sta altijd voor jullie klaar.'

Edgar en Captain Oates bleven buiten op hun bank bij de rivier. In het achterkantoor van Trent and Keeler, nog net zo vol als altijd, sneed Lou Remy uit de foto en mailde hem toen naar hem zodat hij twintig afdrukken kon maken.

'Echt heel aardig dat dit mag.'

'O, dat hij me bedankte, maakte het helemaal de moeite waard.' Remy grinnikte. 'En ik moet zeggen dat die hond een meesterzet is. Pas maar op, zo meteen verander je Edgar nog in een echt mens.'

Terwijl de printer zoemde en ratelde, ademde Lou de geur van Remy's aftershave in zonder dat het opviel. Hij droeg een zwarte spijkerbroek en een zwarte kasjmier trui, en het mocht dan al wel een tijdje geleden zijn, maar ze schaamde zich opnieuw toen ze dacht aan haar gedrag tijdens hun etentje bij kaarslicht in Al Fresco.

Hopelijk dacht hij er helemaal niet meer aan; per slot van rekening was het inmiddels meer dan drie maanden geleden. En het was nog steeds dik aan met Talli.

'Mooi.' Ze pakte de eerste glanzende foto op. 'We hadden deze als kerstkaart moeten versturen.'

'O ja, nog bedankt voor jullie kaart. Ik neem aan dat het allemaal bij het rehabilitatieproces hoort?'

Ze had één kaart bij Riverside Cottage in de bus gedaan, voor hen alle drie. 'Ik doe mijn best.'

'Je doet het goed.' Toen hij zich glimlachend naar haar omdraaide, zag hij dat ze haar blik door het kantoor liet glijden. Briony was op dit moment bij een klant, maar er hingen drie dassen en twee jassen over de rugleuning van haar stoel, en op haar bureau stonden vijf mokken. Er lagen ook twee lippenstiften, drie handschoenen, een paar opengescheurde zakjes suiker en een plastic mayonaisefles met de dop eraf.

'Sorry.' Lou stak haar handen op. 'Ik zal nergens aankomen.' Hoewel haar vingers jeukten om orde in de chaos aan te brengen.

'Over banen gesproken, Sammy zei dat je overwoog om een paar shifts in de supermarkt te nemen.'

Ze aarzelde of ze hem in vertrouwen zou nemen. Op school was rekenen altijd haar lievelingsvak geweest; het ging haar makkelijk af en ze vond het bevredigend om sommen te maken in de wetenschap dat de uitkomsten vastlagen. Als je het goed deed, klopte het altijd. Ze had altijd gedacht na haar eindexamen iets met boekhouden te gaan doen.

Toen had ze echter de ziekte van Pfeiffer gekregen; de wereld leek in een waas gehuld en ze had het bed moeten houden waardoor ze haar eindexamen had gemist. Die zomer had ze een vakantiebaantje genomen in een hospice en tegen september, toen ze had ontdekt dat ze het fijn vond om met patiënten te werken, had ze besloten om niet meer terug te gaan naar school en bij het hospice te blijven werken. Daarna had het vele jaren geduurd voordat ze de verleiding van boekhouden weer had gevoeld, maar toen was ze net met Brett getrouwd en... nou ja, hij had haar maar al te duidelijk laten weten wat hij daarvan vond.

Inwendig rillend zette Lou de akelige herinnering aan die tijd uit haar hoofd, en ze besloot om ook niets tegen Remy te zeggen. Dat zou een zwakke indruk maken, hij zou niet snappen hoe handig Brett haar altijd had geïndoctrineerd, haar het gevoel had weten te geven dat zo'n studie te zwaar voor haar zou zijn. Zelfs nu, al die tijd later, was ze nog steeds bang dat hij gelijk had gehad.

En waarom zou Remy dit eigenlijk willen weten? Hij had niks te maken met haar gefnuikte dromen.

'Ach, het was maar een idee.' Ze schudde haar hoofd. 'Bij Edgar werk ik maar dertig uur, dus ik heb tijd over. En ik ben graag bezig, dus het leek me wel leuk. Maar ik heb iets nodig dat wat flexibeler is, in verband met Edgar... Als hij me om de een of andere reden thuis nodig heeft, kan ik niet zomaar achter de kassa weg...'

Remy verzamelde de foto's die uit de printer kwamen. Langzaam zei hij: 'Je moet gewoon nee zeggen als je niet wilt, maar als wij iemand nodig hadden om de chaos hier wat te beteugelen, zou jou dat dan leuk lijken? Want ik heb Briony er inmiddels van weten te overtuigen dat het zo niet verder kan, dat er iets moet gebeuren. Ik zat te denken aan twee à drie keer per week twee uurtjes, dus zes in totaal, en dan waarschijnlijk 's avonds. Niks moeilijks, gewoon schoonmaken en opruimen, de dossiers opbergen en alles een beetje georganiseerd houden... Zou dat iets voor jou zijn?'

Het mocht dan geen cursus boekhouden zijn, het was wel een baantje dat haar op het lijf was geschreven. 'O, dat zou te gek zijn.' Ze zou hem wel willen kussen... alleen kon dat natuurlijk niet. 'Zeker weten?'

Hij moest lachen om de blik op haar gezicht. 'Anders zou ik het je niet vragen. En we betalen ook wel iets meer dan de supermarkt.'

'Ik zou het heerlijk vinden om hier de boel op orde te brengen. En als alles eenmaal goed georganiseerd is, zijn jullie nooit meer iets kwijt.'

'Je moet wel geduld hebben met Briony. Dat is gewoon een verloren zaak. Iedere keer dat je komt, zul je opnieuw moeten opruimen.'

'Ik heb er nou al zin in,' zei ze. 'Dank je.'

'Bedank Sammy maar, hij is degene die zei dat je iets zocht om erbij te doen. En jij ook bedankt. Je zult mijn leven er stukken eenvoudiger op maken. Als je het tenminste uithoudt bij ons.'

De laatste foto's gleden uit de printer, en hij deed ze bij de stapel. Terwijl ze de foto's van hem aanpakte, zei ze: 'Ik heb ervaring zat met lastige werkgevers. Dus ik zal me wel redden.'

Toen ze terugkwam bij de bank aan de rivier, bedankte Edgar Remy zonder dat Lou hem ertoe moest aansporen – nog een kerstwonder.

Die avond, na het eten, ging Edgar de laatste lading kerstkaarten te lijf. In iedere envelop stopte hij ook een foto waarop hij op de achterkant had gekrabbeld: *De beste wensen van mij en Captain Oates.*

'Ik heb nagedacht over wat je zei,' vertelde hij Lou. 'Over een kaart naar Della sturen. Maar ik weet niet waar ze nu woont, dus dat gaat niet.'

Lou keek op, verrukt over de ommekeer. 'Is er niet iemand aan wie je het kunt vragen?'

'Nee, anders zou ik het niet zeggen.'

Ze pakte haar telefoon. 'Ik hou wel van dit soort uitdagingen.'

Het duurde even, maar uiteindelijk lukte het haar. Telefoonboeken boden geen uitkomst, want zoals te verwachten viel, had Della een geheim nummer. Op de website van Raymond Carrera Associates, haar agent, stond dat het drie maanden kon duren voordat er werd gereageerd op fanmail en op verzoeken om een handtekening. Er bestond echter een kleine, maar fanatieke fanclub die op Facebook allemaal foto's had geplaatst van Della en haar gezin, bijeengesprokkeld uit de bladen. Een van de fans had een tijd geleden een wedstrijd gewonnen met als prijs een high tea met Della en had wel dertig foto's geüpload van het gebeuren, waaronder een wazige foto van een imposant victoriaans huis dat was omgebouwd tot appartementencomplex.

Hier woont ze, bij de x, had hij er triomfantelijk onder geschreven. *Aan Frobisher Square.*

De nummers op de deur waren te klein om te kunnen lezen,

maar een paar appartementen hadden opvallende kenmerken, zodat het verder niet moeilijk meer was. Dankzij een raam op de eerste verdieping waarachter een enorme kroonluchter te zien was, en een ander appartement twee deuren verderop met felgroene gordijnen, kon Lou via Google Street View over het plein navigeren tot ze het appartement op de derde verdieping had gevonden die op de foto met een x was aangegeven.

Nu was het huisnummer van het betreffende appartement duidelijk leesbaar. Dank u, Google.

'Nou?' vroeg Edgar toen ze opkeek van haar speurwerk.

'Frobisher Square 127, north London.'

'Hoe doe je dat?'

Het bleef raar dat een intelligente man als hij zich zo koppig bleef verzetten tegen internet.

'Ik ben begonnen met...'

'Nee, laat maar, daar heb ik jou voor.' Captain Oates lag met gesloten ogen bij hem op schoot. Terwijl Edgar langs hem heen reikte om een kaart en een foto te pakken, aarzelde hij weer. 'Zal ik het wel doen? Is het niet stom?'

Geroerd door het plotselinge vertoon van kwetsbaarheid zei Lou: 'Natuurlijk moet je het doen. Dat is toch leuk? Het enige wat je doet is contact opnemen met een oude vriendin, dat kan toch geen kwaad? Ik zou heel graag zomaar een kaart van een oude vriend of vriendin krijgen!'

Edgar fronste. 'Nou, dan kun je lang wachten, want ik ga jou echt geen kaart sturen.'

'Lukt het met hem op schoot of zal ik hem even van je overnemen?' Ze strekte haar handen al uit naar Captain Oates.

'Grr,' gromde het hondje, niet van plan zijn lekkere plekje te verlaten.

'Pas op,' zei Edgar vrolijk. 'Hij bijt je vingers er nog af. En als alles onder het bloed komt te zitten, ben jij degene die het moet schoonmaken.'

'O!' Briony Trent woonde in de flat boven het kantoor. Toen ze thuiskwam na een etentje met vrienden, sloeg ze haar handen voor haar borst en bleef stokstijf in de deuropening staan, verbaasd naar de transformatie van de kantoorruimte kijkend.

Nou ja, semi-transformatie.

'We zijn nog niet klaar,' zei Lou toen de oudere vrouw naar haar bureau keek en meteen naar adem hapte. 'Dit is maar het begin.'

'Maar het is... mijn hemel... het ziet er totaal anders uit!' Briony had tranen in haar ogen en Lou keek naar Remy, terwijl haar gevoel van trots overging in ontzetting. Ze waren al drie uren samen aan het werk, en ze had ervan enorm van genoten om orde in de puinhoop aan te brengen. Als dit het moment was waarop hij haar moest vertellen dat Briony niets van zijn plannen had geweten, dan moest ze hem misschien maar vermoorden.

Remy zette de torenhoge stapel dossiers die hij in zijn handen had neer. 'O Bri, ga nou niet huilen...'

'Het is oké, ik ben niet van streek.' Ze pakte een zakdoekje uit haar zak, droogde haar gezicht en liet het zakdoekje op de grond vallen. Er brak een enorme, waterige lach door op haar gezicht. 'Het is gewoon niet te geloven hoe... hoe... leeg alles lijkt. Er is zoveel ruimte overal!' Ze gebaarde naar haar stoel die niet langer gebukt ging onder het gewicht van de helft van haar garderobe, en toen naar haar bureau, waar alles wat er niet hoorde was weggehaald. 'En het ziet er ook allemaal zo schoon uit...'

'Ik heb niks weggegooid. Nou ja, niks wat met werk te maken heeft,' zei Lou snel, want oude snoeppapiertjes telden natuurlijk niet. Ze wees naar de zwarte dozen die tegen de muur stonden. 'Elke doos is gelabeld, zie je wel? En je make-up, je snacks en sieraden zitten allemaal in verschillende dozen. We zijn nog niet met de dossiers begonnen, maar ik kan je beloven dat het straks helpt om alles...'

'Netjes te houden. Georganiseerd. Ik weet het.' Knikkend wond Briony het blauwe sjaaltje van haar hals en gooide het op een van de schuine tekentafels achter haar. 'En waar is mijn zak chips gebleven?'

Lou zette zich schrap voor een uitval. 'Vuilnisbak.'

'O, oef, gelukkig maar dat je ze niet hebt opgegeten! Ze waren beschimmeld!'

Het lukte Lou haar gezicht in de plooi te houden. 'Ik weet het.'

'Echt, ontzettend bedankt.' Terwijl Briony het zei, rommelde ze in haar jaszak tot ze lippenbalsem had gevonden; ze smeerde haar lippen in en liet de balsem toen op haar bureau vallen, waar het natuurlijk meteen vanaf rolde en onder haar leren bureaustoel belandde. 'Het werd tijd, ik weet het. Het zal mijn leven een stuk gemakkelijker maken.'

'En mijn leven ook.' Aan Remy's glimlach was te zien dat hij oprecht om haar gaf.

'Ik ben een ramp, dat weet ik best. Maar het is echt niet mijn opzet om overal een puinhoop van te maken.' Blijkbaar zonder te beseffen dat ze net een Mars-wikkel uit haar andere jaszak had gepakt en op haar bureau had gegooid, haalde ze haar schouders op en zei hulpeloos: 'Op de een of andere manier gebeurt dat gewoon.'

Nadat ze in haar chique paarse jas het kantoor was uit gelopen, zei Remy: 'Geen idee hoe dat kan.'

'Zij weet het echt niet.' Lou raapte alle troep op die Briony in de afgelopen vijf minuten had rondgestrooid. 'Maar het is heel grappig, want als je haar zo ziet, zou je denken dat ze zo'n schoonmaakfreak is. Ze ziet eruit om door een ringetje te halen.'

'Tja, je weet nooit hoe mensen achter hun façade zijn. Dit is Bri's kleine geheimpje.'

'Dat van mij is chips met garnalensmaak, en daar dan boter op.'

Remy's gezicht was echt een plaatje. 'Dat is echt walgelijk.'

Ze lachte. 'Ja, anders hoefde het geen geheimpje te zijn. Je kunt niet zeggen: O, mijn kleine geheimpje is dat ik een perfect gebit heb en er fantastisch uitzie in bikini.'

'Oké, ik zal het niet zeggen. Hoewel het wel zo is.' Hij wees naar zijn lichaam. 'Volgens mij zie ik er behoorlijk goed uit in bikini.'

Ze gingen verder met hun werk en pakten de chaos in de grootste dossierkast aan. Toen Remy een van de dossiers pakte, viel er een versteend broodje kaas uit. Ze legden alle dossiers in alfabetische orde op de grond en zetten ze toen weer in de kast. Af en toe raakten hun handen en ellebogen elkaar, wat steeds voor een scheut van opwinding bij Lou zorgde, maar dat was niet erg want hij had geen flauw idee dat hij die uitwerking op haar had, en bovendien was ze vastbesloten om hem uit haar systeem te krijgen. Ze werkte daaraan door vrolijk te kletsen over Talli, en over Sammy en Jess, en over de geneugten van een verontwaardigde Captain Oates in bad te proberen stoppen nadat hij door vossenstront was gerold.

'Oké, dat is genoeg voor vanavond,' zei Remy, toen de kerkklokken tien keer sloegen.

'Bedankt voor je hulp en het laten zien waar alles hoort.' Lou rechtte haar rug en strekte haar pijnlijke armen. Van nu af aan zou hij of Briony misschien nog aan het werk zijn wanneer ze hier kwam, maar nu ze wist wat er gedaan moest worden, was het aan haar om de boel op orde te houden.

Ze verlieten samen het kantoor en werden begroet door de feestelijke aanblik van Foxwell in de avond. Aan de hemel fonkelden sterren en bijna ieder gebouw werd verlicht door kleurige kerstversieringen. Het vroor, de daken, auto's en straten waren bedekt met een laagje rijp, en in de stille, winterse lucht hing nog de geur van een vreugdevuur.

Rillend pakte Lou de sleutels van de Mini uit haar jaszak. In de verte hoorde ze muziek: Mariah Carey die als een engel zong over wat ze allemaal wilde hebben voor kerst.

Nadat Remy had afgesloten keek hij haar aan. 'Nogmaals bedankt.' Er bleef een ademwolkje hangen voor zijn mond.

'Ik vond het leuk.' Ze had het zelfs ontzettend leuk gevonden, maar het was ongepast om al te enthousiast te klinken.

Toen ze de straat overstak naar de plek waar ze de Mini in een plas van gouden licht onder een barokke lantaarnpaal had geparkeerd, riep Remy haar na: 'Je bent vergeten te vragen wat mijn kleine geheimpje is.'

Ze bleef staan en draaide zich om. Hij was niet meer dan een silhouet in de deuropening. God, wat was hij mooi. Die schouders, die lange benen... en dan die stem... Ze ademde een grote teug ijskoude lucht en de geur van houtvuur in en voelde dat haar hart sneller ging kloppen toen ze riep: 'Nou, vertel! Wat is jouw geheimpje?'

Hij kon wel van alles zeggen. Als dit een film was, zou dit het moment zijn waarop hij eruit flapte dat hij continu aan haar moest denken...

Hij had zijn handen in de zakken van zijn bruine leren jack gestoken. Hij aarzelde, met een klein lachje, alsof hij overwoog wat hij zou zeggen, want natuurlijk hadden mensen die zo cool waren als Remy niet het soort geheimpjes waar ze zich schuldig over hoefden te voelen.

Toen, terwijl ze begon te klappertanden, haalde hij een hand uit zijn zak en wees in de richting van de muziek in de verte. 'Niet doorvertellen. Maar dat is mijn lievelingsnummer.'

Maar goed dat ze niet echt had gedacht dat haar filmfantasie zou uitkomen. 'Wauw.' Ze schudde bedroefd haar hoofd. 'Ik hoop voor je dat Sammy nooit te weten komt dat jouw lievelingsnummer er niet eentje van hem is.'

17

Het leven was vroeger zoveel leuker geweest. Della deed nog net zo haar best als altijd, maar ze werd er minder voor beloond. De jeu was eraf en dat ze ooit beroemd was geweest, leken ook steeds minder mensen te weten. Soms werd ze op straat nog wel staande gehouden door mensen die verbaasd waren dat ze haar herkenden, maar vaak konden ze zich vervolgens haar naam niet herinneren of wisten ze niet waar ze haar van kenden. Ze dachten dat ze misschien het weermeisje was geweest of dat ze in *Eastenders* had gespeeld. Op een keer kreeg ze zelfs te horen dat ze sprekend leek op iemand die Marlene heette en die een viskraam had op de markt, maar toen ze was gaan kijken of dat echt zo was, bleek Marlene een oudere, grovere en veel minder aantrekkelijke versie van haar te zijn.

Behoorlijk kwetsend.

Maar het had wel als gevolg gehad dat ze zich tegenwoordig, ook als ze alleen maar even naar de bank ging, zoals nu, genoodzaakt voelde om haar haar te doen, mooie kleren aan te trekken en genoeg make-up op te doen om niemand de stuipen op het lijf te jagen, want ze was als de dood dat mensen tegen hun vrienden zouden zeggen dat die Della Lucas toch echt haar beste tijd had gehad.

Een uur later, toen ze terugkwam van de bank, en onderweg natuurlijk door niemand staande was gehouden die haar vertelde dat ze er zo fantastisch uitzag, liep ze haar appartement aan Frobisher Square weer in. De post was er al, en ze voelde het in haar rug toen ze zich bukte om de brieven van de zwart-wit betegelde vloer achter de gemeenschappelijke voordeur te rapen. God, eenenzestig en nu al zo iemand die *oef* zei wanneer ze zich bukte.

Nou ja, gelukkig kon ze nog steeds drie trappen op lopen zonder buiten adem te raken.

Tom stond in de keuken toast en koffie te maken. Zijn blonde haar was ongekamd, hij had stoppels op zijn kin en droeg een paars overhemd los over zijn spijkerbroek met gaten. Maar omdat hij dertig was en idioot aantrekkelijk kwam hij ermee weg.

'Je bent thuis,' zei ze, terwijl ze haar jas uittrok.

Hij grijnsde. 'Goed gezien. Ook toast?'

'Nee, dank je.' Ze leunde tegen de ijskast en nam de post door. Elektriciteit, bah. Bankafschrift, nog een keer bah. Een glanzende uitnodiging voor een vakantiedorp voor zestigplussers in Surrey, nee, dank u. Een kerstkaart van haar vriendin Michelle die in Puerto Pollensa woonde. En nog een kaart in een handschrift dat ze niet kende.

'Wil je niet weten waarom ik hier ben?' zei Tom.

'Sorry, schat. Waarom ben je hier?'

'Het is uit.'

'O nee! O, wat naar voor je!' Een fractie van een seconde wist ze niet meer hoe zijn laatste vriendin ook alweer heette, maar toen herinnerde ze zich het weer. Emily. Of misschien Emma. Maar eerlijk was eerlijk, hij versleet zoveel vriendinnen dat niemand het haar kwalijk kon nemen dat ze zich niet al hun namen kon herinneren. 'Wat is er gebeurd?'

'Toen ik sliep, heeft ze stiekem mijn telefoon gepakt en hem met mijn vingerafdruk geopend, en toen vond ze wat berichtjes van een ander meisje.' Hij trok een schamper gezicht. 'Daar was ze niet blij mee. Dus nu is het uit.'

'Jullie kenden elkaar pas een paar weken. En nu hoef je in elk geval geen kerstcadeautje voor haar te bedenken.'

Hij smeerde boter en Marmite op zijn toast. 'Elk nadeel... Wat is er?'

Toen ze de kaart opende, werd ze ineens bestormd door het verleden. Della keek naar het handgeschreven berichtje, geschreven in echte inkt, en bestudeerde toen de foto die ook in de envelop had gezeten. Eddie Allsopp. Ja, hij was het echt. Hij condoleerde haar met de dood van haar man, in zijn zorgvuldige schuine handschrift. Hij liet haar de chihuahua zien die hij sinds kort had. Hij wenste haar een vrolijke kerst.

'Van wie is die kaart?' wilde Tom weten. 'Je kijkt alsof je een spook hebt gezien.' Na een korte stilte voegde hij eraan toe: 'Dat zou nog eens een mooie openingsscène van een film zijn, een kaart krijgen van iemand die dood is.'

'Deze is niet dood.' Hoelang was het nu geleden? Eenendertig jaar. Eddie was vijftig geweest en zij dertig. Ze was niet trots op haar gedrag van toen, maar had niet iedereen weleens dingen gedaan waar ze later spijt van hadden? Op dat moment had het... Nou ja, het had haar wel oké geleken. Het enige wat je hoefde te doen was je eigen relatief kleine zonden vergelijken met die van andere mensen en dan leken die van jou helemaal niet meer zo erg.

Bovendien was het ook niet echt van één kant gekomen, toch? Ze hadden allebei uit de relatie gepakt wat ze wilden hebben, hadden er beiden, op verschillende manieren, van geprofiteerd. Quid quo pro.

Della bestudeerde de foto nog een keer. Hij zag er oud uit. Hij was ook oud. Maar eigenlijk was het plaatje heel zoet. Het hondje keek ook schattig, op een vechtlustige manier. Je zag gewoon dat ze een goede band hadden.

Ze pakte de kerstkaart en draaide hem om om de foto te bekijken van een winters stadje omringd door platteland, gezien van boven, met links een deel van het gebouw van Cotswoldsteen waaruit de foto was genomen.

Op de achterkant stond de naam van het bedrijf waar de kaart was gedrukt, met het adres erbij: Linden Street 5, Foxwell.

'Laat eens kijken.' Tom slikte zijn toast door en pakte de kaart uit haar hand, terwijl zij zich ineens herinnerde dat Eddies ouders op leeftijd in Foxwell hadden gewoond. Ze was nooit bij hen op bezoek geweest en had hen ook nooit ontmoet, maar ze herinnerde zich vaag dat hij haar een foto van een landhuis had laten zien en dat ze onder de indruk was geweest van de grandeur ervan. Zou Eddie daar nu wonen? Zijn ouders waren natuurlijk allang dood, was hij daar na hun overlijden misschien gaan wonen? Was hij getrouwd, had hij kinderen en misschien zelfs wel kleinkinderen? Was hij gelukkig? Hoe zou zijn leven er nu uitzien?

'Laat me eens raden. Een of andere oude acteur met wie je weleens hebt gewerkt.'

'Nee. Hij was een... vriend.'

Tom deed net alsof hij schrok. 'Toch niet dat soort vriend?' Toen zag hij de blik in haar ogen en zei: 'O god, echt waar? Hij is stokoud.'

'Hij was mijn minnaar. Hij was erg gek op me. Ik was... jong en single.'

'Wauw. Hoelang geleden was dat?'

'Voor je vader.'

Hij begon te lachen. 'Dat mag ik hopen!'

'Het is nooit serieus geweest.' Niet van haar kant tenminste.

'Ga je hem bellen?' Hij wees naar het telefoonnummer dat onderaan de kaart was geschreven.

'Ik weet het niet.' De eerste schok was weggeëbd en de nieuwsgierigheid nam het over. 'Misschien.'

'Is hij rijk?'

'Geen idee. Vroeger wel.'

Tom haalde zijn schouders op en nam nog een hap toast. 'Nou dan. Wat heb je te verliezen?'

Edgars telefoon ging zelden. Op irritante verkopers uit verre callcenters na lieten de meeste mensen hem met rust. De afgelopen twee dagen waren een kwelling geweest, want hij vroeg zich steeds af of de kaart al was aangekomen en of Della contact zou opnemen. Hij had zijn adres expres niet vermeld; de gedachte een beleefd kaartje als dank te krijgen was niet meer genoeg. Hij wilde haar stem horen, met haar praten, weten hoe het met haar ging.

Het was alsof hij de hele tijd rondliep met in zijn hand een granaat die elk moment kon afgaan.

Toen het gebeurde zat hij op de bank in de tuin naar Captain Oates te kijken die de bloembedden inspecteerde, en stukken van het gazon waar wilde dieren hun geur hadden achtergelaten. Zijn telefoon ging en er trok een scheut van adrenaline door hem heen, want hij kende het nummer niet, wat trouwens betekende dat het ook een onbekende uit een callcenter aan de andere kant van de wereld kon zijn...

Of Della.

Hij haalde een keer diep adem. 'Hallo?'

'Eddie? Hallo! Hoe gaat het met je, schat?'

En daar was dan de stem die hij zo graag wilde horen, onmiddellijk herkenbaar en opvallend genoeg onveranderd. Ze was de enige die hem ooit Eddie had genoemd. En sinds ze het uit had gemaakt had niemand hem ooit nog schat genoemd, zoveel was zeker. Even kreeg hij een brok in zijn keel en kon hij geen woord uitbrengen.

Behalve dat dat natuurlijk niet kon. Hij slikte en dwong zichzelf te kalmeren. 'Della. Wat fijn om van je te horen. Je klinkt nog precies hetzelfde. Het gaat goed met me. En met jou?'

'Och, ook wel goed, alles welbeschouwd. Mag ik ook weten hoe je aan mijn adres bent gekomen?'

Edgar zette zich schrap; hij wilde niet dat ze dacht dat hij een stalker was. 'Mijn hulp vond laatst een paar foto's van ons samen, in een oud adresboek, en toen kwamen er allerlei herinneringen naar boven. Ik dacht: waarom stuur ik haar geen kerstkaart? En toen we je online opzochten, zagen we dat je man was overleden. Heel spijtig om te horen. Ik heb weinig met internet, maar mijn hulp heeft uitgevonden waar je woont.' Hij zweeg even; het was zo fijn dat ze hem had gebeld. 'Ik hoop dat je het niet erg vindt dat ik dat adres heb gebruikt.'

'O schat, natuurlijk niet. Ik vond het fantastisch om die kaart te openen en te ontdekken dat hij van jou was! En zo'n prachtige kaart nog wel. Foxwell is toch waar je ouders woonden?'

'Ja.' Gevleid omdat ze zich dat herinnerde, zei hij: 'Ze zijn niet lang nadat ik jou voor het laatst heb gezien, overleden, een paar maanden na elkaar, en toen ben ik in het huis gaan wonen. En nu woon ik er nog steeds.'

'Ik ben vergeten hoe het ook alweer heette...'

'Walton House.'

'O ja, natuurlijk. En woon je daar met je gezin?'

Hij reageerde niet meteen. Ze was er automatisch van uitgegaan dat hij net als zij was getrouwd en kinderen had gekregen.

'Nee, alleen ik.'

'Eddie! Ben je weduwnaar? Wat vreselijk om te horen!'

'Ik ben nooit getrouwd.' Zijn stem klonk hem stijf in de oren. 'En ik heb ook geen kinderen gekregen.'

'O, maar... waarom niet?'

Ze was inderdaad altijd nogal direct geweest. Het eerlijke antwoord was dat hij nooit iemand had ontmoet die aan haar kon tippen. En eigenlijk had hij het niet eens geprobeerd. Hij had veel meer van haar gehouden dan zij van hem, en dat had hij meteen vanaf het begin al geweten. Zijn gevoelens waren nooit echt beantwoord. Hij had zijn best gedaan om haar voor zich te winnen, maar dat was niet gebeurd.

Met als gevolg dat hij was veranderd in een verbitterde, ongelukkige chagrijnige man.

'Gewoon.' Hij stak zijn vrije hand uit naar Captain Oates die over het vochtige gras naar hem toe kwam trippelen met een stok tussen zijn tanden.

'Dus je bent helemaal alleen?'

'Ik heb een inwonende hulp. En mijn hond.'

'O Eddie, dat hondje van je ziet er fantastisch uit. Net als jij. Ben je gelukkig?'

Gelukkig? Vrijwel nooit. Hoe zou zijn leven zijn geweest als hij haar wel voor zich had weten te winnen?

'Ik ben gelukkig omdat ik met jou praat,' zei hij eerlijk, terwijl Captain Oates de stok liet vallen, vervolgens iets bij het huis zag dat hem ergerde en toen begon te blaffen. Toen Edgar zich omdraaide om te kijken wat het was, zag hij dat Lou vanachter het raam op de overloop naar hem keek.

'We moeten een keertje afspreken,' vervolgde Della opgewekt. 'Samen lunchen als je weer eens in Londen bent. Zou je dat leuk vinden?'

Wat een vraag.

'Dat zou... ja ja, dat zou ik heel leuk vinden. Wanneer je maar wilt.'

'Oké, even denken, ik zou vrijdag kunnen...'

'Afgesproken.' Hij wist niet hoe snel hij het moest zeggen. 'Ik reserveer wel ergens een tafel.' Hij wist nog hoe leuk ze het altijd had gevonden als hij haar meenam naar het Savoy.

'Je moet niet schrikken als je me ziet, Eddie. Ik heb allemaal rimpels, compleet versleten, net een oud besje!'

'Dat is vast niet waar.' Het kon hem niet eens schelen als het wel zo was. 'Ik ben blij dat ik die kaart heb verstuurd.' Het was zo'n raar gevoel; er borrelde iets in hem op dat je misschien wel vreugde zou kunnen noemen.

'O Eddie, ik ben ook blij. Kom je me thuis afhalen? Ergens tussen de middag?'

'Natuurlijk.'

Hij beëindigde het telefoontje en bleef nog een poosje zitten nadenken over wat er was gebeurd. Na een tijdje hoorde hij geschuifel over de droge bladeren achter hem.

'Ik zag je bellen,' zei Lou. 'Was dat Della?'

'Ja.'

'En?'

'Ik ga met haar lunchen in Londen. Vrijdag.'

'O wauw, lekker snel geregeld.' Ze klapte in haar handen en leek oprecht blij voor hem. 'Fantastisch!'

'Ja, hè?'

'Maar je bevriest hier nog. Kom gauw mee naar binnen, daar is het lekker warm.'

Edgar bukte zich om Captain Oates op te tillen, die zich meteen in zijn elleboog nestelde.

'Maak een afspraak bij de kapper voor donderdag,' zei hij. 'Mijn haar moet geknipt en ik wil ook een scheerbeurt.'

Er waren meer mensen die konden googelen.

'Walton House, Foxwell,' zei Della, en Tom tikte de woorden in op de zoekmachine.

Het kwam tevoorschijn bij Afbeeldingen. De stuk of tien foto's vertelden hun precies wat ze wilden weten.

'Wat mooi!' Della hapte naar adem. 'Georgiaans. Net iets uit *Bridgerton.*'

'Bel hem,' zei Tom. 'Zeg dat je wel naar hem toe komt. Dan kun je alles eens goed bekijken.'

Daar zat wat in. Ze wilde het huis echt graag zien. Ze pakte haar telefoon. 'Eddie, schat, daar ben ik weer. Luister, waarom zou jij al die moeite doen om naar Londen te komen, het is toch veel gemakkelijker als ik naar Foxwell kom? En het is ook leuker, toch? Ik wil heel graag zien waar je woont. Ja? Fantastisch, dan doen we dat. Kun je zorgen voor een auto? Ik verheug me er enorm op!'

18

'Het is net alsof ik de boze stiefmoeder ben, en jij Assepoester,' zei Lou.

Edgar begon zowaar te lachen, het bewijs dat hij echt een ander mens werd. Oké, het was misschien geen echte lach, maar het kwam in de buurt; het leek een beetje op iemand die een graatje in zijn keel had. Maar het was beslist harder dan een glimlach.

Dat mocht toch wel een wonder heten.

Hij had zijn staalgrijze haar laten knippen en de kapper had hem nat geschoren. Daarna was Lou met hem naar Cheltenham gereden en had hem geholpen met het uitkiezen van een nieuwe outfit voor de gelegenheid, een mooie donkere wollen broek, een crèmekleurig overhemd, een blazer met koperen knopen en een gestreepte das. Een beetje formeel misschien, maar dat was wat hij wilde. Hij had zelfs een nieuwe fles Givenchy Gentleman gekocht omdat de zelden gebruikte fles op zijn ladekast dertig jaar oud bleek te zijn.

Dat was gisteren geweest. Vandaag zou Della rond twaalf uur komen en Lou was al sinds vijf uur op om het buffetachtige menu te verzorgen dat Edgar voor haar had opgeschreven en dat bestond uit de dingen die Della lekker vond.

Om halftwaalf was ze daar klaar mee; alles was keurig gedekt in de salon en de chauffeur van het verhuurbedrijf had gebeld dat ze er over twintig minuten zouden zijn.

'Zo, dat is het,' zei Edgar tegen haar. 'Je kunt wel gaan.'

'Wat? Mag ik niet blijven?' Lou had zich erop verheugd om Della Lucas te ontmoeten; hij had haar niet verteld dat ze uit huis zou worden verbannen.

'Nee.'

'En als ik nou beloof dat ik op mijn kamer blijf?'

'Ik vind het geen prettig idee als ik weet dat je in huis bent.' Hij was gespannen, elegant gekleed en besprenkeld met een enorme hoeveelheid Givenchy Gentleman. Omdat Lou had gedacht dat ze aan Della zou worden voorgesteld, had ze zich ook een beetje opgetut.

'Hoe laat mag ik weer terugkomen?'

'Ik stuur je wel een berichtje.'

'Waarom moest je trouwens een auto met chauffeur voor haar bestellen? Waarom kon ze niet gewoon met de trein komen?'

'Wat gaat jou dat aan?' viel hij uit. 'Maar als je het per se wilt weten: het is niet makkelijk om beroemd te zijn. Dan word je vaak lastiggevallen door fans.'

Ja, natuurlijk zou een voormalige spelshowassistente die een middelmatige actrice was geworden bestormd worden door medereizigers.

Lou hield haar gezicht echter in de plooi en vroeg: 'Hoe bedoel je, komt Beyoncé soms met haar mee?'

Hij wapperde haar weg. 'Ik heb geen idee wat ze meebrengt en ik weet niet wat een bieonsie is. Vooruit, weg jij.'

Net toen ze naar buiten wilde gaan, werd de post door de brievenbus gegooid. Meer post dan gewoonlijk viel op de deurmat. Lou sorteerde alles op de keukentafel. 'Rekening, rekening. Reclame, reclame, reclame. En kerstkaarten.'

'Maak maar open als je wilt,' zei Edgar.

'Ze zijn van aardige mensen die jou een kaartje hebben teruggestuurd. Lief, hè?' zei ze, terwijl ze de enveloppen vaardig opensneed. 'Daar krijg je toch echt een warm kerstgevoel van? Ach kijk, deze is met glitter! O, de kaart is getekend door Moira's kleindochter!'

'Hij ziet er belachelijk uit.'

'Ze is pas zes!'

'Ben je nou nog niet weg?' Hij schudde zijn hoofd.

'Als ik jou was, zou ik ze bij de andere in de kamer hangen, dan kan Della zien hoe populair je bent.'

'Weg jij,' zei hij ongeduldig. 'Ik laat je wel weten wanneer je weer terug mag komen.'

Er stond champagne in de ijskast. Hij was gespannen als een snaar. Lou hoopte maar dat de lunch goed zou verlopen. 'Moet ik Captain Oates meenemen?'

'Natuurlijk niet. Hij blijft bij mij.' Edgar keek haar aan alsof ze gek was geworden. 'Della wil hem vast graag ontmoeten.'

Nadat Della was afgezet op de oprijlaan en de auto weer was weggereden, bleef ze even staan om het huis te bewonderen, dat in het echt net zo indrukwekkend was als op de foto's op internet. Dus dit was zijn voorvaderlijk huis waarin generaties Allsopps hadden gewoond en majesteitelijk op het stadje beneden in het dal hadden neergekeken. En Edgar had hier dus de afgelopen dertig jaar gewoond. Hoe zou zijn leven er al die tijd hebben uitgezien?

Nou, dat zou ze zo meteen wel te weten komen. De zware eikenhouten voordeur ging open en daar had je hem, tussen de zuilen die de ingang flankeerden, chic gekleed en leunend op een stok.

'Eddie, wat heerlijk om je te zien! Mijn hemel, je lijkt geen dag ouder... en nog net zo aantrekkelijk als toen!' Met gespreide armen liep ze gehaast naar hem toe om hem een kus op beide wangen te geven. Eens een actrice, altijd een actrice. Ja, daar was ze altijd goed in geweest, in doen alsof.

'En jij ziet er beeldschoon uit.' Hij liet haar los en bestudeerde haar op een armlengte afstand. 'Niet te geloven dat je er echt bent.'

Uit het huis klonk geblaf op.

'Nou, toch is het zo. En dat moet je schattige hondje zijn, ik ben zo benieuwd naar hem... O, maar je hebt een prachtig huis…' Terwijl ze hem door de imposante, maar donkere gelambriseerde hal vol landschappen in lelijke lijsten volgde, zei ze: 'Ik kan nauwelijks geloven dat je nooit bent getrouwd, nooit een gezin hebt gehad.'

Edgar deed een deur open en daar was de hond, die agressief tegen haar begon te keffen. 'Hij is niet zo dol op mensen,' zei hij.

'Een nogal schelle blaf, hè, vind je ook niet? Maar ik hou echt van honden. Maar nu heb ik vooral trek. Waar gaan we lunchen? Ik hoop dat je iets chics hebt uitgezocht.'

'Ik dacht dat we gewoon hier zouden eten.' Terwijl Edgar de woedende chihuahua optilde, vervolgde hij: 'Het eten staat al op ons te wachten.'

'O nee! Schat, dit is een vreugdevolle hereniging! Ik heb me er zo op verheugd om in stijl te gaan lunchen!' Della had een bloedhekel aan koken en uit eten gaan in dure restaurants was nu meer dan ooit een welkome afwisseling geworden op de diepvriesmaaltijden, de kommen cornflakes en de bergen toast. Ze pakte zijn mouw beet, maar liet toen gauw weer los voordat de grommende hond zijn tanden in haar hand kon zetten, en zei: 'De chauffeur wacht op me in Foxwell, dus we kunnen hem bellen en vragen of hij ons kan komen ophalen. Er zullen in de buurt vast heerlijke restaurants zijn.'

Hij had haar vroeger altijd haar zin gegeven. Dat was ook de reden geweest waarom ze hem was blijven zien. Ze schonk hem haar charmantste, sprankelendste lach.

'Goed, dan doen we dat,' zei Edgar.

'Grr.' Captain Oates ontblootte zijn tanden naar haar.

'Och, hou daar toch mee op,' zei Della tegen hem. 'Stouterd!'

Buiten was het zonnig en koud, maar in Val's, het café aan de Triangle, was het gezellig warm. Vanuit het café had je uitzicht op de rivier aan de ene kant en High Street met alle winkels aan de andere. De ramen waren een beetje beslagen en het rook er naar versgemalen koffie en zelfgebakken taarten en snacks. Uit de radio in de keuken stegen kerstliedjes op en het hele café was uitbundig versierd met slingers gekleurde lichtjes.

Gelukkig was het niet al te druk, zodat Lou zich niet schuldig hoefde te voelen omdat ze hier een tijdje zou blijven. Ze was op een kussen op een van de brede vensterbanken aan de kant van High Street gaan zitten, had een bramendonut en een koffie besteld en was nu aan het chatten met Heather, om haar op de hoogte te brengen van de laatste ontwikkelingen in Foxwell.

> LOU:
> O, en had ik je al over mijn opwindende liefdesleven verteld? Nee? Nou, dat is dan waarschijnlijk omdat ik dat niet heb. Sowieso geen liefdesleven.

Heathers gezondheid was nog verder verslechterd sinds ze in het verzorgingshuis zat, maar ze kon nog steeds berichten versturen vanaf haar iPad. Nu typte ze terug:

> Wil dat zeggen dat je daar nu wel weer aan toe zou zijn? Want dat is een vooruitgang. Ik zou ook zeggen: dat werd tijd.

Lou antwoordde:

> Niet echt, ik vind het wel goed zo. Ik wil niet weer zo'n stomme fout maken zoals toen met Remy.

Ze had het verder aan niemand verteld; Heather was de enige die ze in vertrouwen had genomen. Het vernederende gevoel ebde langzaam weg, maar was er nog wel, drie maanden na dato. Heather typte terug:

> Het komt vanzelf. Op een moment dat je het niet verwacht. Op een dag blijk je in het postkantoor achter Ryan Reynolds in de rij te staan en dan zegt hij: 'Waar ben jij mijn hele leven geweest?' En dan tilt hij je op, als een superheld en ben je hoteldebotel... 😃😃😃😃😃

19

Even later hoorde Lou de bel boven de deur rinkelen toen er een nieuwe klant binnenkwam. Een erg aantrekkelijke klant ook nog. Ineens drong tot haar door dat ze nog steeds zat te grijnzen om Heathers berichtje en dat de onbekende man naar haar lachte omdat hij dacht dat haar grijns voor hem was bestemd. Dat betekende dat ze een blik op haar toestel moest werpen en opnieuw grijnzen, zodat hij begreep dat daar iets te zien was waarom ze lachte.

Was het leven voor iedereen nou zo ingewikkeld of alleen voor haar?

Maar een klant als hij zag je hier niet vaak. Hij was waarschijnlijk een paar jaar ouder dan zij, gebruind en aantrekkelijk, met naar achteren gekamd blond haar, helderblauwe ogen en een prachtige brede mond. Ze keek stiekem naar hem, terwijl hij zijn donkerblauwe wollen das afdeed en een tafeltje in een hoek tegenover haar uitkoos. Ze zag dat hij een oude spijkerbroek droeg en een verschoten blauw sweatshirt over een rode polo. Nadat hij zijn donsjack over de rugleuning van de stoel had gehangen, ging hij zitten en bekeek de menukaart. Toen hij weer opkeek, ving hij haar blik en zei op vriendelijke toon: 'Het is hier warmer dan buiten.'

Hij had een mooie stem, zo'n stem uit *Made in Chelsea*. Lou knikte en zei: 'Inderdaad' – heel origineel weer – en richtte haar aandacht toen weer op haar toestel. Ze hoorde dat de nieuwkomer een earl grey bestelde bij Val en typte snel:

LOU:
Je gelooft het vast niet, maar er kwam hier net een heel aantrekkelijke man binnen. Goede kop, goed lichaam, mooie lach!

Heather antwoordde: *Wauw*.

LOU:
En hij bestelde earl grey. Chic!

HEATHER:
Maak stiekem een foto.

LOU:
Dat gaat niet, dat ziet hij. Hij gaat zo te zien wat werken.

HEATHER:
Wat voor werk?

LOU:
Geen idee. Hij zit tegenover me en doet iets met zo'n styluspen op zijn tablet.

Maar nadat ze hem stiekem nog een paar minuten had bekeken, kreeg ze het vermoeden dat hij helemaal niet aan het schrijven was. Ze typte:

Oké, klinkt gek, maar ik denk dat hij mij zit te tekenen.

HEATHER:
Wat????

LOU:
Hij stopt steeds, kijkt dan even en gaat weer verder. Zoals mensen doen als ze iemand schetsen.

HEATHER:
O, misschien is hij wel een beroemde kunstenaar. Opwindend! Vraag hem of hij dat is.

LOU:
Echt niet. Stel dat hij dat niet is? Dat komt echt heel knullig over.

HEATHER:
Als hij weer kijkt, moet je hem zo'n smeulende blik toewerpen en zo'n zwoele houding aannemen. Kijken wat er dan gebeurt.

LOU:
Oké, dat ga ik zeker proberen.

HEATHER:
Madonna zou het doen.

Lou barstte in lachen uit, en probeerde gauw te doen alsof ze moest hoesten.

De man aan de andere kant van het café keek op en vroeg: 'Alles oké?'

Daar had je het weer, dat scheve, samenzweerderige lachje.

Ze stopte met haar namaakhoest, knikte en zei: 'Ja, hoor.'

'Zeker weten dat ik je niet even op je rug moet kloppen? Zeg het maar, hoor.'

'Nee, dat hoeft niet, maar aardig aangeboden.' Ze wachtte even terwijl hij nog wat krabbelde en haar toen weer aankeek. 'Wat ben je aan het doen?'

Een flikkering van... was het schuldbewust genot? 'Niets. Nou ja, wel iets natuurlijk. Hoezo?'

'Ik vroeg het me gewoon af. Ik kreeg de indruk dat je me aan het tekenen was.'

Hij legde zijn pen neer en nam een slok thee. 'En als dat zo is, vind je dat dan erg?'

Op haar scherm verscheen het volgende bericht van Heather.

HEATHER:
Wat ben je ineens stil! Wat gebeurt er? Zijn jullie midden in het café een sexy tango aan het dansen???

Nou, het was maar goed dat hij hun berichtjes niet kon lezen. Ze vroeg: 'Ben je kunstenaar?'

'Een amateur. Alleen in mijn vrije tijd. Maar als je echt niet wil dat ik je teken, dan stop ik ermee.'

'Dat hoeft niet. Maar mag ik hem wel zien?'

'Ik laat hem je zien als hij klaar is. Ik ben nogal verlegen.'

'Ja, dat merk ik aan alles,' zei Lou.

HEATHER:
Omg, dat zijn jullie echt aan het doen. Je hebt het zo druk met die sexy tango dansen met je sexy onbekende dat je geen tijd meer voor me hebt. Dat is zo oneerlijk!

Terwijl Lou haar best deed serieus en belangwekkend te kijken, schreef ze terug:

Hij tekent me echt! We praten. Geen tango... nog niet...

'Ben je echt heel druk, of mag ik gewoon met je praten?' Hij was nog steeds aan het werk. Zijn blonde steile lokken vielen over zijn voorhoofd, terwijl hij haar met een scheef hoofd opnam om haar beter te kunnen bestuderen. 'Of vind je me soms te brutaal? Zeg het maar, als dat zo is.'

Het vage gefladder was terug. De laatste keer dat ze vlinders in haar buik had gevoeld, was Remy de oorzaak geweest. En nu, drie maanden later, gebeurde het weer, als reactie op een volslagen onbekende man. Die ongetwijfeld een vrouw of vriendin had, net zo aantrekkelijk als Remy's Talli.

Geen trouwring. Niet dat dat iets zei. Er zou echt iets uitgevonden moeten worden waarmee je aan belangstellenden kon laten zien dat je single was.

'Nee, we kunnen wel praten,' zei ze.

Zijn lach werd nog breder. 'Hoera! Mag ik ook vragen stellen?'

'Als ik dat ook mag.' Ze dronk haar koffie op en gebaarde naar Val dat ze nog een kop wilde.

'Natuurlijk. Hoe heet je?'

'Lou. En jij?'

Hij knikte goedkeurend. 'Tom. Namen van één lettergreep zijn de beste. Woon je hier?'

'Sinds kort. Daarvoor woonde ik in Birmingham. En nu jij.'

'O. Ik ben altijd in beweging. Het afgelopen jaar zat ik in Australië. En daarvoor Amsterdam. En nu geef ik Engeland weer een kans. Oké, volgende vraag. Ga je die donut nog opeten?'

'Niet terwijl je me tekent. Dat ziet er niet uit.' Ze voelde zich al wat relaxter en vond het gesprek steeds leuker worden.

Hallooo! Ik ben er nog, hoor, bracht Heather haar ongeduldig in herinnering.

Lou schreef terug:

Hij heet Tom. Hij is charmant en grappig. Dit heb ik echt nog nooit meegemaakt!!!

HEATHER:
Yes! O shit, de fysiotherapeut is er. Ben over twintig minuutjes terug. Niks doen wat ik ook niet zou doen.

Behulpzaam voegde ze er nog aan toe:

En probeer niet uit de kleren te gaan.

'Hoe is het om hier te wonen?' wilde Tom weten. 'Zijn de mensen hier aardig?'

Val, die met hun bestellingen kwam aanzetten, knipoogde naar Lou terwijl ze haar cappuccino voor haar neerzette. 'De meeste wel, hè, schat? Op een paar uitzonderingen na.' Ze legde haar hand op Lou's schouder en draaide zich om naar Tom. 'Maar dankzij deze dame hier, boeken we vooruitgang, geloof ik. Echt een wonder wat onze Lou doet.'

'We komen er wel, langzaam.' Lou schepte suiker in haar koffie en schrok toen er iemand op het raam klopte, links van haar.

Remy kwam binnen, en Val zei: 'Over aardige mensen gesproken. Hallo, schat. O, dat komt door jou!'

Lou, die van schrik met de suiker had gemorst, probeerde de korrels van de tafel in haar hand te vegen.

'Sorry, mijn schuld. Hoi, Val.' Remy, die zich totaal niet schuldig voelde, omhelsde haar even. 'Hoe gaat het?'

'Ik mis je vreselijk.' Lou had ontdekt dat Val bij Remy's moeder in de klas had gezeten en dat ze Remy al zijn hele leven kende. 'Iedere keer dat je weggaat, dalen mijn inkomsten. Wat kan ik voor je doen, schat?'

'Drie worstenbroodjes alsjeblieft, en een zwarte koffie om mee te nemen. En nog een paar van die donuts om me op de been te houden. Sorry, ik moet er meteen weer vandoor, ik heb een afspraak met klanten in Bath. Ik heb alleen even mijn post opgehaald.'

'Dus het loopt lekker met die nieuwe vriendin?'

'Het lijkt erop.' Hij keek haar geamuseerd aan.

'Het is bijna een wereldrecord, hè? Zou zij de ware kunnen zijn?'

'Je kunt nooit weten, Val,' zei Remy. 'Afwachten maar.'

'Nou, als je trouwt, zullen hier heel wat vrouwen met een gebroken hart achterblijven. Toch, schat?' Val, die weer achter de bar stond, stelde de vraag aan Lou, terwijl ze Remy's bestelling aan het inpakken was.

O fijn. Na een korte aarzeling zei Lou: 'Eh... ja... Dat zal wel.'

Aan de andere kant van het café keek Tom alsof hij moeite had zijn lachen in te houden.

'Sorry,' zei hij nadat Remy was vertrokken. 'Het kwam door hoe je keek. Het was echt grappig.'

'Nou, dank je.'

'Wil dat zeggen dat jij een van die vrouwen bent die met een gebroken hart achterblijven?'

Lou schudde haar hoofd en hoopte maar dat haar hals niet knalrood werd. 'Nee. We zijn gewoon vrienden. We kennen elkaar al jaren.'

'Hij ziet er goed uit.'

'En hij is ook heel charmant,' deed Val een duit in het zakje. 'Misschien krijg jij je kans wel als het uitgaat met zijn laatste verovering. Ik bedoel, daar zeg je dan toch geen nee tegen?'

Oké, dit werd echt gênant. Hardop zei Lou: 'Misschien heb ik al wel iemand.'

Tom trok een wenkbrauw op. 'Ah, dat wilde ik net vragen, voordat we werden gestoord. Dus ben je single of niet?'

'Single,' riep Val uit de verte.

'Misschien is er wel iemand en weet jij dat niet,' protesteerde Lou.

'Ja, maar dan zouden Sammy en Jess het weten en die zeiden tegen me dat er niemand was.' Ze keek Tom stralend aan. 'En jij, schat? Leuk al die vragen. Hoe zit het met jou?'

'Ik ben ook single,' antwoordde Tom.

'Nou, dan weten we dat ook weer. Maar let verder maar niet op mij, ik moet nog broodjes smeren in de keuken.'

Toen Val weg was, zei Tom: 'Ik begin het hier leuk te vinden.'

'Het is hier prima uit te houden als je het niet erg vindt dat iedereen alles van je wil weten.'

Hij fronste. 'Dat kan een punt worden als je een undercoveragent bent. Of een spion. Of een drugssmokkelaar.'

'Of een bigamist met een ander gezin hier in de buurt.'

'Verdomme, dan kan ik het wel schudden.'

Er kwamen nog wat klanten binnen en Val kwam de keuken uit om hen te bedienen. Na nog eens vijf minuten vroeg Lou: 'Hoelang doe je erover om iemand te tekenen?'

'Zo lang mogelijk. Ik vind het hier leuk.' Hij stopte om een slok van zijn thee te nemen die inmiddels wel koud zou zijn. 'Nee, hoor. Ik ben bijna klaar.'

Het voelde raar om voor iemand te poseren zonder eruit te zien alsof je dat deed, terwijl je je continu bewust was dat er iemand naar je keek en alle details van je gezicht in zich opnam. Ze bleef ondertussen berichtjes aan Heather sturen, zodat ze die kon lezen als de fysiotherapeut klaar met haar was.

Maar wat had deze dag een onverwachte wending genomen. Het was grappig, hoewel ze natuurlijk helemaal niets over de man wist, zelfs niet wat hij hier deed. Ach, waarschijnlijk zou ze hem nooit meer zien, zo ging dat altijd bij haar.

'Zo, klaar.' Hij legde zijn pen met een zwierig gebaar op de tafel.

'Laat eens zien?'

'Ik stuur hem je wel. Maar lach me alsjeblieft niet uit als je hem niet mooi vindt.'

'Dat zal ik niet doen.'

Ineens was hij niet meer zo zelfverzekerd. 'Beloofd?'

Zijn gebrek aan zelfvertrouwen kwam als een verrassing en eigenlijk vond ze hem daardoor alleen maar nog leuker. 'Honderd procent,' zei ze.

'Goed dan, wat is je nummer?'

Ze lepelde de reeks cijfers op. Hij toetste ze in, kruiste zijn vingers en zei: 'Oké, daar komt hij dan.'

Haar toestel pingde. Ze opende het berichtje dat luidde: #weesaardig en downloadde de tekening. Die bleek een bladzijde vol slecht getekende krabbels van katten, stokmannetjes, boompjes, een ruimteraket en zo maar wat krullen en spiralen te zijn. Eronder had Tom geschreven:

Ik heb nooit gezegd dat ik kon tekenen. Maar daardoor raakte ik wel met je in gesprek. En nu hebben we ook nog elkaars nummer. Dat noem ik toch winst. Xxx

Toen ze opkeek en zijn blik ving, trok er iets van opwinding door haar heen, want er was beslist sprake van aantrekkingskracht en die kon zelfs weleens wederzijds zijn. 'Goed gedaan.'

'Ik zei toch dat ik erg verlegen ben? Maar je bent niet boos?'

'Ik ben niet boos.'

'Ik heb dit trouwens nooit eerder gedaan. Maar soms is het gewoon moeilijk om zomaar een gesprek met iemand aan te knopen. Ik kwam ineens op het idee en dacht: waarom niet?'

'Het heeft gewerkt.' Ze was blij dat hij geen poging had gedaan om haar te tekenen en dat dat dan helemaal was mislukt; dat zou veel erger zijn geweest.

'Mag ik bij je komen zitten? Of is dat te brutaal? Zeg maar gewoon nee, hoor, als je het niet wilt.'

Ze glimlachte; daar was dat gevoel van opwinding weer. Als

ze samen aan een tafel zaten, zou ze die ongelooflijk blauwe ogen ook beter kunnen bekijken. 'Waarom niet? Dan hoeven we tenminste niet meer door de hele zaak naar elkaar te schreeuwen.'

Maar terwijl hij zijn spullen pakte, ging haar telefoon.

'Ik ben het,' zei Edgar, want hoewel hij wist dat ze zijn naam op haar schermpje zag, voelde hij zich toch verplicht om het iedere keer te zeggen.

'Hoi. Hoe gaat het daar?'

'Goed, goed. Alleen moet je nu naar huis.'

Ze voelde een scheut in haar hart. 'Waarom? Wat is er gebeurd?'

'We zijn uit lunchen gegaan. We zitten in het Grey's Hotel in Foxwell, maar ik maak me zorgen om Captain Oates. Della zei dat we hem best alleen thuis konden laten, maar nu ben ik bang dat hij zich eenzaam en in de steek gelaten voelt. Je moet gaan kijken hoe het met hem gaat.'

'Is hij in de keuken?'

'Ja.'

'Maar dat is toch waarom we hem daar opsluiten, om hem aan het idee te laten wennen?' Tom was inmiddels tegenover haar komen zitten. Hij had echt mooie handen. In de telefoon zei ze: 'Echt, hij redt zich wel.'

'Dat weet je niet. Misschien is hij wel getraumatiseerd. Ga nou maar terug en vertroetel hem. Wij blijven nog wel een paar uurtjes weg.'

Zoals altijd nadat hij zijn zegje had gedaan verbrak hij abrupt de verbinding.

20

Verdomme.

Verdomme! En typisch dat het nu moest gebeuren, net nu ze het zo naar haar zin had.

Tom vroeg: 'Is er iets?'

Lou aarzelde. Edgar was overbezorgd, en het punt was dat Captain Oates een hond was. Als ze hier nog een uurtje bleef, kon hij haar niet verraden, kon hij zich niet blaffend beklagen over het feit dat ze niet meteen naar hem was toegesneld.

Daar kwam nog bij dat Captain Oates het helemaal niet fijn vond om vertroeteld te worden, tenzij Edgar dat deed. Iedere keer dat zij lief voor hem probeerde te zijn, keek hij haar hooghartig aan en wendde dan zijn blik af.

Maar... O god, wat was het toch lastig om een geweten te hebben. Ze slaakte een zucht.

'Wat is het probleem?'

'Sorry, maar ik moet weg.' Even speelde ze met het idee om Captain Oates op te halen en dan mee terug te nemen naar het café, maar ze zette het meteen uit haar hoofd, want er mochten hier helemaal geen honden komen. En met een temperatuur rond het vriespunt was het ook geen aanlokkelijk idee om Tom te vragen een eindje met haar en de hond te gaan wandelen.

'O nee.' Hij leek oprecht teleurgesteld. 'Waarom?'

'Mijn baas wil dat ik naar huis ga.'

'Is hij degene die in de keuken zit opgesloten?'

Ondanks haar teleurstelling lachte ze. 'Was het maar waar. Nee, Captain Oates is de nieuwe hond van mijn baas en hij vindt het een naar idee dat hij nu alleen thuis is, terwijl hij ergens aan het lunchen is... dus ik moet echt...'

'Wacht eens even.' Hij keek haar verbaasd aan, terwijl ze haar telefoon in haar tas stopte en haar jas begon aan te trekken. 'Heet hij Captain Oates?'

'Ja, naar die ontdekkingsreiziger, omdat hij het ook zo leuk vindt om lang buiten te zijn.'

'Is hij een zwart-bruine chihuahua?'

Ze keek hem vol ongeloof aan. 'Ja! Ken je hem dan?'

'Is jouw baas... Eddie nog wat?'

Met grote ogen knikte ze. 'Edgar Allsopp. Ken je hem dan ook?'

'Nee, maar op dit moment zit hij met mijn moeder te lunchen.'

Het kwartje viel.

'Jouw moeder is Della Lucas? Dat meen je niet. O mijn god, dit is echt raar...' Ze begon te lachen. 'We wisten niet dat jij ook mee zou komen.' Ineens bedacht ze iets. 'Maar weet je moeder eigenlijk wel dat je hier bent?'

'Nou, aangezien ik naast haar op de achterbank van de limo zat, neem ik aan van wel.' Zijn ultrablauwe ogen sprankelden geamuseerd. 'Wat een toeval. Ik had vandaag niks te doen, dus ik dacht: ik ga gewoon mee. En dan zou mijn moeder me na de lunch kunnen voorstellen aan Eddie.'

'Het klinkt zo vreemd als je hem Eddie noemt. Voor mij is hij altijd Edgar.'

'Ze had meer dan dertig jaar niets van hem gehoord. En toen stuurde hij ineens een kerstkaart,' zei Tom.

Trots zei ze: 'Ik heb die foto zelf genomen.'

'Er zat nog een foto bij, van hem met de hond.'

'Die heb ik ook genomen.'

'En wiens idee was het om er eentje aan mijn moeder te sturen?'

'Mijn idee. Nou ja, nadat hij me had verteld dat ze vroeger bevriend waren,' voegde ze eraan toe.

Val, die nog steeds fijn meeluisterde terwijl ze mince pies serveerde aan een tafel vol nieuwe klanten, zei: 'Je hebt hem heel veel kaarten laten sturen, toch, schat? We hebben er allemaal eentje gekregen. Ik viel bijna flauw toen ik de envelop opende en zag dat het een kaart van Edgar was! Ik zei tegen mijn man: nou, er staat ons nog wat te wachten. Als ze zo doorgaat, krijgt ze Edgar nog zover dat hij zich als kerstman verkleedt voor de kerstkermis! Ha, moet je dat gezicht van je zien... Het was maar een grapje, schat. Let maar niet op me!'

Tom schudde zijn hoofd, nog steeds verbaasd. 'Dit is echt gek, net alsof we ontdekken dat we familie zijn.' Zijn mondhoeken gingen iets omhoog. 'Maar dan beter, want we zijn geen familie.'

'Ik moet nu echt gaan.' Een beetje in de war pakte ze haar autosleutels.

'Mag ik niet met je mee? Nee, sorry, dat is veel te brutaal. Ik kan denk ik beter hier blijven.'

Maar ze merkte gewoon dat hij hier niet wilde blijven. Bovendien was hij ook niet meer echt een onbekende. Lou woog de verschillende mogelijkheden even tegen elkaar af: de kans dat hij een moordenaar was en het feit dat hij Della Lucas' zoon was en ze hem intuïtief mocht. Behoorlijk zelfs.

'Nou, ik had een lunch voor ze gemaakt, maar als ze dus zijn gaan lunchen in de stad, bederft het eten alleen maar. Dus als je mee wilt om Captain Oates te zien, dan ben je hierbij uitgenodigd.'

Ze reden in Edgars grijze Mini de heuvel op.

'Mooi huis heb je, zeg,' zei Tom, terwijl ze knerpend over het bevroren grind van de oprijlaan liepen.

Ze haalde haar schouders op. 'Ach, kan ermee door. Je zou mijn superjacht eens moeten zien.'

'O, dat wil ik weleens zien. Zit er een helipad op?'

'Drie, anders moeten mijn vrienden in de rij blijven hangen om te kunnen landen.' Ze deed de voordeur open en bereidde zich voor op woedend geblaf. 'Hij is niet de vrolijkste hond, dus verwacht geen enthousiaste begroeting. Hij bijt gelukkig niet, maar kijkt alsof hij dat heel graag zou willen.'

Toen ze de keukendeur echter opendeed, lag Captain Oates vredig te slapen in zijn mand. Hij opende even één oog, besloot toen dat ze niet interessant genoeg voor hem waren, en snurkte weer verder.

'Paniek voorbij, denk ik,' zei Lou. 'Zullen we dan maar wat gaan eten? Anders heb ik de hele ochtend voor niks in de keuken gestaan.'

'We kunnen doen waar we zin in hebben. Als Eddie zegt dat ze nog een paar uur wegblijven, hebben we alle tijd van de wereld.' Hij volgde haar naar de huiskamer waar zijn ogen oplichtten bij de aanblik van de ijsemmer met daarin de Veuve Clicquot. 'O, dit is al een fijn begin.'

Nou ja, hij was te gast, en ze wist dat er nog twee flessen koud lagen in de ijskast.

'Iedere keer als ik dit doe, voer ik een strijd met mezelf.' Terwijl hij de kurk eruit trok en een beetje schudde met de fles, vervolgde hij: 'Ik weet dat je het voorzichtig moet doen, maar ik vind het gewoon zo leuk als...'

Plop deed de kurk terwijl hij uit de fles schoot en tegen het plafond knalde.

'Oeps.' Lou hield snel twee glazen onder de waterval van schuim waarvan het meeste al op het tapijt was beland.

'Ach, daar merkt hij niks van.' Toen de glazen waren gevuld, tikte hij het zijne tegen dat van haar. 'Op ons. Dit blijkt een veel leukere dag te worden dan ik had verwacht. Proost.'

'Proost.' Hij had een perfect gebit, wit, maar niet Hollywood-wit, en een bijzonder charmante glimlach. 'Hier, pak een bord. Neem maar wat je wilt.' Ze wees naar het eten, waar veel te veel van was. 'En in de ijskast staat ook nog zalmmousse en kipsalade...'

Hij zette zijn bord neer en keek haar ernstig aan. 'Je bent mooi.'

'Ik? Nee, hoor.'

'Dat moet je niet zeggen. Je bent mooi. Ik ben zo blij dat ik vandaag ben meegegaan.'

'De middag loopt anders dan ik had verwacht.' Lou kreeg weer dat opwindende gevoel in haar borst; de laatste keer dat haar dat was overkomen, was toen ze met Remy in het restaurant had gezeten en stom genoeg had gedacht dat hij hetzelfde voelde.

Vandaag was het echter beslist geen verbeelding van haar.

'Maar wel beter dan verwacht, hoop ik?' Zijn blauwe ogen glinsterden en hij zei het op een speelse toon. Nadat hij zijn champagneglas op de tafel had gezet, naast de vol-au-vents van wilde paddenstoelen die ze van Edgar had moeten maken omdat dat altijd Della's favoriete voorgerecht was geweest, pakte hij haar hand en trok haar naar zich toe. 'Je zei dat ik kon nemen wat ik wilde...'

Hij kuste haar, één, twee, drie keer, zacht op de lippen. De derde keer wat langer. Toen maakte hij zich van haar los om haar blik te peilen. 'Nog meer? Of heb je liever dat ik stop?'

Lou was sneller gaan ademen. Hoelang geleden was het dat iemand haar echt had gekust, alsof hij het meende? Ze merkte nu pas wat ze al die tijd had gemist. De juiste persoon kussen was meer dan alleen maar prettig; het was fantastisch, buitenaards. 'Niet stoppen,' mompelde ze, terwijl ze haar gezicht weer naar het zijne bracht.

Een paar minuten later veegde hij een haarlok van haar slaap, wond hem om zijn vinger en fluisterde: 'Je zou me een rondleiding door het huis kunnen geven. Ik zou je slaapkamer weleens willen zien...'

Het was alsof haar hart bleef stilstaan en heel even voelde ze zich in de verleiding komen. In de verleiding om te knikken en ja te zeggen, zijn hand beet te pakken en hem mee naar boven te nemen, naar haar kamer...

Ze zag het al voor zich, een soort marathon van wilde seks om alle seks in te halen die ze de afgelopen vijftien maanden niet had gehad. Er zouden zat mensen zijn die dat zouden doen zonder zich ook maar een seconde af te vragen of het wel zo'n goed idee was...

Hoe zou het voelen om zo iemand te zijn?

Want zij kon dat niet; ze was gewoon niet zo impulsief. Hoe heerlijk het afgelopen anderhalf uur ook was geweest, het was maar anderhalf uur. Oké, ze voelde zich aangetrokken tot Tom Lloyd en hij leek haar beslist ook een aardige man, maar wat wist ze nou van hem?

Bovendien waren er ook nog andere redenen. Het was een bende in haar slaapkamer. Vanochtend had ze haar onderlaken en dekbedhoes in de wasmachine gestopt en haar bed was nog onopgemaakt. En verder had ze geen condooms en...

'Kef kef kef kef,' blafte Captain Oates, die ervoor had gekozen om uitgerekend op dit moment wakker te worden, woest aan de keukendeur te krabbelen en aandacht op te eisen.

Luchthartig zei Tom: 'Nou, dat beschouw ik dan maar als een nee.'

Was het stom om nee te zeggen tegen iets wat misschien wel haar hele leven had kunnen veranderen? Maar aan de andere kant, als hij haar echt zo graag wilde, dan kwamen er toch nog wel andere gelegenheden? Ze knikte en nam een slokje koude champagne. 'Dat lijkt me beter.'

'Oké. Maar je kwam wel even in de verleiding.' Hij sloeg een arm om haar middel en kuste haar nog een laatste keer op de mond. 'Dat zag ik heus wel.'

'Misschien, een klein beetje.' Ze glimlachte, want hij was niet achterlijk. Hij wist het.

'Goed om te weten.' Hij gaf haar een kneepje. 'Nu vind ik je nog leuker.'

En nu vond zij hem ook nog leuker, omdat dit zijn reactie

was. Het drong tot haar door dat ze zich in een verrukkelijke spiraal van wederzijdse aantrekkingskracht bevonden.

Tegen de tijd dat ze de limo buiten hoorden stoppen, hadden ze een behoorlijk deel van het buffet verslonden, de fles Veuve Clicquot leeggedronken en Captain Oates twintig minuten uitgelaten in de tuin. Ze had Tom de benedenverdieping laten zien en diplomatieke antwoorden gegeven op zijn vragen naar Edgar. En hoewel ze vol minachting werden gadeslagen door Captain Oates, waren ze met elkaar blijven flirten op een opwindende en adrenalineverhogende manier.

'Maar kijk nu eens!' riep Della uit toen ze naar buiten gingen om Edgar en haar bij de voordeur te begroeten. 'Je bent er al! Hoe kan dat nou, lieverd?'

Tom vertelde het haar in het kort. Toen gaf hij Edgar een hand en vervolgde: 'Hallo, ik ben Tom. Ik heb al zoveel over je gehoord. Te gek om je eindelijk te leren kennen.'

'Heeft Della je over mij verteld? Heel goed. Ook fijn om jou te leren kennen.' Edgar klonk zowaar alsof hij het meende. Hij glimlachte er zelfs bij, op zijn krakerige, ongeoefende manier. Toen wendde hij zich tot Lou: 'Gaat het goed met hem?'

'Natuurlijk gaat het goed met hem! We hebben het hartstikke leuk gehad... O!' Ineens drong tot haar door dat hij Captain Oates bedoelde, en zich bewust van Tom die naast haar zijn uiterste best deed om niet te gaan lachen, zei ze: 'Ja ja, het gaat prima met hem.'

Edgar nam Della snel mee naar binnen, uit de kou, en ze bleef in de hal staan om alles bewonderend in zich op te nemen: de eikenhouten lambriseringen en de imposante georgiaanse trap waarvan de stijlen waren versierd met klimop, dennenappels en rode linten. 'Eddie, wat een bofkont ben je; dit is echt een prachtig huis. Perfect om mensen te ontvangen. En al helemaal versierd voor kerst.' Ze gebaarde om zich heen. 'Als je soms van plan bent om hier binnenkort een fantastisch feest te geven, dan hoop ik wel dat je ons ook uitnodigt.'

21

Het berichtje kwam om 5.30 uur:

EDGAR:
Je mag nu naar beneden komen.

Lou, die kort na Edgars en Della's terugkeer naar haar kamer was verbannen, had zich echt zo'n nederige huismeid uit een victoriaanse tv-serie gevoeld. Een paar minuten geleden had ze voetstappen en stemmen bij de voordeur gehoord en toen ze uit haar raam had gekeken, had ze gezien dat Della en Tom in de wachtende limousine stapten. Met een knerpend geluid was de auto weggereden en Edgar was weer naar binnen gegaan.

En nu wilde hij waarschijnlijk dat ze thee voor hem zette en alle schalen met onaangeroerd eten opruimde.

Ze keek naar haar telefoon, maar er kwam geen bericht meer. Ook niet van Tom, hoewel hij haar nummer had. Ze wachtte even, om hem de tijd te geven haar een verontschuldigend berichtje te sturen omdat hij weg was gegaan zonder gedag te zeggen, maar toen haar toestel eindelijk pingde, was het Edgar weer.

Schiet op, ik zit op je te wachten.

Nou, dat was dus haar veelbelovende kennismaking met Tom in Val's Café.

Maar goed dat ze niet met hem naar bed was gegaan.

'Daar ben je,' zei Edgar, toen ze hem in de huiskamer vond.

Captain Oates zat kwispelend op zijn knie aan een zoute stengel te likken.

'Hoe ging het? Goed?' Lou dwong zichzelf om naar hem te glimlachen; ja, ze was teleurgesteld, maar hij kon er ook niets aan doen dat ze alweer abusievelijk had gedacht dat iemand zich tot haar aangetrokken had gevoeld.

'Heel goed. Dacht je soms van niet?'

'Nou, ik heb er weinig van meegekregen, want ik zat boven.' Verstopt op zolder als de gekkin van het huis.

'Het had niet beter gekund.' Edgar keek naar haar terwijl ze schalen op elkaar begon te stapelen. 'En we krijgen een feest.'

De schaal met kaassoesjes gleed iets weg en de meeste soesjes belandden op het tapijt. 'Wie krijgt een feest?'

'Wij. Ik. Jij gaat het organiseren.'

'Waar?'

'Hier natuurlijk. Della zei dat dit er de perfecte plek voor is, en ze heeft gelijk.'

Lou raapte de kaassoesjes op en gaf er eentje aan Captain Oates, die haar aankeek alsof ze hem zwaar beledigde door hem iets te geven wat op de grond had gelegen.

Ze fronste. 'Wacht even, misschien hallucineer ik wel. Jij wilt een feest geven?'

Edgars ijzige blik leek eng veel op die van Captain Oates. Na een korte stilte zei hij: 'Della vindt dat ik dat moet doen. Ze wil al mijn vrienden graag leren kennen. Dus dat moet dan maar.'

Ze wilde al zijn vrienden leren kennen? Hardop vroeg Lou: 'Maar wie nodig je dan uit?'

'Dat laat ik aan jou over.' Hij streelde Captain Oates onder zijn kin. 'Jij mag het zeggen. Gewoon mensen van wie je denkt dat ze wel willen komen.'

Met grote ogen keek ze hem aan. 'En wanneer dan?'

'Hoe moet ik dat nou weten? Tweede kerstdag? Oudjaarsavond? Wat maar het beste uitkomt.'

Lou dacht snel na. 'Geen van beide, want de meeste mensen hebben inmiddels al plannen voor die twee avonden. We zullen een wat saaiere datum ertussenin moeten prikken. Wat dacht je van de negenentwintigste?'

'Oké.'

Nou, fijn dat hij nog een gaatje in zijn overvolle agenda had kunnen vinden.

'Hoeveel gasten?'

'Zoveel mogelijk.' Hij dacht even na. 'Maar geen idioten.'

Ze zou mensen moeten smeken om alsjeblieft te komen. 'Je moet een cateraar in de arm nemen. Zoveel eten kan ik niet in mijn eentje verzorgen.'

'Prima.'

Oef, dat was gemakkelijker gegaan dan verwacht.

'Maar ik wil wel dat je een paar slaapkamers opknapt,' vervolgde hij.

'Waarom?'

'Voor Della en haar zoon.'

Betekende dat dat Tom had gezegd dat hij ook zou komen? Haar bloed ging sneller stromen, maar eigenlijk had ze zich al voorgenomen om haar eigen kamer op te knappen. 'Ik zou mijn kamer toch schilderen?' zei ze.

'Dat mag ook, als je maar eerst die andere twee doet.'

Het had geen zin hem tegen te spreken. 'Prima, dan begin ik daar meteen morgen mee.'

'Nadat we naar Cheltenham zijn geweest.'

'Wat moeten we in Cheltenham?'

Edgar streelde de fluweelzachte oren van Captain Oates. 'Ik wil een nieuwe auto kopen.'

'Nou?'

Della opende haar ogen; de wijn bij de lunch gevolgd door de halve fles champagne bij Edgar thuis had ervoor gezorgd dat ze al binnen een paar minuten na hun vertrek uit Foxwell heerlijk was weggesoesd. Inmiddels reden ze over de snelweg en had ze een droge mond.

'Geef me dat flesje water even, schat. En wat bedoel je precies met dat nou?'

Hij wierp haar een ongeduldige blik toe. 'Hoe ging het?'

'De lunch was heerlijk.'

'Ik bedoelde Eddie. Ben je weer hoteldebotel verliefd op hem?'

'Ik ben nooit verliefd geweest op Eddie. Hij nam me mee naar de mooiste zaken en behandelde me als een koningin. Hij was mijn grootste fan en zette me op een hemelhoog voetstuk.' Della draaide de dop van het flesje en nam een grote slok om haar dorst te lessen.

'Je zei tegen hem dat je zijn vrienden dolgraag wilde leren kennen.'

'Dat was uit beleefdheid!'

'Nou, als hij je echt uitnodigt voor een feest, dan vind ik dat je moet gaan.'

Ze sloot haar ogen; ze wist gewoon dat Tom weer over haar toekomst zou gaan zeuren. Hij gooide haar continu voor de voeten dat ze slecht met geld om kon gaan. Alsof het haar schuld was dat ze niet meer genoeg verdiende om het soort leven te leiden dat haar toekwam. Toen Barry nog leefde, had hij voor de saaie financiële kant van de dingen gezorgd en dat had hij dermate goed gedaan dat ze min of meer alles had kunnen kopen wat haar hartje begeerde.

Maar nu Barry er niet meer was, was de praktische kant van het leven steeds meer een probleem geworden. Barry had geen geld opzijgelegd voor later, wat betekende dat er weinig spaargeld was, al hadden ze wel hun huis in Essex gehad. Door dat voor een goede prijs te verkopen en daarna in Londen iets te huren, had ze gedacht dat ze gewoon van de opbrengst van het huis kon gaan leven. Maar er bleken elke maand weer allemaal rekeningen binnen te komen en het bedrag op de bank slonk zienderogen. Ze had eerlijk gezegd gedacht er wel vijftien jaar mee toe te kunnen, maar ineens was het bijna op, en toen ze bij de bank had geïnformeerd naar een lening was ze zo'n beetje recht in haar gezicht uitgelachen. Ze had er al haar zelfbeheersing voor nodig gehad om niet op ijzige toon te zeggen dat zij, anders dan sommige mensen, in elk geval geen zweetplekken onder haar armen had en geen schrikbarende hoeveelheid roos op haar schouders.

Ze nam nog een slokje water en keek haar zoon toen van opzij aan. 'Ach, ik denk niet dat dat feest er komt. Hij schrok behoorlijk toen ik het zei.'

Tom haalde zijn schouders op. 'Maar als hij wel een feest geeft, dan vind ik dat je moet gaan.'

'Mij best.' Ze onderdrukte een gaap. 'Hoe was het meisje? Ik ben haar naam vergeten.'

'Lou.' Hij glimlachte kort. 'Ze was te gek. Echt leuk.'

Niet dat dat veel te betekenen had. Zodra Tom een leuk meisje zag, was de kans groot dat hij zou proberen haar te versieren. Della zei: 'Nou, als ik ga, ga jij ook.'

'Dat doe ik ook. Maar ik wil alleen maar zeggen dat je hem niet meteen moet afschrijven. Hij is rijk en op geldgebied kun je iedere hulp gebruiken.'

Ze trok een gezicht. 'Hij is eenentachtig.'

'Precies. Beschouw dat maar als positief.'

'Jij hebt makkelijk praten. Jij bent niet degene die met hem om hoeft te gaan. Maar sst.' Ze legde een vinger op haar lippen en knikte naar het achterhoofd van de chauffeur. Ze konden beter discreet zijn.

'Niks aan de hand.' De chauffeur keek haar even aan in de spiegel en zei vrolijk: 'U kunt zeggen wat u wilt. Ik ben net een priester in een biechtstoel.'

Er arriveerde een berichtje op Della's telefoon en ze tuurde naar het schermpje. 'Het is van Eddie. Hij heeft besloten om het feest te geven. Komt de negenentwintigste ons uit?'

'Of het jou uitkomt, bedoel je.'

'Jij gaat mee. Dat heb je beloofd.'

Schouderophalend zei hij: 'Oké, ik vind de negenentwintigste prima.'

Della stuurde een berichtje terug:

Perfect, dat vinden we heel leuk. Ik verheug me erop je terug te zien en je vrienden te ontmoeten.

Na een korte stilte zei ze tegen Tom: 'Misschien ontmoet ik wel een fantastische man op dat feest, net zo rijk als Eddie, maar tien keer zo charmant. Ooo...' Snel voegde ze nog iets aan haar berichtje toe:

Schat, vergeet niet weer een auto voor ons te regelen. Veel beter dan al die heisa met de trein. Xxxx

Tom zei: 'Als je er van die kusjes bij zet, denkt hij dat hij beet heeft.'

'Daar zit wat in.' Ze haalde de kruisjes weg.

'Maar je wilt ook weer niet al te onvriendelijk overkomen. Misschien één kusje.'

'Dank je, schat.' Tom was goed in de online-etiquette; hij wist altijd precies wat wat was. Della voegde er een klein kusje aan toen, maar verving dat weer door een grote. Toen drukte ze op Verzenden.

22

Lou was nog nooit in een dure showroom geweest. Het rook er zelfs duur. Je kon er gratis koffie krijgen. En er stonden schalen met lekkers om je het gevoel te geven dat je bijzonder was. De verkopers droegen een pak en deden alsof ze het niet erg vonden dat je een lastig klein hondje bij je had dat misschien wel op de tegelvloer zou plassen of poepen. En dan stonden er ook nog auto's die verbijsterend duur waren en allemaal glansden alsof ze om de minuut werden gepoetst.

Het was belachelijk, maar het was wat Edgar wilde, en binnen twintig minuten was de zaak al beklonken: hij had een rode Bentley gekocht met een 6.0 liter-motor en het soort hese geronk dat je onder je voeten voelde. Na een korte testrit van wel dertig kilometer per uur op de nabijgelegen snelweg, was hij teruggekeerd naar de showroom en had tevreden geknikt. Klus geklaard. 'Ik neem 'm.'

'Weet je het zeker?' vroeg Lou geschrokken; ze had in huizen gewoond die minder waard waren.

'Hoezo, wil jij soms ook even een testrit maken?'

'Echt niet.' Ze schudde verwoed haar hoofd. 'Stel dat ik ergens tegen aanrijd?'

De gladde verkoper probeerde zijn schrik te verbergen. 'Het is waarschijnlijk beter als je het rijden overlaat aan je opa.'

'Ze is mijn kleindochter niet.' Edgar wendde zich tot Lou. 'Dan hou jij de Mini.'

'Dank je.'

'Wanneer kan ik deze mee naar huis nemen?' Hij richtte zijn aandacht weer op de verkoper.

'Dat wordt pas begin januari, vrees ik, want er moet nog van alles...'

'Als ik hem niet op de negenentwintigste heb, hoeft het niet meer,' zei Edgar.

'Dat begrijp ik, meneer, maar...'

'Nee? Prima, dan gaan we ergens anders naartoe.'

De verkoper verbleekte en slikte hoorbaar. 'Dat is niet nodig, meneer. We zorgen ervoor dat het in orde komt. Dat beloof ik u.'

Lou ging met Captain Oates naar buiten, terwijl Edgar met de onderdanige verkoper het papierwerk afhandelde. Het was voor het eerst dat ze daadwerkelijk meemaakte dat je met geld alles voor elkaar kreeg.

Toen Della gisteren was vertrokken, had ze blijkbaar een of andere grappige, denigrerende opmerking gemaakt over de bescheiden grijze Mini die op de oprijlaan stond. Wanneer ze voor het feest terugkwam, wilde Edgar indruk op haar maken met een auto waar ze hem niet om kon uitlachen.

Niet in staat zichzelf te beheersen pakte Lou haar telefoon en las, voor misschien wel de zevende keer, het berichtje dat haar vannacht om twee uur had gewekt:

TOM:
Mis je nu al. Ik wens je fijne kerstdagen toe en zie je op de 29ste. Xxx

Ze was er de hele avond van overtuigd geweest dat ze niets meer van hem zou horen. Dat kwam door Brett, die, toen ze eenmaal getrouwd waren, soms niets van zich liet horen terwijl hij beloofd had dat wel te doen. Ze moest zichzelf continu voorhouden dat niet alle mannen onbetrouwbaar waren. Tom Lloyd was een goed mens, veel aardiger dan Brett. Ze moest leren om weer in dat soort dingen te geloven.

En hij leek zich erop te verheugen haar op het feest weer te zien.

Ze bewaarde deze informatie als een kostbaar geheimpje. Zij kon ook bijna niet wachten.

'Klaar,' zei Edgar. Hij tikte met zijn stok op de grond om haar aandacht te trekken. 'Kom, dan gaan we.'

'Naar huis?'

'Nee. We moeten verf kopen voor de logeerkamers, zodat je straks meteen kunt beginnen.'

Twee uur later sleepte Lou de zware blikken de trap op en zei: 'Ik krijg die kamers niet op tijd klaar, hoor. Niet in mijn eentje.' Ze had Edgar al uitgelegd dat ze beter een vakman in de arm konden nemen, en hij was het met haar eens geweest, maar toen ze de plaatselijke schilders hadden gebeld, hadden die opmerkelijk lauw gereageerd omdat het de week voor kerst was.

Edgar keek haar nu aan alsof ze expres moeilijk deed. 'Maar het moet.'

'Nou, dat lukt alleen als ik een vriend bel die me kan helpen. Maar die zul je wel moeten betalen.'

Edgar schudde zijn hoofd. 'Denk je soms dat het geld me op de rug groeit?'

Maakte hij nou een grapje? Lou zou het niet weten. Maar ze belde Sammy, die om twaalf uur 's middags nog steeds in bed bleek te liggen en aan de tekst van zijn laatste song werkte.

'Zou je er niet hier aan kunnen werken en tegelijkertijd iets nuttigs doen?'

'Wanneer?'

'Nu. En trek iets aan dat verpest mag worden.'

'Dat is zo'n beetje alles wat in mijn kast hangt.'

Twintig minuten later ging de deurbel, terwijl Lou op een trap de gordijnen van de rails stond te halen. Tegen de tijd dat ze op de overloop was, had Edgar al opengedaan. Leunend over de balustrade hoorde ze hem zeggen: 'O, jij bent het. Ik hoop dat je weet wat je doet. Ik wil geen ongelukken.'

Sammy, totaal niet uit het veld geslagen, grinnikte. 'Maak je geen zorgen, ik ben een vakman. En bedankt voor de uitnodiging trouwens.'

'Wat voor uitnodiging? O, o ja.' Vanwaar ze stond, zag Lou gewoon dat Edgar aan het mailtje dacht dat ze gisteravond hadden opgesteld en verstuurd. En blijkbaar herinnerde hij zich ook dat ze hem streng had gezegd dat hij tegen alle genodigden aardig moest zijn, want hij vervolgde: 'Het leek me een leuk idee om iets te organiseren voor alle mensen in de buurt.'

'Ik vind het een fantastisch idee. Als je wilt, kan ik mijn gitaar wel meenemen en...'

'Dat hoeft niet.' Edgar schudde ferm zijn hoofd. 'Maar Lou is boven, zij zal je laten zien wat er moet gebeuren.'

Er moest voornamelijk heel erg veel gebeuren. De meubels stonden opgestapeld in het midden van de kamer, met oude lakens eroverheen. Vermoedelijk was de laatste opknapbeurt tientallen jaren geleden geweest. Lou nam de muren af met reinigingsmiddel, terwijl Sammy aan de plafonds begon. De kozijnen moesten worden geschuurd en vervolgens geschilderd met eerst grondverf en dan lakverf, net als de plinten en de lambrisering voor de rails. Onder het werken zong Sammy uit volle borst zijn nieuwste liedjes, wat geen probleem was wanneer hij de tekst kende, maar zijn laatste song was nog niet af, en het was bijzonder irritant om hem steeds een nieuwe tekst te horen uitproberen. Het was een liefdesliedje over Jess, en steeds wanneer ze suggesties deed om hem te helpen, zei Sammy: 'Hou op, de tekst moet uit mij komen!'

Om zes uur zat de eerste laag mangogeel op de muren en hadden ze maar een paar druppels gemorst op een bloot stukje tapijt. Sammy en zijn spijkerbroek en paarse sweatshirt zaten onder de gele en witte verf, maar de tekst was eindelijk af en dat was het enige wat hij belangrijk vond.

'Denk je dat ze het mooi zal vinden?'

De titel luidde 'Christmas Day with You' en met toevoeging van arrenbellen zou het bijzonder feestelijk klinken. Lou zei: 'Natuurlijk! Het is fantastisch! En wie zou nou niet willen dat iemand een liedje voor hem of haar schreef? Nou ja, behalve Edgar dan.'

'Ik bewaar het voor kerstochtend. Dan ga ik het voor haar zingen.' Toen hij haar blik zag, voegde hij eraan toe: 'Maak je niet druk, ik heb ook echte cadeaus voor haar gekocht.'

'Gelukkig maar. Niet dat de song op zich al niet te gek is... Aaaah.' Ze dook weg toen hij met zijn verfroller naar haar zwaaide.

'Het wordt de mooiste kerst ooit. Ik heb dit nog nooit voor iemand gevoeld. En volgend jaar wordt een fantastisch jaar.' Hij haalde zijn hand door zijn rode haar en ontdekte ineens hoeveel verf erin zat. 'Wat denk je, is het te vroeg om haar te vertellen dat ik van haar hou?'

'Is dat zo dan?'

'Ik denk het wel. Ik weet het bijna zeker. Ik bedoel, ja, ik hou van haar. Maar het is nog steeds raar dat we al jaren zo'n beetje bevriend met elkaar waren en dat dan... *poef*, dit ineens gebeurt. Het is net alsof het laatste stukje van een heel moeilijke puzzel ineens op zijn plaats is gevallen.'

'Het is alleen maar niet eerder gebeurd omdat jij dacht dat ze verliefd was op Remy,' bracht Lou hem in herinnering. 'Daarom heb je zelfs nooit overwogen om iets bij haar te proberen.'

Met een droevig lachje zei hij: 'Dat zal het zijn.'

'Als je iemand leuk vindt, moet je er nooit van uitgaan dat ze geen belangstelling voor jou hebben.' O, wat was het makkelijk om met dit soort wijsheden te strooien als het niet om jezelf ging. Alsof zij een of andere expert was.

Hij knikte. 'Dat weet ik nu ook. En moet je zien, ik heb gekregen wat ik altijd al wilde. Mijn ontbrekende stukje van de puzzel. Het voelt alsof we al maanden samen zijn, terwijl het pas drie weken is. Weet je echt zeker dat het niet te vroeg is om het nu al te zeggen?'

Lou wees met haar kwast uit het raam. 'Kijk naar Edgar en Captain Oates. Dat was liefde op het eerste gezicht. Gewoon meteen toen ze elkaar in de ogen keken. Ik was er zelf bij. En sindsdien zijn ze onafscheidelijk. Die blijven altijd samen. Vergeleken met hem ben jij langzaam.'

'Ik wil haar niet afschrikken met dat soort grote woorden, dat is het punt.'

Ze glimlachte; het was heerlijk om hem zo mee te maken. Niemand die het meer verdiende om gelukkig te zijn dan Sammy. 'Hé, relax, ik weet bijna zeker dat je haar niet zult afschrikken.'

Om zeven uur hoorden ze het gezoem van de traplift die naar boven kwam. Edgar kwam hun vorderingen inspecteren.

'Waarschijnlijk heeft hij ook een paar biertjes bij zich voor ons, en dan zegt hij dat we fantastisch bezig zijn,' fluisterde Sammy.

Toen Edgar in de deuropening verscheen en alles in ogenschouw nam, fronste hij en zei: 'Jullie zullen harder moeten werken dan dit.'

Om tien uur die avond vertrok Sammy. 'Maak je geen zorgen, ik ben er morgenvroeg om acht uur weer,' zei hij tegen Lou, terwijl hij naar zijn bestelbus liep. 'Het lukt ons wel.'

De volgende ochtend om zeven uur ging haar telefoon.

'Hoi,' zei Jess. 'Luister, Sammy vindt het heel erg, maar hij kan je vandaag niet helpen. Hij heeft de hele nacht lopen overgeven.'

'Ach, wat naar. Wat heeft hij?' Ontzetting vermengde zich met medelijden en frustratie; er was nog zoveel te doen.

'Nou, je hoeft geen medelijden met hem te hebben, hoor. Ik had gisteravond macaroni met kaas gemaakt, maar hij wilde per se de kip waarvan de uiterste houdbaarheidsdatum al was verstreken. En omdat die vreemd rook, heeft hij er currysaus overheen gedaan, dat leek hem het beste.' Jess slaakte een liefdevolle zucht. 'Maar het komt er dus op neer dat hij tot nu toe al zo'n keer of vijftien heeft overgegeven en zijn gezicht heeft de kleur van pistache-ijs.'

'Bah.' Lou vroeg zich af hoe ze het in haar eentje voor elkaar moest krijgen. Nou ja, als het niet af kwam, dan kwam het niet af. Zo simpel was het.

'Maar geen paniek. Tussen het kotsen door heeft hij de hulptroepen gebeld. En die is nu naar je onderweg.'

'O god, wie dan?' Alsjeblieft niet Bez Shackleton, een van de enthousiastste klanten van de Bear en alom beschouwd als de slechtste schilder van Foxwell en omstreken. Hij had een keer een opdracht aangenomen om een huiskamer te schilderen en had toen de speelkamer gedaan, omdat de muren daar allemaal onder de kindertekeningen zaten. Lou zette zichzelf schrap en zei: 'Is het Bez?'

'Die naam is wel even genoemd.' Jess lachte. 'Nee, maak je niet druk, ik heb Sammy verboden om hem te bellen.'

'Dank je.'

'Dus nu krijg je Remy.'

Ooo...

En daar had je weer die inmiddels zo vertrouwde adrenalinescheut die altijd door haar heen trok wanneer ze zijn naam hoorde. Ze slaakte een geluidloze zucht en maande zichzelf tot kalmte; zou dat ooit nog ophouden?

Alsof het haar totaal niet uitmaakte wie het was, zei ze luchtig in de telefoon: 'Te gek.'

'Sorry dat ik zo laat ben,' zei Remy veertig minuten later.

Hij gaf zijn zondagochtend op.

'Maar je hoeft dit echt niet te doen. Ik ben degene die voor jou werkt, niet andersom.' Lou probeerde niet te letten op hoe zijn mondhoeken omhoog krulden; op de een of andere manier deden die van hem dat beter dan die van andere mensen. 'Bovendien is het allemaal Edgars schuld. Het moet van hem allemaal gauw gauw. En als dat niet lukt, dan kan hij daar weinig aan veranderen toch?'

'Echt, het is geen probleem. Sammy wilde je niet laten stikken en daarom belde hij mij. Als ik aan het werk was geweest, had ik nee moeten zeggen, maar ik had verder toch niks te doen, dus... Hallo,' vervolgde hij toen Edgar in de hal verscheen.

'Wat moet hij hier?' Edgar keek Lou fronsend aan. 'Wat is er met die andere gebeurd?'

'Mijn broer heeft voedselvergiftiging,' legde Remy uit. 'Ik help vandaag in zijn plaats.'

'Doe je muts af,' piepte Lou, en Remy trok net op tijd zijn muts af voordat Captain Oates de hal in kwam stormen. Hij nam de nieuwkomer een paar seconden achterdochtig op en verdween toen weer de keuken in.

'Hij houdt niet van mannen met mutsen,' zei Edgar.

'Ik ook niet.' Remy propte de muts in zijn zak. 'Nog bedankt trouwens dat je ons hebt uitgenodigd voor het feest.'

'Ons? Met hoevelen komen jullie dan?' Toen Edgar Lou's strenge blik opving, voegde hij er haastig aan toe: 'Maakt niet uit. Iedereen is welkom. Ik ga nu naar mijn studeerkamer.'

23

Lou ging Remy voor de trap op. Toen ze de gele slaapkamer in liepen, zei ze: 'Nogmaals bedankt. Ik begin te leren om me niet voor hem te verontschuldigen als hij weer iets lomps zegt. Maar dit feest betekent veel voor hem.'

'Ik weet het. Sammy vertelde het me.' Hij liet zijn blik door de kamer glijden om te zien wat er gedaan moest worden en trok toen zijn jack uit.

'Je hoeft niet te komen, hoor. Hopelijk komen er genoeg andere mensen.' In paniek had ze iedereen op Foxwells Facebook-pagina van wie ze de naam herkende een uitnodiging gestuurd.

'Ik wil het voor geen goud missen. En de anderen ook niet,

denk ik.' Remy stroopte de mouwen van zijn lichtgrijze sweatshirt op en begon met een schroevendraaier de deksels van de potten verf te lichten die op een rijtje tegen te muur stonden. 'We zien dit huis natuurlijk altijd vanuit de stad op de heuvel liggen, maar er is bijna nog nooit iemand bij hem binnen geweest. Ik durf te wedden dat iedereen hartstikke nieuwsgierig is. Oké, zullen we dan maar? En zullen we ook muziek opzetten?'

Lou slaakte een zucht van verlichting. 'Ja, graag.'

Net als in het kantoor van hem en Briony werkten ze goed samen en de tijd vloog om. Hoe gek ze ook op Sammy was, het was een verademing om niet de hele tijd naar zijn zangkunsten te hoeven luisteren. In plaats daarvan kozen Remy en zij om de beurt een track uit. Soms zongen ze mee, soms kletsten ze wat onder het werk, en het gesprek verliep weer net zo moeiteloos als in het kantoor. Ze hadden het over leraren die ze allebei hadden gehad. Lou vertelde anekdotes over haar werk en Remy over zijn tijd op de universiteit, maar toen 'Sweet Caroline' opklonk uit de speakers braken ze het gesprek af om mee te zingen met het refrein. Toen het lunchtijd was ging ze naar de keuken om wat eten voor hen klaar te maken en daarna videobelden ze met Sammy; hij lag op de bank en voelde zich nog steeds beroerd, maar was blij dat hij in elk geval niet meer hoefde over te geven.

'Zingt Remy?' wilde hij van Lou weten.

'We zingen allebei.'

'Ik kan beter zingen dan hij.'

'Maar ik mors minder met de verf,' zei Remy, want in Sammy's ongekamde haar waren nog steeds restanten van de witte en gele verf te zien.

Toen het gesprek was beëindigd vroeg Remy: 'Wat vind je van hem en Jess?'

'Ik? Ik vind het fantastisch. Ze is echt te gek. Ze passen goed bij elkaar.'

Hij nam een slok cola en keek haar toen met een scheef hoofd aan. 'Je zit er niet mee dus?'

'Waarom zou het? We zijn gewoon vrienden. Dat is altijd zo geweest.'

'Goed, oké, nou, dat is fijn. Ik wist niet of je misschien hoopte dat... dat het tussen jullie iets zou kunnen worden.'

Een golf van opluchting spoelde over haar heen, want als hij dat dacht, had hij er dus niets van gemerkt dat ze eigenlijk stiekem een beetje verliefd was op hem.

'Nee, hoor,' zei ze duizelig van het gevoel van bevrijding dat door haar heen trok. 'Ik ben hartstikke blij voor hem en Jess. Het zijn allebei zulke schatten, ze verdienen het om samen gelukkig te worden. En zo te horen is het al behoorlijk serieus ook.'

'Ja.' Hij knikte en nam de laatste hap van zijn broodje kaas. 'Ik mag haar ook erg graag. Je hebt gelijk, ze passen heel goed bij elkaar.'

'Net als jij en Talli.' Zie je nou wel? Ze kon heel overtuigend klinken, alsof ze het echt meende. Je hoefde alleen maar te doen alsof en je eigen gevoelens goed te verstoppen, want het kon toch nooit wat worden tussen haar en Remy. Als het aankwam op goed bij elkaar passen, dan pasten Remy en Talli zo goed bij elkaar dat het eigenlijk belachelijk was.

'O, ik moet er ineens aan denken. Heeft Sammy het al met je over kerst gehad? Hij wist niet of je naar je vader ging.'

Lou schudde haar hoofd. 'Nee, Kate en hij zijn dan op Barbados. Dat vind ik niet erg, hoor,' voegde ze er snel aan toe. 'Ik ben het wel gewend om te werken met de feestdagen.' Vorig jaar, toen ze nog steeds van streek was door Bretts dood, had ze zelfs helemaal nergens iets aan gedaan.

'Talli vroeg zich af of je zin had om het met ons te vieren, in de cottage. Niks spectaculairs, alleen wij en Sammy en Jess.' Hij kreeg een zachte blik in zijn ogen. 'Want je hebt vast geen zin om hier in je eentje te zitten, toch?'

O, die blik, die ongelooflijke ogen... Nee, hou op, laat je niet meeslepen.

Maar het aanbod ontroerde haar diep. 'O, wat aardig. Ik bedoel, echt alleen zou ik niet zijn, want Edgar is er ook, maar hij heeft wel gezegd dat ik eerste kerstdag vrij kan nemen. Ik wil hem eigenlijk niet hier in zijn eentje laten zitten, maar misschien kan ik een paar uurtjes naar jullie toe komen.'

'Nou, dat is dan afgesproken.' Hij glimlachte. 'Kom in de loop van de middag en dan blijf je eten. Anders zet hij je toch nog aan het werk om alles klaar te krijgen voor het feest.'

Ze voelde dat haar schouders zich ontspanden; hij had gelijk. En het zou leuk zijn om in elk geval een deel van de dag door te brengen met vrienden, al zou ze dan de enige single zijn tussen twee liefdeskoppels. 'Dat doe ik. Dank je.'

'Fantastisch. En maak je geen zorgen over het eten, dat is allemaal al geregeld. Sammy mag van ons niet eens in de keuken komen.'

'Ik ben erg gek op hem, maar toch ben ik blij dat te horen. Het is een hele opluchting te weten dat ik geen kalkoen met koffiejus krijg voorgeschoteld.'

'Je had er vorig jaar bij moeten zijn met kerst.' Remy trok een vies gezicht. 'Hij had munt en frambozen in de broodsaus gedaan.'

Wat er twee uur later gebeurde, was de schuld van Beyoncé. 'Single Ladies' dreunde door de kamer en Lou danste mee op de ladder terwijl ze een stuk behang afsneed dat verborgen had gezeten onder de gordijnroede.

'All the single ladies,' zong ze, terwijl ze met haar mes op het irritante stukje papier inhakte.

'All the single ladies,' viel Remy, die de plinten aan het verven was, haar bij.

'All the single ladies.'

'All the single ladies!'

Bam! Er knalde iets groots tegen het raam, op een paar centimeter van Lou's gezicht en ze gilde, verloor haar evenwicht en viel achterwaarts van de ladder. Met een harde bons belandde ze op de vloer, waarbij ze een pot verf raakte, maar voordat hij om kon vallen, wist ze hem tegen te houden en te voorkomen dat de gele verf zich over het tapijt zou verspreiden.

'Oef... au!' Ze had het tapijt voor een ramp behoed. Gelukkig maar. Ze bleef liggen waar ze lag en probeerde haar eigen schade op te nemen. Voeten... benen... hoofd, allemaal in orde. Door een of ander wonder was het raam niet gebroken, maar ze zag wel een stoffige witte afdruk van een grote vogel met gespreide vleugels op het glas.

'O god.' Remy kwam bij haar staan en keek haar geschrokken aan.

'Niks aan de hand. Ik voel nergens wat.' Omdat ze hem zo snel mogelijk gerust wilde stellen, wilde ze zijn uitgestoken hand pakken zodat ze weer kon opstaan. 'Weet jij hoe het met de vogel is? Ik had die ramen ook niet moeten lappen. Als ze nog vies waren geweest had hij gezien dat er glas in zat.'

Maar Remy keek niet naar het raam; hij staarde vol afschuw naar iets op de grond naast haar en toen Lou haar linkerarm bewoog, voelde ze iets nattigs. De verf was dus toch in het tapijt terechtgekomen.

Alleen was de verf warm en dat was raar.

'Niet kijken,' beval Remy haar. 'Het ziet er nogal naar uit. Doe je ogen dicht, hou je arm in de lucht en zeg me waar de schone handdoeken liggen.'

'In de strijkkast, op de overloop, derde deur links.' Ontroerd omdat hij zich nog herinnerde dat ze hem had verteld dat ze goed tegen het bloed van andere mensen kon, maar slecht tegen dat van haarzelf, deed ze braaf haar arm omhoog. En toen hoorde ze haar eigen bloed op het oude laken op de vloer druppelen. Drup drup. Toen ze viel, had ze van schrik het stanleymes losgelaten en toen ze daarna een greep naar het blik verf had gedaan, had ze haar linkeronderarm opengesneden.

Remy was binnen de kortste keren terug, hij wikkelde een witte handdoek om de wond en hielp haar overeind.

'Doe de deur achter ons dicht, want Captain Oates mag hier niet naar binnen,' zei Lou toen ze de slaapkamer uit liepen.

'God mag weten waarin hij verandert wanneer hij van dat bloed drinkt,' zei Remy.

'Wat nu weer?' Edgar stond hen onderaan de trap al op te wachten. Fronsend vervolgde hij: 'Ik hoop dat er geen verf op die handdoek zit.'

'Ze heeft haar arm gesneden,' vertelde Remy hem. 'Ik ga met haar naar de Eerste Hulp.'

'En wie schildert de slaapkamer dan?'

'Als jij haar naar het ziekenhuis wilt brengen, ook goed. Dan ga ik verder met schilderen.'

'En jou hier alleen in mijn huis achterlaten? Zodat je tussen mijn spullen kunt snuffelen?' Edgar schudde zijn hoofd. 'Nee, breng jij haar maar. Blijf alleen niet al te lang weg.'

'Eh... ik voel me ineens een beetje...' Een golf van duizeligheid en misselijkheid overspoelde haar en ze had het gevoel dat ze flauw zou vallen. Gegeneerd leunde ze tegen Remy aan, terwijl hij haar naar zijn auto begeleidde.

'Dat is me er eentje, zeg,' mompelde hij nadat hij haar de auto in had geholpen. Hij boog zich over haar heen om de veiligheidsriem vast te maken. 'Probeer je arm zoveel mogelijk omhoog te houden.'

Zijn hand had per ongeluk de gevoelige huid van haar hals geraakt en nu voelde ze zich om een heel andere reden licht in het hoofd. Zichzelf dwingend niet aan dat gevoel te denken, zei ze: 'Zal ik mijn arm uit het raampje houden?'

Hij lachte. 'Als je dat doet, zal ik continu linksaf moeten slaan.'

'En dan komen we er nooit.'

Het goede nieuws was dat ze niet meer duizelig en misselijk was. Het minder goede nieuws was dat haar verliefdheid op Remy, die ze de afgelopen weken zo goed in toom had weten te houden, weer op volle kracht terug was.

Het kwam door het lichamelijke contact. De warmte en kracht van zijn ondersteunende arm hadden al die gevoelens weer tot leven geroepen. Ze ademde langzaam in en uit en probeerde zich op haar pijnlijke wond te concentreren, scherpe steken met daaronder een doffe pijn.

'Dank je,' zei ze toen ze bij het ziekenhuis arriveerden. 'Zet me hier maar af. Jij hoeft niet te blijven, want het kan wel uren duren.'

'Laten we dat eerst maar eens gaan uitzoeken.' Remy zag een lege parkeerplek en reed hem soepel op. 'Stel dat je flauwvalt, dan moet er iemand zijn om je op te vangen.'

Dat was precies de reden waarom het beter was dat hij wegging, maar dat kon ze hem moeilijk vertellen.

Toen ze de Eerste Hulp binnen kwamen, riep de receptioniste achter de balie uit: 'Ach kijk! Jullie hadden geen beter moment kunnen uitkiezen. Er komt vanmiddag bijna niemand, iedereen heeft het te druk met de voorbereidingen voor kerst! Ga zitten, dan worden jullie zo opgehaald.'

'Ik kan net zo goed blijven,' zei Remy terwijl ze gingen zitten. 'Dit is echt fantastisch. De laatste keer dat ik hier was, heb ik zes uur moeten wachten.'

'Wanneer was dat?'

'Ik was veertien en Sammy twaalf. Hij had gezegd dat ik vast niet met mijn fiets over het muurtje van de brug in Foxwell durfde te rijden en toen deed ik dat natuurlijk en viel ik er prompt af. Ik landde in de rivier en brak mijn enkel.' Hij grinnikte. 'Hij vond het ontzettend grappig tot onze moeder zei dat hij mijn bediende zou moeten zijn tot ik weer zonder krukken kon lopen. En dat was te gek, want ik kon hem de hele tijd bevelen geven.'

Al heel snel werd Lou opgehaald door een verpleegster die de bebloede handdoek van haar arm wikkelde, de wond bekeek en zei dat ze geluk had gehad dat er geen zenuwen beschadigd waren. Toen de wond was schoongemaakt, werd het gordijn opengetrokken en verscheen er een vrolijke arts met kerstlintjes in haar haar. 'Hallo! Zullen we je dan maar meteen gaan hechten?'

Lou werd ineens weer duizelig en ze voelde de kleur wegtrekken uit haar gezicht. Wat gênant. Ze slikte en ademde diep uit, en de dokter begon te lachen. 'O, ben je er zo eentje? Mijn man is ook zo'n angsthaas! Denk je dat je flauw zult vallen? Is dat je man in de wachtruimte? Wil je dat we hem erbij halen zodat hij je hand kan vasthouden?'

Je man. Stel je voor dat dat zo zou zijn. Alleen omdat het zo opwindend aanvoelde, verbeterde Lou haar niet. 'Nee, het gaat wel.'

En het ging ook, omdat ze haar kaken op elkaar klemde en de andere kant uit keek en de nagels van haar rechterhand in haar handpalm drukte. Om haar af te leiden kletste de arts wat over het huwelijk en echtgenoten in het algemeen, en Lou slaagde erin om te knikken en glimlachen en niet flauw te vallen. Toen haar pols stevig was verbonden, werd ze teruggebracht naar de wachtruimte waar de arts tegen Remy zei: 'Zo, klaar! Je vrouw was erg moedig!'

Wat enigszins ongemakkelijk was, maar iets wat waarschijnlijk continu gebeurde in ziekenhuizen. Gelukkig kromp Remy niet ineen van afschuw en riep hij ook niet zoiets als: 'O mijn god, ben je wel goed bij je hoofd? Denk je echt dat ik met háár zou trouwen?'

Hij zei alleen maar: 'Heel erg bedankt,' en wierp de arts een van zijn onweerstaanbare glimlachjes toe waarmee hij op school al vele harten had doen smelten.

'Waar is de handdoek?' vroeg Edgar toen hij de voordeur opende en haar keurig verbonden pols zag.

'Die was niet meer te redden. Maar met mij gaat het goed,' antwoordde Lou. 'Aardig dat je ernaar vraagt.'

'Het was mijn lievelingshanddoek.'

'Het spijt me. Ik koop wel een nieuwe voor je.'

'Waar gaat hij heen?' Edgar keek Remy na die wegreed.

'Naar huis, naar zijn vriendin. Sammy voelt zich beter, dus hij komt morgen helpen om de kamer af te maken.'

'Nou, maar goed dat het je linkerarm was. Nu kun je tenminste gewoon werken.'

Echt, die man was niet goed bij zijn hoofd. 'Ik weet het,' zei ze. 'Daar mogen we heel blij om zijn.'

24

Kerst was achter de rug. Voor Della was het een behoorlijk rustige kerst geweest, maar op een onverklaarbare manier toch een dure. Het was nu 29 december en ze was weer op Walton House, waar ze stiekem hoopte de man van haar dromen te ontmoeten, hoewel ze tegelijkertijd het gevoel had dat dat niet zou gebeuren. Ze had nu al zin om te vluchten, om te ontsnappen aan Eddie's overdreven behoefte om haar in de watten te leggen.

'Luister, het is heel mooi,' zei ze, terwijl hij haar trots de logeerkamer liet zien, 'echt prachtig gedaan, maar de geur van verf is behoorlijk sterk... Daar krijg ik alleen maar hoofdpijn van. Het lijkt me beter dat de chauffeur ons na het feest gewoon weer naar huis brengt.'

'We kunnen de ramen openzetten.' Edgar klonk wanhopig, en de moed zonk haar in de schoenen; hij had zich zichtbaar erg op haar komst verheugd. Uit zijn berichtjes had ze al kunnen opmaken dat hij hoopte dat ze er morgen ook nog zou zijn, wanneer de beproeving van het feest achter de rug was. 'Of anders mag je mijn kamer wel, als dat...'

'Eddie, dat is erg aardig aangeboden, maar Tom en Fia willen ook graag vanavond weer terug... Je weet hoe het is, afspraken, dingen die moeten gebeuren.' Dat was gelogen, maar Tom kon dan wel steeds zeggen dat ze haar banden met Eddie moest aanhalen, hij was niet degene die gedwongen was tijd door te brengen met een man van eenentachtig die toch al nooit erg goed was geweest in een gesprek voeren. Eerlijk gezegd was ze liever weer op Tinder gegaan, in de hoop daar iemand te ontmoeten die niet alleen rijk was, maar ook meer van haar eigen leeftijd, hoewel de mannen van in de zestig tegenwoordig alleen belangstelling leken te hebben voor vrouwen van in de veertig.

Nou ja, ze waren er nu, en hopelijk zou het feest toch nog een beetje leuk worden. En op de terugweg naar huis konden ze tenminste lekker slapen op de achterbank van de limo.

Alleen, zoals de zaken er nu voorstonden, zou de flat aan Frobisher Square niet lang meer hun huis zijn. Werkelijk, waarom moest alles altijd zo moeilijk zijn? En zo duur?

Het huis was snel volgestroomd met gasten, terwijl Lou in de keuken toezicht hield op het personeel dat was ingehuurd om met hapjes en drankjes rond te gaan. Het eten zag er goed uit en rook lekker, het huis was feestelijk versierd en de gasten waren opgetogen dat ze Walton House eindelijk van binnen konden zien en daar ook nog gratis drank bij kregen geserveerd.

Ineens zei een stem achter haar: 'Ah, daar ben je. Ik heb je overal gezocht,' en Lou's hart maakte een sprongetje, want ze had niet geweten dat hij er al was.

'Kom hier.' Tom sloeg zijn armen om haar heen en kuste haar. 'Je ziet er fantastisch uit.'

Vergeleken bij hun eerste ontmoeting was dat inderdaad zo. Vanavond droeg ze een rode fluwelen jurk met een diepe v-hals en een stuk of wat zilveren kettingen over wat eigenlijk geen echt decolleté genoemd kon worden. Haar pas gewassen haren vielen als een blond gordijn op haar schouders en haar make-up bestond uit zilveren oogschaduw, zwarte eyeliner en zwarte mascara en een soort beige-achtige lippenstift omdat ze er met rode na een tijdje altijd een beetje als de Joker ging uitzien.

'Jij mag er ook zijn.' Ze deed een stap naar achteren om zijn felblauwe overhemd, zwarte jasje en strakke zwarte broek te bewonderen.

Hij wees naar haar verbonden onderarm. 'Wat heb jij nou weer gedaan?'

'Ik ben van een ladder op een stanleymes gevallen, hoe dom kun je zijn? Terwijl ik een van de slaapkamers aan het schilderen was voor je moeder,' vertelde ze. 'Maar hij is nu klaar en ziet er prachtig uit.'

'Alleen blijven we niet,' zei Tom. 'We gaan vanavond weer terug.'

'O!' Al dat harde werken voor niets. Om maar te zwijgen van de hechtingen.

'Hé, kijk niet zo teleurgesteld.' Hij boog zich naar haar toe en fluisterde in haar oor: 'We kunnen straks altijd stiekem even naar boven gaan om hem in te wijden.'

Maakte hij nou een grapje of meende hij het? Ze zag heus wel dat de andere vrouwen bewonderende blikken in zijn richting wierpen. Ze pakte een drankje van het dienblad van een passerende ober en veranderde snel van onderwerp: 'Hoe was je kerst?'

'Ach, gewoon, de gebruikelijke chaos en gekte. En die van jou?'

'Rustig. Maar leuk.' Ze had de middag doorgebracht in Riverside Cottage, maar omdat ze zich toch schuldig was gaan voelen omdat Edgar in zijn eentje zat, was ze meteen na het eten naar huis gegaan om een poosje bij hem te zitten. Niet dat hij het gebaar op prijs leek te stellen, maar zelf had ze zich er beter door gevoeld. Ze had die avond zelfs nog een berichtje naar Tom gestuurd om hem een prettige kerst te wensen, maar had geen antwoord gekregen. Nou ja, als kerst bij hem een gekkenhuis was geweest, had hij daar natuurlijk geen tijd voor gehad.

'Het zou nog leuker zijn geweest als jij bij me was geweest.' Hij kuste haar hals. 'Ik heb je gemist. Weet je zeker dat je me niet je kamer wil laten zien?'

'Ik moet de cateraars een beetje in de gaten houden.' Haar aandacht werd afgeleid door gestommel op de eerste verdieping en toen ze omhoogkeek, zag ze Edgars traplift als vanouds zoemend en bonkend naar beneden komen, alleen zat niet Edgar erop, maar iemand anders.

'Woe-hoeoe!' gilde de roze verschijning, zwaaiend met haar armen en schoppend met haar benen, terwijl de traplift langzaam naar beneden ging.

'Wie is dát?' vroeg Lou.

Toen ze naar Tom keek, rolde hij met zijn ogen. 'Dat is mijn zus.'

Aan de andere kant van de volle hal stonden Sammy en Jess met vrienden uit de pub te praten. Toen Sammy het hoge 'woe-hoeoe' hoorde, draaide hij zich om om te kijken wie al die herrie veroorzaakte.

Even kostte het hem moeite om het verband te leggen. Het meisje had lang roze-wit gestreept haar en ze droeg een strakke roze catsuit met lovertjes. Ze was opmerkelijk mooi en had ook beslist geen gebrek aan zelfvertrouwen, want ze zwaaide zo hard met een fles wijn en schopte zo woest dat een van haar hoge hakken de lucht in vloog.

Sammy fronste, want hij wist zeker dat ze niet uit de buurt kwam. Toch kende hij haar ergens van. Misschien van tv of internet?

Toen de traplift tot stilstand kwam op de grond, sprong het meisje in het roze eraf, raapte haar gevallen stiletto op en maakte een dansje waarbij haar borsten in haar gedecolleteerde outfit deinden.

Naast hem zei Jess: 'Nou, die is nog eens verlegen,' en ineens wist hij het weer. De deinende borsten deden het.

'De laatste keer dat ik haar zag, was in september,' vertelde hij. 'Ze flashte op straat met haar tieten naar me.'

Jess' mond viel open. 'Wat, hier in Foxwell?'

Sammy schudde zijn hoofd. Hij kreeg het ineens bloedheet. Hij had geen idee wat ze hier deed, maar stel dat dit het lot was dat hem een tweede kans bood?

'In Brighton.'

'O, daar ben ik weleens geweest.' Jess knikte wijs. 'In Brighton doen ze dat allemaal.'

'Hoi,' zei Sammy. 'Hallo, weet je nog wie ik ben?'

Het meisje in het roze stond net reuzengarnalen uit een vol-au-vent te peuteren en legde het pasteitje op het bord van iemand anders. Ze trok verbaasd haar wenkbrauwen op. 'Nee, maar dat ligt niet aan jou, hoor. Ik vergeet continu mensen.' Nadat ze zijn gezicht even had bestudeerd, vroeg ze op weifelende toon: 'Zijn we... zijn we met elkaar naar bed geweest?'

'Nee. Nee!' Sammy voelde dat hij een rood hoofd kreeg.

'Oef. Nou, dat is een hele opluchting.' Ze schonk hem een betoverende glimlach. 'Ik bedoel, ik wil je niet beledigen, maar ik val meestal op mannen die wat... nou ja...'

Hij knikte. 'Ja, dat weet ik. En logisch ook.' Ze was echt

prachtig en hij kon niet anders dan realistisch zijn. 'Je hebt me drie maanden geleden horen spelen op een festival in Brighton. Je vond me toen heel goed.'

'O echt? Weet je zeker dat ik dat was?'

'Natuurlijk. Zo'n gezicht als het jouwe vergeet je niet snel. Je vertelde me dat je vriend een producer was,' bracht hij haar in herinnering. 'Ik heb je toen een flyer van mij gegeven, zodat je die aan hem kon laten zien. Maar toen kotste er een of andere kerel over je schoen en moest je die flyer gebruiken om je schoen mee af te vegen.'

'Langzaam begint me iets te dagen.'

'En toen flashten jij en je vriendinnen met jullie borsten naar me.'

'Oké, dat moeten wij zijn geweest.'

'Ik kan nauwelijks geloven dat je hier bent. Wie bén je?' En nog belangrijker: was haar vriend echt wie ze had gezegd dat hij was?

'Ik ben... klaar voor mijn volgende drankje.' Ze zette haar lege fles neer en pakte een glas van het dienblad van een passerende serveerster. Terwijl ze ermee tegen Sammy's glas tikte, zei ze: 'Proost. Ik heet Fia. Mijn moeder kent die ouwe vent die hier woont van vroeger en heeft ons hiermee naartoe gesleept. Dat is mijn broer daar, die staat te praten met dat meisje met die platte tieten, in de rode jurk.'

Sammy legde het tweede verband. De broer was Tom, die een paar weken geleden Lou's aandacht had getrokken in Val's Café. Hun moeder was Della Lucas, de glamoureuze vrouw die jaren geleden vaak op tv was geweest; hij had haar al even gezien. In de volle salon had ze naast Edgar gestaan, hoewel haar aandacht volledig was gericht op Steve Crane, de eigenaar van een plaatselijk transportbedrijf die graag met zijn dure horloges pronkte.

'Ze zou echt een borstvergroting moeten laten doen,' vervolgde Fia. 'Ik kan haar wel de naam van mijn chirurg geven als ze zelf niemand kent. Hij is fantastisch.'

Dat betekende dat Sammy nu werd gedwongen om vooral niet naar Fia's decolleté te kijken. 'Ik denk niet dat ze grotere borsten wil. Bovendien is dat toch te duur voor haar.'

'Ach kom, het kost maar een paar duizend pond en wie wil er nou niet van die prachtige borsten zoals die van mij?'

Er nog steeds niet naar kijkend veranderde hij van onderwerp. 'Kun je je me echt niet meer herinneren uit Brighton? Je vond mijn muziek te gek.'

'Dat zal vast wel. Ik heb alleen zo'n slecht geheugen.'

Hij schraapte zijn keel en begon zacht te zingen: *'You're an angel, my angel, my long-lost angel in the snow...'*

Fia's gezicht bleef volkomen blanco.

Omdat hij voelde dat hij haar kwijtraakte, zei hij snel: 'Wacht even, niet weggaan. Ik ben zo terug.'

Want soms gaf het lot je een tweede kans en alleen een complete malloot zou die door zijn vingers laten glippen.

Hij rende naar buiten, naar zijn bestelbusje op de oprijlaan. Hoewel Edgar niet al te enthousiast had gereageerd op zijn aanbod om vanavond wat te spelen, had hij zijn gitaar toch meegenomen, voor het geval dat. Het slot van zijn busje was bevroren en hij moest er met zijn hete adem tegen blazen voordat hij zijn sleutel erin kreeg. Vervolgens gleed hij ook nog bijna uit toen hij terugrende naar het huis. Hij had Fia nog niet durven vragen wie haar vriend was, maar zij en haar vriendinnen hadden na afloop van het concert in Brighton staan kletsen en hij wist bijna zeker dat hij de naam Shiv had opgevangen.

En er was maar één beroemde muziekproducer die zo heette. Als het echt Shiv Baines was, dan zou toch iedereen deze kans proberen te grijpen?

Hij liep weer naar binnen. In de volle hal zag hij haar niet meer, en daarom liep hij door naar de salon. En daar stond ze, shotjes achterover te slaan met een paar luidruchtige spelers van het plaatselijke rugbyteam. Hij perste zich langs de andere gasten heen, sloeg de openingsakkoorden aan en begon toen 'Angel in the Grass' te zingen, wat hem op boegeroep van de rugbyers kwam te staan. Maar hij ging gewoon verder en zong vol overgave door. Nu lette Fia ineens wel op hem. Ze knikte en zwaaide met haar armen en zong zelfs de laatste woorden van het refrein mee. Toen klapte ze en riep: 'Ik weet het weer! Je bent echt goed!'

Goed was oké, maar ongelooflijk of geniaal zou natuurlijk beter zijn geweest. Hoopvol flapte hij eruit: 'Als ik je nog een van mijn flyers geef, zou je die dan aan je vriend willen geven?'

Wie niet waagt, die niet wint.

Ze keek hem verwonderd aan. 'Als je dat wilt. Maar ik denk niet dat hij naar je wil komen luisteren. Hij haat muziek.'

'Hij is muziekproducer.' Sammy knipperde met zijn ogen. 'Dan kan hij muziek toch niet haten?'

'O, ik snap het al. Mijn vriend is beeldhouwer. Daarvoor had ik iets met Shiv Baines,' legde ze uit. 'Maar dat is uit.'

Typisch. Er zo dichtbij zijn en dan dit. 'Oké,' zei hij.

'Hij is niet zo van de vaste relaties,' vervolgde Fia.

Dat was hem niet onbekend. Iedere keer dat hij in de krant een foto van Shiv Baines zag, leek hij een ander meisje aan zijn arm te hebben. 'O. Nou ja, laat dan maar.'

'Maar hij geeft fantastische feesten. Ik verheug me zo op zijn oudjaarsavondfeest in de Duquesa Club.'

'Daar ga je naartoe? Ook al is het uit?'

'Natuurlijk ga ik. Het wordt te gek. Shiv kent iedereen.' Fia stopte en nam hem ineens onderzoekend op. 'Weet je, je hebt een heel interessant gezicht. Je bent niet echt mooi, maar je hebt iets schattigs. En dat nummer van je vind ik echt goed, het zit nog steeds in mijn hoofd.' Ze zweeg weer even en voegde er toen aan toe: 'Ik bedenk ineens iets. Als je hem wilt leren kennen, moet je gewoon naar dat feest komen.'

'Ja hoor.' Hij lachte, want dit was echt compleet belachelijk.

'Nou ja, als je niet wilt dan niet.' Ze haalde haar schouders op. 'En je hebt dan waarschijnlijk al wat anders te doen. Maar ik dacht gewoon: als je zin hebt, kun je wel mee als mijn introducé.'

25

Lou danste met Tom en voelde zich gelukkig en aantrekkelijk toen zijn zus hem ineens op de schouder tikte.

'Ik heb iets heel stoms gedaan,' verkondigde Fia. 'Ik heb hulp nodig.'

Lou schrok, want een uur geleden had Sammy haar dolgelukkig verteld over Fia's uitnodiging. Ze hoopte maar dat Fia er geen spijt van had en een excuus zocht om hem niet te hoeven meenemen naar het oudjaarsfeest van Shiv Baines.

'Daar gaan we weer.' Tom richtte zich tot Lou. 'Als ze medailles zouden uitreiken voor het maken van stomme fouten, dan zou Fia Olympisch goud winnen.'

'Het is mijn catsuit, hij zit verschrikkelijk. Ik weet dat de lovertjes aan de buitenkant zitten, maar aan de binnenkant voel ik de draadjes waar ze aan vastzitten en ik ga dood van de jeuk. Iedere keer dat ik me beweeg is het alsof ik door duizenden wespen wordt aangevallen. Ik kan er echt niet meer tegen... Moet je zien!' Fia trok de rits aan de voorkant iets open om haar geïrriteerde huid te laten zien.

'Kom maar even met mij mee naar boven,' zei Lou. 'Ik heb vast wel iets wat je past.'

Tom grinnikte. 'Dus ik had alleen maar over mijn lovertjes hoeven klagen om met je mee naar boven te kunnen? Nou, dan zeg ik het je nu: mijn lovertjes kriebelen vreselijk.'

Boven trok Lou haar klerenkast open, terwijl Fia de lastige catsuit van zich afpelde. 'Oef, dat voelt al beter. O god, waar zijn al je andere kleren?'

'Dit zijn mijn kleren. Dit is alles wat ik heb.'

'Maar je hebt bijna niks! Ik neem nog meer mee dan dit op een vakantie van een week. Nou ja, niet echt, want het zijn niet echt kleren die ik op vakantie zou willen dragen. O, sorry! Dat is onbeleefd van me. Dat gaat altijd zo bij mij, ik wil het niet, maar dan komen de woorden er zomaar uit. Laat me eens kijken.'

Nadat Fia de schamele garderobe van Lou had geïnspecteerd, trok ze een zwarte legging en een strak zwart T-shirt aan. Ze bekeek zichzelf in de spiegel. 'Hm, niet echt mooi, maar ik kan moeilijk naakt naar beneden gaan. Heb je een schaar?'

Drie minuten later was het T-shirt totaal verknipt. Fia had de mouwen verwijderd, de hals in een asymmetrische V geknipt en het heuplange shirt zodanig ingekort dat het nu net tot onder haar smaragdgroene beha kwam.

'Stukken beter.' Ze draaide een rondje. 'Je vindt het toch niet erg dat ik erin heb geknipt? Hoe duur was hij?'

Het was Lou's lievelingsshirt geweest, maar goed, dit was de zus van Tom. En bovendien had ze het voor maar een paar pond aangeschaft in een tweedehandswinkel.

En Fia deed iets voor Sammy wat voor geen goud te koop was.

'Nee, hoor. Dat geeft niks. En je hoeft me er ook niet voor te betalen. Het staat je fantastisch zo.'

'Dank je. En eerlijk gezegd was ik ook niet van plan om je ervoor te betalen, want ik heb geen cash bij me,' zei Fia. 'Ik dacht dat je mijn catsuit misschien wel als ruil wilde hebben.'

Lou barstte in lachen uit. 'Lief van je, ik heb altijd al willen weten hoe het is om door duizenden wespen te worden gestoken.'

Op de overloop bleven ze even staan om naar de mensen in de drukke hal te kijken. Lou leunde iets over de balustrade en zag Sammy en Jess staan, verder Moira van de supermarkt en daar had je Remy en Talli die stonden te praten met...

'Wat is dat voor geluid? Het klinkt als krabben.' Fia ging weer rechtop staan en volgde het geluid over de overloop naar Edgars slaapkamerdeur.

Lou riep snel: 'Niet opendoen. Hij haat mensen en lawaai...'

Zoals te verwachten viel negeerde Fia haar. Wat minder te verwachten viel, was dat ze een paar seconden later met Captain Oates in haar armen de kamer weer uit kwam.

En het schokkendst was nog wel dat ze met haar neus over die van Captain Oates wreef en dat hij de hare wreef, zo te zien volop genietend.

'Mijn god, wie ben jij?' vroeg Lou verbaasd aan de hond. 'En wat heb je met de echte Captain Oates gedaan?'

'Hij is een schatje,' riep Fia uit, terwijl ze nog steeds met haar neus over die van Captain Oates wreef.

Lou stak waarschuwend een hand op. 'Pas op, soms kan hij ineens uitvallen.'

Als om haar woorden kracht bij te zetten ontblootte Captain Oates zijn tanden tegen Lou.

'O, maar ik ben dol op hem. Tegen mij valt hij heus niet uit.'

Was het raar om een steek van jaloezie te voelen omdat de hond duidelijk de voorkeur gaf aan Fia? Lou probeerde het niet erg te vinden, maar het voelde wel bijzonder oneerlijk, vooral omdat zij degene was die steeds alle drollen van Captain Oates moest opruimen.

'Hij vindt jou ook leuk,' zei ze, terwijl de hond kwispelde en Fia's wang likte. Dit was echt ongelooflijk! 'Maar hij houdt echt niet van mensenmassa's en lawaai. Edgar zei dat hij boven moest blijven.'

'Nou, dat zal dan wel. Maar wat een snoepje, hè? Ik zal je

even terugbrengen, schatje... O, maar wat zou je er leuk uitzien in een of ander sprookjeskostuum!'

Captain Oates gaf haar nog een likje over haar wang en Fia kuste hem voor de laatste keer op zijn neus.

Toen Captain Oates weer in zijn mand in Edgars kamer lag, gingen ze naar beneden. Fia's nieuwe outfit trok bijna net zoveel aandacht als de roze catsuit met lovertjes. Met een blik op de gekartelde rand van haar mini-topje vroeg Sammy: 'Heeft Captains Oates dat gedaan?'

Met grote ogen vroeg Fia: 'Waarom doet iedereen alsof die hond een monster is? Hij is een schatje!'

Het was altijd leuk om nieuwe mannen te leren kennen. Nou ja, het was leuk als ze interessant waren. Maar Della kwam tot de ontdekking dat het niet zo eenvoudig was als je Edgar de hele avond in je nek had hijgen.

Nou ja, niet letterlijk, maar hij week geen seconde van haar zijde en gaf haar niet de kans ook maar even aan hem te ontsnappen. Het was ook tot haar doorgedrongen dat hij de meeste van zijn gasten niet kende, maar dat ze hem allemaal wel kenden. Tenminste, ze wisten wie hij was. Steeds als ze weer een nieuw groepje benaderden, stelde hij haar trots voor als Della en wachtte dan tot de anderen zich aan haar voorstelden. Het was een bijzonder vreemd scenario; Edgar was altijd al introvert geweest, maar sociale interactie was blijkbaar met de jaren steeds moeilijker voor hem geworden.

Ze deed echter haar best. Ze was vriendelijk tegen iedereen, vooral tegen een paar mannen van in de zestig die in goeden doen leken en van wie de ogen waren opgelicht toen ze haar zagen. Maar het was echt een opluchting dat ze zo weer weg kon. Rond elf uur zou ze doen alsof ze doodop was en Fia en Tom te kennen geven dat het tijd was dat ze ontsnapten naar de auto die buiten op hen stond te wachten. Tom wilde ook graag vanavond nog terug, want zijn nieuwste vriendin zou morgen heel vroeg aankomen uit Italië.

Della slaakte een zucht. Kerst was voorbij en januari dreigde de deprimerendste maand ooit te worden. Ze had geen rooie cent meer en wist niet wat ze eraan moest doen. Tom drong er steeds bij haar op aan om Eddie om een lening te vragen, maar dat was gemakkelijker gezegd dan gedaan, want hoe zou ze hem ooit kunnen terugbetalen? Wat haar zoon betrof, hoefde ze zich daar geen zorgen over te maken, maar zo slecht was ze nu ook weer niet.

Nog niet. Het was een glibberig parcours. Ze wist niet hoelang ze nog fatsoenlijk kon blijven.

'Hallo, ik ben Belinda,' zei een vrolijke vrouw, en het drong tot Della door dat Eddie met haar stond te pronken bij weer iemand anders, terwijl zij er even niet met haar gedachten bij was geweest. 'Ik run de krantenzaak op High Street.' Enthousiast schudde de vrouw haar hand. 'Ik ben een groot fan van je, toen ik klein was keek ik altijd naar dat spelprogramma waar je in zat. Ik vond je toen zo mooi... O god, sorry, je bent nog steeds mooi, hoor!'

Della perste er een glimlach uit. Ze was wel gewend aan dit soort commentaar. Als ze vijf pond had gekregen voor iedere keer dat ze woorden van die strekking had gehoord, zou ze nu geen geldzorgen hebben. Maar ze knikte en zei charmant: 'Dank je. Heel leuk om je te leren kennen.'

Belinda, zichtbaar opgetogen, pakte haar telefoon. 'Mijn moeder wordt helemaal gek als ik haar vertel dat ik je heb ontmoet. Mag ik een selfie met je maken? Dan kan ik die aan haar laten zien.'

Della voelde gewoon dat Edgar naast haar bijna uit elkaar barstte van trots. Ze was toch geen slecht iemand? Ze was hiernaartoe gekomen uit de goedheid van haar hart, om hem een plezier te doen. Bood hij maar gewoon aan om haar geld te lenen, dat zou veel makkelijker zijn dan erom te hoeven vragen.

Met haar beroemde brede glimlach sloeg ze haar arm om Belinda van de krantenzaak heen en zei opgewekt: 'Natuurlijk schat, geen enkel probleem!'

Het was bijna elf uur en enkele van de oudere gasten begonnen al te vertrekken. Al met al was de avond een succes geweest. Lou, die zich tussen de groepjes door bewoog en glazen aan het verzamelen was, zag dat Talli niet goed wist waar ze haar lege bord moest neerzetten. Ze liep snel naar haar toe en zei: 'Geef mij maar.' Meteen daarna voelde ze een hand op haar elleboog.

Even kon ze de aantrekkelijke brunette in een grijs zijden pak niet plaatsen. Toen zei de vrouw lachend: 'Mensen herkennen me nooit als ik mijn doktersjas niet aan heb! Hallo, hoe gaat het met je arm? Al beter? Ik hoop dat die man van jou je wel een beetje helpt met alles.'

O, fijn. Lou kreeg het warm. Talli keek haar met een vragend lachje aan. En ja, hoor, Remy koos uitgerekend dit moment uit om zijn gesprek te beëindigen en naar hen toe te lopen.

'Het gaat prima met mijn arm,' zei Lou. 'Maar dat ik jou uitgerekend hier zie... Ken je Edgar dan?'

'Helemaal niet! Mijn man is een van die wilde rugbyspelers daar. Hoi,' vervolgde ze tegen Remy. 'Ik ben degene die je vrouws arm heeft gehecht vorige week. Ik zei net tegen haar dat ik hoopte dat je haar thuis een beetje helpt terwijl zij herstellende is.'

'Wauw.' Talli keek geamuseerd. 'Zijn jullie stiekem getrouwd? Dat wist ik niet.'

Tegen de arts zei Lou: 'We zijn niet getrouwd,' maar helaas voelde ze dat ze erbij bloosde. Het hielp niet echt dat Remy nu ook lachte.

'Nee? O, sorry! Ik dacht dat je dat zei. Mijn fout. Hoe dan

ook, ik ben blij dat je aan de beterende hand bent.' De arts verdween weer in de drukte.

'Nou,' zei Talli luchtig, 'ik snap niet hoe ze kan denken dat jullie een paar zijn. Als ze dat soort fouten maakt, weet ik niet of ik wel door haar behandeld zou willen worden. Misschien amputeert ze per ongeluk wel het verkeerde been of zo.'

Tien minuten later danste Lou in Toms armen op langzame muziek toen Della vanaf de andere kant van de kamer naar haar wuifde om haar aandacht te trekken. Net nu ze zo lekker bezig was.

'Er zijn maar weinig meisjes die dit met me doen,' fluisterde Tom in haar oor, 'maar jou is het gelukt. Ik moet continu aan je denken.'

En nu kuste hij haar hals en het voelde ongelooflijk fijn. Lou zag dat Talli en Remy ook dansten. Talli zei iets in Remy's oor en Remy keek even Lou's kant uit. Had Talli soms iets over haar gezegd? Of keek hij gewoon naar haar en luisterde hij helemaal niet naar wat Talli zei? Een fractie van een seconde stelde ze zich voor dat het Remy's lippen waren die ze op haar hals voelde en niet die van Tom. Allemachtig, wat bezielde haar? Ze moest echt stoppen met die fantasieën, en iedereen wist wat de beste manier was om dat te doen.

'Je hoeft vanavond niet terug,' zei ze zacht. 'Je kunt altijd blijven.'

Tom liet zijn wijsvinger over haar wang glijden. 'Zeg dat nou niet. Ik zou heel graag blijven, maar dat kan niet. Ik heb morgen heel vroeg een ontbijtafspraak in het Wolsely, en het is een belangrijk gesprek voor me.' Hij liet haar los en draaide zich om naar Della die bij hen kwam staan. 'Mam. Alles in orde?'

'Ik ben kapot, schat. Echt totaal uitgeput. Het was ontzettend leuk, maar we moeten nu echt gaan.' Della keek om zich heen. 'Alleen kan ik Fia nergens vinden. Ze doet weer een van haar verdwijntrucs. Heb jij haar ergens gezien?'

'Al een tijdje niet meer. Misschien is ze buiten,' zei Tom.

'Maar het is ijskoud.'

'Ik weet misschien wel waar ze is, ik ga wel kijken,' zei Lou.

Fia was niet in Edgars kamer. En Captain Oates was daar ook niet. Lou liep over de overloop en keek in alle kamers. Toen ze de deur van de gele kamer opende, de kamer die zo ijverig voor Della was klaargemaakt, lag Fia op bed te slapen, op haar zij, met Captain Oates tegen haar borst geklemd. Toen Lou zich over haar heen boog om zacht aan haar schouder te schudden, opende Captain Oates één oog en ontblootte halfhartig zijn puntige tanden.

Fia mompelde: 'Ga weg.'

'Je moeder zoekt je. Ze gaan zo weg.'

'Nou en, laat ze.'

'Maar je kunt hier niet blijven.' Lou schudde nog een keer aan haar schouder. 'Je moet naar huis.'

'Grrrr,' zei Captain Oates, terwijl hij zich nog wat dichter tegen Fia aan nestelde.

'Laat me met rust.' Fia hield haar ogen dicht. 'Anders bel ik de politie.'

Weer beneden zei Lou: 'Ze slaapt. Er was geen beweging in te krijgen.'

'O, typisch Fia.' Della slaakte een zucht. 'Als ze eenmaal slaapt, kan zelfs een kudde olifanten haar niet uit bed slepen. Goed, dan laten we haar hier. Dan zal ze morgen op eigen houtje naar huis moeten zien te komen. Kom schat, laten we gaan... O, daar heb je Eddie. Ik denk dat we beter even afscheid kunnen nemen.'

Buiten bleven Lou en Tom nog even in de deuropening staan, terwijl de chauffeur de limo opwarmde en Edgar van de gelegenheid gebruik maakte om Della zijn nieuwe auto te laten zien.

'Het is een Bentley,' zei hij trots.

'Die vriend van je met wie ik vanavond even heb gepraat, Steve Crane, vertelde me dat hij er ook zo eentje had. Een zilverkleurige.'

Lou keek naar Edgar die zichtbaar geen flauw idee had wie Steve Crane was.

'Die van mij is mooier,' zei hij. 'Moet je eens zien, zo strak als hij in de lak zit. En hij heeft nog geen tienduizend kilometer gereden.'

'Nou, bij de Mini vergeleken is het een verbetering.' Theatraal rillend trok Della de kraag van haar jas wat hoger. 'Ik heb het koud. En ik ben moe. Tom, ben je klaar? We moeten gaan.'

'Ik wou echt dat ik kon blijven.' Tom kuste Lou, schudde toen spijtig zijn hoofd en streelde haar wang. 'Maar het moet. Hopelijk tot gauw.'

Hij was ontzettend leuk. En hij kon goed kussen. Ze keken allebei naar Della die Edgar snel even omhelsde en daarna twee luchtkusjes naast zijn wangen gaf.

Lou zei: 'Dat hoop ik ook.'

26

De ochtend na Edgars feest was Sammy vroeg opgestaan om pakketten op te halen bij het depot en die allemaal voor de middag af te leveren. Terug in Foxwell stopte hij even bij Val's café om een paar warme kippasteitjes te kopen, eentje voor hem en eentje voor Jess, die ook aan het werk was.

Toen hij bij de antiekzaak aankwam, hoorde hij Fia Lloyds stem al nog voordat hij haar zag.

'Ik ben verliefd. Dat is het, compleet verliefd! Ik moet hem gewoon hebben!'

De deur viel achter hem dicht en Sammy zag dat ze op een idioot barokke troonachtige stoel zat, bekleed met blauwgroen fluweel, en het houtwerk fuchsiaroze geschilderd met hier en daar vergulde stukjes.

Het was geen antieke stoel, en je kon hem ook niet echt subtiel noemen, maar Sammy wist dat Jess' oom hem een maand geleden had verkregen uit een boedelopkoop en er sindsdien vanaf wilde. Iedereen die de winkel in kwam, ging voor de grap meteen op de stoel zitten, maar tot dusver had niemand hem willen kopen.

'Hoi.' Fia wuifde toen ze Sammy zag. 'Wat toevallig dat ik jou hier zie. Vind je ook niet dat ik deze prachtige stoel moet kopen? Hij is echt helemaal mij!'

'Zeker weten. En ik vind dat je hem gewoon moet kopen.' Zo, nu zou Harry ook weer tevreden over hem zijn.

Fia snufte. 'Wat heb je daar? Het ruikt verrukkelijk! Mag ik er ook eentje?'

'Kippasteitjes. Ik heb er eentje voor Jess gekocht en een voor mezelf.' Sammy wierp een blik op Jess, die een kast in de was aan het zetten was. Hij voelde zich verscheurd, hij was al zes uur op en zijn maag rammelde. Aan de andere kant: dit was wel Fia Lloyd. Maar wist ze eigenlijk nog wel wat ze hem gisteravond had beloofd?

'Alsjeblieft.' Hij gaf haar een van de zakjes. 'Hoe gaat het met je? Lou vertelde dat je gisteravond knock-out bent gegaan in een van de logeerkamers.'

'Ik had ontzettend veel gedronken. Maar gelukkig heb ik nooit een kater,' vervolgde ze vrolijk. 'Weet je, ik denk dat ik deze stoel wat kan oppimpen en dan met winst verkopen.'

'Volgens mij is hij al behoorlijk opgepimpt,' merkte Sammy op.

'Jemig, zoveel kan ik niet betalen.' Fia keek fronsend naar de prijs.

'Ik wil er wel tweehonderd af doen,' zei Jess meteen. 'Omdat jij het bent.'

'Deal!' Fia klapte in haar handen en zei toen: 'Maar dan moet je hem wel in Londen afleveren.'

Jess schudde haar hoofd. 'Sorry, maar dat gaat niet.'

Sammy dacht snel na. 'Hoe ga je naar huis?'

'Ach, wie zal het zeggen? Ik denk dat ik de trein neem.' Ze droeg geleende regenlaarzen en het verknipte shirt en de legging van gisteravond met daarover een van Edgars vele grijze kasjmier vesten.

'Het zal niet goedkoop zijn om de stoel naar Londen te verzenden. Als je wilt, kan ik je wel naar huis rijden. Met mijn bestelbusje, dan kan de stoel meteen mee.'

'Deal!' zei Fia nog een keer triomfantelijk, terwijl achter haar Jess Sammy met opgetrokken wenkbrauwen aankeek.

Sammy zei: 'Ach, waar heb je anders vrienden voor? Het is het minste wat ik kan doen nu je beloofd hebt me op oudjaarsavond te introduceren bij Shiv Baines.'

Met ingehouden adem wachtte hij af. Hij zag dat Fia met haar ogen knipperde terwijl het haar langzaam begon te dagen. Hij zag ook dat ze de voor- en nadelen van zijn voorstel tegen elkaar afwoog. Toen keek ze naar de bruine papieren zak in haar hand, vervolgens weer naar Sammy en zei: 'Tuurlijk. Geen probleem.'

Jess vroeg: 'Dus je koopt de stoel? Fantastisch. Hoe wil je betalen? Pinnen of cash?

'Eh, met creditcard.' Fia pakte drie creditcards uit haar tas. Ze wachtten allemaal met ingehouden adem af, terwijl Jess met het pinapparaat kwam aanlopen. De eerste twee kaarten werden geweigerd. De derde deed het gelukkig wel.

Toen de stoel was ingeladen, slikte Fia haar laatste hapje kippastei door en veegde haar handen af aan haar zwarte legging. Ze keek Sammy aan. 'Zo, klaar. Zullen we gaan?'

Terwijl Fia alvast in het busje ging zitten, nam Sammy snel

afscheid van Jess. 'Je bent in elk geval van die stoel af. Dat zal Harry wel fijn vinden.'

'Ik hoop dat ze haar belofte nakomt.' Het klonk alsof ze eraan twijfelde.

'Ik blijf in Londen, ik slaap wel in de bus en dan kom ik op nieuwjaarsdag weer terug. Vind je dat goed?' Hij wilde zo graag dat ze het begreep; dit was iets wat hij gewoon moest doen, het was een kans die hij echt niet kon laten lopen.

Ze sloeg haar armen om hem heen. 'Ik hoop alleen maar dat het wat wordt. Ik zal je missen.'

'Ik jou ook. Maar het is het waard. Gelukkig nieuwjaar alvast.'

Fia had het autoraampje naar beneden gedraaid en riep: 'Sammy? Ik sterf nog steeds van de honger. Als je vriendin haar pasteitje niet wil, mag ik het dan hebben?'

'Sorry,' zei Jess met een klein lachje. 'Maar ik heb ook honger. Je mag mijn vriendje hebben, maar geen sprake van dat je mijn pasteitje ook nog krijgt.'

Walton House voelde leeg aan. Edgar voelde zich leeg. Niet dat hij de inwoners van Foxwell miste, die in groten getale waren gekomen om zijn huis te bekijken, gratis eten te eten en gratis drank te drinken, maar hij miste Della meer dan ooit. Hij wilde haar weer zien, het was bijna een primaire behoefte van hem.

Maar hij zag haar al snel weer, heel kort, toen Sammy en Fia Lou videobelden vanuit de flat aan Frobisher Square.

'Hoi, ik wilde je alleen even laten weten dat we er zijn,' riep Della's dochter opgewonden. 'En het is ons gelukt de stoel naar boven te krijgen. Is Captain Oates in de buurt? Kan ik hem even gedag zeggen?'

Videobellen was niet echt iets waarbij Edgar zich prettig voelde, maar Lou hield de telefoon voor hem op en hij tilde de hond op, zodat Fia hem op haar scherm kon zien.

'Daar ben je! Hallo, poepie, ik mis je!' Fia zwaaide en blies de hond kusjes toe, en Captain Oates, die haar ineens herkende, begon te kwispelen en jankte even. 'O kijk, hij vindt het fijn me te zien!'

Wat een brutaaltje was het toch. Edgar tuurde wat aandachtiger naar het scherm. 'Wat draag je daar? Is dat mijn vest?'

Fia keek hem schaamteloos stralend aan. 'Goed gezien! Ik had het zo koud dat ik snel iets heb gepakt.'

'Je had best iets van Lou kunnen lenen.'

'Weet ik, maar ze had niks leuks. Dit is kasjmier, zo knus. En mama zei dat je het vast niet erg zou vinden, hè, mam?'

Edgar hield zijn adem in, en daar was ze al, ze verscheen op de achtergrond in een perzikkleurige satijnen kimono en knikte terwijl ze een slokje thee nam. 'Ja. Want ik wist dat je niet zou willen dat ze kou leed. Je bent toch niet boos, Eddie?'

'Natuurlijk ben ik niet boos. Ik vind het prima.' Nou ja, wat moest hij anders zeggen?

Lou, die hoopvol naar het scherm keek, vroeg: 'Is Tom er ook?'

Fia schudde haar hoofd. 'Nee, hij had een afspraak. Maar ik wilde alleen maar even zeggen dat we thuis zijn en ik wilde Captain Oates even zien, kijken of hij me niet is vergeten. We moeten nu weg. Sammy wil een nieuw overhemd kopen voor morgenavond.'

Aan Lou's gezicht kon Edgar zien dat het niet vaak voorkwam dat Sammy nieuwe kleren kocht.

Lou zei: 'Heel goed. Dus dat betekent dat hij echt is uitgenodigd voor dat feest van je vriend morgenavond?'

'Natuurlijk. Ik heb toch gezegd dat hij met me mee mocht?' Fia gaf Sammy, die naast haar zat, een vriendschappelijke stomp tegen zijn arm. 'Ik laat hem echt niet in de steek!'

Drie uur later gaf Lou Edgar een kop zelfgemaakte soep en ging toen naar boven om een douche te nemen. Edgar knikte goedkeurend nadat hij een hapje van de kippensoep had genomen, want de soep was erg lekker. Hij zou het nooit hardop tegen haar zeggen, maar haar komst hier had beter uitgepakt dan hij ooit had kunnen denken. Ze was vrolijk en kon goed koken. Ze werkte ook hard en hij ergerde zich vrijwel nooit aan haar.

Hij hoorde een ping, legde zijn lepel neer en keek naar het toestel dat ze op tafel had laten liggen. Op het schermpje was de naam Heather verschenen en Edgar wist dat dat de vrouw met MS was voor wie ze had gewerkt.

Wat zou ze te melden hebben? Het was niet zijn gewoonte om de berichtjes van andere mensen te lezen, maar hij bedacht ineens dat die Heather Lou misschien wel probeerde over te halen om weer voor haar te komen werken, en daarom tikte hij op het schermpje om het bericht te kunnen lezen. Als ze het merkte, kon hij altijd nog zeggen dat Captain Oates het toestel per ongeluk had aangeraakt.

Er was een hele rij berichtjes. Edgar scrolde niet, voor het geval dat Lou het zou merken, en dan kon hij echt niet zeggen dat de hond het had gedaan, maar hij las wel de berichtjes die zichtbaar waren.

Lou had geschreven:

Nee, ik ga morgenavond naar de Bear. Het zal hartstikke druk zijn, maar het wordt vast leuk.

Heather had geantwoord:

Redt Edgar zich wel in zijn eentje?

LOU:
Ja, hoor. De pub is niks voor hem.

HEATHER:

Nou, hopelijk heeft hij toch een leuke avond. En in geval van nood ben je zo weer thuis.

LOU:

Dat is waar. Maar alleen in geval van dood! 😀

Edgar verstijfde. Dat had Lou geschreven aan haar lieve vriendin en voormalige werkgeefster met wie ze het altijd zo goed had kunnen vinden. En de reden waarom het scherm was opgelicht, was omdat Heather net had gereageerd met: *Ha, dat kun je maar beter wissen*!, gevolgd door een heel rijtje van diezelfde gele lachende gezichtjes.

Edgar had het gevoel alsof hij in steen was veranderd; het was een schok, een onverwachte, harde schok. Het was alsof hij een stomp in zijn maag had gekregen. Maar toen nam de logica het weer over. Hij was misleid door het opgewekte gedrag van het meisje, maar ze had dus gewoon toneelgespeeld. Ze deed beleefd omdat ze voor hem werkte, maar dat wilde nog niet zeggen dat ze hem aardig vond. Waarom zou ze ook? Het was er al mee begonnen dat hij haar had moeten omkopen om haar zover te krijgen dat ze voor hem kwam werken. Onder die vrolijke, opgewekte oppervlakte en al die opmerkingen over dat geld niet belangrijk was, ging een meisje schuil dat hem verachtte en blijkbaar bijna niet kon wachten tot hij dood was.

Hoewel het logisch was, was het nog steeds beangstigend om te moeten lezen dat ze het lachend over zijn dood hadden.

Pas toen Captain Oates bij hem op schoot sprong en zijn gezicht likte, drong tot Edgar door dat zijn wang al nat was. Hij kon zich niet eens herinneren wanneer hij voor het laatst had gehuild. In elk geval heel lang geleden.

De vreugde van Della te hebben gezien was samen met Della verdwenen. Het gevoel de eeuwige outsider te zijn was weer helemaal terug. En het deed pijn, echt lichamelijk pijn, om te weten hoe Lou over hem dacht.

Moest hij er iets van zeggen? Haar vertellen dat hij het wist?

Nee, dat zou hij niet doen. Dat maakte de vernedering alleen maar groter.

'Jij en ik, jongen.' Zijn stem beefde van emotie, terwijl hij de oren van de kleine hond streelde, want het enige wat hij echt zeker wist was dat Captain Oates altijd van hem zou houden.

Hij schoof zijn stoel naar achteren en stond op. Het schermpje van Lou's telefoon was weer zwart geworden, haar wrede woorden niet langer zichtbaar.

'Kom jongen, dan gaan we nog een stukje wandelen voordat het donker wordt,' zei hij.

In elk geval zou Captain Oates hem nooit teleurstellen.

De volgende middag, terwijl de rest van de wereld bezig was zich voor te bereiden op de viering van het einde van het oude jaar en het begin van een nieuw, verscheen Edgars naam al voor de tweede keer op het schermpje van Della's telefoon.

O god, niet weer.

Maar de feestelijke film op tv waar ze naar had liggen kijken was afgelopen en ze had verder ook niets te doen, en daarom nam ze op.

'Hallo, met mij, Eddie. Ik wilde je alleen even een gelukkig nieuwjaar wensen.'

Della zuchtte en zei: 'Dank je.' Sinds de dood van haar man hadden de festiviteiten hun aantrekkingskracht voor haar verloren. 'Jij ook.'

'Ga je nog iets leuks doen vanavond? Naar een of ander glamoureus feest of zo?'

'Nee, een paar vriendinnen hebben wel gevraagd of ik zin had om mee uit te gaan, maar ik heb nee gezegd.'

'Waarom?'

Della keek naar de stapel post op de salontafel; wat een wrede speling van het lot dat er uitgerekend vandaag drie rekeningen waren gekomen. Als ze uitging met haar rijke vriendinnen, zouden ze de hele avond champagne laten aanrukken en dan moest zij ook een keer een rondje geven.

'Hallo?' vroeg Edgar. 'Ben je er nog?'

Ze herinnerde zich wat Tom had gezegd, over geld lenen van Eddie om haar door de komende maanden heen te helpen.

'Ja, ik ben er nog. O, Eddie, wil je echt weten hoe het zit? Ik kan me het niet veroorloven om uit te gaan. Ik kan me eigenlijk niks meer veroorloven en ik kan al helemaal mijn huur niet meer betalen. Mijn leven is gewoon... Je kunt je gewoon niet voorstellen wat voor puinhoop mijn leven op dit moment is...' De tranen brandden in haar ogen en ze haalde beverig adem. 'Ik wilde niet dat je dat wist, ik schaam me zo. Maar sinds Barry's dood is het allemaal niet makkelijk geweest.'

'Wat erg voor je.' Hij klonk geschrokken.

'En de rekeningen blijven maar k-komen,' hikte ze. 'Het zou verboden moeten worden om rekeningen te sturen op oudjaarsdag. Ik ben de hele dag al in tranen. Ik voel me zo'n mislukkeling.'

'Luister, laat me even denken...'

Della kruiste de vingers van haar vrije hand en hoopte met heel haar hart dat hij de juiste beslissing zou nemen. Het was niet eens een leugen geweest; ze had moeten huilen toen ze de rekeningen had geopend, en ze had weer moeten huilen bij het droevige deel van die idioot sentimentele film. Met bevende stem zei ze: 'Ik weet gewoon niet meer wat ik moet doen...'

'Ik vind het geen prettig idee dat je daar nu in je eentje zit,' zei Edgar. 'Zal ik kijken of ik nog een auto met chauffeur kan krijgen om je hiernaartoe te brengen? Dan luiden we samen het nieuwe jaar in.'

Gefrustreerd sloot Della haar ogen. Nee, dat kon ze echt niet aan. Waarom vroeg hij haar gewoon niet om het nummer van haar bankrekening, zodat hij er een flink bedrag op kon storten? Was dat nu echt te veel gevraagd?

'Dat is heel lief van je.' Ze zette weer haar dieptrieste-maar-moedige stemmetje op. 'Maar ik zou geen leuk gezelschap zijn. Ik blijf gewoon thuis, nu ik nog een huis heb. Maar hoe dan ook, ik wens jou ook een gelukkig nieuwjaar, Eddie. En geef Captain Oates een kus van me.'

27

Het was een tijd geleden dat hij zo'n lange afstand had afgelegd, maar er was geen enkele reden om het niet te doen. Hij had zijn nieuwe auto, die veel comfortabeler was dan de oude Mini. Hij wist hoe je de navigatie moest bedienen, en hij had ook een plan.

Om maar te zwijgen van de woede die hem voortdreef.

Edgar reed om halfvijf weg uit Foxwell. Volgens het navigatiesysteem zou hij om tien voor halfacht op Frobisher Square aankomen. Hij droeg zijn chique witte overhemd en donkergrijze pak en de aftershave die Della altijd zo lekker had gevonden. Bovendien was hij in een goede bui, omdat het nieuwe jaar er tegen alle verwachtingen in ineens heel veelbelovend uitzag.

Het was bijna acht uur tegen de tijd dat hij een parkeerplek op het plein had gevonden en zijn Bentley had geparkeerd. Bij nummer 127 drukte hij op de intercom en werd begroet door een vrouwenstem die riep: 'Oké, ik kom eraan!'

Hij hoorde hoge hakken klakken en toen werd de deur opengetrokken. Della's dochter, Fia, keek hem stomverbaasd aan.

'O, ik dacht dat je Sammy was.'

'Nou, dat ben ik niet,' zei Edgar.

'Dat zie ik nou ook.'

Een mannenstem achter hem zei: 'Ik ben er,' en toen Edgar zich omdraaide, zag hij die sjofele roodharige Keeler-broer staan die net uit zijn nog sjofelere blauwe bestelbus was gestapt.

'Mam,' schreeuwde Fia naar boven. 'Er is bezoek voor je! Ik stuur hem nu naar boven!'

Fia en die jongen van Keeler liepen weg. Gelukkig bleek er een kleine lift in het trappenhuis te zijn, anders had Edgar er misschien wel tot middernacht over gedaan om de derde verdieping te bereiken.

De deur van de flat ging open en daar stond Della. Haar mond viel open van schrik toen ze hem zag. 'Eddie, wat doe jij hier?'

Ze droeg nog steeds haar perzikkleurige kimono en had geen make-up op. Haar streperige bruin-blonde haar hing los om haar schouders en ze was bleek, maar nog steeds erg mooi.

Voor hem zou ze altijd mooi zijn.

'Ik moest gewoon naar je toe,' zei hij. 'Ik wil je helpen.'

'O Eddie...'

'Ik hou van je.'

'Nee, dat is niet zo.'

'Jawel. Ik heb altijd van je gehouden.'

Della zei niets, ze stopte haar handen in de zakken van haar kimono. Toen zei ze: 'Eddie, je bent een goed mens. Maar ik hou niet van jou.'

'Ik weet het.' Hij knikte. 'Ik weet het.'

'Het spijt me.'

'Maar toch wil ik je helpen.'

'Echt? Echt waar? O Eddie!' Della barstte prompt in tranen uit. 'Je moest eens weten hoe blij ik daarmee ben. Alleen al de wetenschap dat we hier kunnen blijven wonen is zo... fijn... Voor ons allemaal! Dank je, dank je wel... O, kom hier, je bent mijn redder in de nood!'

Ze sloeg haar armen om hem heen en omhelsde hem snikkend. Eddie sloeg zijn armen ook om haar heen, maar hij wist dat hij haar niet moest kussen. 'Je hoeft je geen zorgen meer te maken over dat je misschien je huis uit moet. Ik wil dat je bij mij in Foxwell komt wonen.'

Della liet hem los en deed een stap naar achteren. 'Wat?'

'Je kunt blijven zolang je maar wilt. Je hoeft geen huur te betalen. Het kost je geen cent.'

Hij zag dat haar tranen abrupt stopten, alsof er een kraan was dichtgedraaid. Ze was geëmotioneerd geraakt omdat ze dacht dat hij haar geld zou geven, meer niet.

'Eddie, dat is heel erg aardig aangeboden, maar ik geloof niet dat het iets voor mij is om niet in Londen te wonen.'

Hij keek haar aan. Het was niet de reactie die hij wilde horen, maar hij had het wel half en half verwacht.

Gelukkig had hij nog zijn Plan B achter de hand.

'Voor alle duidelijkheid,' vervolgde hij, 'ik verwacht er niets voor terug. Niets... romantisch, als je je daar soms druk om maakt. Alleen maar vriendschap.'

'Toch geloof ik niet dat ik het kan doen.' Ze trok de ceintuur van haar kimono wat strakker. 'Ik bedoel, ik moet ook aan mijn carrière denken. Ik moet... beschikbaar blijven.'

Haar carrière was voorbij, en dat wisten ze allebei. Het was alleen maar een smoes.

Buiten ontplofte vuurwerk in de lucht, gevolgd door een reeks explosies als geweervuur.

De woorden op Lou's telefoon flitsten door Edgar hoofd.

Alleen in geval van dood!

Gevolgd door zo'n lachend gezichtje en de reactie van haar vriendin:

Dat kun je maar beter wissen! Met nog meer lachende gezichtjes erachter.

O ja, hij was eraan gewend om zich alleen en ongewenst te voelen. Hij had genoeg oefening gehad.

'Kom bij me wonen, gewoon als goede vriendin,' zei hij kalm. 'En als ik doodga, erf jij alles. Dan is Walton House van jou.'

Sammy had weleens van de Duquesa Club in Mayfair gehoord, maar hij had nooit kunnen bedenken dat hij ervoor zou worden uitgenodigd. Nou ja, een soort van.

Het was enorm groot, ontworpen door de hertogin die het gebouw tien jaar geleden had gekocht en had omgetoverd tot een nachtclub. Terwijl hij probeerde cool te doen en niet als de eerste beste toerist met open mond om zich heen te kijken, liet hij zijn blik over de donkerrood gelakte muren glijden, over de turquoise pilaren, het gouden plafond en het smaragdgroene zwembad in het midden van de club. Het water, dat van onderen werd verlicht, deinde en glinsterde, en de achtergrondmuziek was van artiesten uit Shiv Baines' stal.

Hij kon nog steeds niet geloven dat hij hier was. Toen hij en Fia gisteren naar Londen waren gereden, had hij gehoopt dat ze hem een slaapplek voor de nacht zou aanbieden, maar zodra ze de stoel in de hal van de flat hadden gezet, had ze terloops gezegd: 'Fijn, dank je. Dus dan zien we elkaar morgen, hè? Als je naar de Duquesa gaat, moet je gewoon tegen de uitsmijters zeggen dat ik heb gezegd dat je naar binnen mocht.'

O nee, echt niet, dacht hij. Op ferme toon had hij gezegd: 'Maar dan geloven ze me misschien niet. Ik kom je gewoon ophalen en dan gaan we samen.'

'Bedoel je dat je me niet vertrouwt?'

'Natuurlijk vertrouw ik je. Maar ik vertrouw andere mensen niet. Vooral uitsmijters niet. Je moest eens weten hoe belangrijk dit voor me is.'

Ze had gelachen en zich gelukkig niet beledigd gevoeld. 'Oké. Kom me dan maar om acht uur ophalen. Ik beloof dat ik klaar zal staan.'

Hij had een vriend in Enfield gebeld en had de nacht bij hem op de bank geslapen. Daarna was hij voor de zekerheid 's middags al naar Frobisher Square gereden en had in de bestelbus gewacht tot het acht uur was.

En nu waren ze er, in de club. Tot zover verliep alles volgens het plan waaraan hij sinds gisterochtend non-stop had moeten denken. In zijn overhemdzakje zat de USB-stick waar zijn tien beste nummers op stonden. Omdat hij doodsbang was iets verkeerds te zeggen, nam hij niets van de gratis drank en was hij vastbesloten om het de hele avond bij water te houden. Nou ja, tenzij zijn droom uitkwam en Shiv Baines de USB-stick afspeelde op het soundsysteem van de club en na de eerste paar tracks al tegen iedereen zei dat het geniaal was en dat hij Sammy nu meteen opnam in zijn stal.

In de droom begon iedereen te klappen en joelen en Shiv Baines liet magnums champagne aanrukken zodat alle gasten een toast konden uitbrengen op de grootste nieuwe ontdekking sinds Adele.

En pas dan, zo hield Sammy zichzelf voor, zou hij ook een drankje nemen.

Voorlopig hield hij zich een beetje op de achtergrond en keek naar Fia die mensen begroette die ze kende. De gasten waren glamoureus en er waren veel bekende gezichten: een aantal modellen en actrices, een tv-kok, een Formule 1-coureur en meer voetballers dan op één voetbalveld pasten, en natuurlijk verder nog heel veel mensen uit de muziekindustrie. Er werd veel geposeerd en er werden veel foto's gemaakt. De enige die nog ontbrak was de gastheer zelf.

Dat bezorgde hem een beetje een paniekerig gevoel, maar blijkbaar kwam Shiv altijd te laat op zijn eigen feesten. Met een beetje geluk zou hij zo toch nog komen.

En terwijl Fia met haar vrienden danste op de dansvloer, stond Sammy, geleund tegen een muur, tevreden van zijn water te nippen en zich over te geven aan nog veel meer fantasieën.

Daar had je dat meisje van MTV, Amy Klein... misschien zou zij, zodra ze zijn muziek had gehoord en had gezien dat Shiv Baines hem aanprees, wel naar hem toe komen en schaamteloos met hem flirten. Maar hoewel ze beeldschoon was en heel graag wilde, zo fantaseerde Sammy, zou hij haar voorzichtig uitleggen dat het hem speet, maar dat hij al een vriendin had...

'O mijn god, wat koud!' gilde een van de glamoureuze vrouwen toen ze een teen in het zwembad stak en haar voet snel weer terugtrok.

'Iets te drinken?' vroeg een mooie serveerster met een dienblad in haar hand.

'Nee, dank je, ik heb al.' Zijn zenuwen begonnen op te spelen en een dubbele whisky zou hem ontzettend helpen, maar hij kon niet het risico nemen dat er iets mis zou gaan. Met een knikje naar het zwembad waar de vrouw nog steeds overdreven geschokt rond hupste vroeg hij: 'Is het water echt zo koud?'

De serveerster knikte. 'Ze houden het water op twee graden, om te voorkomen dat mensen er voor de lol in springen.'

'Nou, dat zou mij inderdaad wel tegenhouden.' Hij grinnikte.

'Om de zoveel tijd gooien ze er een emmer ijsklontjes in, omdat dat er zo leuk uitziet,' legde ze uit. 'Het water is zo koud dat het heel lang duurt voordat ze smelten. Sta jij onder contract bij Shiv Baines?'

'Nee.' Nog niet.

'Ben je beroemd?'

'Helaas niet. Maar ik ben wel muzikant.' Op spijtige toon voegde hij eraan toe: 'Alleen nog niet erg succesvol.'

'Hier idem dito. Daarom werk ik hier als serveerster. Maar laten we de moed niet verliezen.' Terwijl ze aanstalten maakte om weer weg te lopen met haar dienblad vol drankjes, zei ze: 'We moeten onszelf voorhouden dat we heus wel talent hebben, maar dat we gewoon nog op onze grote doorbraak zitten te wachten.'

28

De pub barstte uit zijn voegen, mensen dronken en zongen luidkeels mee met de band van de avond die allemaal bekende hits speelde, en Remy ontdekte net hoe makkelijk één persoon een hele avond voor je kon verpesten.

'Ik kan er gewoon niet over uit dat ik je hier zomaar tegen het lijf loop... O mijn god, hoe gaat het met je?'

Zo had Holly Merton hem een uur geleden begroet. De laatste keer dat hij haar had gezien was vijftien jaar geleden, toen ze bij in elkaar in de klas hadden gezeten. Vanavond was ze onverwacht weer opgedoken, samen met haar oudere zus, en ze was verbaasd en verrukt naar hem toe gekomen en had hem een zeer gedetailleerd verslag gegeven van haar leven tot nu toe: echtgenoot, scheiding, nieuwe echtgenoot die met de noorderzon was vertrokken.

Ze had ook nogal wat rum-cola's gedronken en ieder drankje had haar wijdlopigheid versterkt. Het was inmiddels halfelf en Remy had zich nog steeds niet uit haar klauwen weten te bevrijden.

'Zal ik je een geheimpje vertellen? Ik zal heel eerlijk zijn.' Ze knikte verwoed om te benadrukken hoe geheimzinnig ze wel niet bezig was en fluisterde idioot hard: 'Toen mijn zus laatst als serveerster op Walton House werkte, hoorde ze dat iemand je vroeg wat je op oudjaarsavond deed. En toen zei je dat je naar de Bear zou gaan.' Ze keek hem vol aanbidding aan. 'En ik ben altijd een beetje verliefd op je geweest, dus ik dacht: waarom ga ik daar niet naartoe, gewoon om te kijken hoe het ervoor staat, als je snapt wat ik bedoel.'

Remy kon het wel ongeveer raden. Hij fronste. 'Maar heeft je zus niet verteld dat ik daar met mijn vriendin was?'

'Jawel, maar jouw vriendin zei dat ze naar familie in Yorkshire zou gaan. Dus ik dacht: dit is misschien wel mijn kans en ik zou gek zijn als ik die liet lopen. Nou, en nu ben ik hier en ben jij hier...'

'Sorry,' zei Remy toen ze even zweeg om op adem te komen, 'maar ik zie iemand die ik even moet spreken.' De deur was net opengegaan en hij was nog nooit zo blij geweest om iemand te zien. In de deuropening stond Lou, met glanzende ogen en helemaal ingepakt tegen de kou. Ze keek om zich heen.

'Wie is dat? O, is dat niet dingetje... van wie de moeder doodging? Ik herinner me haar nog! Was ze niet bevriend met je broer?'

'Dat is ze nog steeds en ik moet haar echt spreken... Sorry.' Hij maakte zijn arm los uit Holly's greep en liep door de menigte naar Lou. 'Hoi, fijn dat je er bent. Misschien klink ik nu als iemand van vijftien, maar zou je even mee willen spelen en doen alsof we een serieus gesprek voeren dat beslist niet onderbroken mag worden?'

'Dat kost je dan wel een drankje.' Ze hing haar jas op. 'Wie probeer je te ontlopen?'

'Daar bij de haard, blauwe top, witte rok.'

Lou keek even. 'Zat ze niet bij jou in de klas?'

Hij knikte. 'Ik kon gewoon niet bij haar wegkomen. Ze is een beetje... te gretig.'

'Ik zou denken dat je inmiddels wel wist hoe je van gretige vrouwen af kan komen.'

'Nou, van deze niet, blijkbaar. Oké, ze houdt ons nog steeds in de gaten. We moeten blijven praten.' Haar diep in de ogen kijkend zei hij: 'Het is bijna elf uur, waarom zo laat?'

'Ik wilde eigenlijk eerder gaan, maar Edgar verdween vanmiddag ineens en ik had geen idee waar hij was. Toen hij eindelijk zijn telefoon opnam, bleek hij in Londen te zitten, bij Della.' Ze haalde haar schouders op. 'God mag weten wat er aan de hand is. Maar hij had Captain Oates thuisgelaten en ik wilde dat arme beest niet alleen laten. Dus ik kom alleen maar snel even iets drinken, Captain Oates zit in de auto op me te wachten.'

'O god, ze komt naar ons toe,' zei Remy met een ongelovige zucht.

Holly kwam bij hen staan. Ze wierp Lou een achterdochtige blik toe. 'Je weet toch dat hij een vriendin heeft, hè?'

'Ja, dat weet ik.' Lou knikte beleefd. 'Ze heet Talli.'

'Oké. Maar je kunt hem niet de hele avond voor jezelf houden, delen is wel zo eerlijk.' Holly keek Remy opnieuw vol aanbidding aan. 'Zullen we gaan dansen? Ik heb me daar de hele dag al op verheugd!'

Lou's telefoon in haar broekzak ging over en ze pakte hem. 'Berichtje van Sammy,' zei ze tegen Remy. 'Het feest is te gek, Shiv Baines is net binnengekomen en Fia kan hem nu elk moment aan hem voorstellen. Hij zegt dat dit de mooiste avond van zijn leven is.'

'Nou, als je het goed aanpakt, kan het ook weleens de mooiste avond van jouw leven worden!' Holly pakte Remy's arm beet en riep: 'O, ik ben gek op dit nummer. Kom... woe-hoe, lekker dansen!'

Remy duwde haar hand van zijn mouw en wees achter haar. 'Nou nee. Ik ben bezig en volgens mij wil je zus je even spreken.' Hij nam Lou snel mee naar de tuin waar een tent was opgezet, naast de barbecue. Eenmaal voorzien van eten en drinken gingen ze bij vrienden aan een tafel zitten, maar het duurde niet lang voordat Holly hen weer had gevonden.

'Daar zit je,' zei ze met betraande ogen. 'Probeer je je soms voor mij te verstoppen? Mijn zus zegt dat ik mezelf voor schut zet, maar dat wil ik echt niet. Ik ben gewoon al in geen maanden uit geweest en nu loopt het allemaal heel anders dan ik wilde.' Ze ging op een bank zitten en bleef Remy van een afstandje diepongelukkig aankijken, tussendoor haar tranen drogend als een huilerige chaperonne.

Over gênant gesproken. En ongemakkelijk. Uit zijn ooghoek zag hij dat ze nog steeds naar hem keek. Hij vroeg zich af waaraan hij dit had verdiend. Hij was blij dat Sammy zijn mooiste avond ooit beleefde in Londen, maar dankzij Holly kon dit weleens zijn allerergste ooit worden.

'Oké, ik ga naar huis.' Hij stond op en schudde gelaten zijn hoofd. 'Dat lijkt me verreweg het beste. Nog een leuke avond allemaal. En alvast een gelukkig nieuwjaar.'

Een paar minuten later, toen Lou opdook uit de duisternis, zei hij: 'Je had best kunnen blijven.' Maar op de een of andere manier had hij al geweten, of gehoopt, dat ze hem achterna zou komen. Daarom had hij op het parkeerterrein naast haar auto op haar staan wachten.

'Ze is nu in haar eentje aan het dansen. Haar zus schoot me even aan en zei dat ze dat vaker heeft, dat ze ineens helemaal gefixeerd kan raken op een man, en vanavond was jij de pechvogel. Hallo daar!' Lou tikte op het autoraampje en wuifde even naar Captain Oates die haar boos aankeek. 'Het is oké, we gaan weer naar huis. En dan gaan we buiten zitten wachten op het vuurwerk. Is dat goed?'

De hond wierp haar een dreigende blik toe.

Remy haalde diep adem. 'Je hoeft toch niet meteen naar huis? Ik ga naar de cottage, als je wilt kunnen we daar met ons drietjes naar het vuurwerk kijken.'

Hij zag haar aarzelen, maar toen knikte ze. 'Ja, dat is een goed idee. Het is altijd leuker om samen met anderen naar het vuurwerk te kijken.'

Dat was waar. Maar tegelijkertijd: waar was hij mee bezig?

Alleen wist hij donders goed waar hij mee bezig was.

Natuurlijk. Niet dat hij van plan was daadwerkelijk iets te doen. Maar de gedachten waren er, ze streden luidruchtig om aandacht in zijn hoofd.

Remy wist dat zijn gevoelens voor Talli afnamen; dat was al

weken zo. Ze had niets verkeerd gedaan – was het maar waar, dat zou een stuk gemakkelijker zijn – maar hij wist inmiddels hoe het ging. Het was alsof je met een zak zand rondliep met een piepklein gaatje onderin. En iedere dag, nauwelijks merkbaar maar gestaag, vielen er zandkorreltjes uit de zak.

Hij had gehoopt dat het deze keer anders zou lopen, want welke man zou nou niet iets met Talli willen hebben? Maar die explosie van aantrekkingskracht was langzaam verdwenen. Zo ging het altijd.

Tegelijkertijd gebeurde er iets in hem wat compleet nieuw voor hem was. Voor het eerst voelde hij een aantrekkingskracht die langzaam op gang leek te komen. Als jonge jongen was hij zich nauwelijks van Lou's bestaan bewust geweest. Ze was een vriendin van Sammy, twee jaar jonger dan hijzelf, en op die leeftijd was dat veel. En daarna was hij in een andere stad gaan studeren, aan de volgende fase van zijn leven begonnen, en dat was dat.

Maar toen was Lou voor het eerst sinds jaren teruggekomen naar Foxwell, waar ze de aandacht van Edgar Allsopp had getrokken. En dat weekend had ze ook Remy's aandacht getrokken, toen hij thuis was gekomen en haar, als een soort Goudlokje, diep in slaap in zijn bed had aangetroffen.

Dat was het begin geweest, en het was alleen maar verdergegaan. Edgar was geïntrigeerd door haar, en hij was weer niet de enige geweest. Remy had er veel over nagedacht, maar hij wist bijna zeker dat ze die eerste keer gewoon op een vriendschappelijke manier naar elkaar hadden gekeken. Hij had haar meteen leuk gevonden, alles aan haar eigenlijk, maar gewoon als goede vriend. Bovendien was ze al heel lang bevriend met zijn broer en toen had hij nog gedacht dat die vriendschap zich misschien zou kunnen ontwikkelen tot meer, wat betekende dat hij haar niet eens als een potentiële romantische partner kon zien. Wat prima was; hij vond het alleen maar leuk dat hij haar steeds beter leerde kennen. Vanaf het begin had hij zich op zijn gemak gevoeld bij haar. Het had gewoon... precies goed gevoeld.

Het volgende stadium, de snel toenemende aantrekkingskracht die hij voelde, was als een complete verrassing voor hem gekomen. En de gevoelens bleven toenemen, al gebeurde er lichamelijk niets tussen hen. En dat zou er ook niet gebeuren zolang hij nog met Talli was. Maar in de loop van de afgelopen week had Remy gevoeld dat hij het kantelpunt bereikte. Zijn relatie met Talli was niet voor eeuwig, wist hij nu, wat betekende dat hij het uit moest maken.

Maar aan de andere kant wist hij niet of Lou hetzelfde voor hem voelde. Misschien had hij het wel helemaal mis, verbeeldde hij zich de chemie tussen hen alleen maar omdat hij zo graag wilde dat die er was. Dat hij die enorme aantrekkingskracht voelde, wilde per slot van rekening nog niet zeggen dat het wederzijds was. Het zou kunnen dat hij zichzelf compleet voor schut zette... net als die arme Holly Merton daarnet in de pub.

Bovendien, en dat was een nog veel belangrijkere reden, was Lou's manipulatieve man nog geen anderhalf jaar geleden in haar bijzijn gestorven, iets waar ze een behoorlijk trauma aan over had gehouden. Tot voor kort had ze niets van een nieuwe relatie willen weten. Dat had ze hem verteld toen ze samen de kamers hadden geschilderd. Ze had gezegd dat haar emoties op slot hadden gezeten en dat zelfs de gedachte aan een relatie haar al misselijk maakte.

Remy begreep dat helemaal. Een rouwproces had zo zijn eigen tempo. Hopelijk was die korte flirt met die vent die met zijn moeder was meegekomen uit Londen een teken dat ze de rouw zoetjesaan achter zich liet. Toen hij Lou met de zoon van Della Lucas samen op het feest had gezien, had hij meteen een hekel aan de man gehad. Hij leek te veel met zichzelf ingenomen en was veel te gladjes. Het was zonneklaar dat ze niet bij elkaar pasten en dat hun prille relatie geen kans van slagen had.

Dat hoopte hij tenminste.

Ze lieten de Mini op het parkeerterrein staan en liepen over de bevroren weg naar Riverside Cottage. Captain Oates trippelde op die grappige manier van hem naast Lou's hoge hakken. In High Street hing nog kerstverlichting, de nachtelijke hemel was bezaaid met sterren en uit de Bear kwam het geluid van muziek en opgewonden stemmen. Het was tien over halftwaalf, dus ze hadden nog genoeg tijd om een fles wijn open te maken en de tuinstoelen naar de voorkant van het huis te brengen, waar ze een veel beter uitzicht op het vuurwerk zouden hebben dan vanuit de achtertuin.

'Wat een prachtige avond, hè? Alleen vind ik het vreselijk dat ik niet weet hoe het er voorstaat bij Sammy. O!' Ze stopte ineens met lopen, pakte haar toestel uit haar zak en stuurde snel een berichtje. 'Als het nog niet is gebeurd, kan hij iemand vragen om het op te nemen voor ons! Waarom heb ik daar niet eerder aan gedacht?'

In Londen las Sammy het berichtje en zei: 'Het is Lou.'

'Wie?'

Hij had al ontdekt dat Fia niet erg goed was in namen. 'Die vriendin van me, die bij Edgar werkt. Ze zegt dat we het grote moment moeten opnemen, wanneer ik word voorgesteld aan Shiv, dan kan ze het zien, snap je?'

'Oké, dat wil ik wel doen. Maar stop dat oude kreng weg.' Ze keek met een vies gezicht naar zijn vier jaar oude toestel met de vele barsten in het schermpje. 'We doen het wel met dat van mij.'

'Zullen we het nu meteen doen?' Sammy voelde dat zijn bloed sneller begon te stromen. Sinds Shiv Baines in de club was gearriveerd, was de grote man omringd geweest door bewonderaars en hadden ze niet de gelegenheid gehad om dichterbij te komen. Maar een paar seconden geleden had de menigte om hem heen zich iets verspreid om een beter zicht te hebben op de stomdronken beroemdheid die wankelend over de dansvloer liep met een ijsemmer op zijn hoofd. Shiv was nu aan het praten met een man van middelbare leeftijd in een grijs pak; dit kon weleens Sams enige kans zijn. Als alles goed ging, fantaseerde hij, praatte hij misschien nog wel met Shiv als de klok twaalf sloeg en het nieuwe jaar werd ingeluid... misschien zouden ze zelfs wel arm in arm 'Auld Lang Syne' zingen, als coole mensen dat soort dingen tenminste deden.

'Oké,' zei hij, stijf van de adrenaline. 'Pak je toestel. Dan gaan we het nu doen.'

Zijn hart bonkte in zijn keel toen Fia op Opnemen drukte en giechelend zei: 'Oké, we zijn dus in de Duquesa en ik sta op het punt om Sammy voor te stellen aan Shiv, en ik kan jullie één ding zeggen: Sammy is ervan overtuigd dat dit zijn leven zal veranderen. Ach gossie, moet je dat gezicht van hem nu eens zien. Kom, dan zal ik eens kijken wat ik met je haar kan doen...' Met een gebaar als van de moeder van een vijfjarig kind streek ze zijn slordige pony van zijn voorhoofd.

Nerveus vroeg hij: 'Zie ik er goed uit zo?'

'Nee, maar het is te laat om daar nog wat aan te veranderen. Kom.' Terwijl ze Shivs kant uit liepen, zwaaide Fia als een gekkin met haar vrije hand en riep: 'Hé, Shiv. Hoi, hoe gáát het met je? Ik wil graag even iemand aan je voorstellen!'

Ze waren nog maar een paar meter verwijderd van Shiv toen alles ineens in slow motion leek te gaan. Daar had je Shiv Baines, diep in gesprek aan de rand van het smaragdgroene zwembad... en daar de beroemde reality-ster die de ijsemmer liet vallen... en plotseling glibberden er ijsblokjes alle kanten uit over de glimmende dansvloer, maar dat zou Sammy echt niet tegenhouden, behalve dan... whoa, shit, help, neeeee...

Zijn linkervoet gleed uit, hij verloor zijn evenwicht en viel tegen de rug van de man in pak, die een verbaasde kreet slaakte en op zijn beurt tegen Shiv Baines aan viel. Sammy landde plat op zijn gezicht op de grond, zijn neus raakte de rand van het zwembad en hij voelde een scheut van pijn door zijn hoofd trekken.

Omdat hij zijn ogen stijf dicht had, zag hij niets, maar hoorde hij allerlei verschrikte kreten, gevolgd door het geluid van twee zware plonzen toen zowel Shiv Baines als Pakmans in het ijskoude water vielen.

Sammy wist dat het zijn schuld was, maar hij had geen tijd om daarover na te denken, want hij voelde dat hij ruw van de vloer werd getild en toen hij zijn ogen opende zag hij de kale beveiliger die de hele avond van een discreet afstandje Shiv Baines in de gaten had gehouden. Zijn bodyguard, besefte hij ineens.

'Als ik door jou word ontslagen, vermoord ik je,' beet de man hem toen.

Het volgende moment, nog steeds in slow motion en met het geluid van 'Fairytale of New York' van de Pogues dat op de achtergrond de strijd aanging met al het gegil in de club, werd Sammy in het zwembad gegooid en ontdekte hij dat de temperatuur van het water inderdaad dicht bij het vriespunt lag.

Inmiddels hadden een paar beveiligers Shiv Baines en Pakmans uit het bad gehesen. Beschaamd keek Sammy vanuit het water naar Shiv, die er ineens heel anders uitzag en hem woedend aankeek. Klappertandend zei hij: 'Het s-s-spijt me, het k-k-kwam door het ijs, ik gleed uit en...'

'Maak dat je hier wegkomt,' schreeuwde Shiv. 'Nu! Ik weet bij god niet wie je bent, maar ik wil je nooit meer zien, jij...' Blijkbaar lukte het hem niet met het passende scheldwoord op de proppen te komen en hij wapperde ongelovig met zijn hand en richtte zich tot zijn beveiliging. 'Zet die vent eruit.' En meteen daarna, met een boze blik op een groep meisjes dat om hem stond te giechelen: 'En dat stelletje daar ook.'

'Het was een ongelukje. Ik wilde je m-mijn m-muziek laten

horen.' Sammy graaide wanhopig in zijn doorweekte zak, pakte de USB-stick eruit en hield hem voor Shiv op. Maar het was te laat. Shiv beende al weg op zijn cowboylaarzen en verdween achter een deur waar PRIVÉ op stond.

'Je hebt gehoord wat hij zei, koukleum. Wegwezen.' Op de rand van het bad stonden inmiddels een stuk of vijf beveiligers. Rillend hees Sammy zich uit het water en terwijl hij aan armen en benen de club uit werd gedragen wierp hij een wanhopige blik op Fia.

'Ik kan er niks aan doen,' riep ze. 'Ik heb geprobeerd je te helpen. Hoe kon ik nou weten dat je dát zou doen.'

Vlak bij de uitgang zag Sammy nog de dronken reality-ster die de ijsemmer had laten vallen en de oorzaak was van de mislukking van zijn plan. De dronken jongen zei hoofdschuddend en slissend: 'Daar isj-ie. Wat een zjak.'

De klok op de schoorsteenmantel tikte voort; het was vijf minuten voor middernacht. Della zette de tv aan zodat ze naar de verzamelde menigte op Trafalgar Square en op de oevers van de Theems konden kijken. Twee jonge commentatoren liepen over van enthousiasme. Een paar bewoners van Frobisher Square waren naar buiten gegaan; ze kon ze horen door het raam dat op een kiertje stond.

Ze vond het echter moeilijk zich te concentreren, want haar gedachten schoten nog steeds alle kanten uit. Nadat Edgar zijn buitengewone aanbod had gedaan, had ze zowel Tom als Fia proberen te bellen, maar ze hadden geen van beiden opgenomen. Eddie had zijn kaarten op tafel gelegd en wachtte nu op haar antwoord. En natuurlijk was het niet wat ze wilde, maar hoe kon ze zijn aanbod nu afslaan? Het was bijzonder onverwacht. Haar hele leven zou erdoor veranderen. En ze zou nooit meer geldzorgen hebben.

Ze had zelfs stiekem gegoogeld hoe oud een man uit Edgars

geboortejaar gemiddeld werd. Hoewel, hem kennende zou hij alleen maar om haar te pesten honderdtwintig worden.

'Twee minuten voor twaalf,' gilde de vrouwelijke commentator op de tv. 'En de sfeer hier is opwindend!'

'Nou?' Eddie keek Della aan. 'Ja of nee?'

Hij had zijn plan al tot in detail voor haar ontvouwd. Ze zouden hier in Londen naar een notaris gaan om het testament te laten opmaken. Niemand hoefde het te weten; de buitenwereld zou denken dat ze gewoon als goede vriendin bij hem kwam wonen.

Voor de zekerheid vroeg ze het nog een keer. 'En Tom en Fia kunnen er ook komen wonen als ze dat willen?'

'Ja, hoor.' Na een korte stilte voegde hij eraan toe: 'Zolang ze zich een beetje gedragen.'

Nou, dat was erg onwaarschijnlijk. Maar dat hoefde hij niet te weten. Stel je voor, het zou betekenen dat ze op een gegeven moment de bezitter was van een huis in een geliefde streek van de Cotswolds, een huis dat miljoenen waard was. Oké, het klonk misschien een beetje geldbelust, maar aan de andere kant was het wel een droom die uitkwam.

'Afgesproken,' zei ze, terwijl op tv het aftellen begon en op straat het eerste vuurwerk werd ontstoken.

'Dank je.' Hij keek opgelucht toen hij met zijn glas tegen het hare tikte.

Ze glimlachte naar hem; godzijdank had hij gezegd dat hij niets meer dan vriendschap van haar verwachtte. Hij wilde gewoon genieten van haar gezelschap. Dat kon ze wel aan.

...Bim. Bam. Bim...

'Op een nieuw begin,' zei Della. 'Gelukkig nieuwjaar.'

'Volgens mij is zij dat,' zei Lou, terwijl ze luisterden naar een stem in de verte die op die van Holly leek en die mee gilde met een nummer van Tina Turner.

'Nou, zolang ze daar is en niet hier, vind ik alles best.' Remy keek haar even aan. 'Zeker weten dat het niet te koud is?'

'Ja, dit is heerlijk zo.' En dat was ook zo; het kon dan wel rond het vriespunt zijn, maar ze had haar jas en handschoenen aan en nadat ze de tafel en stoelen naar de voortuin hadden gebracht, had hij ook nog een paar dekens gehaald en een fles Veuve Clicquot en twee glazen. Op de tafel stonden kaarsen te branden en de verrukkelijke geur van houtvuur steeg ergens in de buurt op in de koude lucht.

Lou rilde van genot. Zou het ware geluk zo aanvoelen? Ze kon zich niet voorstellen dat het ergens anders nu fijner zou zijn dan hier.

En nu was het bijna twaalf uur. Remy maakte het ijzerdraad los van de kurk en de kurk schoot de lucht in en vervolgens over de straat met een plonsje in de rivier. Het schuim borrelde over de rand van de fles en Lou hield de glazen eronder. Toen proostten ze en luisterden naar het rumoer van de mensen uit de Bear die nu allemaal naar buiten kwamen. Het luidruchtige aftellen begon bij twintig en Captain Oates gromde zacht op Lou's schoot, blijkbaar verontwaardigd om al die frivoliteiten, maar niet verontwaardigd genoeg om zijn kopje onder de warme deken uit te steken.

'Nou, dit jaar was beter dan dat ervoor,' zei Lou. 'Dus ik kan alleen maar hopen dat volgend jaar nog beter zal zijn.'

'Vast wel. Proost,' zei Remy.

Voor de tweede keer proostten ze. 'En voor jou en Talli ook.'

Hij knikte en keek haar aan, en heel even had ze het gevoel dat hij iets wilde zeggen. Maar dat gebeurde niet. Hij wendde zijn blik af en keek naar de lucht. Het had vast iets te maken met hun plannen voor de toekomst. Waarschijnlijk zouden ze zich dit jaar verloven of samen een huis kopen of misschien zelfs wel gaan trouwen...

'Ongelooflijk dat hij zomaar is weggegaan.' Holly's stem

kwam even boven die van de anderen in de tuin van de pub uit. 'Ben ik helemaal hierheen gekomen en heb ik niet eens een kus van hem gekregen!'

Remy lachte even en zei toen uit de grond van zijn hart: 'Godzijdank niet!'

Lou was blij dat hij in het donker niet kon zien dat ze bloosde. Als hij haar gedachten kon lezen, zou hij ontdekken dat Holly niet de enige was die graag door hem gekust zou worden. Niet dat Lou iets in die richting zou doen, want hij had Talli. En Remy zou natuurlijk ook nooit zoiets doen. Maar er waren nu eenmaal dingen waarover je bleef fantaseren, dingen waarvan je je bleef afvragen hoe het zou zijn als ze wel gebeurden.

'Negen!' schreeuwden de mensen bij de pub toen de enkele cijfers waren bereikt. 'Acht... zeven...'

Ineens bedacht ze dat zo meteen, om twaalf uur, iedereen in de pub elkaar zou kussen en dat niemand er iets achter zou zoeken. Maar hier, met zijn tweetjes, was dat heel anders. Misschien hadden ze toch beter daar kunnen blijven.

'Zes... vijf... vier...'

Ze zaten naast elkaar. Het zou raar zijn als ze elkaar kusten en ook raar als ze elkaar niet kusten. Waarom dacht ze daar nu pas aan? O god, het zou zo ongemakkelijk worden...

'Drie... twee... één... Yeah!' Bij de pub barstte luid gejuich los en de kerkklokken begonnen te luiden. Ze hoorden 'Auld Lang Syne' uit de luidsprekers klinken en iedereen uit volle borst meezingen.

'Gelukkig nieuwjaar.' Remy tikte opnieuw met zijn glas tegen het hare en ineens kwam het bij haar op dat hij misschien wel hetzelfde dacht, dat hij zich afvroeg of ze hem een kus zou geven en waarschijnlijk hoopte hij van niet, want wie was ze nou helemaal voor hem? Iemand die hij had ingehuurd om zijn kantoor schoon te maken.

'Ja, een gelukkig nieuwjaar. Voor ons allebei.' Ze had haar

wollen handschoen uitgetrokken om te voorkomen dat ze haar glas liet vallen en toen ze weer proostten raakte haar hand even de zijne. Er trok een scheut adrenaline door haar heen, terwijl op precies hetzelfde moment het eerste siervuurwerk ontplofte en de hele hemel verlichtte.

En op precies dat moment zag ze ook de kleuren van het vuurwerk weerspiegeld in Remy's donkere ogen en het drong tot haar door dat hij zich naar haar toe boog, alsof hij ineens had bedacht dat het verkeerd zou zijn om niet de traditionele nieuwjaarskus uit te wisselen, dat het iets was wat van hem werd verwacht. En Lou voelde allemaal kriebels in haar buik omdat het zou gaan gebeuren – geen echte kus natuurlijk, gewoon een korte op de wang, maar toch raakte ze door het dolle heen. En daar had je het volgende vuurwerk al, *boem boem boem*, groen en goud, gevolgd door een lucht vol zilveren sterren die met een hoog piepend geluid alle kanten uit vlogen en daarna een ander soort geluid, veel dichterbij, een geluid dat ervoor zorgde dat Remy naar adem hapte en dat zij haar glas Veuve scheef hield zodat haar broek doorweekt raakte.

'Grr.' Captain Oates maakte duidelijk wat hij ervan vond.

Remy pakte zijn rinkelende telefoon. 'Het is Talli. Ze wil videobellen.'

Natuurlijk was het Talli. Natuurlijk wilde ze haar vriend zien, hem spreken. Zenuwachtig flapte Lou eruit: 'Moet ik weggaan?'

'Nee.' Hij drukte op Opnemen en begroette Talli met een grijns. 'Hoi, gelukkig nieuwjaar.'

'Jij ook een gelukkig nieuwjaar, schat! O wauw, ik zie vuurwerk! Ben je in de pub? Waar zijn de anderen?'

Poef poef poef, deed de volgende ontploffing in de lucht. 'Nee, ik zit in de voortuin. Ik ben uit de pub weggevlucht voor iemand die zeer irritant was.'

'Ha, laat me raden. Was het...'

'Lou is hier ook,' onderbrak Remy haar snel, en Lou voelde dat ze bloosde. Had Talli haar soms bedoeld, en wist Remy dat? Lachten ze haar soms achter haar rug uit?

Maar Remy hield zijn telefoon nu zo dat Talli haar kon zien en naar haar kon zwaaien. 'Ha Lou! Leuke avond gehad?'

O, wat was het lastig om te kijken en te klinken alsof je helemaal niets verkeerd had gedaan... als je niets verkeerd had gedaan. Stralend zei Lou: 'Fantastisch. Maar nog niks gehoord van Sammy.'

'O, die heeft vast een wilde avond. Wauw...' Een laatste uitbarsting van vuurwerk verlichtte de hemel, gevolgd door gejuich en applaus uit de tuin van de pub.

Toen het lawaai was weggestorven, zei Lou: 'Nou, dat was het. Oké, dan ga ik maar eens naar huis.' Ze stond op, met Captain Oates in haar armen. De hond had het vuurwerk ondergaan met de minachting die het verdiende door het compleet te negeren. 'Dag!'

'Dag,' zei Remy, en ze vermoedde dat hij blij was dat ze wegging.

Op het telefoonscherm zwaaide Talli vrolijk en riep: 'Jij ook gelukkig nieuwjaar, Lou. Tot gauw!'

Toen Lou een paar minuten later bij haar auto aankwam, kwam Jess net met een krat rammelende lege flessen de pub uit, op weg naar het bijgebouw.

'Oef, het was druk vanavond.' Jess ging rechtop staan, rolde even met haar schouders en pakte toen haar telefoon. 'Heb jij al iets van Sammy gehoord? Ik niet.'

Lou schudde haar hoofd. 'Ik ook niet. Ik ben hartstikke benieuwd hoe het is gegaan. Maar misschien is hij nog niet voorgesteld aan Shiv Baines.'

'Hij zei dat hij me sowieso zou bellen.' Jess drukte op Bellen, luisterde en schudde haar hoofd. 'Hij staat uit.'

'Er is vast niks aan de hand. Misschien is zijn batterij leeg.' Na een korte stilte vroeg ze: 'Je maakt je toch geen zorgen om hem?'

'Ach, ik stel me aan. Ik ben niet zo'n jaloers type. Nooit geweest. Maar hij is daar met Fia en ze lijkt me een beetje... weet ik veel. Ik bedoel, wat denk jij? Als ze zou proberen om Sammy te versieren, zou hij dan nee zeggen?'

'Ben je wel goed bij je hoofd? Natuurlijk zegt hij dan nee! Hij heeft helemaal geen belangstelling voor Fia!'

'Maar ze is wel heel mooi.' Jess klonk niet erg overtuigd. 'Veel mooier dan ik.'

'Maar had hij je met kerst niet verteld dat hij van je hield? Heel veel?' riep Lou uit. 'En we hebben het hier wel over Sammy. Die zou zoiets nooit doen. Echt niet.'

Met een droevig lachje zei Jess: 'Dat zal dan wel. Zoals ik al zei, ik stel me aan. Maar ik moet weer verder met opruimen. Waar zijn jij en Remy naartoe gegaan? Naar de cottage?'

'We zijn in de voortuin gaan zitten om naar het vuurwerk te kijken.' Om het zo onromantisch mogelijk te laten klinken, liet ze erop volgen: 'Talli belde nog uit Yorkshire.'

'Dat is echt een schat, hè?'

'Ja.' Het zat haar nog steeds een beetje dwars dat zij misschien wel die irritante persoon was over wie ze het had gehad.

'En heeft Tom nog gebeld om je een gelukkig nieuwjaar te wensen?'

Dat had hij niet gedaan. Lou schudde haar hoofd. Ze had gehoopt op iets, al was het maar een kort berichtje, maar niks. 'Hij zal wel uit zijn met vrienden, veel te druk om te bellen.'

'Net als Sammy dus. Mannen!'

Ze wierpen elkaar een meewarig lachje toe.

Rico verscheen bij de achterdeur. 'Daar ben je!' riep hij. 'Er valt nog heel wat op te ruimen, hoor, mocht je daar nog belangstelling voor kunnen opbrengen!'

'Ik kom er al aan.' Jess rolde met haar ogen en zei grijnzend tegen Lou: 'Wat ik zei: mannen!'

29

Sammy had buiten de club gewacht terwijl het nieuwe jaar werd ingeluid, in de hoop dat Fia misschien naar hem op zoek zou gaan wanneer het zingen en de gelukwensen waren afgelopen.

Dat was echter niet gebeurd. Terwijl het vuurwerk boven zijn hoofd gewoon doorging, kreeg hij het steeds kouder, maar Fia liet zich niet zien. Zijn telefoon had het zwembad niet overleefd en de feestvierende voorbijgangers leken het hilarisch te vinden dat hij compleet doorweekt was. Er wilden ook geen taxi's voor hem stoppen; ze gingen langzamer rijden, wierpen één blik op hem en gaven weer gas.

Hij was echt tot op het bot verkild. En doodongelukkig. Dit was niet hoe hij zich zijn ontmoeting met Shiv Baines had voorgesteld.

En daarmee hield de ellende nog niet op; hij wist ook bijna zeker dat zijn neus was gebroken. Het deed echt heel erg pijn.

Hij deed er een uur over om lopend van Mayfair naar Frobisher Square te komen. Om niet dood te gaan aan onderkoeling was hij in een soort marstempo gaan lopen en had hij veel met zijn armen gezwaaid. Onderweg had hij ook nog ergens een kop koffie gehaald. In Della's flat brandde nog licht, maar hij wist niet of ze wel echt wakker was en of ze überhaupt op dit tijdstip zou opendoen. Hij probeerde het niet eens. Hij dacht aan Jess. Ze zou hem vast heel vaak hebben gebeld om hem een gelukkig nieuwjaar te wensen en vroeg zich nu waarschijnlijk af waarom hij niet opnam. Hetzelfde zou voor Lou en nog wat vrienden gelden.

Het enige wat hij nog wilde was naar huis gaan.

Gelukkig lagen er droge kleren in het busje. En de onbetrouwbare autoverwarming had medelijden met hem en besloot zich te gedragen, zodat Sammy, tegen de tijd dat hij op de snelweg reed, eindelijk niet meer zat te rillen. Het was eng stil op de weg om twee uur 's nachts, hoewel hij hier en daar nog wel vuurwerk in de lucht zag. Hij hield zichzelf voor dat er helemaal niets verloren was – hij mocht dan wel al zijn hoop op Shiv Baines hebben gevestigd, maar het was in feite niet anders dan je laatste tientje uitgeven aan een lot en dan niet de jackpot winnen.

Nou ja, behalve dan dat zijn telefoon kapot was en dat hij nu waarschijnlijk geen voet meer aan de grond kreeg in de muziekindustrie.

Boem boem boem, deed het busje. Sammy wist meteen wat er was gebeurd, want het was niet de eerste keer. Hij bracht de auto tot stilstand op de vluchtstrook, stapte uit en keek naar de banden aan de passagierskant. Ja, hoor, uitgerekend vannacht kreeg hij ook nog eens een lekke band.

Het zat hem ook nooit eens mee. Het hele universum spande tegen hem samen.

Vermoeid opende hij de achterdeuren en pakte de reserveband.

De raampjes van een passerende Citroën gingen naar beneden en een stelletje brutale feestvierders brulde: 'Ha ha, loser!'

Sammy wist de opwelling om de krik achter hen aan te gooien te onderdrukken. Heel aardig, op iemand inhakken die al in de goot lag.

En jij ook een gelukkig nieuwjaar, Sammy, dacht hij.

Sammy hoorde zichzelf piepen: 'Sorry, maar maak me alsjeblieft niet dood.' Dat was omdat hij was vastgepakt door Shiv Baines' bodyguard die hem in een hoek van Val's Café duwde en hard aan zijn schouders schudde. 'Nee, nee,' vervolgde hij, toen het schudden alleen maar erger werd, 'het was echt niet de bedoeling, het ging per ongeluk...'

Toen drong tot hem door dat het niet handig was dat dit in

Val's Café gebeurde en dat de bodyguard een teddybeer-huispak droeg, wat gezien de omstandigheden ook nogal onwaarschijnlijk was. Dat betekende dat dit een droom was en dat hij thuis in zijn eigen bed lag... Opgelucht opende hij zijn ogen. Het was zijn broer die aan zijn schouders had geschud. O, en niet alleen Remy, Jess was er ook. Ze keek... nou ja, ze keek zoals hij haar nog nooit had zien kijken. Alsof ze elk moment kon ontploffen.

'Wat is er? Wat gebeurt er?' Terwijl hij moeizaam overeind kwam, vervaagde de maffe droom en kwamen de gruwelen van het echte leven met volle kracht terug. Hij werd meteen misselijk van angst. Had Shiv Baines soms aangifte tegen hem gedaan? Zou hij miljoenen van hem eisen? Stond de politie beneden op hem te wachten? Draaide hij nu de gevangenis in?

Au, hij was zijn gebroken neus helemaal vergeten.

'Echt.' Remy schudde zijn hoofd. 'We kunnen je nog geen vijf minuten alleen laten, hè? Gelukkig nieuwjaar trouwens.'

'O, kom hier en geef me een kus.' Jess wierp zich op het bed en omhelsde hem zo hard dat de lucht uit zijn longen werd geperst. 'Waarom heb je me niet gebeld? We waren zo bezorgd!'

'Mijn telefoon doet het niet meer.'

'Je moet hem in een kom rijst leggen,' zei Remy. 'Dat helpt soms.'

Sammy fronste. 'Hoe weet jij dat hij nat is geworden?'

'Gokje. Nee, hoor. Jess heeft me net het filmpje laten zien.'

'Welk filmpje?'

'Weet je dat echt niet?' Remy begon te lachen.

'Dat filmpje dat al een miljoen keer is bekeken op Instagram en TikTok,' zei Jess. Ze keek naar de telefoon in haar hand. 'Nee, maak daar maar anderhalf miljoen keer van.'

'Fuck. Wat? O fuck!' Sammy werd misselijk.

'Blijkbaar heb je behoorlijk wat indruk gemaakt,' zei Remy.

Zijn broer mocht het dan grappig vinden, Sammy kon er niet

om lachen. Hij pakte Jess' telefoon en zag dat Fia het filmpje midden in de nacht online had gezet. Hij zette zich schrap, drukte op Afspelen en keek naar hoe hij, hoopvol en eerbiedig, de grote Shiv Baines benaderde.

In de seconden die volgden, één groot, verschrikkelijk déjà vu, zag hij de ijsklontjes op de vloer vallen, zijn eigen voet wegglijden, zodat hij zijn evenwicht verloor en recht op de twee mannen af sjeesde. De mannen die over de rand vielen, het water in, de een na de ander, als dominostenen. Maar pas toen ze weer bovenkwamen, zag Sammy wat er nog meer was gebeurd. Jarenlang werd Shiv Baines er al van verdacht dat hij een toupet droeg. Shiv zelf had dat altijd met kracht ontkend.

Maar nu kon dat niet meer. Want door de val was het haarstukje scheef gaan zitten op een manier die tegelijkertijd bijzonder onflatteus en zeer komisch was, zodat aan jaren van speculaties in één keer een einde was gekomen. Het haarstukje snel weer rechttrekken was natuurlijk een vergeefse exercitie; het was te laat, iedereen had het al gezien.

Boven de verschrikte en opgetogen kreten van de toeschouwers uit klonk ineens Fia's stem: 'O Sammy, je bent er echt geweest!' Ze begon te lachen. 'Nou, ik wens je veel sterkte, schat, dat kun je wel gebruiken... Oef!' Op dat moment werd Sammy door de reusachtige bodyguard in het water gegooid. Een paar seconden later kwam een van de andere beveiligers op Fia af lopen en beval: 'Zet uit dat ding,' terwijl hij zijn hand uitstak naar de telefoon. Na wat wazige beelden gevolgd door een close-up van een decolleté werd het scherm zwart, waarschijnlijk omdat Fia het toestel in haar beha had verstopt. En dat was meteen het einde van het filmpje.

'God,' kreunde Sammy, 'het is nog erger dan ik dacht. Die pruik!' Dat was dus waarom Shiv er heel even totaal anders uit had gezien, al was dat toen niet tot hem doorgedrongen omdat hij helemaal in paniek was geweest.

'Bijna twee miljoen keer bekeken inmiddels,' zei Jess verwonderd. 'En moet je de commentaren eens zien! Iedereen vindt het hilarisch, het leukste wat ze ooit hebben gezien.'

'Ja, die hebben makkelijk praten. Hun leven is niet compleet verwoest.'

'Dus je hebt hem die USB-stick niet meer kunnen geven,' zei Remy.

Sammy schudde vermoeid zijn hoofd. 'Nee.'

'Maar hoe ben je dan weer droog geworden?' Jess keek hem niet-begrijpend aan. 'O, ze hebben daar natuurlijk kleedkamers en warme handdoeken.'

'Kleedkamers en warme handdoeken? Voor mij, de man die dat de grote Shiv Baines heeft aangedaan? Nee, gek genoeg hebben ze me dat genoegen ontzegd.'

'Maar dan moet je het ijskoud hebben gehad.'

'Ja. En onderweg kreeg ik ook nog een lekke band.'

'O, schatje.'

'Zoiets ergs is me echt nog nooit overkomen.' Hij kreunde weer en sloot zijn ogen, waardoor zijn neus alleen maar nog meer pijn deed. 'Dit overleef ik echt niet. Ik mag waarschijnlijk nooit meer ergens optreden.'

'Maar je hebt mij toch nog?' Jess gaf hem een dikke, warme knuffel. 'Ik hou van je. Toen je gisteravond niet belde, was ik bang dat je er met Fia vandoor was.'

'Wat? Van mijn leven niet.'

'Dus voor mij is dit een mooie dag.' Ze kuste hem op de mond en Sammy moest onwillekeurig glimlachen, want ze had natuurlijk gelijk. Ze hadden elkaar en dat was het belangrijkst.

Remy, die naar Instagram keek op zijn eigen toestel, zei: 'Tash Janssen heeft net een commentaar gepost.'

Tash Janssen was een rockster met fans over de hele wereld. Sammy kromp ineen en zei: 'Het zal wel iemand zijn die zich voordoet als hem.'

'Hij heeft zeven miljoen volgers en het is een geverifieerd account.'

'O god, wat zegt hij?'

Remy grinnikte. 'Volgens hem heeft Shiv Baines zijn verdiende loon gekregen.'

En daarmee keerden Sammy's kansen. Als zijn telefoon het had gedaan, zou hij zijn ontploft. Nu moest hij zich echter behelpen met Remy's reservetablet, en toen hij de duizenden commentaren las, ontplofte hij zelf bijna.

Shiv Baines mocht dan uitmuntend zijn in zijn vak, erg aardig was hij niet. Jaren geleden was hij jurylid geweest in een tv-programma dat zangers wegstuurde tot er een winnaar overbleef. Shivs botheid, de vlijmende opmerkingen waarmee hij mensen neersabelde en het feit dat het hem geen reet kon schelen hoeveel harten hij brak, hadden hem beroemd gemaakt, samen met het irritante maar onbetwistbare feit dat hij een neus voor talent had en buitengewoon goed in zijn werk was. Na twee series was hij gestopt met de show, waardoor het programma zijn belangrijkste criticus en mooiste beledigingen verloor, maar hij was toen inmiddels al een bekende verschijning in de roddelbladen geworden en een populaire schavuit. Mensen vonden het heerlijk om hem te haten.

En diezelfde mensen bleken het nu heerlijk te vinden dat hij zijn verdiende loon had gekregen met een plons in een ijskoud zwembad.

Zonder dat het de bedoeling was en omdat het zo duidelijk geen publiciteitsstunt was geweest, had de onbekende muzikant, die nergens onder contract stond, een mate van beroemdheid bereikt die zijn stoutste dromen overtroffen. Omdat de meeste mensen op nieuwjaarsdag toch niet veel te doen hadden, logden ze in op hun sociale media-accounts en barstten in lachen uit bij het zien van het dertig seconden durende filmpje waarin Shiv Baines eindelijk zijn verdiende loon kreeg.

Het was de eerste virale sensatie van het nieuwe jaar.

'Heeft hij me gemist?' vroeg Edgar toen hij 's middags terugkwam uit Londen.

'Natuurlijk heeft hij je gemist.' Nou ja, het was wat hij wilde horen. Lou sneed een snee af van het vruchtenbrood dat ze net had gebakken omdat hij er zo dol op was. 'Hij had gisteravond trouwens nergens last van, het was net zoals op Bonfire Night. Het vuurwerk deed hem helemaal niets.' Ze smeerde boter op de snee. 'Was het leuk bij Della?' Eigenlijk wilde ze alleen maar weten of hij van Fia over Sammy's rampzalige avond had gehoord, maar het was gewoon beleefder om eerst naar zijn avond te informeren.

Hij knikte. 'Ja. Mij deed het vuurwerk ook niks.'

Een grapje! Hij was in een goeie bui. Ze glimlachte toen ze zag dat Captain Oates bij hem op schoot sprong en zette het bordje voor hem op tafel. 'Fijn om te horen. Heb je Tom nog gezien?' Ze vroeg het zo terloops mogelijk; ze wist dat Tom haar vriendelijke nieuwjaarsgroet had gelezen, maar hij had er nog steeds niet op gereageerd.

'Nee, hij was uit met vrienden. Het meisje kwam ook niet meer terug.'

'Dus je weet niet wat Sammy is overkomen?' Grinnikend pakte ze haar telefoon. 'Echt niet te geloven. Moet je eens zien, het is echt...'

'Della komt hier wonen,' onderbrak hij haar.

Lou legde haar toestel neer. 'Wat?'

'Ze zegt haar huis in Londen op.'

'Wauw. Dat is... nogal een verrassing.'

Hij keek blij en trots en misschien ook ietsepietsie afwerend, alsof hij bang was dat ze het zou afkeuren. Ze kreeg bijna medelijden met hem. Wist hij nu nog niet hoe ze in elkaar stak? Met een brede lach zei ze: 'Wat leuk! Betekent dat dat jullie...'

'Gewoon als vrienden. Ze zit financieel nogal moeilijk. Ze kan de huur van haar flat niet meer betalen. En daarom zegt ze die op en komt hier bij ons wonen.'

'Maar waar moeten Tom en Fia dan wonen?' Lou voelde haar bloed sneller gaan stromen.

'Della heeft nog niet de gelegenheid gehad om het er met hen over te hebben. Ze moeten het zelf weten,' zei Edgar op vlakke toon. 'Als ze bij vrienden in Londen willen gaan wonen, prima. Maar als ze besluiten om met haar mee te komen, is dat ook goed.'

Het zou dus kunnen dat Tom hier kwam wonen? In dit huis?

Haar hart sloeg nu serieus op hol.

'Als ze hier alle drie komen wonen,' zei Edgar, 'dan zul je nog een slaapkamer moeten schilderen.'

O, alsjeblieft, laat het doorgaan...

'Geen probleem,' zei ze.

En ik ook een gelukkig nieuwjaar!

30

Drie dagen later stond Shiv Baines op de stoep van Riverside Cottage.

'Wie kan dat nou zijn?' vroeg Jess toen er beneden werd aangebeld.

Naast haar in bed zat Sammy toast te eten met daarop zijn nieuwste experimentele recept: zwartebessenjam bestrooid met Parmezaanse kaas en chilivlokken. 'Lou misschien?'

Jess schudde haar hoofd. 'Lou drukt niet zo lang op de bel.'

Hij keek naar haar terwijl ze zijn kamerjas aantrok – god, wat hield hij veel van haar lichaam– en vervolgens naar het raam liep. 'Er staat een hele dure auto beneden, en drie mannen die... O, mijn god!' Ze liep snel weg bij het raam en wierp Sammy een geschokte blik toe.

'Wat is er?' Hij legde zijn sneetje toast neer. 'Zijn het journalisten?'

'Nog erger. Veel erger.' Alle kleur was uit haar gezicht verdwenen. 'Volgens mij is het Shiv Baines.'

'Meen je niet!' Zijn maag draaide zich om en hij voelde de kaas en de jam naar boven komen.

'Zo te zien is hij het echt. Alleen is hij kaal, dus ik weet het niet zeker.'

Ze schrokken toen er opnieuw werd aangebeld, op een dwingende verspil-mijn-tijd-niet-manier.

'Ik ga echt niet opendoen,' zei Sammy.

'Ik ga wel en dan zeg ik dat ze zich vergissen, dat je hier niet woont.' Ze knoopte de ceintuur dicht, haalde een hand door haar haren, ademde een keer diep in en liep toen de trap af.

Sammy's hart bonkte in zijn keel toen hij de voordeur open hoorde gaan en Shiv Baines hoorde zeggen: 'Ik zoek Sam Keeler.'

Fuck fuck.

'Wie? Die woont hier niet.' Jess klonk als de allerslechtste leugenaar ter wereld.

'Hij woont hier wel.'

'Nou ja, oké. Maar hij is niet thuis.'

'Zeker weten?'

'Natuurlijk weet ik dat zeker!'

'Oké. Nou, dan wachten we gewoon tot hij weer terug is.'

'Dat kan wel even duren. Hij blijft de hele week weg.'

'Is dat zo? Of heeft hij zich misschien boven verstopt?'

Sammy kromp ineen. Vloog er soms een drone boven het huis met een warmtebeeldcamera? Zou die man echt zover gaan?

'Luister,' hoorde hij Jess enigszins wanhopig zeggen, 'het was een ongelukje. Hij deed het niet expres.'

Shiv Baines zei alleen maar: 'Weet je, als je hem nou eens gewoon gaat zeggen dat ik er ben?'

Stilte.

'Of misschien kan ik dat beter zelf doen,' vervolgde Shiv.

Het volgende moment begon Sammy's goedkope nieuwe telefoon in zijn hand te rinkelen.

Typisch. Was Remy er maar, dacht hij, dan kon hij mij helpen.

'Echt, sommige mensen...' zei Shiv Baines, 'gaan een hele week weg en nemen niet eens hun telefoon mee.'

De stilte die viel was zenuwslopend. Sammy trok een verkreukeld T-shirt en spijkerbroek met scheuren aan en liep de trap af.

'En als een wonder maakt hij zijn opwachting,' zei Shiv op de hem kenmerkende sarcastische toon.

Hij droeg een duur uitziende zwarte herenjas over een oranjezwart geblokt overhemd met daaronder een zwarte broek. Hij had zijn handen in zijn jaszakken gestoken en een fractie van een seconde vroeg Sammy zich af of hij misschien een pistool bij zich had. Maar zijn aandacht ging vooral uit naar de afwezigheid van de o zo vertrouwde toupet; zonder zijn haarstukje en met zijn hoofd kaalgeschoren zag Shiv Baines er totaal anders uit.

'Mag ik even zeggen dat je er zo veel beter uitziet?' flapte Jess eruit, naar zijn hoofd wijzend. 'Dat staat je echt heel goed.'

'De keus was niet aan mij,' zei Shiv droog. 'Maar zou je misschien thee kunnen zetten? Sterk graag, met twee klontjes suiker.'

Sammy deed snel een schietgebedje; hopelijk pakte Jess niet de mok waar met grote letters I'M A TWAT op de bodem stond.

Jess keek Shiv met opgetrokken wenkbrauwen aan. 'Wat kom je hier eigenlijk doen?'

'Ik wilde hem spreken, dat lijkt me duidelijk,' antwoordde Shiv met een knikje naar Sammy.

'Waarom?'

'Is dat van invloed op of ik wel of geen thee krijg?'

Ze haalde haar schouders op. 'Zou zomaar kunnen.'

'Oké, ik wil dat hij een contract bij me tekent.'

Wat? Sammy's oren begonnen te suizen. Had hij het goed gehoord?

En nog belangrijker: meende hij het?

'Dan zet ik thee,' zei Jess met grote ogen. 'Maar als je liegt...'

'Dan spuug je erin, heel origineel,' zei Shiv. Hij wuifde haar weg.

Jess ging naar de keuken, maar ze liet de deur openstaan omdat ze niets wilde missen.

Sammy keek Shiv aan en vroeg: 'Meen je dat?'

'Je denkt toch niet dat ik voor mijn lol die hele rit heb gemaakt?'

Shiv Baines stond erom bekend dat hij nooit iets voor de lol deed. Sammy schudde zijn hoofd over zijn eigen onbeleefdheid. 'Sorry. Nee, natuurlijk niet. Ga zitten.'

'Ik blijf staan. Ga jij maar zitten.'

Sammy deed wat hem werd opgedragen, voornamelijk omdat zijn knieën knikten.

'Ik heb eens even uitgezocht wie je bent. Naar je muziek geluisterd. Naar de filmpjes op YouTube gekeken. Je hebt me voor lul gezet.'

'Dat heb ik niet expres gedaan.'

'Ik wil je een platencontract geven.'

Sammy slikte. Nu zei hij het alweer. En ook weer alsof hij het meende. 'Waarom?'

'Omdat ik je nummers goed vind. Je hebt talent. En omdat het wel het laatste is wat de mensen nu van mij verwachten.'

Dat was inderdaad zo. Sammy knikte, zich ervan bewust

dat zijn mond was opengevallen en dat hij er waarschijnlijk compleet debiel uitzag.

'Maar we zullen snel moeten handelen,' vervolgde Shiv Baines. 'Om de situatie te kunnen uitbuiten. Hoeveel fatsoenlijke nummers heb je eigenlijk?'

'Ik?'

'Nee, die plant daar.'

'O, tientallen. Ik ben al jaren bezig. Ik had de beste op een stick gezet die ik je op het feest wilde geven, maar...'

'Nou ja, je hoeft ze me nu niet te laten horen. Mail ze me maar. Maar de paar die ik heb gehoord, bevallen me.' Hij klikte met zijn vingers naar een van zijn slaafjes, die hem een envelop van A4-formaat overhandigde. 'En je moet een contract tekenen. Tenzij je niet met mij wilt werken.'

Het was een echt contract. Vol ingewikkelde zinnen en woorden die Sammy niet snapte. Terwijl hij zijn blik over de pagina's liet glijden, zag hij ineens geldbedragen en hij voelde zich licht in het hoofd worden. Hij gleed met zijn tong over zijn lippen en zei: 'Kan ik hier iemand naar laten kijken, want ik...'

'Oké, je krijgt vierentwintig uur de tijd om het door een notaris te laten bekijken, en zodra je het dan getekend hebt, brengen we een persbericht uit en zorgen we ervoor dat je naar L.A. gaat.'

Sammy keek hem met grote ogen aan. 'L.A.? Je bedoelt... Los Angeles?'

'Wat dacht je dan dat ik bedoelde, Lekkere Aardbeien? Kom op, ik heb niet de hele dag de tijd; je hoeft me alleen maar te laten weten of je van de partij bent of niet. Anders verander ik misschien wel weer van gedachten.' Shiv haalde zijn schouders op. 'Je mag het zelf weten. Ik ben al voor heel wat uitgemaakt, maar ik ben de beste in mijn vak. En dat weet je.'

Dat was waar. Nog steeds enigszins verdoofd knikte Sammy en zei: 'Ik ben van de partij.'

'Welkom in mijn wereld, jongen.' Shiv schudde zijn hand en gaf hem toen een visitekaartje.

'Dank je.'

'Dus ik neem aan dat Morton Kendrick nog geen contact met je heeft opgenomen?'

Morton Kendrick was de Amerikaanse equivalent van Shiv Baines; ze waren al jaren elkaars rivalen. Sammy zei: 'Nee.'

'Ha, te traag, ik wist het.' Shiv knikte tevreden. 'Iemand vertelde me gisteren dat hij contact met je wilde opnemen. Dus daarom ben ik zo vroeg gekomen. Oké, heb je een geldig paspoort?'

'Eh... eh... ik geloof van wel.'

'Controleer dat even. Voor het eind van de week vertrek je. En mail me de rest van die muziek zo snel mogelijk.' Hij pakte de mok thee die Jess op de tafel had gezet, nam een grote slok en trok een vies gezicht. 'Mijn assistent zal nog contact met je opnemen over de bijzonderheden. Goed, dan gaan we.' Hij wendde zich tot Jess. 'Zijn vriendin?'

Een trots knikje. 'Ja.'

'Als je hem maar niet afremt.'

'Echt niet,' stoof ze op.

'Mooi zo.' Hij wees naar de mok. 'Te veel suiker.'

Toen Shiv Baines en zijn kleine entourage waren vertrokken, trok Sammy Jess naar zich toe en omhelsde haar stevig. 'Was dat echt?'

'Ja.' Ze keek hem in de ogen. 'Je leven gaat er heel anders uitzien.'

Hij streelde haar onderarmen. 'Je hebt kippenvel.'

'Ik kan er niks aan doen. Ik voel me... o, ik weet niet eens hoe ik me voel.' Ze trok hem tegen zich aan en fluisterde in zijn oor: 'Opgewonden. En heel erg blij voor jou. En... een beetje bang.'

Als je hem maar niet afremt. Sammy wist wat ze niet hardop

zei. Hij gaf haar een kus. 'Je hoeft je nergens druk om te maken. En je mag het zelfs niet denken, want zoiets gaat echt niet gebeuren. Ik hou van jou.'

Met tranen in haar ogen zei ze: 'Dat weet ik wel.'

'Ik meen het. We hebben het hier wel over mij, hè? Niet echt een seksgod. Het is ook weer niet zo dat de meisjes daar zich ineens op me zullen storten.'

Ze knikte en droogde haar tranen. 'Ik weet het. Ik doe stom. Het is allemaal zo onverwacht... Ik kan het nog steeds nauwelijks geloven.'

'Ik ook niet. Ik kom onder contract te staan bij Shiv Baines. Hij wil dat ik naar L.A. ga. Hij heeft mijn filmpjes op YouTube gezien en vindt mijn muziek goed.' Een brede lach verscheen op Sammy's gezicht terwijl hij zijn telefoon pakte. 'Ik moet Remy bellen. Hij denkt vast dat ik een grapje maak.'

'Zet hem op speaker, dan kan ik het ook horen.'

Zijn lach werd nog breder, terwijl hij zijn hand door zijn haar haalde dat alle kanten uit stond. En na Remy zou hij zijn moeder in Portugal bellen, zijn vader in Swansea, en Lou natuurlijk. Maar Remy moest het als eerste weten.

'Dit is zo idioot. Ik had nooit gedacht dat het zou gebeuren. Voor het eerst van mijn leven zal mijn grote broer trots op me zijn.'

31

'Ik wou echt dat ik je kon helpen,' zei Sammy, 'dat weet je. Maar ik zit hier vast op deze kloteplek...' Terwijl Lou toekeek, haalde hij de telefoon weg bij zijn gezicht en draaide hem langzaam rond om haar het glinsterende blauwe water van het zwembad te laten zien en de nog blauwere lucht, de palmen en de volle kleurige bloemenborders om het zwembad.

'O, wat zielig voor je.' Ze toonde hem haar eigen uitzicht op de striemende regen die uit een loodgrijze lucht viel, de kale bomen die ombogen in de storm, en de gestripte muren van de kamer die ze aan het schilderen was.

'Ik wilde net zeggen: pas op dat je Shiv niet in het water duwt, maar wie zou er nu niet in zo'n zwembad willen zwemmen?'

'Hij komt hier nooit. Hij werkt 's nachts en slaapt overdag, als een mol. Maar de samenwerking is prettiger dan ik had verwacht,' zei Sammy. 'Als hij zijn blaaskaak-gedrag even vergeet kan hij erg grappig en aardig zijn.'

Lou kon zich dat nauwelijks voorstellen, maar misschien had Shiv Sammy gehersenspoeld. 'Maar hoe gaat het nu?' Ze zette haar toestel op de vensterbank die al in de grondverf stond en maakte het deksel van een blik Farrow & Ball Vert De Terre open met een beitel.

'Het is echt een droom die uitkomt, alleen al in die opnamestudio te zijn. En de muzikanten zijn te gek. Eigenlijk is het hele team te gek.'

'Dat zie ik.' Lou grinnikte toen er zorgvuldig gestylede meisjes in micro-bikini's kwamen aanlopen, die naar hem zwaaiden en riepen: 'Ha Sammy, *hi babe*!'

'Dat is de nieuwe meisjesband van Shiv. Ze heten Tempt You.' Hij stak ter begroeting zijn hand even op toen ze heupwiegend langs hem liepen op hun veelkleurige hoge hakken.

'Ze zien er ongelooflijk goed uit.'

'Ze zijn bezig met de laatste opnames van de video voor hun debuutsingle.' Na een korte pauze voegde Sammy eraan toe: 'Ik hoorde vanochtend van de assistent van Shiv dat ze willen dat ik hier nog wat langer blijf. Nog een paar weken. Misschien drie. Denk je dat Jess dat oké zal vinden?'

O. Het was nu half januari. Lou wist dat Jess de dagen telde, en nu zou hij misschien pas in de eerste week van februari naar huis komen. Maar ze kon zich eigenlijk moeilijk beklagen, want Sammy was eindelijk op weg een succes te worden, beroemd om iets anders dan een video waar ijsblokjes en een pruik aan te pas kwamen. Ze zei: 'Jij kunt er toch niks aan doen? Ze begrijpt het vast wel.'

'Dat weet ik. Ik wil alleen niet dat ze... nou ja, dat ze zich in de steek gelaten voelt.' Hij veegde met de rug van zijn hand natte haarlokken van zijn voorhoofd. 'Ik weet dat ze me vertrouwt, maar misschien gaat ze zich toch zorgen maken om bepaalde dingen. Die pr-lui hier hebben het alleen maar over verhalen maken, zoals ze dat noemen. Zelfs als ze niet waar zijn.'

'Wat voor verhalen?'

'Nou, een van de meisjes van Tempt You heeft het net voor kerst uitgemaakt met een voetballer. En nu denken ze dat het cool zou zijn als wij iets met elkaar kregen. Ik bedoel, ik heb nee gezegd, maar ze komen er steeds weer op terug.'

'Iets met elkaar krijgen?'

'Niet echt! Gewoon een beetje flirten en zo. Om de belangstelling voor ons aan te wakkeren. Het is hun werk om dat soort dingen te verzinnen. Het bedrijf investeert heel veel geld in ons, zei de vrouw van de pr. Ze moeten er alles aan doen om te voorkomen dat het voor niets is. Ik weet het, het is belachelijk. Maar wat kan ik doen? Ik wil niet dat ze van gedachten veranderen en besluiten dat ik toch niet meer de moeite waard ben.' Hij keek Lou smekend aan. 'Want jij weet net zo goed als ik dat dit mijn enige kans is.'

Alles wat hij zei klopte op een of andere verwrongen manier wel. In de wereld die hij nu betrad, wilde het publiek vermaakt worden, in welke vorm dan ook, en dat continu. Lou zei: 'Jess begrijpt het vast wel. Als je haar maar op de hoogte houdt van wat er gaat gebeuren. Gewoon alles uitleggen, zoals je het mij net hebt uitgelegd.'

'Oké.' Sammy knikte, terwijl er weer een groepje bijna naakte glamourgirls langsliep en hem luchtkusjes toewierp.

'Het is maar een idee, maar ik denk dat je haar beter vanuit je hotelkamer kunt bellen,' zei Lou.

De Bear Inn beleefde een rustige periode, want het was koud en nat buiten en de helft van de vaste klanten deed mee aan Dry January. Bob en zijn gezin waren naar de Zwitserse Alpen vertrokken om te skiën en Rico was tijdelijk als enige de baas. 's Avonds werkte Jess er ook, en omdat het niet druk was, had ze volop tijd om met de klanten die er wel waren te praten.

Lou, die op een kruk aan de bar zat, tuurde naar de telefoon om de foto te bekijken die Jess haar liet zien.

'Ik bedoel, ik snap het wel, maar het voelt nog steeds een beetje raar,' zei Jess. 'Een beetje... vernederend. Alsof ik uit de foto word geairbrusht omdat ik niet in het verhaal pas.' Ze haalde haar schouders op. 'Wat waarschijnlijk ook zo is.'

Het was inmiddels de derde week van januari. De pr-afdeling van Shiv Baines' platenmaatschappij had er geen gras over laten groeien; ze hadden een verhaal in elkaar gedraaid waarvan zowel Sammy Keeler als Frini Papadopoulos profijt van zou hebben. Frini, de leadzangeres van Tempt You, was een oogverblindende brunette uit Manchester met een modellenfiguur en een aanbiddelijke glimlach. Volgens Sammy was ze in het echt heel verlegen, hoewel je dat niet zou zeggen als je hun net uitgekomen muziekclip zag, waarin ze al dansend een hele rij geoliede dansers af ging.

Het officiële verhaal was, op dit moment, dat Sammy en Frini beslist geen stel waren, hoewel de vele foto's die vrij werden gegeven anders deden vermoeden, want daarop leek toch echt sprake te zijn van een ontluikende woest romantische wederzijdse aantrekkingskracht. Maar mondje dicht, het was geheim, omdat de grote Shiv zelf had verordonneerd dat zijn artiesten zich op hun muziek moesten concentreren en dat dat soort geintjes niet was toegestaan.

'Hij komt al bijna weer thuis,' stelde Lou haar gerust.

'Dat weet ik. En ik kan niet wachten.' Jess liet een blik glijden over haar strakke crèmekleurige trui en te strakke spijkerbroek van na de feestdagen. 'Misschien moet ik nog gauw even op dieet gaan.'

'Doe niet zo raar, dat is nergens voor nodig. Hij houdt van je zoals je bent.' Lou klikte de foto's weg van Sammy en Frini die smeulende blikken uitwisselden op het strand (Sammy was echt niet goed in smeulende blikken), en keek op toen de deur openging en er drie meisjes van het Marlow Hotel binnenkwamen.

Om precies te zijn, twee meisjes van het Marlow, samen met Tanisha, de ontslagen receptioniste.

'Hoi, daar ben ik weer!' Tanisha, die niet wist wat verlegen betekende, begroette Lou en Jess enthousiast. 'God, wat is het hier saai vanavond! Weet je nog, de laatste keer dat ik hier was, toen Sammy verliefd op me was en ik zijn hart heb gebroken? Hij was er kapot van toen ik geen afspraakje met hem wilde maken... Ha, dat verhaal zou ik best eens aan de bladen kunnen verkopen! En moet je hem nu zien, een fantastisch leventje in L.A. Hij is kind aan huis bij de sterren en slaapt waarschijnlijk met meer vrouwen dan wij op de vingers van twee handen kunnen tellen!'

'Hij slaapt daar helemaal met niemand.' Jess keek haar strak aan.

Tanisha sloeg een hand voor haar mond. 'Oeps, ik was helemaal vergeten dat jullie nu iets hebben. Sorry! Maar heeft hij tegenwoordig dan niet iets met die Frini?'

Jess bloosde. 'Ze doen alleen maar alsof. Dat is beter voor de publiciteit.'

'Nou, dat zal dan wel, als Sammy het zegt. Hoe dan ook, het is hier veel te stil naar onze smaak.' Tanisha wendde zich tot haar vriendinnen. 'Laten we naar de Dog and Duck gaan. Dag Jess. Doe Sammy de groeten van me.'

Toen de drie meisjes weg waren, zei Lou: 'Trek je er maar niks van aan.'

'Ze zegt alleen maar wat iedereen toch al denkt. Maar daar zal ik aan moeten wennen.' Ze beet op haar onderlip. 'Er zit weinig anders op.'

'Grote whisky graag, zonder ijs.' Steve Crane was binnengekomen, net nadat de drie meisjes waren vertrokken. Terwijl Jess zijn lievelingsglas pakte en Laphroaig inschonk, keek hij Lou stralend aan. 'Ik heb gehoord dat je het druk had, met het huis op orde brengen voor de nieuwe gasten.'

'Dat kun je wel zeggen.' Lou grijnsde; de slaapkamers waren klaar en ze kon bijna niet wachten tot het zover was. Ze mocht dan wel doen alsof ze het allemaal niet zo belangrijk vond, maar het idee dat Tom volgend weekend in het huis zou trekken was echt iets waarop ze zich verheugde. Hopelijk zou hij ervoor zorgen dat ze wat minder vaak aan Remy dacht.

'Nog maar zes dagen,' vervolgde Steve vrolijk. 'Trouwens, ik vind Della's kamer erg mooi geworden. Goed gedaan. Die meubels staan er fantastisch.'

Lou fronste; Della had geklaagd dat ze de donkere meubels in de gele kamer niet mooi vond en daarom had ze de oude kleding- en ladekast geschuurd en wit geverfd, waarna ze ze had ingewreven met zilverkleurige was voor een shabby-chic effect. Ze had foto's gemaakt van het resultaat en Della was laaiend enthousiast geweest. 'Ben je dan in het huis geweest?' Edgar had daar niets over gezegd.

'Nee, nee.' Steve schudde zijn hoofd. 'Della heeft me wat foto's gestuurd. Ik vind het zo leuk dat ze hier komt wonen. We gaan samen uit eten. Ik heb al een tafel gereserveerd bij

Colworth Manor.' Hij gaf haar een overdreven knipoog, want hij was Steve Crane, die rondreed in een zilverkleurige Bentley en die van het knipogen was. 'Della zal de boel hier wel flink opfleuren.' Nog een knipoog, voor het geval Jess en Lou de eerste hadden gemist. 'Echt een vrouw naar mijn hart. En ik heb het idee dat dat gevoel weleens wederzijds kan zijn.'

32

Het sneeuwde. Er lag al een dun laagje op de velden en heuvels toen Remy terugreed uit Bath na een overleg met een klant. Sammy had een berichtje achtergelaten op zijn voicemail om hem te laten weten dat hij in de Mara Stillman-show zat. Het was live, wat zowel opwindend als doodeng was, en of Remy zou kijken?

De uitzending ging in Californië om twaalf uur 's middags de lucht in en kon om zeven uur 's avonds in Engeland online worden gevolgd. Het was nu tien voor zeven, hij zou toch nog op tijd thuis zijn. Toen hij door de straten van Foxwell reed, remde hij even af om een oudere vrouw met een boodschappenkarretje te laten oversteken. Hij zag dat de lampen in het kantoor van Trent and Keeler brandden, wat betekende dat Lou er aan het schoonmaken was.

Het was al bijna een week geleden dat hij haar voor het laatst had gezien; ze was druk geweest met het huis op orde te krijgen voor de nieuwe bewoners. Het ging hem natuurlijk niets aan, maar dat wilde nog niet zeggen dat hij er blij mee was. In een opwelling parkeerde hij zijn auto achter Lou's grijze Mini. Hij zou nooit hardop toegeven dat hij haar vreselijk had gemist. En bovendien wist ze misschien niets van Sammy's tv-optreden, dus dat was een goed excuus om even naar binnen te gaan.

En daar was ze. Hij bleef in de deuropening staan en keek naar haar, terwijl ze, met haar rug naar hem toe, energiek aan het stofzuigen was en ondertussen meezong met de muziek die uit haar oortjes kwam.

Nou ja, zingen was te veel gezegd. Blijkbaar kende ze wel de melodie, maar niet de tekst en daarom was er veel la-la-la en die-da-die-doe te horen, terwijl ze heupwiegend door het kantoor liep en zich bukte om ook onder het bureau te zuigen waar Briony een koekje had laten vallen dat ze tot kruimels had vermalen onder haar voeten.

'... you and me, da da da, meant to be... only when the hills have eyes en de la-la-la never gonna exercise...'

Remy glimlachte, want zijn moeder had precies hetzelfde gedaan, haar eigen woorden ertussen strooien als ze de tekst niet kende.

En Lou wist nog steeds niet dat hij hier stond. Ze had haar haar in een hoge paardenstaart gebonden zodat haar nek zichtbaar was. Hij vroeg zich af hoe het zou zijn om de gevoelige huid daar te kussen. Hij zou het natuurlijk niet doen, maar het was niet verboden om erover te fantaseren, toch? Ze droeg zilveren ringen in haar oren die tegen haar hals tikten, terwijl ze haar hoofd op de maat van de muziek bewoog. En ze had dan wel niet iets speciaals aan, gewoon een verwassen paars sweatshirt en een donkerblauwe legging, maar voor hem was alles aan haar speciaal.

Nee, het viel niet te ontkennen, zijn gevoelens voor Lou zouden niet meer weggaan.

Integendeel zelfs.

'O, woo hoo hoo, you're my pea-green kangaroo, and I'll never ever... o!' Midden in een dansbeweging draaide ze om en trok geschrokken de oortjes uit haar oren. 'Hoi, sorry, ik had de deur niet gehoord met deze dingen in. Edgar haat het als ik

meezing, dus daarom leef ik me hier altijd helemaal uit.'

Remy's hart maakte een sprongetje, en dat was het moment waarop hij het zeker wist.

Lou keek hem grijnzend aan; ze zat er totaal niet mee dat hij haar had betrapt.

'Zing maar lekker door. Ik haat het niet. Vooral die groene kangoeroe vond ik leuk.' Hij keek op zijn horloge. 'Heeft Sammy je verteld over dat tv-optreden?'

'O ja! Ik wilde het op mijn telefoon bekijken... O, het begint zo meteen al. Maak je geen zorgen, ik werk intussen gewoon door!'

'Zullen we anders samen op de computer kijken?' Hij zette hem aan. 'En je mag best even stoppen met werken voor zoiets speciaals als dit.'

Remy vond de website, maakte het beeld zo groot mogelijk en pakte nog een stoel zodat ze naast elkaar konden zitten. Zo dicht bij haar te zijn, zonder haar aan te raken, bleek een opwindende ervaring te zijn; hij voelde iets wat hij in geen jaren had gevoeld.

Ach, wie hield hij nu eigenlijk voor de gek? In geen tientallen jaren.

Toen begon Sammy's stukje en werd het tijd dat hij zich op hem concentreerde. Mara Stillman was ergens in de dertig, ontzettend populair in Amerika en had een warme en enthousiaste manier van doen. Ze introduceerde Sammy met de volgende woorden: 'Ik verheug me er enorm op mijn nieuwe held te ontmoeten, een singer-songwriter die het helemaal zal gaan maken... de jonge Engelsman die Shiv Baines op oudjaarsavond een nat pak bezorgde... Ja, ik weet het, jullie hebben die video allemaal al heel vaak bekeken. Een luid applaus voor... Sammy Keeler!'

Lou legde haar hand op haar borst. 'Mijn hart klopt in m'n keel.'

'Dat van mij ook,' zei Remy, al was dat bij hem om een heel andere reden.

'Hij is heel bang dat hij per ongeluk zal vloeken op tv.'

Op het scherm zei Sammy: 'Hallo, Mara. Ik vind het ongelooflijk dat ik hier ben. Mijn vrienden thuis kijken nu ook, ze willen weten of ik niet per ongeluk zal vloeken.'

Mara Stillman lachte. 'O alsjeblieft niet! Maar wat is er ineens veel aandacht voor je, hè? Het voelt vast heel raar, na jaren voor een klein publiek te hebben opgetreden, dat ineens iedereen als een blok voor je muziek is gevallen. Al meer dan zeven miljoen mensen hebben je oude video's op YouTube bekeken. Ze vergelijken je wel met Ed Sheeran. En ik zal je een geheimpje verklappen: alle meisjes hier achter de coulissen zijn een beetje verliefd op je!'

Sammy zei: 'Nou, dat is dus iets wat me nog nooit eerder is overkomen. Ik bedoel, ik zie er niet per se heel goed uit en...'

'Hou op, je bent echt een schatje om te zien! Met dat ondeugende lachje, die prachtige blauwe ogen... en ik heb gehoord dat we niet de enigen zijn die je hebt betoverd. Eerst weet je er een ongelooflijk contract uit te slepen bij de grote boze muziekman zelf, en dan valt ook nog eens het oog van een adembenemend mooi meisje op je... Daar heb je haar!'

Op het scherm verscheen een foto van Sammy en Frini Papadopoulos samen aan een tafeltje naast een zwembad.

'We zijn alleen maar vrienden,' zei Sammy.

'En het is altijd fijn om vrienden te hebben,' zei Mara plagend. 'Vooral als ze zo mooi zijn als deze!'

'O god, die arme Jess,' zei Lou. 'Zelfs al weten we dan dat het niet waar is.'

'We wensen je heel veel succes, Sammy. Je hebt ons allemaal voor je gewonnen op oudjaarsavond en je hebt Shiv Baines een grote dienst bewezen, want door jouw toedoen heeft hij ontdekt dat hij dat haarstukje helemaal niet hoeft te dragen. Onze hele crew is je trouwens dankbaar, want raad eens wat ze vanochtend in de kringloopwinkel vonden? Shiv had het daar net afgegeven...' Een van de camera's zoomde in op een stuk of vijf grijnzende crewleden met goedkope nylon zwarte pruiken op hun hoofd.

'Maar we zijn echt alleen maar vrienden,' herhaalde Sammy snel, terwijl alle anderen in de studio lachten om de pruiken. 'Er is niks tussen ons, echt niet.'

'Ik geloof je, maar miljoenen mensen zullen er anders over denken,' zei Mara plagend. 'Fijn dat je er was. Mensen, dit was Sammy Keeler. Hij is nu al een grote held, en we voorspellen dat hij een megaster zal worden!'

Toen het item was afgelopen, ontving Lou een berichtje op haar telefoon. Toen ze zag wie het was, kreeg ze een glimlach om haar mond en Remy kon haar opwinding bijna voelen toen ze het berichtje las.

'Het is Tom. Zaterdag is de verhuizing.' Haar ogen glansden. 'En hij zegt dat hij zich er erg op verheugt om me terug te zien.'

Misschien was het niet eerlijk, want hij kende de man nauwelijks, maar intuïtief had Remy al een hekel aan hem. Hij vertrouwde Tom Lloyd voor geen cent. Ineens drong tot hem door dat Lou hem aankeek met een blik alsof ze zich afvroeg wat hij dacht. En hoe graag hij het ook wilde, hij wist dat hij niet het recht had om haar te vertellen hoe hij dacht over de man voor wie ze blijkbaar gevoelens begon te koesteren. Terwijl hij de computer uitzette, zei hij: 'Zo te horen kan hij nauwelijks wachten.'

Lou schoof haar stoel naar achteren en pakte de stofzuiger. 'Ik ook niet,' zei ze vrolijk.

Het was verhuisdag. De grote bestelbus reed de oprijlaan op, met de eigenaar ervan achter het stuur, minuten later gevolgd door Edgars Bentley. Hij was gisteren naar Londen gereden en kwam nu terug met Della, Tom en Fia, terwijl hun bezittingen de reis hadden gemaakt in de groezelige witte bestelbus die Tom had moeten inhuren toen Edgar had gezegd dat hij niet van plan was de kosten voor een echt verhuisbedrijf op zich te nemen.

Lou en Captain Oates renden naar buiten om hen te begroeten.

Edgar wist niet wat hij zag. 'Wat heb je met je gezicht gedaan?'

'Dat heet make-up, Eddie,' zei Della vriendelijk. 'Dat is voor als we er op ons mooist willen uitzien.'

Lou veegde stiekem even over haar wangen; misschien was ze iets te enthousiast geweest met de blusher.

'Let maar niet op hem.' Tom omhelsde haar. 'Je ziet er goed uit. Hallo. Ik heb je gemist.'

'Dat zegt hij tegen alle meisjes.' Fia ging op haar hurken zitten om Captain Oates te begroeten en riep: 'Hallo, schatje, ik heb jou ook gemist! Brr, wat is het hier koud, zullen we gauw naar binnen gaan? Ik zou wel een cocktail lusten.'

'O ja, ik ook!' Della klapte in haar handen. 'Een espressomartini, perfect!'

'Voor mij rode wijn,' zei Tom.

De eigenaar van de bestelbus keek hen na toen ze naar het huis liepen en schreeuwde toen: 'Hé, en wie helpt me dan met uitladen?' Hij wees naar zijn bus.

Edgar maakte een wegwerpgebaar. 'Lou, help jij hem even.'

'Meen je niet,' zei de man toen hij zag dat de rest naar binnen ging.

'Geen paniek,' zei Lou tegen hem. 'Ik ben sterker dan ik eruitzie.'

Terwijl ze de koffers en meubels uitlaadden, vroeg ze: 'Heeft die blonde jongen je in Londen geholpen met alles in de bus laden?'

'Je bedoelt die vent die net naar binnen liep, die rode wijn wilde?' De chauffeur lachte. 'Hij kwam pas opdagen toen we al bijna klaar waren. Ik heb de oude man die beneden woonde moeten vragen om me een handje te helpen. Hij dacht dat hij een hartaanval zou krijgen toen hij dit kloteding in de auto moest tillen.'

'Dit kloteding' was de spectaculaire troon-stoel die Fia had gekocht en die Sammy naar Londen had gebracht. En nu was de stoel weer terug in Foxwell. Als Fia niet verliefd was geworden op die stoel, had Sammy Shiv Baines misschien wel nooit ontmoet.

Zo zag je maar weer dat een ogenschijnlijk onbelangrijk voorval zomaar je hele leven op de kop kon zetten.

Hoewel Lou diep vanbinnen toch hoopte dat Tom naar buiten zou komen en zou zeggen: 'Wat stom van me. Natuurlijk help ik met uitladen. Hier, geef maar aan mij.' Ze wist dat Remy en Sammy meteen hun hulp aangeboden zouden hebben, hoe erg ze het ook vond om Tom met Remy te vergelijken.

Om zes uur had Della een saffierblauwe wollen jurk aangetrokken, haar make-up bijgewerkt en aangekondigd dat haar vriend Steve haar zo meteen zou komen ophalen om haar op een etentje in de Colworth Manor te trakteren.

'Weet je nog dat je als kind zo gek was op die tekenfilmserie over die teckel?' Ze keek Fia lachend aan en begon het refrein te zingen van het bekende liedje. 'Die vent die Dennis heeft bedacht, heeft Colworth Manor gekocht en er een fantastisch country house-hotel van gemaakt. Hij is inmiddels met pensioen, maar hij woont er nog steeds en zijn dochter Daisy runt het hotel. Steve zei dat Hector een ontzettend leuke man is en dat we na het eten waarschijnlijk in de bar eindigen om daar liedjes met hem te zingen! Ik verheug me er zo op.'

'En is hij single?' wilde Tom weten.

'Helaas niet.' Della bevestigde glinsterende oorknopjes aan

haar oren. 'Hij schijnt nog steeds verliefd te zijn op zijn vrouw.' Ze lachte. 'Maar Steve is gescheiden, dus er is hoop!'

Edgar keek teleurgesteld. 'Ik wist niet dat je een afspraak had vanavond.'

'O Eddie!' Opgewekt sloeg Della een paarse sjaal om haar hals. 'Dat heeft Steve allemaal geregeld! Maar je vindt het toch niet erg? Ik ben hier nieuw, dus het is niet meer dan logisch dat ik mensen wil leren kennen. Je hoeft niet op me te wachten, hoor, het zal wel laat worden. En maak je geen zorgen, ik heb mijn sleutel bij me. Dag!'

Lou had medelijden met Edgar, die Captain Oates onder zijn arm nam en naar boven ging.

Een uur later had ze medelijden met zichzelf toen Fia zei: 'Oké, tijd om het plaatselijke nachtleven te gaan ontdekken. Ga je mee of laat je me in mijn eentje gaan?'

Ze had het tegen Tom, die haar geamuseerd aankeek. 'Ik zou niet durven.'

'Lou, wat is de leukste kroeg hier?'

'De Bear is de beste,' zei Lou, 'en de eigenaren zijn heel aardig.'

'Cool, kun jij ons even brengen dan?'

Ze aarzelde, want ze vroeg zich af of een van hen haar nog zou uitnodigen om mee te gaan. Toen dat niet gebeurde, zei ze: 'Oké dan.'

Tien minuten later reed ze het parkeerterrein op, en Fia zei: 'Bedankt. We bellen wel als je ons weer moet ophalen.'

Oké, dit werd echt belachelijk. Lou blies in haar handen om ze te warmen en zei: 'Sorry, maar dat gaat niet.'

'O, waarom niet?'

'Omdat ik dan slaap. Ik heb een lange dag achter de rug.' Ze zag de blik van verbazing. Fia was blijkbaar gewend om altijd haar zin te krijgen. 'Maar het is niet zover lopen. Iets meer dan een kilometer maar.'

Een ruime kilometer heel erg heuvelopwaarts...

Fia haalde haar schouders op. 'Oké. We vinden vast wel iemand die ons een lift kan geven.'

'De klanten kennende is het waarschijnlijk veiliger om te lopen,' zei Lou.

Veel later werd ze wakker van geklop op haar slaapkamerdeur.

Haar ogen vlogen open. In haar droom had ze geprobeerd het kantoor van Trent and Keeler schoon te maken, maar Talli was er ook en gooide handenvol rijst, gras en dropjes over de grond. Lachend om de rotzooi zei ze tegen Lou: 'Aan jou heb je echt helemaal niks, ik zal tegen Remy zeggen dat hij je moet ontslaan.'

Dat ze net op dat moment wakker was geworden, was eigenlijk een opluchting, want het was echt niet fijn om te worden uitgelachen door Talli.

Er werd opnieuw geklopt. Ze keek op haar horloge, zag dat het tien over twaalf was en vroeg slaperig: 'Ja?'

De deur ging krakend open en in de deuropening verscheen een vage gestalte.

'Hoi, ik ben het.' Tom, nog in zijn kleren, trok de deur achter zich dicht en liep de kamer door. 'Alles goed?'

De akelige droom verdween meteen naar de achtergrond. 'Ik sliep.'

'Maakt niet uit. Je bent nu wakker.' Hij ging op het bed zitten, pakte haar hand en kneep er zacht in. 'Ik wilde me verontschuldigen. Ik had best willen vragen of je zin had om mee te gaan, maar Fia wilde per se alleen met mij. Ze vindt het vreselijk om het gevoel te hebben dat ze het nieuwe meisje op school is en door de juffrouw dan aan iedereen wordt voorgesteld. Maar echt, sorry. Ik hoop dat je het niet erg vond.'

Hij streelde inmiddels haar arm, met zijn lichaam dicht bij het hare, en ze voelde zijn warme adem op haar wang.

'Nee, hoor,' loog ze.

'Ik heb je zo gemist. Wil jij me morgen de stad laten zien?'

'Als ik tijd heb. Hoe zijn jullie uiteindelijk thuisgekomen?'

'Fia heeft haar charme aangewend en een of andere vent zover gekregen dat hij ons naar huis bracht. Ik weet niet meer hoe hij heet, maar hij heeft een printshop.'

'Dave Harding.'

'Whatever. Maar heb ik al gezegd dat ik je heb gemist?'

'Een paar keer maar.' Lou glimlachte in het donker, want hij had zijn neus in haar hals gestoken. Hij was er, hij was single en hij had die akelige droom met Remy en Talli erin verjaagd.

'En heb ik je onlangs nog verteld dat je heel mooi bent?' Hij trok een spoor van kusjes langs haar sleutelbeen.

'Ik geloof het niet.'

'Nou, ik zeg het je nu. Mag ik vanavond bij je slapen?'

Mocht dat? Klaarwakker ineens vroeg Lou zich af of het niet verstandiger zou zijn om hem naar zijn eigen kamer te sturen. Maar aan de andere kant, waarom zou ze verstandig zijn? Bijna iedereen die ze kende, had iemand, voelde zich geliefd en begeerd. Zoals haar vrienden al hadden voorspeld, zou ze tijd nodig hebben om over het schokkende en abrupte einde van haar huwelijk heen te komen, maar nu was het blijkbaar zover. Brett was er niet meer, haar lichaam was aan het helen en wilde weer leven.

Natuurlijk had ze wel een erg eigenzinnig lichaam dat eigenlijk liefde, seks en geluk wilde met iemand die ze niet kon krijgen. Het was alsof je een kebabzaak in liep en dan een dure kreeft bestelde...

Oké, de restanten van de droom waren er dus nog. Ze voelde zich nog steeds gekwetst omdat ze was uitgelachen door Talli, die in het echt altijd heel aardig tegen haar deed.

Verdomme.

Maar nu lag ze in bed naast Tom Lloyd. Hij was dan misschien tweede keus, maar hij was ook aantrekkelijk en single. En hij wilde haar.

Hij had haar gemist. Hij vond haar mooi. En ze moest echt proberen om over haar enorme, en compleet zinloze verliefdheid op Remy heen te komen.

Ze hoorde Tom naar adem happen toen ze knopen begon los te maken, eerst die van zijn overhemd en toen die van zijn spijkerbroek.

Zijn tanden glinsterden in het donker toen hij fluisterde: 'En ik dacht nog wel dat je nee zou zeggen.'

Buiten klonk de roep van een uil. Ze streek met haar warme hand over zijn borstkas en voelde het gebonk van zijn hart. Tom wílde haar. Ze haalde diep adem en zei zacht: 'Ik heb besloten dat het tijd is om ja te zeggen.'

33

Edgar bedacht dat het hem niet had moeten verbazen hoe de afgelopen tien dagen waren verlopen, want hij kende eigenlijk niet anders dan teleurstellingen in zijn leven.

Toch had hij op de een of andere manier gehoopt dat het deze keer anders zou zijn.

Hij had enorm naar Della's gezelschap verlangd, maar het bleek allemaal een stuk minder leuk dan hij zich had voorgesteld. Ze miste Londen, had ze hem met de haar kenmerkende botheid verteld. En ze miste haar vriendinnen, de chique winkels in West End. Als gevolg daarvan bracht ze steeds meer tijd door op haar slaapkamer, waar ze met vriendinnen belde, tv keek en zichzelf schoonheidsbehandelingen gaf. Wanneer ze beneden was, zat ze haar nagels te lakken, at ze zakkenvol chips leeg en keek ze nog meer tv. Soms wilde ze wel met hem kaarten, en hij had geprobeerd om haar de regels van backgammon uit te leggen, maar meestal zei ze al heel snel dat ze moe was en dan ging ze naar boven voor een middagdutje.

Bovendien was ze, al vier keer tot nu toe, compleet opgetut uitgegaan met Steve Crane.

En wat haar zoon en dochter betrof... tja. Gelukkig was Tom meestal in Londen, waar hij naar eigen zeggen aan een scenario werkte met een vriend die zichzelf ook schrijver noemde. Er was iets aan Tom wat Edgar totaal niet beviel, maar daar kon hij met niemand over praten.

En dan was er nog de dochter, Fia, die in elk geval dol was op Captain Oates, maar in alle andere opzichten een wandelende ramp was. De hele dag had ze afgrijselijke muziek op staan, ze krijste van het lachen wanneer ze belde met vrienden – heel vaak! – en ging continu de trap op en neer in zijn traplift, gewoon voor de lol!

Edgar wachtte tot de wolken waren opgetrokken en de zon tevoorschijn was gekomen en ging toen op zoek naar Della. Ze zat in de woonkamer te bladeren in zo'n glossy van Fia.

'Het leek me wel een leuk idee om een wandeling te maken,' zei hij.

Ze keek op. 'Een wandeling? Met jouw heup?'

'Ik bedoel geen lange wandeling. Gewoon een rondje om de begraafplaats.'

Ze trok haar neus op. 'O schat, daar heb ik echt geen zin in.'

Edgar keek haar echter strak aan. 'Alsjeblieft.'

Blijkbaar had zijn stem zo'n scherp randje dat ze van gedachten veranderde. Ze legde het blad neer en zei: 'Oké dan, als het per se moet.'

Toen hij door de toegangspoort van de begraafplaats reed, vroeg ze: 'Waarom neem je me hier eigenlijk mee naartoe?'

'Omdat je het nog niet hebt gezien. De plek die ik voor mezelf heb gereserveerd.' Aan het eind van de oprijlaan bracht hij de auto tot stilstand.

'Schat, ben je soms ziek?' Ze legde bezorgd een hand op zijn onderarm.

Ze was misschien nooit een echt groot actrice geweest, maar het was wel haar vak. Koesterde ze stiekem soms hoop?

'Ik voel me prima,' zei hij. 'Ik heb me nog nooit zo goed gevoeld.'

'Nou, dat is erg fijn om te horen!'

Zou ze dat menen? Edgar vroeg zich af of ze wel wist hoeveel verdriet ze hem al die jaren geleden had gedaan en eigenlijk nog steeds deed.

Ze stapten uit en namen het pad dat rechts van de oude kerk liep. Hij was traag, maar hier maakte dat niet zoveel uit. Je kon grafstenen lezen, fantaseren over de mensen die er lagen, verhalen bedenken.

'Hier kom ik te liggen,' zei hij ineens. Hij wees met zijn wandelstok naar een stuk gras onder een nu kale moerbeiboom.

Ze fronste. 'Waar liggen je ouders? Of liggen die hier niet?'

Hij schudde zijn hoofd. 'Ze liggen op het Highgate Cemetery in Londen.'

'Maar wil je dan niet bij hen begraven worden?'

Edgar voelde een steek in zijn hart. Zijn ouders hadden ervoor gekozen om bij zijn zus begraven te worden; dat was altijd al de bedoeling geweest. En hij had ook altijd geweten dat ze niet zouden willen dat hij bij hen drietjes kwam te liggen. Hij had Della echter nooit over Elizabeth verteld; sommige herinneringen waren gewoon te pijnlijk om met anderen te kunnen delen. Nors zei hij: 'Ik lig liever hier.'

Alleen, altijd maar alleen...

'Waarom heb je nu al een plekje gekocht?'

'Omdat ik niet ergens terecht wilde komen waar ik niet wil zijn.' Hij wees naar de belendende graven, allemaal goed onderhouden graven van mensen die van ouderdom dood waren gegaan. 'Geen bierblikjes, geen ballonnen. Geen windorgels waar je knettergek van wordt. En geen kunstbloemen,' zei hij op scherpe toon.

'O, maar kunstbloemen kunnen heel mooi zijn! En ze gaan eeuwig mee!' riep Della uit.

'Ik geef de voorkeur aan verse bloemen.' Hij zweeg even, keek haar toen aan en bracht het onderwerp voor het eerst ter sprake. 'Als ik dood ben, zul je dan mijn graf bezoeken? En bloemen meenemen?'

Ze keek even verbaasd maar zei toen: 'O Eddie, natuurlijk!'

'Geen anjers. Ik hou niet van anjers.'

'Schat, dat zou ik je niet aandoen! Alleen maar lelies en rozen.'

'Ook geen lelies. Katten kunnen doodgaan van hun pollen.'

'Prima. Ik zal prachtige bloemen kopen die niet schadelijk zijn voor dieren. Maakt niet uit wat het kost!' Ze rolde geamuseerd met haar ogen, alsof ze zijn verzoek een beetje belachelijk vond.

'Je hoeft je over geld geen zorgen te maken. Dat weet je.'

Ze knikte, ging dichter bij hem staan en stak toen rillend haar arm door de zijne. 'Brr, het is koud. Dat weet ik wel. En natuurlijk is het heerlijk om te weten dat je alles aan mij nalaat, maar het duurt misschien, hopelijk, nog heel lang voordat het zover is. Maar het punt is, schat, dat ik op het ogenblik problemen heb met de bank, dus ik vroeg me eigenlijk af of je me geen klein bedrag als voorschot zou kunnen geven...'

Ze keek hem aan met een hoopvolle blik in haar blauwe ogen, en Edgar wist dat hij ja moest zeggen, want gisteravond nog had hij een opmerking gemaakt over de vele spullen die ze online bestelde en toen had ze gezegd dat er niets anders op zat als je op het platteland woonde. En heel misschien zou ze hem, als hij wat geld op haar rekening stortte, wel zo dankbaar zijn dat ze wat meer tijd met hem doorbracht.

'Goed, ik regel het.' Hij knikte en werd beloond met een enthousiast kneepje in zijn arm.

'O, dank je! Er valt een last van mijn schouders.' Haar glimlach was betoverend. 'Bovendien, je kunt al dat geld toch niet mee het graf innemen, dus laten we ervan genieten zolang het kan!'

Remy en Talli waren op zaterdag op weg naar Al Fresco voor de lunch, toen Talli ineens wees en zei: 'Daar heb je Lou en hoe heet hij ook alweer?'

Remy keek om en zag Tom Lloyd en Lou door High Street lopen. Zoals altijd maakte zijn hart een sprongetje bij de onverwachte aanblik van haar. Vandaag droeg ze een felblauw jack boven een kort zwart rokje en een zwarte maillot. Toen ze even opzijkeek, dacht hij dat ze hem ook zag, maar nee, ze zei iets tegen Tom en ze liepen over het gras naar de stenen brug over de rivier.

Remy zag dat Lou haar armen om Tom heen sloeg en hem op de mond kuste. Daarna pakte ze haar telefoon en maakte een selfie met hem.

'Wat een leuk stel om te zien, hè? Laten we ze even gaan begroeten.' Talli stak al over. Ze zwaaide om hun aandacht te trekken en riep: 'Lou, te gek jack! Ik zei net tegen Remy dat jullie zo'n mooi stel zijn. En ik hoef niet te vragen hoe het ervoor staat tussen jullie!'

'O hoi, het gaat hartstikke goed.' Lou had nog steeds haar arm om Toms middel. Ze draaide zich iets naar hem om en vroeg: 'Toch?'

'Dat zou ik zeggen.' Tom leek erg ingenomen met zichzelf.

En terecht, dacht Remy.

Talli klapte in haar handen. 'Fantastisch! Zal ik anders een paar foto's van jullie samen maken? Dat is altijd veel leuker dan een selfie... Geef me je toestel even.'

Remy wachtte terwijl er foto's werden gemaakt van Lou en Tom samen op de brug met op de achtergrond de rivier en de bomen. Hij vroeg zich af of Tom het wel zo leuk vond om dit in het openbaar te doen. Was het verbeelding of was zijn lach echt een stuk minder enthousiast dan die van Lou?

'Zo, klaar. Echt een prachtstel. O, ik bedenk ineens iets,' zei Talli, terwijl ze het toestel teruggaf. 'Wij zijn op weg naar Al Fresco, waarom gaan jullie niet met ons mee?'

De moed zonk Remy in de schoenen; hij had helemaal geen zin in een lunch met Tom Lloyd.

Gelukkig schoot Tom hem te hulp. 'Dat is heel aardig, maar we kunnen niet. Ik moet terug naar Londen. Lou brengt me naar het station.'

'Jammer,' loog Remy.

Talli zei: 'We hebben net Sammy's nieuwe clip op YouTube bekeken, echt te gek. Hebben jullie hem al gezien?'

'Al wel vijftig keer sinds hij online kwam vanochtend.' Lou grinnikte, met een gezicht als van een trotse moeder. 'Echt fantastisch.'

'En wie had ooit kunnen denken dat hij zo... nou ja, zo sexy zou zijn?' Talli deed alsof ze zichzelf koelte moest toewuiven. 'Hebben jullie de reacties die de mensen achterlaten ook gelezen? Oef!'

'Het is niet echt, het is gewoon een filmpje. Ik heb Jess gebeld en die zit er totaal niet mee,' vertelde Lou.

'Nou, fijn voor haar, maar ik weet niet of ik het wel zo prettig zou vinden als het om mij ging.' Talli kneep Remy even in zijn arm.

Tom stroopte zijn mouw op en wierp een overdreven blik op zijn horloge. 'We moeten ervandoor. Anders haal ik de trein niet.'

'Oké.' Lou was de foto's op haar toestel aan het bekijken. 'Ik weet eigenlijk niet welke ik het mooist vind. Wat denk jij, welke zal ik op...'

'Geen enkele,' onderbrak Tom haar. 'Het is nergens voor nodig om iets online te zetten. Kom, dan gaan we.'

'Wat vind je eigenlijk van hem?' vroeg Remy toen ze bij het restaurant aankwamen.

'Aantrekkelijk. Hij vindt zichzelf erg leuk en denkt dat hij overal mee weg kan komen.' Talli zweeg even. 'Een beetje een lul dus.'

Het lag dus niet aan hem.

Hij knikte. 'Dat vind ik ook,' zei hij. Het was een vervelend gevoel, aan de ene kant wilde hij dat Lou gelukkig was, maar hij wilde niet dat ze met iemand was die haar niet verdiende.

'Maar dat kunnen we natuurlijk niet tegen haar zeggen.' Talli wikkelde de geruite sjaal van haar nek, terwijl ze de zaak in liepen waar ze werden begroet door de knoflook- en-wijngeuren uit de keuken. 'Daar zit ze echt niet op te wachten. Ze heeft al zoveel meegemaakt. En nu is ze voor het eerst sinds tijden weer oprecht gelukkig.'

'Maar...'

'Ik meen het, zeg haar alsjeblieft niet dat hij een lul is. Ze heeft weer lol, te gekke seks...'

Remy's borst kneep zich samen; dit soort dingen hoefde hij echt niet te weten. 'Heeft ze je dat verteld dan?'

'Nee, maar dat zie je zo. Je hoeft alleen maar naar haar te kijken! En naar hem! Natuurlijk hebben ze seks, en dat is alleen maar fijn voor haar. Ik hoop voor haar dat het echt fantastische seks...'

'Buongiorno,' riep Beppe Romano uit ter begroeting. Hij bracht hen naar een tafel.

Opgelucht, omdat hij echt niet hoefde te weten hoe fantastisch Lou's seksleven was, zei Remy snel: 'Beppe, hoe gaat het? Leuk je weer te zien!'

Beppe straalde en pakte zijn telefoon uit zijn zak. 'We stonden in de keuken net naar die clip van je broer te kijken. Heb je hem al gezien? *Mamma mia*, hij is een echte filmster geworden! Je zult wel heel trots zijn!'

Beppe's vrouw Gina kwam ook naar hen toe, met uitgestrekte armen. 'En dan te bedenken dat hij hier als afwashulp heeft gewerkt! En nu is hij beroemd, onze ondeugende kleine Sammy! De volgende keer dat ik hem zie, ga ik hem om zijn handtekening vragen!'

Ineens steeg er geschreeuw op vanuit de keuken. Remy dacht dat er een vreselijk ongeluk was gebeurd, maar toen kwam de kok zwaaiend met zijn telefoon de zaak in stormen.

'Op TikTok vroeg iemand net aan een van die Kilnishian-zussen wat ze voor haar verjaardag wilde en ze zei: een hete nacht in een zevensterrenhotel met Sammy Keeler!'

Toen ze aan hun lievelingstafel aan het raam zaten, zag Remy in een flits Edgars oude Mini langsrijden, met Lou achter het stuur en Tom naast haar, op weg naar het station in Cheltenham Spa. Hij wou echt dat hij de gedachte aan hen beiden samen in bed uit zijn geest kon wissen.

Plagend zei Talli: 'Weet je, toen we net wat hadden, dacht ik dat ik de beste broer aan de haak had geslagen!' Haar groene ogen glansden. 'Maar nu weet ik dat niet meer zo zeker.'

'Connie Kilnishian heeft zestig miljoen volgers op Instagram,' zei Jess. 'Ik heb er drieëntachtig.'

'Hou op.' Lou schonk Jess nog wat rode wijn bij. 'Jij hebt heel leuke volgers en je kent ze allemaal.'

Jess trok even aan de tailleband van haar legging. 'Zij heeft maatje 34 en ik maat 44.'

'Nou, ik weet wel wie ik liever een knuffel zou geven. En dat geldt ook voor Sammy.'

'Ze eet alleen maar supergezond en behandelt haar lichaam als een tempel en rent iedere dag vijftien kilometer.'

'Hier, neem nog een stukje kaas. Ze weet niet wat ze mist.' Ze waren bij Jess thuis en keken naar hun favoriete afleveringen van *Schitt's Creek* op Netflix, terwijl ze tussendoor continu

Sammy's sociale media-cijfers checkten. Jess mocht dan wel grapjes maken over de aandacht die hem ineens ten deel viel, maar het voelde vast raar. Lou vroeg: 'Maar vind je het echt niet erg?'

Jess, die in kleermakerszit op het kleed voor de open haard zat, sneed met haar vork een stukje van de romige Cambozola af. 'Ach, ik kan het wel aan. Het is surrealistisch, maar ook precies wat hij wilde. Hij belde me daarstraks nog om te zeggen dat hij toch nog wat langer moet blijven. Dus hij kan niet met me mee naar de bruiloft van Dan.'

'O nee.' Dan was een oude vriend van Jess die naar Southampton was verhuisd.

'Maar ik ga gewoon alleen, niks aan te doen. Het is niet zijn schuld. Ze hebben hem gevraagd voor *Saturday Night Live* en dat is blijkbaar erg belangrijk.'

'Hij houdt van je,' zei Lou. 'Hij zou veel liever hier zijn, bij jou.'

Jess likte haar vingers af en knikte. 'Dat weet ik.'

Twee uur later gaf haar telefoon een bliepje.

'Wat is er?' Lou zag Jess' glimlach wegsterven, terwijl ze naar het schermpje keek.

Jess gaf haar het toestel. Ze had ineens veel meer volgers op Instagram, allemaal triomfantelijke onbekenden die reacties plaatsten over haar uiterlijk, haar kleren becommentarieerden en haar vertelden dat ze eens wat aan zichzelf moest gaan doen.

'Zo te horen ziet mijn haar er niet uit, moet ik mijn neus laten verkleinen, heb ik een nieuw gebit nodig en is Connie Kilnishian wel duizend miljoen keer aantrekkelijker dan ik.' Jess haalde diep adem. 'Wat aardig dat ze me dat even laten weten.'

'Niet lezen. Gewoon blokkeren die lui.' De gemene opmerkingen en beledigingen waren dan wel niet aan haar gericht, maar Lou werd er misselijk van. 'Geef maar, dan blokkeer ik ze wel even voor je.'

'Sammy had me al gewaarschuwd dat dit kon gebeuren. Ik heb een beter idee,' zei Jess. 'Ik hef mijn account gewoon op.'

34

'Ik verveel me, ik verveel me,' zong Fia in de huiskamer, terwijl ze met haar vlakke hand op het deksel van een koekblik sloeg. 'Ik verveel me, ik verveel me. Wanneer houdt het nou eens op met regenen... Saai saai saai!'

Het was nog veel saaier om te moeten luisteren naar een Fia die alles saai vond en zich verveelde. Haar vriendengroep, van wie niemand echt leek te werken, was uitgenodigd voor een of ander blits pr-evenement in Singapore en iedereen was daar nog steeds. Fia, die onlangs ruzie had gekregen met de eigenaar van het pr-bedrijf dat het evenement organiseerde, was niet uitgenodigd. Lou zei: 'Je zou me kunnen helpen met groenten snijden voor de stoofpot van vanavond. Er ligt een hele berg prei en uien op de keukentafel die nog gesneden moet worden.'

Fia keek haar aan alsof ze haar had gevraagd om haar te helpen met het wegruimen van lijken. 'Bah, nee, dank je. Smerig, zeg.' Ze wierp zich op de donkerblauwe fluwelen bank en jammerde: 'Ik haat het hier.'

Lou kon het haar niet echt kwalijk nemen. Het had de afgelopen zes dagen onafgebroken geregend en het hele landschap maakte een doorweekte indruk. Het was deprimerend, en niet de beste kennismaking met Foxwell. Of, zoals Fia het noemde, de aars van het grote niks.

Fia opende het koekblik. 'Er zijn zelfs geen lekkere koekjes meer.'

'Omdat je die allemaal al hebt opgegeten.'

'Kun je niet even naar het dorp rijden om nieuwe te halen?'

'Leuk geprobeerd,' zei Lou. 'Maar daar heb ik het te druk voor. Je kunt altijd zelf gaan, als je zo omhoog zit.'

'Het regent. Daar gaat mijn haar van pluizen.'

'Het mijne ook.'

Fia begon door een van haar sociale media-apps op haar toestel te scrollen. 'Het is gewoon niet eerlijk,' mopperde ze, terwijl ze haar schermpje ophield naar Lou, zodat ze de palmen, de hemelsblauwe lucht en de azuurblauwe oceaan kon zien. 'Waarom is het hier niet zo?'

'Het leven is niet eerlijk. Oké, als ik klaar ben met de stoofpot, zal ik je dan leren om koekjes te bakken?'

'Ik heb liever dat jij ze voor me bakt. Ik ben niet echt goed in keukendingen.' Ze wierp Lou een charmant lachje toe. 'Terwijl jij er juist heel goed in bent.'

Dat was het punt met Fia: ze was ontzettend verwend en ongekend egocentrisch, maar af en toe liet ze merken dat ze zich daar heel goed van bewust was. Geamuseerd ging Lou verder met de meubels stoffen, terwijl de regen als kogels tegen de ramen kletterde. Edgar lag boven een middagdutje te doen. Della was weer eens weg met Steve Crane. En Tom was nog steeds in Londen waar hij keihard aan het werk was met zijn schrijfpartner en allerlei belangrijke afspraken had met potentiële filmproducers.

'O, moet je Shiv eens zien. Hij neemt het er lekker van in de Ritz.' Fia liet Lou nu een foto van Shiv zien met een paar vips in avondkleding. 'Misschien moet ik hem maar eens gaan opzoeken… alleen is het in Londen net zulk kloteweer als hier.'

Shiv Baines stond erom bekend dat hij altijd goed bevriend bleef met zijn vele exen. Hij behandelde hen goed, gaf dure cadeaus en behield daarmee hun loyaliteit en affectie. Lou, die fanatiek met boenwas over de kring van een glas op de koffietafel wreef, zei: 'Beter van niet. Ik sprak Sammy nog en hij zei dat Shiv vanavond weer terugvliegt naar L.A.'

'Dat meen je niet!' Fia schoot overeind. 'Waarom heb je me dat niet verteld?'

Lou keek haar met opgetrokken wenkbrauwen aan. 'Eh... omdat ik niet wist waarom je dat zou willen weten.'

'Maar nu weet ik het, en hallo, bingo! Om precies te zijn, hallo zonneschijn... en warmte en lekker bruin worden... O, hemels.' Fia straalde helemaal. 'Het is de perfecte oplossing. Ik ga met Shiv mee naar L.A.'

Over impulsief gesproken. Lou zei: 'Ik wil de feestvreugde niet bederven, maar het is nogal kort dag. Misschien is de vlucht allang volgeboekt.'

'Je bent ook zo grappig!' riep Fia uit. 'Shiv chartert altijd een privéjet.'

Logisch. Lou luisterde naar Fia die Shiv belde en een lift regelde naar L.A. Met een indrukwekkende snelheid pakte ze twee koffers in en belde een taxi om haar naar Heathrow Airport te brengen, op kosten van Shiv natuurlijk.

'Dag dag.' In een paarse lycra jumpsuit, op zilveren cowboylaarzen en met op haar hoofd een Stetson bezet met kristallen, bleef ze even onderaan de trap staan om als een model te poseren.

Lou voelde zich net haar oma toen ze vroeg: 'Krijg je het niet koud zo?'

'Natuurlijk niet.'

'Heb je je paspoort bij je?'

'Ja!' Na een korte stilte zei ze: 'O nee, toch niet. Wacht even.' Ze rende de trap op en kwam even later terug met het paspoort tussen haar tanden, terwijl ze ondertussen idioot lange oorbellen in haar oren deed. Toen was het tijd om nog een keer te poseren en nog wat selfies te maken.

'Doe Sammy de groeten van me,' zei Lou toen ze de taxi hoorden stoppen.

'Zeker weten.' Fia's ogen glinsterden. 'En wie weet wat ik nog meer met hem ga doen!'

'Je weet best dat hij een vriendin heeft.'

'Ja, maar iedereen vraagt zich af hoelang dat nog duurt. Want eerlijk is eerlijk, hij kan nu wel wat beters krijgen toch, vooral omdat hij zo'n skattebatje is.'

O god, zou dat echt waar zijn? Ineens drong tot haar door hoe Fia Sammy had genoemd. 'Sorry, maar hoe noemde je hem?'

'Skattebatje. Dat heb ik speciaal voor hem bedacht.' Fia leek erg tevreden over zichzelf. 'Maar al mijn vriendinnen beginnen hem nu ook zo te noemen. Omdat hij Sammy is en sexy, en schattig en van die dingen... Je hoeft me niet zo aan te kijken,' riep ze uit. 'Ik ben niet de enige, hoor, die dat vindt. En vergeet niet dat het allemaal door mij komt. Zonder mij zou nog steeds niemand weten wie hij is.'

Het was vijf dagen geleden dat Fia haar in de steek had gelaten en naar L.A. was gevlogen voor wat *fun in the sun*. Della wilde dat ze ook had kunnen ontsnappen, want hier was geen zon en ze had al helemaal geen plezier.

Toen Steve zijn eten op had, legde hij zijn mes en vork op het bord en zei: 'Dat was verrukkelijk! Het was zelfs...'

Della zette zich schrap. Ze moest te allen tijde zien te voorkomen dat ze op zijn woorden reageerde.

'Het was zelfs heel verrukke-de-dukkelijk!'

Della dwong zichzelf te glimlachen en knikken. Ze had precies geweten wat Steve zou gaan zeggen, omdat hij continu dezelfde woorden gebruikte. Het liefst had ze haar oren er afgerukt om het maar niet meer te hoeven horen.

Voor een man van tweeënzestig zag hij er niet al te slecht uit. Hij kleedde zich goed. En natuurlijk waren er nog de zilverkleurige Bentley en het grote vrijstaande huis met vijf slaapkamers waar hij woonde sinds de scheiding van zijn chique paardenvrouwtje. Op papier voldeed hij aan veel van haar eisen. Maar in het echte leven begon ze helaas knettergek van hem te worden. Als hij niet verrukke-de-dukkelijk zei, dan begroette hij goed nieuws wel met het woord: jippie-a-jee. En als hij een paar glazen whisky achter de kiezen had, begon hij 'Always Look on the Bright Side of Life' te zingen, en deed daar dan een raar dansje met zijn schouders bij, waardoor hij eruitzag als een oversized marionet aan een touwtje.

Er waren nog meer ergernissen, zoals de hippe sokken die hij om de minste geringste reden aan andere mensen liet zien. En hij vond het ook leuk om voor het stoplicht met veel kabaal gas te geven.

Wat haar ook bijzonder irriteerde, was dat hij snoeppapiertjes uit het autoraampje gooide, want wie deed zoiets nou?

Vandaag had ze hem voorgesteld om weer eens in het Colworth Manor te gaan eten, zogenaamd omdat de kok zo goed was, maar in werkelijkheid omdat de eigenaar, Hector McLean de aantrekkelijkste en charmantste man was die ze in tijden had ontmoet.

Helaas had Hector haar, toen ze hem tijdens hun vorige etentje daar op weg terug van de wc tegen het lijf was gelopen en weer ongegeneerd met hem was gaan flirten, er opnieuw fijntjes op gewezen dat hij gelukkig was met zijn vrouw.

Echt, sommige mannen. Totaal geen gevoel voor avontuur.

O, en allemachtig nog aan toe, nu had Steve het alweer gedaan.

'Stop de auto,' riep ze toen ze terugreden naar Foxwell.

Hij remde af en bracht de auto aan de kant van de weg tot stilstand. 'Wat is er?'

'Dat snoeppapiertje dat je net uit het raampje gooide.' Ze wees achter haar. 'Niemand vindt het leuk als je dat doet.'

Hij fronste. 'Meen je dat nou?'

'Ja, natuurlijk. Echt, dat kun je gewoon niet maken.' Ze had zelf ook zo haar zwakke kanten, maar rotzooi op straat gooien hoorde daar niet bij. 'Ga het oprapen.'

Steves van nature toch al rode gezicht werd nog roder. 'Ik heb net een fortuin betaald voor de lunch. Je kunt niet op die toon tegen me praten.'

'Dat maak ik zelf wel uit.' Er was bij de lunch genoeg witte wijn gedronken om haar een roekeloos gevoel te bezorgen.

Hij kneep zijn ogen tot spleetjes. 'Je denkt toch niet dat ik niet weet waar je mee bezig bent? Denk maar niet dat ik achterlijk ben.'

'Volgens mij mag ik zeggen wat ik wil,' zei Della. 'En ik doe ook wat ik wil.'

'In dat geval doe ik dat ook. Uitstappen, nu!'

Er zat, gezien haar gevoel voor eigenwaarde en het feit dat ze net een beroep had gedaan op normen en waarden, voor haar niets anders op dan uit te stappen.

Toen hij wegreed, riep hij nog: 'In elk geval denk ik niet van mezelf dat ik beroemd ben, terwijl niemand nog weet wie ik ben.'

Ze schreeuwde terug: 'En ik zeg in elk geval niet verrukke-de-dukkelijk!'

Oké, misschien was het stom geweest om uit te stappen. Toen de Bentley in de verte uit het zicht verdween, besefte Della haar tactische vergissing. Ze bevond zich in niemandsland, op een paar kilometer afstand van Foxwell. En bovendien liet haar blaas haar ineens merken dat ze toch wel heel veel wijn had gedronken.

En... fantastisch weer, geen bereik met haar telefoon.

Echt, dit was toch zo'n beetje de juiste opsomming van alles wat er mis was met het platteland. Geen bereik, geen warenhuizen, geen passerende taxi's en geen openbare wc's, behalve dan dat kleine groepje bomen aan de andere kant van dat muurtje.

Na zich nog een paar minuten te hebben afgevraagd wat ze zou doen, slaakte ze een zucht en klauterde over de nog best wel hoge muur. In de beschutting van de bomen lukte het haar om te plassen.

Terwijl ze terug klom over de muur, waarbij ze ladders in haar kousen kreeg, kwam er een voertuig aan rijden. Met een been aan de ene kant van de muur en een ander been aan de andere kant alsof ze paardreed, wendde Della haar blik af en probeerde zich onzichtbaar te maken.

Het voertuig stopte en een mannenstem riep: 'Middag! Alles in orde daar?'

Typisch! Ze keek naar de man en zag dat hij in een pick-up met open laadbak reed. Haar hoofd schuddend zei ze koeltjes: 'Prima.'

'Ga je het bos in of kom je er net uit?'

Het drong tot haar door hoe bizar ze eruitzag, in haar smaragdgroene zijden jurk en crèmekleurige jas van namaakbont. Ze slaakte een zucht en zei stijfjes: 'Ik kom er net uit.'

'Kan ik je een lift geven?'

'Ik heb je al verteld dat ik hier prima zit.' Ze had het nog niet gezegd of haar linkerschoen viel van haar voet en belandde in de brandnetels.

'Oké, Assepoester.' De man, die ergens in de vijftig leek moest zo te zien zijn uiterste best doen om niet te gaan lachen. 'Maar het ziet ernaar uit dat je koets en je paarden al zijn vertrokken.' Hij stapte uit en liep naar haar toe. Hij had donkere krullen, grijzend aan de slapen, en droeg een stoffige zwarte spijkerbroek en een houthakkershemd. Hij raapte haar schoen op, stak toen zijn vrije hand naar haar uit en zei: 'Vooruit, sla je andere been ook over de muur en spring. Ik vang je wel.'

Della wist niet goed op wie ze kwader was, op zichzelf of op Steve die haar in deze benarde positie had gebracht. Ze sprong, viel even tegen de borstkas van de man toen hij haar opving en deed toen snel een paar stappen naar achteren, zodat ze bijna op haar rug in de brandnetels belandde.

'Ho, Assepoester, rustig.' Hij lachte, en er glansde een gouden kies op. 'Rustig maar, ik bijt niet.'

Toen ze eenmaal in de pick-up zaten, vroeg hij: 'Terug naar Foxwell, neem ik aan?'

'Ja, hoe weet je dat?'

'Omdat ik weet dat je daar pas bent komen wonen.' Er verscheen een klein lachje om zijn mond, terwijl hij de auto startte en ze wegreden. 'En ik weet ook wie je bent. Vroeger was je vaak op de tv.'

Jemig, alsof de afscheidswoorden van Steve al niet wreed genoeg waren geweest. Van alle commentaren waarmee ze continu te stellen had, was dit toch wel het ergste, de implicatie dat ze er niet meer toedeed, dat ze haar beste tijd had gehad, dat ze een mislukkeling was. Ze verstijfde en zei koeltjes: 'Ik heb ervoor gekozen om mijn carrière te beëindigen toen ik trouwde. Mijn man is vier jaar geleden gestorven.'

'Dat heb ik gehoord. Dat is akelig.' Hij zweeg toen ze aan de kant moesten om een grote tractor die hun tegemoet kwam te laten passeren. 'Maar even uit nieuwsgierigheid: hoe komt het dat je hier bent gestrand, kilometers buiten de bewoonde wereld?'

Nog iets van de mensen op het platteland, hun enorme bemoeizucht. Della knipperde koninklijk met haar ogen en vroeg: 'Gaat dat jou wat aan? Nee dus.'

Haar redder grinnikte. 'Da's ook weer waar. Maar Steve Crane had me trots verteld dat hij vandaag met je ging lunchen, dus ik vroeg me gewoon af wat je met hem had gedaan.'

Zie je nou wel? 'Allemachtig, hebben jullie hier niets beters te doen dan over andere mensen te roddelen?'

'Blijkbaar niet.' Onverstoorbaar vervolgde de man: 'Maar prima, je hoeft het me niet te vertellen.'

Hij kende Steve. En het drong langzaam tot Della door dat ze hem niet al te netjes had behandeld. Bozig vroeg ze: 'Maar wie ben jij dan?'

Hij kreeg een kuiltje in zijn linkerwang. 'Ik? O, ik stel niets voor.'

Hij dreef de spot met haar. Om het hem betaald te zetten, gebaarde ze naar zijn auto, zijn versleten kleren en zijn bemodderde laarzen. 'Zover was ik al.'

Hij glimlachte bij zichzelf en knikte. Daarna heerste er de hele weg tot Foxwell stilte. Toen de pick-up eindelijk voor het hek van Walton House tot stilstand kwam, opende Della haar portier en zei: 'Dank je.' Maar ze liet hem met haar blik duidelijk merken dat ze het niet meende.

'Graag gedaan.' De man salueerde even en ze zag weer die brutale gouden kies oplichten. 'Het was me een waar genoegen.'

35

Edgar kende sinds kort de geneugten van onlineshoppen, nadat Lou hem had geleerd hoe het moest. Je kon alles bestellen wat je wilde en dat werd dan bij je afgeleverd, en dat alles zonder enige menselijke interactie, iets waar hij natuurlijk helemaal voor was.

Zijn recentste aankoop, een uur geleden bezorgd, was een bijzonder succesvolle geweest en had hem ook nieuwe woorden geleerd. Hij had gegoogeld op 'rubberen ding op wandelstok' en toen ontdekt dat zoiets ook wel dop of eindstop werd genoemd en had hem meteen besteld. De originele dop was helemaal doorgesleten, zodat zijn stok bij iedere stap die hij zette met veel kabaal tegen de tegels had getikt. Nu de nieuwe dop erop zat, was hij benieuwd hoelang het zou duren voordat Della zou merken dat zijn wandelstok geluidloos was geworden.

Hij verliet zijn werkkamer en liep de gang door, in de richting van de vrouwenstem die uit de huiskamer opklonk.

'Echt, het was een ramp... Dus Steve is nu helemaal uit beeld. Opgeruimd staat netjes, zullen we dan maar zeggen!'

Della belde met een van haar vriendinnen. Edgar bleef even staan. Als Steve uit beeld was, was dat fantastisch nieuws. Hoe minder tijd ze doorbracht met anderen, hoe meer tijd ze bij hem kon zijn. Hij werd er vrolijk van; misschien konden ze in het vervolg wat langere tochtjes ondernemen, er echte dagjes uit van maken...

'O mijn god, ik wil het niet eens horen!' Della schaterde als reactie op een opmerking van haar vriendin. 'Echt, zo wanhopig zal ik nooit zijn. Al zou Eddie de rijkste man op aarde zijn, dáár zou ik mezelf echt niet toe kunnen zetten... Bah, het idee alleen al! En ik weet dat hij er niks aan kan doen, maar hij is niet echt boeiend gezelschap. Werkelijk, je moest eens weten. Ik ben hier alleen maar omdat ik geen keus heb. Zodra hij dood is en ik dat geld heb, ben ik hier weg.' Ze luisterde en begon toen weer te lachen. 'Maggie! Ja, ik en al mijn miljoenen! Heerlijk! Stel je eens voor. Zodra ik een appartement in Dubai heb gekocht, geef ik het allergrootste feest ooit!'

Edgar bevroor in zijn bewegingen, overspoeld door de mengeling van teleurstelling en schaamte die hem inmiddels zo bekend was. In de huiskamer had Della het inmiddels over de designerkleren van verschillende beroemdheden bij een of andere uitreiking van tv-prijzen gisteravond. Heel even overwoog hij de kamer in te benen en haar te zeggen dat hij alles had gehoord. Hij had beloofd haar alles na te laten onder de strikte voorwaarde dat ze het er met niemand over zou hebben, maar ze had die belofte duidelijk verbroken. Maggie was een van haar vriendinnen uit Londen, een gescheiden vrouw met een hele trits ex-mannen. Wie zou er verder nog weet hebben van zijn tweede testament? Want als het Lou ter ore zou komen, viel te verwachten dat ze haar koffers zou pakken en meteen zou vertrekken. Hoezeer ze het ook verdiende dat hij haar uit zijn testament had geschrapt, hij wilde niet dat ze wegging. Ze werkte hard en kon goed koken, en ondanks het berichtje dat hij op haar telefoon had gelezen, had hij gemerkt dat hij nog steeds van haar gezelschap genoot. Goed, dan zat ze stiekem maar te wachten op zijn dood; ze sprak in elk geval nog tegen hem alsof ze hem mocht.

En ze zou het huis niet krijgen, net goed. Wie het laatst lacht, lacht het best.

Stilletjes liep Edgar terug naar zijn studeerkamer en sloot de deur. Toen hij gekrabbel hoorde, deed hij hem weer open om Captain Oates binnen te laten. Het hondje kwispelde en blafte één keer, een teken dat hij opgetild wilde worden. Edgar pakte hem op en raakte ineens overmand door emoties. Zijn ogen vulden zich met tranen en een stille snik welde op in zijn borstkas bij het besef dat Captain Oates de enige bewoner van deze planeet was die hem zou missen als hij doodging.

Voor alle anderen was hij compleet onbelangrijk. Het kon niemand iets schelen of hij leefde of dood was. In Foxwell zouden de mensen het nieuwtje aan elkaar vertellen, grapjes maken over wat voor ouwe zuurpruim hij was geweest en zich afvragen waarom hij niet wat vrolijker was geweest met al dat geld van hem.

Hij vroeg zich af of er überhaupt wel iemand naar zijn begrafenis zou komen. Waarschijnlijk niet.

Captain Oates likte zijn natte wang en dat was de genadeslag. Wat een blinde idioot was hij geweest om te denken dat Della hem als meer dan alleen een zak met geld zou zien. Hij had natuurlijk geweten dat er van een romantische relatie geen sprake kon zijn, maar stom genoeg was hij ervan uitgegaan dat ze in elk geval vrienden waren.

Hij had zichzelf gewoon voor de gek gehouden, stomkop die hij was.

Captain Oates snuffelde aan zijn hals en Edgar zei: 'Ik hou van je. Hou je ook van mij?'

De staart van de hond zwiepte als een metronoom heen en weer, en Edgar nam aan dat dat ja betekende.

De volgende ochtend ging Della uit pure verveling naar Foxwell. Edgar was twee uur daarvoor weggereden, en ze had nog aangeboden om mee te gaan, maar hij had gezegd dat hij een belangrijke afspraak had en geen tijd had om te wachten tot ze zich gereed had gemaakt. Pff, over ondankbaar gesproken. Stank voor dank kreeg ze, als ze eens aardig wilde zijn.

Maar terwijl ze de heuvel af liep, verdween de zon en kwam de bewolking opzetten. En daar vielen de eerste regendruppels al. Fijn, want natuurlijk had ze geen paraplu bij zich.

Het begon al snel te stortregenen. Hoewel ze er weinig zin in had, zat er niets anders op dan zo meteen de antiekzaak aan het begin van High Street in te duiken. Voordat ze naar binnen ging, fantaseerde ze even over de rode glanzende Jaguar die voor de deur stond geparkeerd. Misschien was die wel van een aantrekkelijke miljonair die diep onder de indruk zou zijn van haar schoonheid en aanbood om haar naar huis te brengen.

De enige persoon in de winkel was echter dat meisje met die rode krullen dat ze in december op het feest had gezien met Sammy Keeler.

Hoewel ze nog steeds zijn vriendin was, voor zover Della wist, zag ze er niet zo gelukkig uit. Ze had een bleek, onopgemaakt gezicht en ze droeg een vormeloos blauw vest over een jurk die niet echt afkleedde.

'Let maar niet op mij!' zei Della vrolijk. 'Ik neus alleen maar even rond.'

Het meisje leek een beetje afwezig. 'Dat mag. Ik hoor het wel als je me nodig hebt.'

Della dacht niet dat dat zou gebeuren; ze was niet zo van

het antiek. Terwijl ze door de zaak drentelde en hoopte dat het gauw zou stoppen met regenen, bekeek ze wat porselein, trok haar neus op voor een bijzonder lelijk schilderij en bleef toen even voor een oude, barokke spiegel staan om zichzelf te bestuderen. Haar lippenstift was bijna verdwenen, haar haar was vochtig en uit model en onder één oog zat een veeg mascara. O god, was dit alles wat het leven nog voor haar in petto had? Ze boende de mascara weg en rommelde in haar tas op zoek naar lippenstift, zodat ze er wat minder verfomfaaid zou uitzien, hoewel ze eigenlijk zelf niet snapte waarvoor ze nog al die moeite deed op zo'n ellendige dag als vandaag...

Maar toen schoot haar lippenstift ineens uit, en haar hart bonkte haar in de keel, want de winkeldeur was net opengegaan en in de spiegel zag ze een chic geklede man binnenkomen met een blauw-roze gestippelde regenjas over zijn arm.

Hij droeg een prachtig donker pak, een donkerrood overhemd, een rood met gouden paisley-das en glanzend gepoetste zwarte schoenen.

'Zo, geregeld.' De man uit de pick-up had het tegen het meisje in het slobbervest. 'Ik neem het wel van je over. Ga jij maar naar huis.'

Het meisje knipperde met haar ogen. 'Zeker weten? Ik kan best nog even blijven.'

'Lieverd, natuurlijk weet ik het zeker. Je hebt je rust nodig.'

Met hangende schouders zei ze: 'Goed dan. Dank je.'

'En maak je alsjeblieft geen zorgen.' Hij was door de winkel naar het meisje toe gelopen, gaf haar een kus op haar hoofd en overhandigde haar de gestippelde regenjas. 'Het komt allemaal goed.'

Ze zuchtte. 'Ik hoop het.'

Toen het meisje weg was, draaide de man zich om en keek Della aan. 'Hallo, heb je al iets moois gezien of ben je alleen maar aan het schuilen voor de regen?'

'Ik ben aan het schuilen.' Hoewel ze wel iets moois had gezien.

Nou ja, niet iets, iemand.

Hij wees naar zijn wang en zei: 'Je hebt daar lippenstift zitten...'

O shit. Ze draaide zich om naar de spiegel en veegde over de felroze vlek naast haar mond. Maar hoe harder ze boende, hoe rozer en vlekkeriger het werd. Een paar seconden later stond hij al naast haar en zei: 'Alsjeblieft, ik denk dat het hiermee wel lukt.'

'Heb je altijd babydoekjes bij je?' Ze wist niet goed of het irritant of juist fijn was dat het babydoekje inderdaad afdoende bleek.

'We hebben ze in de la liggen. Ze zijn heel handig om stickerlijm of vlekken van bekleding te krijgen.' Hij haalde zijn schouders op. 'Ze zijn gewoon handig.'

'Werk je hier?'

'Het is mijn zaak.' Het kuiltje verscheen weer. 'Ik ben de eigenaar.'

Della moest het zeggen. 'Je ziet er heel anders uit.'

'O ja?' Zijn ogen glansden. 'Dat is misschien omdat ik bij een klant ben geweest.'

'Kunnen we niet opnieuw beginnen?' Ze toverde haar allercharmantste lach tevoorschijn. 'Ik ben Della. En jij bent...'

'Harry Bailey.' Hij nam haar even onderzoekend op. 'Harry Wentworth-Bailey, als je de hele naam wilt weten. Maar ik houd het liever simpel. Ik ben Jess' oom,' voegde hij eraan toe, met een gebaar naar het bureau waar het meisje tot voor een paar minuten nog had gezeten.

Jess. O ja, zo heette ze. En Steve had het ook een paar keer gehad over een vriend die Harry heette. O god, zou Steve hem soms allerlei afschuwelijke dingen over haar hebben verteld? Della slikte. 'Sorry voor laatst. Ik had mijn dag niet. En ik dacht dat je gewoon een... Nou ja, je weet wel.'

'Een sjofele man in een pick-up was? Dat was ik ook. Maar ik ben ook een man die fatsoenlijke kleren in de kast heeft hangen en in een Jaguar rijdt. Maakt dat verschil voor jouw mening over mij?'

Was dit een steek onder water? Ze besloot te doen alsof haar neus bloedde. 'Dat had je wel even kunnen zeggen.'

'Waarom? Ik vond het juist grappig zo.'

'Je was niet op Eddy's feest,' diende ze hem van repliek. 'Ik vraag me af waarom hij je niet heeft uitgenodigd.'

'Ik was uitgenodigd. Maar ik moest voor zaken naar Milaan.'

Sommige mensen hadden echt overal een antwoord op. Della veranderde van onderwerp. 'En wat is er met je nichtje? Is ze soms ziek?'

Zijn gezichtsuitdrukking veranderde meteen. 'Maar je hebt toch wel gehoord wat er speelt?'

Waarom keek hij haar zo aan? 'Wat dan? Hoe moet ik dat nu weten? Ik bedoel, ze barstte niet echt uit elkaar van vrolijkheid, maar ik heb geen idee wat ze heeft... O, tenzij ze zwanger is! Is dat het? Toen ik zwanger was, had ik zo'n last van ochtendmisselijkheid! Arm kind, weet je wat ze zou moeten proberen...' Della stopte, want hij luisterde helemaal niet naar haar en stond gewoon op zijn telefoon te scrollen. Wat een lomperik! 'Sorry dat ik je verveel,' zei ze bits.

'Jess is niet zwanger.' Hij hield zijn toestel voor haar op. 'Dit is waarom ze zich zorgen maakt en waarom ze niet kan eten of slapen.'

Della knipperde met haar ogen en tuurde naar het schermpje tot ze zag dat haar dochter op de foto stond, in een oranje zomerjurkje. Ze schaterde het uit op Sammy-en-nog-wats knie en had haar gebruinde arm om zijn nek geslagen. De zoom van haar jurk was opgekropen tot aan haar dij en ze schopte als een cancan-danseres één been in de lucht.

'Ze hebben gewoon lol samen,' zei ze luchtig. 'Volkomen onschuldig.'

'Zou kunnen. Maar je dochter zit er blijkbaar niet mee dat ze Jess hiermee kwetst. Toen iemand aan haar vroeg of zij en Sammy een stel waren, probeerde ze het niet eens te ontkennen.'

Della haalde een keer diep adem om zichzelf onder controle te krijgen. 'Nou, dan is dat misschien wel zo. Dat weet ik niet. Maar het zijn twee volwassen mensen, duizenden kilometers hier vandaan. Ik kan mijn volwassen dochter moeilijk vertellen wat ze moet doen.'

'Je zou kunnen proberen haar te vertellen wat ze beslist niet moet doen.'

'Of misschien zou je nichtje haar zogenaamde vriendje kunnen vertellen wat hij niet moet doen.' Fia mocht dan verwend en impulsief en vaak onbezonnen zijn, Della zou haar altijd verdedigen. 'Dat nichtje zou Fia eigenlijk dankbaar moeten zijn, want zonder haar zou die jongen nog steeds een complete nul zijn.'

'Jij staat aan haar kant, ik aan die van Jess. En je hebt gelijk, ze zijn volwassen,' zei Harry. 'Wij kunnen helemaal niets aan de zaak veranderen.' Hij stopte met praten en keek haar recht in de ogen, en op dat moment gebeurde er iets heel raars. Della voelde dat haar hele lichaam begon te tintelen, omdat ze er zeker van was dat hij haar zou gaan kussen.

Wat echt belachelijk klonk, maar het leek zo echt, het was zo'n intens moment van helderheid, dat ze gewoon wist dat ze gelijk had.

Stokstijf keek ze hem aan. Het was alsof de tijd was blijven stilstaan. Als gehypnotiseerd keek ze naar het kuiltje dat weer in zijn wang was verschenen en naar zijn mondhoeken die iets omhooggingen. Het enige wat ze nu nog kon doen was wachten op de kus.

'Halloooo! Oef, over hondenweer gesproken! Dag schat, ik

ben net klaar met werken en ik zoek iets leuks voor Mavis. Morgen wordt ze tachtig!'

Harry draaide zich om. 'Hoi Moira. Had je al iets in gedachten? Ogenblikje,' voegde hij eraan toe tegen Della, terwijl hij bij haar wegliep en haar als een standbeeld liet staan.

Een wanhopig trillend standbeeld, als dat al kon. Wat moest ze nu doen? Gaan of blijven? Een compleet wanhopige indruk maken of laten zien dat ze een onafhankelijke vrouw was?

Alleen kon ze nu met geen mogelijkheid weggaan. Zenuwachtig begon ze een schilderij van een hekserige vrouw met een hoedje op te bestuderen.

Het duurde even, maar uiteindelijk vertrok Moira, die blijkbaar in de plaatselijke supermarkt werkte, na veel gepraat en geaarzel met een grote barnstenen hanger voor haar tante.

Ze was nog niet weg, of Harry draaide het bordje op de deur om naar GESLOTEN en Della's maag draaide zich ook om, van opwinding over wat zou gaan komen.

'Je bent gebleven.' Hij deed een paar stappen haar kant uit en toen hij glimlachte zag ze weer even die flits van zijn gouden kies. 'Ik vroeg me af of je dat zou doen.'

In een poging tot luchthartigheid zei ze: 'Waarom zou ik weggaan? Het regent nog steeds.'

'Dat is waar.' Hij knikte. 'Ben je er klaar voor?'

Zoef deed de adrenaline door haar lichaam. Ze likte haar lippen. 'Absoluut.'

'Nou, kom.' Hij draaide zich om en liep naar de deur. 'Dan gaan we.'

'Waarnaartoe?'

Hij pakte zijn autosleutels uit zijn zak. 'Naar Walton House. Want daar aasde je toch op? Een lift naar huis? Om niet door de regen te hoeven?'

Het zoeven stopte abrupt, als vuurwerk dat doofde. De trilling van opwinding ging in rook op. Terwijl ze geestelijk probeerde bij te komen van het antwoord dat ze niet had verwacht, zei ze stijfjes: 'Ja. Dank je. Maar het hoeft niet, hoor, als je andere dingen te doen hebt. Ik kan ook gaan lopen.'

'Ach, het is geen moeite.' Harry opende de winkeldeur en opende van een afstandje zijn rode Jaguar. 'Ik help altijd graag een dame in nood.'

In stilte reden ze de heuvel op. Della verstrengelde haar vingers in haar schoot, kwaad op zichzelf omdat ze het helemaal verkeerd had begrepen. De ruitenwissers suisden heen en weer en de regen geselde de auto toen ze de oprijlaan naderden die naar Walton House leidde.

De stenen pilaren bij de ingang zoefden voorbij. 'Je bent eraan voorbijgereden,' zei Della.

'Ik keer wel even.' Hij reed verder en bracht de auto toen tot stilstand op een modderige parkeerhaven. Maar in plaats van snel te keren, zette hij de auto op de handrem en schoof naar haar toe. 'Ik wil je kussen.'

O, godzijdank. Eindelijk...

Geëmotioneerd en blij dat ze het zich toch niet had verbeeld, fluisterde ze: 'Ik wil jou ook kussen.'

'Maar ik wil niemand op zijn tenen trappen.'

'Dat doe je niet.' De woorden tuimelden uit haar mond en het mooiste was nog wel dat er echt niemand was op wiens tenen hij zou trappen.

'Hoe zit het dan met Steve?'

'Hij is uit beeld. Hij is nooit in beeld geweest eigenlijk.' Ze schudde haar hoofd. 'Luister, ik woon hier net. Ik wilde mensen leren kennen en Steve heeft me een paar keer mee uit eten genomen. Maar er was nooit sprake van... je weet wel, aantrekkingskracht.'

'Toch zal hij teleurgesteld zijn.'

'Ik zou nooit iets kunnen hebben met een man die hippe sokken draagt en jippie-a-jee zegt.'

'Ik ook niet.' Met een klein lachje schoof hij nog dichter naar haar toe. Deze keer stopte hij niet. Hij fluisterde: 'Kom hier,' trok haar tegen zich aan en hun monden ontmoetten elkaar.

God, wat was hij goed.

O wauw, echt heel goed. Della was in de zevende hemel; dit was wat ze had gemist, echte chemie met een aantrekkelijke man. Eindelijk. Bovendien kleedde hij zich goed en had hij een fantastische auto.

Het leven in Foxwell zag er ineens stukken rooskleuriger uit. En ze verdiende dat ook, echt.

'Oké.' Harry maakte zich van haar los. 'Ik zal je naar huis brengen.'

'O maar... Ik hoef niet per se terug, ik heb alle tijd.'

'Jij misschien, maar ik niet.' De ramen waren beslagen en hij zette de verwarming even aan. 'Ik heb Jess net naar huis gestuurd, en er zal iemand in de zaak moeten staan.'

Het was niet wat ze wilde horen, maar oké, ze begreep het. Hulpeloos zei ze: 'Ik weet niet eens waar je woont.'

'Aan de rand van de stad.'

'Wanneer sluit de zaak? Zullen we iets afspreken voor daarna?'

Harry keerde de auto om terug te kunnen rijden naar Walton House. 'Ik heb het druk. Misschien een ander keertje.'

Toen ze bij het huis aankwamen, reed hij door de poort en bracht hij de auto tot stilstand voor de voordeur. 'Zo. Tot ziens.'

Na wat er net tussen hen was gebeurd? Della stoof op. 'Is dat een grap?'

'Ik zou het niet weten. Is dat zo?' Hij trok geamuseerd een wenkbrauw op. 'Wat is het verschil tussen wat ik net heb gedaan en het verdriet dat je dochter mijn nichtje aandoet?'

Ze staarde hem aan. 'O mijn god,' zei ze langzaam. 'Hoe durf je!'

Hij haalde zijn schouders op. 'Hoe noemde je het ook alweer? Volkomen onschuldig. Gewoon een beetje lol.'

36

Wanneer Talli onverwacht een blik opving van Remy en zichzelf in een etalage of op een foto online zag, was ze steeds weer verbijsterd over hoe goed ze er samen uitzagen.

Zoals nu, bij deze housewarmingparty in Wiltshire. Boven de haard hing een enorme spiegel met zilveren lijst en iedere keer dat ze er een steelse blik in wierp, kon ze onmogelijk niet bewonderen wat ze zag. Ze waren allebei lang en lichamelijk aantrekkelijk, en dat was geen opschepperij, het was gewoon zo. Ze waren ook intelligente, aardige en attente mensen, allebei succesvol in hun werk.

Het huis was van Will en Gemma Porter en was door Remy drastisch onder handen genomen. Het eindresultaat was een ultramoderne woning met veel glas, en balkons die uitkeken op de ook opnieuw ontworpen tuin en een klein meer. Binnen waren op de benedenverdieping de meeste tussenmuren weggehaald, maar de ruimte bestond wel uit verschillende delen, met een wenteltrap aan de ene kant van het huis en een lift aan de andere, want Will zat in een rolstoel.

Het stel was twee weken geleden weer in hun huis getrokken en dat vierden ze vandaag met vrienden, relaties en de mensen die eraan hadden gewerkt. Omdat Remy al vanaf het begin bij het project betrokken was geweest, had hij een nauwe band met het echtpaar opgebouwd.

'Oké, zet je maar schrap,' zei Gemma toen ze door de hoge ramen een grote gezinsauto zag komen aanrijden. 'Ons uurtje rust is voorbij. Daar komt de chaos.'

De grootouders waren gekomen met in hun kielzog de kinderen van het echtpaar Porter, twee zoontjes en een dochter. Talli zag Remy's gezichtsuitdrukking veranderen toen de kinderen binnen stoven en recht op hem af draafden.

Maar waarom eigenlijk? Waarom zouden ze naar hem toe lopen, terwijl hier wel honderd gasten of zo rondliepen? Talli deed nog net op tijd een stap opzij toen de grootste van de jongens voor Remy stopte – bah, er zat opgedroogde modder op zijn handen – en aan een ingewikkelde begroeting begon, met elkaars hand vastpakken en boksen. Vervolgens was het andere jongetje aan de beurt. En daarna het kleine meisje dat een zak snoep vasthield en aan Remy vroeg of hij haar wilde optillen, zodat ze een plakkerig uitziende kus op allebei zijn wangen kon geven. Echt smerig, Talli kreeg er gewoon koude rillingen van. En trouwens, dachten die grootouders niet aan het gebit van die kinderen?

Talli glimlachte en probeerde de blik van de kinderen te vangen om ze te kunnen begroeten, maar ze hadden alleen oog voor Remy. Laatst had ze nog kaartjes gekocht voor het theater in Cheltenham en toen had Remy doodleuk gezegd dat hij niet kon omdat hij had beloofd de zoontjes van Will Porter naar hun voetbaltraining te brengen.

Terwijl ze naar de twee jongetjes keek die door elkaar heen kletsten in hun pogingen om Remy's aandacht te trekken, wist ze dat ze het niet meer kon uitstellen. Ze waren inmiddels een halfjaar samen. Het was tijd om het erop te wagen en het hem te vertellen. Hopelijk zou het goed gaan en zou ze de reactie krijgen waarop ze hoopte. Maar ze wist ook dat ze er, iedere keer als ze eraan dacht om hem de waarheid te vertellen, hartkloppingen van kreeg.

Maar het was echt oneerlijk; ze hield zoveel van Remy. En het was al een wonder dat je iemand had gevonden met wie je de rest van je leven wilde doorbrengen...

'Oeps,' zei Gemma vrolijk, toen haar dochtertje te hard in een pakje zwartebessensap kneep, zodat er een straal paars sap over Talli's beige suède rok vloog. 'O, zeg dat het je spijt!'

'Het geeft niet.' Natuurlijk gaf het wel, heel erg zelfs, maar

Talli was goed in het verbergen van haar ware gevoelens. In de loop der jaren had ze daar, zowel in haar persoonlijke als in haar professionele leven, genoeg oefening in gehad.

Maar het werd beslist tijd om Het Gesprek met Remy te hebben.

Morgen.

Talli plande hun zondagochtend met een militaire precisie. Het zou allemaal perfect verlopen. Ze zouden uitslapen, tussen schone lakens, met verse bloemen in een vaas op het nachtkastje en de ijskast beneden vol dingen die hij lekker vond. Ze zou een echt ontbijt klaarmaken en dat zouden ze dan samen in bed opeten. Op de achtergrond zou muziek klinken en ze zouden elkaar stukjes uit de zondagskranten voorlezen. En dan zouden ze heerlijke seks hebben en daarna zou ze het hem vertellen. Of misschien zou ze het hem eerst vertellen en zouden ze daarna heerlijke seks hebben, omdat het onderwerp was afgehandeld.

Ze was er voor vijfennegentig procent van overtuigd dat hij genoeg van haar hield om niet van gedachten te veranderen over haar.

Er was iets. Remy had al een soort voorgevoel gehad, maar nu was het echt duidelijk. Talli had erop gestaan dat hij in bed bleef, terwijl zij beneden in de keuken veertig koortsachtige minuten lang bezig was met een echt Engels ontbijt dat ze met een trots gebaar op het bed had gezet. En het was ook heel lekker geweest, hoewel hij ook wist dat het een voorbode voor seks was, iets waar hij steeds minder enthousiasme voor kon opbrengen, want hij zat vol tegenstrijdige gevoelens.

'Is dit niet verrukkelijk?' Ze strekte zich loom uit, haar blote voet raakte zijn enkel. 'Zondagochtend, geen werk, alleen maar doen waar we zin in hebben.' Ze glimlachte. 'En niemand die het kan verpesten. Alleen wij tweetjes samen. Volmaakt!'

Zou hij haar moeten vertellen wat hij voelde? Of zou dat wreed zijn, na al haar inspanningen voor het ontbijt? Maar nee, blijkbaar was er toch echt iets wat gezegd moest worden. Hij zag het aan hoe nerveus ze aan de rand van het dekbed pulkte. En ineens, als een donderslag bij heldere hemel, raakte hij bevangen door angst: stel dat ze had gelogen toen ze had gezegd dat ze vorige week ongesteld was geweest?

Wat als ze hem zo meteen zou vertellen dat ze zwanger was?

O god...

'Ik merk dat je me iets wilt vertellen.' Hij legde zijn hand op haar plukkende vingers. 'Zeg het maar.'

Talli haalde diep adem. 'Oké, maar het is niks ergs, hoor. Ik hou van je, jij houdt van mij. Het is alleen iets wat je moet weten...'

Ze heeft een ander. Dat zou goed nieuws zijn.

Ze heeft een soa. Geen goed nieuws.

'... en ik hoop dat het niets verandert tussen ons. Want ik wil echt graag dat we bij elkaar blijven.' Ze kneep in zijn hand. 'Dat we altijd zo gelukkig blijven.'

Hij hield het bijna niet meer. 'Nou, ik kan heel slecht gedachtelezen, dus zeg het maar,' zei hij, zichzelf schrap zettend voor wat komen ging.

Talli haalde nog een keer diep adem, keek hem toen recht aan en zei: 'Het gaat over de toekomst. Ik hou van ons leven en ik wil dat het eeuwig zo blijft. Ik wil geen kinderen. Ik heb nooit kinderen gewild. Ze maken lawaai en zijn smerig en ik heb nooit begrepen waarom andere mensen kinderen willen. Ik bedoel, waarom zou je, als je niet weet wat je krijgt? Stel dat je kinderen krijgt die je niet leuk vindt?' Ze schudde ongelovig haar hoofd. 'Dat is wat ik echt niet snap. Het is alsof je een lot koopt en dan een doos vol hondenvoer wint waarvan de uiterste houdbaarheidsdatum ook nog eens is verstreken, of het kunstgebit van iemand anders. Ik snap het gewoon niet.

Ik voel niet de drang om me voort te planten. En ik hoop dat je dat niet erg vindt, want ik weet dat je kinderen van anderen altijd erg leuk vindt, maar dat wil nog niet zeggen dat we zelf ook kinderen hoeven te nemen, toch? Ik hou van jou en jij houdt van mij en daar gaat het om. Zolang we elkaar hebben, hebben we geen kinderen nodig om ons leven compleet te maken.'

Remy zag haar borstkas op- en neergaan toen ze eerst inademde en daarna een zucht van opluchting slaakte. Dus dat was het. Ze had haar verkooppraatje gehouden en nu verwachtte ze van hem dat hij zou zeggen dat het allemaal prima was en dat hij er ook zo over dacht. Ze zag er zelfverzekerd uit, maar hij vermoedde dat dat deel uitmaakte van het plan.

'We zijn al een halfjaar samen,' zei hij langzaam, 'maar je hebt het hier niet eerder over gehad.'

'Dat weet ik.'

'Waarom niet?'

Ze haalde haar schouders op. 'Tja, wanneer zeg je zoiets? Meteen al als je iemand leert kennen, dan flap je het er zo uit? Dat zou bizar zijn. Je wacht tot je weet dat het van belang zou kunnen zijn. En dat is nu. Daarom vertel ik het je nu. En ik hoop dat jij er net zo over denkt.'

'Ik denk er niet zo over. Dat weet je best.' Remy herinnerde zich een gesprek dat ze ongeveer een maand na hun eerste date hadden gehad. Hij had het gehad over dat hij kinderen wilde en ze had geknikt en vragen gesteld en belangstellend geklonken alsof ze het met hem eens was... Maar nu wist hij dus dat dat niet zo was.

'Je was bang dat ik het zou uitmaken als je het me eerder zou vertellen,' zei hij.

Hij zag de schuldbewuste blik in haar ogen.

'Zou kunnen,' gaf ze toe. 'Oké, ja. Dat is me al eerder overkomen en ik wilde dat niet nog een keer. Ik wil je niet kwijt.

Want wij zijn perfect samen. En het zou stom zijn als je me nu ineens niet meer leuk zou vinden, want stel dat ik wel kinderen wilde en we probeerden er eentje te krijgen, maar het lukte niet?' Ze keek hem met grote ogen aan. 'Wat zou je dan doen? Me dumpen, omdat ik je niet kan geven wat je wilt?'

Ze wilde dat hij antwoord gaf op wat in feite een retorische vraag was. Hij schudde zijn hoofd. 'Nee.'

'Nee, natuurlijk niet! Want zo iemand ben je niet. We zouden ons eroverheen zetten en samen een ander soort leven opbouwen, en dat zou nog steeds een fantastisch leven zijn, we zouden nog steeds gelukkig zijn, snap je dat dan niet? Maar nu heb ik je verteld hoe het zit, omdat ik niet het soort persoon ben die je in de waan zou laten dat we samen kinderen zouden krijgen zodat je met me zou trouwen. Dat had ik kunnen doen, maar daar peins ik niet over. Remy, ik wil mijn hele leven bij je blijven. En echt, zonder kinderen zal onze relatie alleen maar beter worden...'

Ze had haar speech goed voorbereid, was met argumenten gekomen en daarbij zo overtuigend mogelijk geweest. Ze was mooi, intelligent en ontzettend ambitieus, en Remy voelde alleen maar opluchting. Het was alsof hij aan een ramp was ontsnapt.

'Sorry. Natuurlijk is het je goed recht om geen kinderen te willen. Maar het is mijn goed recht om ze wel te willen. En dat wil ik echt.' De afgelopen paar weken waren de korreltjes zand uit de zandzak blijven vallen en hij had geweten dat het verkeerd was om de relatie in stand te houden. Eindelijk had hij een goede reden om er een punt achter te zetten.

'Oké, het is niet goed om meteen een beslissing te nemen.' Talli hield haar handen op om te voorkomen dat hij zou zeggen wat ze al wist. 'Het is natuurlijk een enorme schok voor je. Je hebt tijd nodig om erover na te denken en...'

'Ik heb geen tijd nodig om na te denken. Voor mij verandert

dit alles. En ik zal niet van gedachten veranderen. Het spijt me,' voegde hij eraan toe, hoewel het hem helemaal niet speet.

'Wauw.' Talli leunde naar achteren. Haar kaken stonden strak. 'Dus dat is het belangrijkste voor je. Het maakt je niet uit of je je soulmate hebt gevonden. Het enige wat je wilt is iemand die je zwanger kunt maken.'

Daar had je het al, dat scherpe, minachtende toontje. Hij had haar er al eerder op betrapt, maar meestal wist ze het goed verborgen te houden. Nu was ze echter niet blij en dit was haar manier om haar woede te uiten.

'Ik wacht liever op een soulmate die hetzelfde wil als ik.' Meteen verscheen er een gezicht voor zijn geestesoog, maar hij negeerde dat vastbesloten, want dit was niet het moment om aan Lou te denken.

'Je vindt nooit meer zo iemand als ik. Als je nu weggaat, zul je er spijt van krijgen,' zei ze. 'Dat weet ik gewoon.'

'Zou kunnen.' Hij wist al dat dat niet zo was. 'Maar ik verander heus niet meer van gedachten.'

'Dus dit is het? Dat meen je niet!' Ze spreidde ongelovig haar handen. 'Het is uit tussen ons?'

Hij haalde zijn schouders op en knikte toen. 'Dat lijkt me het beste. Er gewoon een punt achter zetten.'

'Kan het je zelfs maar wat schelen?'

Hij moest eerlijk tegen haar zijn; het zou voor Talli pijnlijk zijn om te moeten horen, maar er zat niets anders op. Na een korte stilte zei hij: 'Natuurlijk kan het me wat schelen. Maar eerlijk gezegd... niet genoeg. Niet genoeg om me over dat geenkinderengedoe heen te zetten.'

'Niet te geloven. Ik begin te denken dat je bijna niet kunt wachten tot je hier weg bent.'

'Dat is het niet. Ik ben blij dat we nu weten waar we aan toe zijn.' Remy kon er niets aan doen; hij zag opnieuw Lou voor zich. Niet dat hij wist of ze überhaupt iets voor hem voelde;

misschien kwam het wel helemaal van één kant. Zijn kant. Toch veranderde dat niets aan het feit dat hij een punt moest zetten achter deze relatie.

Ineens vroeg Talli: 'Is er soms iemand anders?'

Zijn bloed begon sneller te stromen. 'Wat?'

'Het is net alsof je al iets met iemand anders hebt. O mijn god, is dat het?'

Het was nooit Remy's favoriete bezigheid geweest om een relatie te beëindigen, en tijdens zijn studententijd was er soms zelfs sprake geweest van overlappingen. Dit was niet de eerste keer dat hem die vraag werd gesteld. Gelukkig kon hij nu eerlijk zijn.

'Ik heb niets met iemand anders.' Nou ja, niet zoals zij het bedoelde.

'O, dus je hebt niet stiekem een oogje op Lou?' Haar toon was eerder ironisch dan beschuldigend. 'Misschien is dat wel het plan. Wachten tot die ouwe de pijp uitgaat en zij alles erft en dan kun je bij haar in dat mooie, grote huis op de heuvel trekken. Goed plan!'

Wat? Remy keek haar aan. Niemand wist van het testament waarin Edgar alles aan Lou naliet. 'Hoe weet je dat? Heeft Lou je dat verteld?' Het leek hem gek.

'Ik zou kunnen doen alsof dat zo is, maar dat zou gelogen zijn. Laten we het erop houden dat ik altijd graag wil weten wat er aan de hand is in het leven van degene met wie ik een relatie heb.'

Haar blik gleed even naar zijn telefoon op het nachtkastje, en hij begreep opeens dat ze al die tijd zijn berichtjes had gelezen. Omdat hij niets te verbergen had, had hij nooit veel moeite gedaan om zijn inloggegevens geheim te houden. Talli had hem vast weleens zijn pincode zien gebruiken en daarmee had ze dus blijkbaar alles kunnen volgen.

Dat verklaarde meteen waarom ze zich, een dag nadat hij

haar lievelingsparfum online had besteld, had laten ontvallen dat ze een nieuw lievelingsgeurtje had.

Gelukkig had hij zijn bestelling nog kunnen wijzigen en Talli was dolblij geweest met haar parfum.

'Je hebt mijn mails gelezen.' In de tijd dat het testament was opgemaakt, hadden Lou en hij wat mails uitgewisseld.

'Het is altijd slim om op de hoogte te blijven van wat er speelt.' Ze haalde haar schouders op. 'Ik moet de eerste vrouw die het niet doet nog tegenkomen. Trouwens, het is maar goed dat jullie niets hebben...'

'Wat wil je daarmee zeggen?'

'Omdat Lou van het behulpzame soort is. Als zij ontdekt dat je graag kinderen wilt, mag je wel extra uitkijken met de voorbehoedsmiddelen. Ze is je vast maar al te graag ter wille.' Op geamuseerde toon liet ze erop volgen: 'Geef haar een beetje aandacht en ze is binnen de kortste keren zwanger.'

37

'Godzijdank.' Edgar slaakte een zucht van opluchting toen Lou terugkwam van de supermarkt, met een hele batterij aan boodschappentassen. Hij liet haar de trommel zien. 'Moet je eens kijken. Helemaal leeg.'

'Nou, dat komt niet door mij. Maar geen paniek, want... Ta-daaa!' Met een groots gebaar toverde ze twee pakken van zijn lievelingskoekjes tevoorschijn. 'Maar je mag er niet te veel van eten, want ik heb van die lamskoteletjes gekocht die jij zo lekker vindt, dus die eten we vanavond met een port- en rodebessensaus.'

Hij vond lamskoteletjes inderdaad erg lekker, en dan vooral

met die saus. Fronsend vroeg hij: 'En dan ook met aardappelen boulangère?'

'Natuurlijk.' Ze was al druk bezig de tassen uit te pakken.

'Heb je alles kunnen krijgen wat op het lijstje stond?'

'Bijna. Het enige wat ze niet hadden, waren neten.'

Hij keek haar geïrriteerd aan. 'Wat is dat nou weer?'

Lou pakte haar telefoon en liet het hem zien. 'Dat berichtje dat je me stuurde. Ik heb er wel naar gevraagd, maar het was er niet de tijd van het jaar voor.'

Hij tuurde naar het scherm en begreep toen wat er was gebeurd. 'Ik bedoelde noten. Geen neten.'

'Dat weet ik best. Ik plaag je alleen maar. En raad eens?' Ze rommelde wat in een tas en pakte er twee zakken cashewnoten uit, zijn lievelingsnoten. 'Kijk. Ik dacht dat je dit wel lekkerder zou vinden dan neten.'

Hij schudde zijn hoofd, pedant genoeg om zich te ergeren aan zijn eigen fout. 'Ik had dat berichtje moeten nalezen voordat ik het verstuurde. Ik hou er niet van om fouten te maken.'

'Ha, deze valt nog mee. Nog niet eens zo lang geleden stuurde ik een vriendin een berichtje. Ik wilde eigenlijk in geval van nood schrijven, alleen drukte ik op de verkeerde toets en toen stond er in geval van dood. Stom, hè?'

Edgars oren suisden. Om haar niets te laten merken, wendde hij zijn gezicht af en klakte in zijn vingers naar Captain Oates die in zijn mandje lag. Zonder Lou aan te kijken vroeg hij nors: 'Maar hoopte je stiekem niet dat er iemand zou doodgaan?'

'O mijn god, nee! Natuurlijk niet. Ik hoopte dat hij de tijd van zijn leven zou hebben.' Ze lachte. 'Hoe kun je nou denken dat ik zoiets zou zeggen over iemand?'

'Kom jongen.' Terwijl hij zich bukte om de hond op te tillen, wierp hij stiekem een blik op Lou. Ze had geen idee dat hij dat berichtje had gezien. Ze had hem over haar typefout verteld omdat het een typefout was geweest, zo simpel was het. En nu had ze een rood hoofd, omdat ze voor hem verzweeg dat het berichtje over hem was gegaan. En dat was op oudjaarsavond geweest, toen hij na het lezen van dat berichtje had besloten om naar Londen te gaan en de avond bij Della door te brengen...

Hij sloot kort zijn ogen. Hij kon op de vingers van één hand tellen hoe vaak hij zich in zijn leven schuldig had gevoeld, maar deze keer voelde hij zich ontzettend schuldig.

O god, o god, hij had de grootste fout van zijn leven begaan.

'Iemand zei op Twitter dat ik eruitzie als een kruising tussen een geplette tomaat en een wrattenzwijn,' zei Sammy. 'Ik heb terug getwitterd dat dat mijn twee favoriete dingen zijn.'

Jess knikte en glimlachte naar hem op haar toestel, want hij deed zijn best om haar op te vrolijken en ze wilde beslist niet dat hij haar zou zien huilen. Twee dagen geleden was ze voor het eerst van haar leven door paparazzi gefotografeerd, en vlak daarna was er in de onlineversie van een landelijke krant een hele reeks onflatteuze foto's geplaatst van haar, ineengedoken in haar jas tegen de kou, met een rode neus en slordig verwaaid haar; de foto's waren vergezeld gegaan van een artikel waarin ze haar vergeleken met de andere meisjes die tegenwoordig om Sammy's aandacht vochten.

Er hadden foto's bij gestaan van Frini Papadopoulos in een zilveren mini-jurk, en van Fia Lloyd in de allerkleinste rode bikini die je je maar kon voorstellen, en beide meisjes straalden een en al schoonheid en glamour en sexappeal uit. Wie zou daar nu tegenop kunnen? Ik in elk geval niet, dacht Jess. En de lezers van het artikel waren het met haar eens, want er waren honderden commentaren geplaatst waarin mensen zich erover verbaasden dat Sammy Keeler ooit zo'n mollige, onaantrekkelijke vriendin had gehad.

'Hé, gaat het wel?' Hij keek haar bezorgd aan. 'Wat je ook

doet, je moet al die onlinecommentaren negeren. Dat zijn gewoon allemaal zielige trollen.'

'Dat weet ik wel.' Ze slikte haar tranen gauw in en zei: 'Sorry, ik denk dat ik verkouden word.'

'Ik wou dat je hiernaartoe kon komen. Ik mis je zo.'

'Ik mis jou ook, maar Harry heeft me hier nodig.' Dat was niet waar, maar ze kon zich gewoon niets vernederender voorstellen dan naar L.A. vliegen, waar dan nog meer van die vreselijke foto's van haar zouden worden gemaakt.

'Je moet ook negeren wat de mensen zeggen.' Sammy raakte zijn schermpje aan om haar gezicht van achtduizend kilometer verderop te strelen. 'Ik hou van je.'

'Ik ook van jou.'

'Zeker weten dat alles goed is?'

'Natuurlijk weet ik dat zeker! Het gaat prima met me!' Deze keer slaagde ze erin om een echte glimlach op haar gezicht te toveren, want dat was wat hij wilde zien.

'Die meisjes hier kunnen niet aan jou tippen.'

'Nee, want ze zijn allemaal even lelijk. Ik heb gewoon medelijden met ze.' Terwijl ze het zei, hoorde ze dat iemand Sammy riep.

'Ik moet ophangen. Het interview begint zo.'

'Waarvoor deze keer?' Nou ja, ze wist waarvoor hij die interviews gaf, om zichzelf en zijn muziek te promoten.

'Het is met Cass Klein voor MTV. Kan ik er zo mee door?' Hij haalde een hand door zijn haar en trok zijn zwarte gilet recht.

'Je ziet er fantastisch uit. Ik hou van je.'

'Ik nog meer van jou.' Hij blies haar een kusje toe. 'Tot gauw.'

Nadat de verbinding was verbroken, googelde Jess Cass Klein. Ze was klein, donker en oogverblindend mooi, wat geen verrassing mocht heten, want ze werkte voor MTV. En omdat Jess een masochist was, keek ze ook nog op Cass' Instagram-account, waar een clip te zien was van Cass die aankondigde dat ze vandaag seksgod Sammy Keeler zou ontmoeten, zodat Frini Papadopoulos maar beter op haar tellen kon passen, want ze zou al haar verleidingstrucs uit de kast halen.

Het was wreed. Natuurlijk meende Cass het niet, maar welke man zou nu weerstand kunnen bieden aan al die aandacht?

Niet huilen. Niet huilen. Jess legde haar telefoon weg en nam zich voor er de eerste uren niet meer op te kijken. Sammy had zijn hele leven in de schaduw geleefd van zijn aantrekkelijkere, sportievere en begerenswaardigere broer. En nu stond hij ineens in de spotlights en kreeg hij de aandacht waarvan hij vroeger alleen maar had kunnen dromen. Niemand zou het hem kwalijk kunnen nemen als hij daar gebruik van wilde maken.

Cass Klein wond er bepaald geen doekjes om. Toen ze Sammy na het interview omhelsde, drukte ze expres haar borsten tegen zijn bovenlichaam.

'Eh… dank je.' Sammy deed snel een stap naar achteren. 'Ik vond het een heel leuk gesprek.'

Ze knipperde met haar wimpers. 'Ik ben dol op dat accent van je. Je bent zo'n schatje! En ik heb vanavond niks te doen, dus zullen we iets afspreken?'

Sammy had zijn hele leven al gezien hoe meisjes zich aan Remy hadden opgedrongen. En dan te bedenken dat hij daar jaloers op was geweest. Tot zijn ergernis begon hij te blozen. 'Eh…'

'Hij kan niet,' zei Fia. Ze zat op een zitzak aan de andere kant van de artiestenfoyer. 'Hij heeft al wat. Met mij.'

Cass knipoogde naar Sammy en zei zacht: 'Nou ja, ik kon het altijd proberen toch? Heb je echt iets met haar? Is zij niet een van de exen van Shiv?'

'Dat is ze, maar we hebben niks met elkaar. Ik heb thuis een vriendin en die zou ik nooit bedriegen.'

Met een katachtig lachje fluisterde Cass: 'Dat weet ik, ik

heb die foto's van haar gezien. En het is heel schattig om dat te zeggen, daardoor vindt iedereen je nog leuker.'

'Ik...'

'Maar je snapt natuurlijk best dat dat niet blijvend is. Je kunt haar beter nu meteen dumpen, dat is voor jullie allebei fijner. Want dan kun je pas volop van je leven gaan genieten.'

Hij staarde haar aan en schudde toen zijn hoofd. 'Dat is echt een walgelijke opmerking. Hoe durf je?'

Het pr-meisje aan de andere kant van de ruimte stond op. 'Zo bedoelde hij het niet.'

Hij keek haar woedend aan. 'Ik bedoelde het wel zo.'

Later, in de limo op de terugweg naar hun hotel, legde Fia haar hand op zijn arm en vroeg: 'Als je vanavond soms om gezelschap verlegen zit, zal ik dan naar je kamer komen?'

Sinds Fia in L.A. was aangekomen in Shivs privéjet – samen met Shiv en zijn nieuwste vriendin, plus nog een paar andere exen die het allemaal heel goed met elkaar leken te kunnen vinden – had Fia zichzelf tot zijn chaperonne benoemd. 'Hoezo, wil je een potje kaarten?' vroeg hij.

Ze wierp hem een ondeugende blik toe. 'Ik had eigenlijk interessantere spelletjes in gedachten.'

In het begin had hij gedaan alsof hij alle toespelingen niet opmerkte. Maar nu was hij er ineens klaar mee. 'In Engeland had je geen enkele belangstelling voor me.

'Omdat je toen niemand was. Maar nu ben je wel iemand.' Ze lachte ongegeneerd. 'Dat maakt je een stuk aantrekkelijker.'

'Is dat ook de reden dat je iets met Shiv had?'

'Natuurlijk.' Ze haalde haar schouders op. 'En dat kwam toch goed uit? Want als ik niks met Shiv had gehad, zou jij hier nu niet zijn, zoveel is zeker.'

'Weet Shiv dat je alleen maar bij hem was om wie hij was?'

'Och schat, hij mag dan wel lelijk zijn, hij is niet achterlijk. Natuurlijk weet hij dat,' zei ze. 'Zo zit de wereld in elkaar, vooral hier. Maar je hebt nog steeds geen antwoord gegeven op mijn vraag. Zin in een leuke avond? Ik krijg je wel in de juiste stemming.'

'Dank je, maar nee.' Hij kon niet eens boos worden of zich beledigd voelen. 'Volgens mij kun je je energie beter bewaren voor iemand die je echt leuk vindt.'

'Maar ik vind jou leuk!'

'Niet op die manier,' zei hij.

Fia dacht even na en knikte toen. 'Dat is waar.' Ze had het nog niet gezegd of ze slaakte een kreet van opwinding, terwijl ze achterom uit het autoraampje keek. 'O mijn god, daar staat Harry Styles, voor de etalage van Vera Wang! Stop, ik moet hem leren kennen!'

'De vraag is,' zei Sammy, terwijl ze het portier opensmeet en bijna uit de limo viel, 'of hij jou ook wil leren kennen.'

38

Het was de eerste week van maart en het had 's nachts gesneeuwd, zodat Foxwell was veranderd in een te late kerstkaart. Het zag er prachtig uit, maar Edgar hield zich vooral bezig met het op de weg houden van de Bentley. Waarschijnlijk had hij beter thuis kunnen blijven met dit weer, maar hij had een belangrijke afspraak. En hij wilde niet dat Jerry Johnson naar hem toe kwam, niet met Della daar. Vorige week had hij in zijn studeerkamer gebeld met de bank en uit de manier waarop ze later terloops naar het telefoontje had geïnformeerd, had hij kunnen opmaken dat ze hem had afgeluisterd.

Gisteren had hij haar uitgenodigd om samen in Cheltenham te gaan lunchen, maar ze had nee gezegd zonder zelfs maar de moeite te nemen een smoes te bedenken – tot gisteravond, toen ze zich ineens had verontschuldigd voor haar humeurigheid eerder die dag, om hem nog geen twintig minuten later weer om een lening te vragen.

Genoeg was genoeg.

Wanneer hij nu aan Della dacht, kon hij alleen maar denken aan de opmerkingen die ze aan de telefoon over hem had gemaakt tegen haar vriendin. *Echt, zo wanhopig zal ik nooit worden...*

Hij zou die woorden nooit meer uit zijn hoofd kunnen wissen, en ook niet haar samenzweerderige lachje toen ze de spot met hem had gedreven. Van haar beroemde charme die ze in december nog had aangewend, was weinig meer over. Het was alsof je een permanente gast in huis had die daar eigenlijk helemaal niet wilde zijn. De plezierige omgang waarop hij had gehoopt, was een vroegtijdige dood gestorven.

Er kwam een bestelwagen de heuvel op, en Edgar, die heuvelafwaarts reed, remde om hem te ontwijken. Waarschijnlijk weer een pakje voor Della, die blijkbaar geen dag kon laten passeren zonder iets te bestellen.

Toen de bestelwagen voorbij was, hervatte hij zijn voorzichtige rit naar de stad. Hij was een oude stomkop geweest, maar nu zou hij zijn fout herstellen. Het ging ondertussen steeds harder sneeuwen, dikke vlokken die als donsveertjes uit de kleurloze lucht vielen. Hij had Captain Oates thuisgelaten; de afspraak zou hooguit een uur duren. Hij kwam langs de antiekzaak en zag dat Harry Bailey en Jess moeizaam een walnoten kledingkast uit de pick-up aan het uitladen waren. Iets verderop zag hij de vrouw van de supermarkt op weg gaan naar haar werk; vroeger had hij nooit geweten hoe ze heette, maar dankzij Lou wist hij dat ze Moira was en dat ze getrouwd was met een monteur die... nou ja, Alan of Dave of zo heette, en dat ze zes kleinkinderen had. Ze was af en toe nog irritant spraakzaam, maar hij had gemerkt dat hij haar al iets aardiger begon te vinden, vooral nadat ze hem een kerstkaart had gestuurd en ook nog eentje speciaal aan Captain Oates. Misschien waren sommige mensen toch niet zo verschrikkelijk als hij altijd had gedacht. Zelfs Belinda van de krantenzaak leek tegenwoordig aardiger; bij de kaart die ze aan hem en de hond had gestuurd, had ze een zakje hondensnoepjes gedaan.

Tenzij ze dat allemaal had gedaan omdat ze ook achter zijn geld aanzat.

Het stoplicht stond op groen toen Edgar onderaan de heuvel was, maar toen hij vlakbij was, sprong het ineens op rood. Hij remde af en keek uit het zijraampje naar een groepje tieners dat een sneeuwpop maakte op het driehoekje gras voor Val's Café. Niet alleen tieners trouwens, de twee mannen die de pub runden, deden ook mee. En nu stak de vrouw van de taartenkraam op de markt vlak voor hem over en zwaaide en lachte naar hem alsof ze vrienden waren. Na te hebben gecontroleerd of ze niet toevallig naar iemand zwaaide die achter hem stond, stak hij ook zijn hand op en knikte. Het kwam vast door de sneeuw dat iedereen zo vrolijk leek en zelfs mensen begroette die ze nauwelijks... nauwelijks... wat...

Jezus, wat was dit? Een gevoel dat hij nog nooit had gehad trok door zijn hersens. Hij probeerde om hulp te roepen, maar toen er een verstikt geluid uit zijn keel opsteeg, begreep hij dat hij niet meer kon praten. Zijn rechterhand gleed van het stuur en viel met een bonsje op zijn schoot en hij voelde het vreemde gevoel in zijn hoofd sterker worden. Een grijze mist benam hem het zicht en zijn lichaam leek niet meer van hem. Weer probeerde hij om hulp te roepen, maar er kwam niets verstaanbaars uit zijn mond, en nu spoelde er een zwarte golf van zijn achterhoofd naar zijn voorhoofd en sleurde alles wat hij tegenkwam als een lawine met zich mee...

Remy was op weg naar zijn kantoor, met een paar pasteitjes voor de lunch die hij bij Val's Café had gehaald, toen hij Edgars Bentley voor het stoplicht zag staan. Het licht stond op groen en de auto achter Edgar toeterde ongeduldig.

Een van de jongens die aan de sneeuwpop had gewerkt, liep naar de Bentley toe, tuurde door het zijraampje en riep toen lachend: 'Die ouwe is in slaap gevallen achter het stuur! God, ze zouden oude mensen moeten verbieden om nog de weg op te gaan. Hé!' Hij tikte op het raampje. 'Wakker worden!'

Remy begon te rennen; hij kende Edgar Allsopp niet goed, maar één ding wist hij zeker, hij was niet het type om in slaap te vallen achter het stuur. Nadat hij het portier had opengetrokken, zag hij dat Edgar zijn ogen bijna helemaal dicht had, en zijn huid was grijzig en hij maakte een snurkend geluid.

Toet-toet deed de auto achter die van Edgar.

'Zeg dat hij daarmee moet ophouden,' beval Remy de jonge jongen die met grote ogen toekeek. Hij pakte zijn telefoon en belde het alarmnummer. 'Een ambulance graag. High Street Foxwell. Zo snel mogelijk.'

Lou was door Edgar naar de grote dierensupermarkt in Cheltenham gestuurd om Captain Oates' lievelingsvoer in te slaan. Toen ze voor het vak hondensnoepjes Remy's telefoontje beantwoordde, sloeg haar hart een keer over. O, nee...

Tegen de tijd dat ze in het ziekenhuis aankwam, stond Remy buiten in de sneeuw op haar te wachten.

Met een ernstige blik in zijn donkere ogen zei hij: 'Je kunt nog niet naar hem toe. Ze zijn met hem bezig.'

'Maar hij leeft dus nog?' Haar stem trilde. 'O god, ik kan het gewoon niet geloven. Vanochtend was er nog niks met hem aan de hand. Hij vroeg zelfs nog of hij de verwarming wat hoger moest zetten.'

'En hij is ook zonder problemen naar de stad gereden. Ze

maken een scan. Hij was nog steeds buiten bewustzijn toen hij hier werd binnengebracht. Gaat het?'

Ze rilde, en dat kwam niet alleen omdat ze door de sneeuw over het parkeerterrein naar Remy was gerend. De laatste keer dat ze hier samen waren geweest, had zij een snee in haar arm gehad en hadden ze samen gelachen en grapjes gemaakt. Ze had toen van elke seconde genoten, samen met hem wachten op die harde plastic stoeltjes, voor echtpaar worden aangezien...

Maar dit was anders. Dit was ernstig, een kwestie van leven of dood.

'Hier, je moet warm zien te worden.' Ze had haar jas in de kofferbak laten liggen, en Remy trok zijn eigen jack uit en dwong haar om dat aan te trekken.

'D-dank je.' Het jack rook naar leer en naar hem. 'Waar is de Bentley?'

'Die heb ik naar jullie huis gebracht. Rico is achter me aan gereden en heeft me daarna weer naar het dorp gebracht. Ik heb een paar keer aangebeld, maar er deed niemand open.'

'Ik heb Della al proberen te bellen, maar ze neemt niet op. Misschien lag ze in bad, of deed ze een dutje.' Della moest natuurlijk ook op de hoogte worden gesteld.

Toen de arts met hen kwam praten, wondt hij er geen doekjes om. 'Meneer Allsopp is er slecht aan toe. Waarschijnlijk heeft hij een beroerte gehad. Het ziet er niet best uit. Maar hij wordt nu naar de afdeling overgebracht en daar houden we hem in de gaten. U bent zijn inwonende verzorger, heb ik begrepen?'

Lou knikte. 'Ja.'

'Nou, als er familie is, dan kunnen ze beter zo snel mogelijk hiernaartoe komen. Ik denk niet dat hij het nog lang maakt.'

Lou slikte. 'Hij heeft geen familie. Maar wel een vriendin... Ze woont bij hem in huis.'

'Bel haar,' zei de arts.

Toen Lou Della eindelijk te pakken kreeg, zei Della: 'O nee, die arme Eddie, wat erg.'

'Neem maar een taxi. En bel me als je er bent, dan kom ik je ophalen bij de ingang.'

Na een korte stilte zei Della: 'O hemeltje, sorry, maar ik geloof niet dat ik dat kan.'

Wat?

'Het gaat erg slecht met Eddie,' zei Lou voor alle duidelijkheid nog een keer. 'Hij ligt in coma.'

'Ik weet het, maar... Ik haat ziekenhuizen, echt waar. Ik vind ze zo... nou ja, onplezierig. En ik heb last van... eh... PTSS... van toen mijn lieve echtgenoot stierf... Ik kan het nu echt niet. Misschien dat het me morgen lukt, als ik dan denk dat ik het aankan. Meer kan ik niet doen, sorry.' Op een toon die eerder nieuwsgierig dan bezorgd klonk, vervolgde ze: 'Denken ze dat hij doodgaat?'

Doodgaan. Lou sloot haar ogen. 'Ik geloof van wel.'

'Oké. Ik zal Tom bellen. Dank je voor je telefoontje.'

Betekende dat dat Tom misschien hiernaartoe kwam? Maar ze kon het niet meer vragen; Della had al opgehangen.

Lou stopte haar toestel in haar zak en zei: 'Ze komt niet. Ze houdt niet van ziekenhuizen.'

'Oké.'

'Jij mag ook wel weg, hoor. Ik ben er nu.'

Hij schudde zijn hoofd. 'Ik blijf bij je.'

'Dat hoeft echt niet.' Ze kreeg een brok in haar keel van zijn aardigheid. 'Moet je niet naar Talli?'

'Ik zie Talli vanavond niet.' Hij legde zijn hand op haar arm. 'Ik blijf, wat je ook zegt. Ik laat je hier niet in je eentje zitten.'

Er trok een scheut adrenaline door Lou heen toen hij haar aanraakte, gevolgde door een nog grotere scheut schaamte omdat het op zo'n ongelukkig moment kwam.

Het was het raarste gevoel dat Edgar ooit had gehad. Er was iets heel vreemds gebeurd en hij had geen idee hoe of waarom, maar het was wel bijzonder interessant.

Hij lag in het ziekenhuis, zoveel wist hij wel. Hij lag in een bed met allemaal slangetjes en draden en bliepende apparaten die met hem verbonden waren, en hij had zijn ogen dicht, maar dat leek geen probleem, want hij kon zichzelf nog steeds zien, net als alles wat er om hem heen gebeurde. Hij had de indruk dat hij een microscopisch klein spikkeltje energie was in de medicinale lucht. Het was echt verschrikkelijk boeiend, vooral omdat hij het idee dat er zoiets als dit zou kunnen zijn, altijd als lachwekkend van de hand had gewezen.

En toch was het zo. En hij was niet eens dood. Dat wist hij, omdat hij het apparaat kon zien dat zijn hartslag, zijn zuurstofgehalte en zijn bloeddruk controleerde. En hij kon ook alles horen. Ongelooflijk. Bij het raam zat een arts op een kruk driftig in een map te krabbelen. Naast zijn bed stond een verpleegster die met een stukje tape een los slangetje weer vastmaakte aan zijn hand. Ze keek op en vroeg: 'Ga jij nog naar Jans feest morgen?'

De arts op de kruk stopte met schrijven. 'Als ik op tijd weg kan komen wel. Het zou weleens heel leuk kunnen worden.

De verpleegster knikte verwoed. 'Ja. Ik verheug me er ook enorm op.'

Als Edgar zijn oude lichtgeraakte zelf was geweest, dan had hij misschien zijn ogen opengedaan en tegen die twee gezegd dat ze niet zo moesten flirten, dat ze moesten doen waarvoor ze waren aangenomen, namelijk voor hem zorgen.

Maar hij was niet zijn oude zelf in zijn echte lichaam, en van bovenaf leek het er allemaal niet meer zo toe te doen. Er waren wel belangrijker dingen om zich druk over te maken nu hij er blijkbaar zo slecht aan toe was.

Door het raam zag hij dat het nog steeds sneeuwde, dikke

vlokken die langzaam maar gestaag naar beneden dwarrelden. Toen ging de deur open en kwam er nog een verpleegster binnen; ze stapte opzij om twee andere mensen binnen te laten.

Het was Lou, samen met de oudste van de Keeler-broers. Ze keek naar de verpleegster en vroeg: 'Kunnen we echt allebei bij hem gaan zitten?'

'Geen probleem, hoor. Je zei toch dat hij geen familie had? Dan is het oké, het is fijner voor hem om niet alleen te zijn. Jullie mogen zolang blijven als jullie maar willen.' De verpleegster ging zachter praten. 'Zoals ik al zei, het zou... nou ja...'

Het was behoorlijk duidelijk wat ze niet zei; Edgar nam het nieuws tot zich en besefte dat hij noch droevig noch verbaasd was. Hij zou er niet lang meer zijn. Dit was hoe het zou eindigen.

Maar in de tussentijd was hij hierboven en kon hij alles zien en horen wat er gebeurde. En kon hij spijt voelen...

O ja, hij treurde dan wel niet over zijn aanstaande verscheiden, maar schuldgevoel was er volop. Lou zag er bedroefd uit, ze had tranen in haar ogen toen ze bij het hoofdeinde van het bed in een van de stoelen ging zitten die Remy had gepakt.

'O Edgar. Hoi. We zijn er.' Ze nam zijn oude hand tussen de hare en streelde met haar duim zijn artritische knokkels. 'Het komt goed, we zijn er nu, en ik ga niet meer weg. Het personeel is heel aardig,' vervolgde ze. 'Ze zullen heel goed voor je zorgen. Voordat je het weet, ben je weer beter.'

Hij wist dat ze loog en toch raakte hij niet in paniek. Iedereen moest een keertje dood en deze keer was hij aan de beurt.

Pas toen Remy Keeler Lou een zakdoek gaf waarmee ze haar ogen droogde, drong tot hem door dat ze echt huilde.

En met een schok drong nog iets tot hem door: ze deed haar best om niet te huilen, wat op de een of andere manier nog meer voor hem betekende. Ze hield zich groot voor hem.

'Edgar, kun je je ogen opendoen? Probeer eens... of knijp in mijn hand als je me kunt horen. Zo.' Ze probeerde echt om haar stem in bedwang te houden. Hij zag dat ze in zijn hand kneep en zag ook dat zijn eigen hand niet reageerde.

'Geeft niet,' zei ze. 'Voorlopig moet je rusten. En je hoeft je geen zorgen te maken om Captain Oates. Het gaat heel goed met hem. Zodra je je wat beter voelt, nemen we hem mee naar het ziekenhuis en dan kun je door het raam naar hem kijken.'

Ze praatte nog een tijdje door, ze vertelde hem dat de Bentley veilig thuis stond en dat Della hopelijk morgen bij hem op bezoek zou komen. Toen viel ze stil en hij zag de tranen opnieuw over haar wangen stromen. Na een paar minuten fluisterde ze tegen Remy: 'Maar het kan toch best dat hij weer beter wordt? Zelfs als hij wat minder mobiel zal zijn, kan hij gewoon naar huis. Ik zorg wel voor hem.'

Edgar voelde zich vreselijk. Ze wist het niet. Ze had geen flauw idee.

Pas later die avond, toen Lou even wegging en hem beloofde dat ze over een paar minuten weer terug zou zijn, ontdekte Edgar dat hij niet beperkt was tot deze kamer. Toen ze wegliep, kon hij haar de gang in volgen, als een piepklein fruitvliegje, en hij hoorde dat een van de verpleegsters haar waarschuwde voor de sneeuw.

'O, ik ga niet weg,' zei Lou. 'Ik blijf bij hem.'

Edgar hoefde zich echter geen zorgen meer te maken over of hij vast zou komen te zitten in de sneeuw. Hij liet Lou achter zich en vloog de lange witte gang door, en de hoofdingang van het ziekenhuis uit. Foxwell lag een paar kilometer verderop, maar hij had nog niet aan het stadje gedacht of het verscheen al in de verte. Toen hij dichterbij kwam zag hij onder de met sneeuw bedekte daken overal lampen branden, hij zag ook wat klanten de Bear Inn uit komen en twee mensen die elkaar kusten op de Triangle voor Val's Café terwijl de sneeuw om hen heen dwarrelde en er een oude man op zijn fiets voorbijkwam met een blonde labrador aan de lijn.

Hij verliet de stad en zoefde de heuvel op, langs een familie vossen die beneden in zijn tuin speelden.

Verbeeldde hij zich dit allemaal? Gebeurde het echt, of lag hij te hallucineren in zijn ziekenhuisbed? Hij had geen idee, maar het was beslist anders dan anders. En nu was hij thuis. Overal brandden lampen, de Bentley stond veilig op de oprijlaan en een van de kleinere keukenramen stond op een kier, wat betekende dat iemand, waarschijnlijk Della, toast had laten aanbranden.

En daar vloog hij al naar binnen, de hele benedenverdieping door tot hij Della in de huiskamer ontdekte. Ze lag languit op de bank in een geborduurde zijden kimono en – het mocht geen verrassing heten – met haar telefoon in haar hand.

'... O Saz, ongelooflijk toch? En ik was nog wel zo bang dat ik hier jaren vast zou zitten. Maar nu lijkt het erop dat dat dus niet hoeft. Lou belde vanuit het ziekenhuis en zei dat het heel ernstig was. Blijkbaar zijn de dokters ervan overtuigd dat hij het niet haalt.' Ze stak haar hand uit om haar glas wijn van de salontafel te pakken, waarbij ze morste en de druppels halfhartig met een paar vingers weg probeerde te vegen, zodat er vast en zeker een vlek op de tafel zou komen. 'O wacht, ik krijg net een berichtje...' Ze tuurde naar het schermpje. 'Alweer van Lou. Haar zoveelste poging om me naar het ziekenhuis te krijgen.' Ze luisterde even en lachte toen om iets wat Saz zei. 'Ik weet het, maar ik heb haar al verteld dat ik niet van ziekenhuizen hou. Ik heb haar verteld van mijn PTSS. Bovendien, als hij in coma ligt, merkt hij toch niet of ik er wel of niet ben, dus het heeft geen enkele zin.'

Edgar keek naar haar en nam alle details van haar prachtige gezicht in zich op. Het was ontzettend stom geweest om haar hiernaartoe te halen, maar gedane zaken namen geen keer. Ooit had hij van haar gehouden, hoewel hij altijd had geweten dat ze zijn liefde niet beantwoordde. Hij kon haar nergens de schuld van geven, de enige die schuld droeg was hij.

'... Ja, ik heb Tom al gebeld. Hij komt meteen morgenvroeg hierheen... Saz, hou op, zulke dingen mag je niet over mijn zoon zeggen. O, nu we het er toch over hebben, had je al gehoord dat Anton iets heeft met de dochter van Lois Atherton? Onvoorstelbaar toch?'

Edgar had genoeg gehoord; hij liet Della verdergaan met haar onnozele gebabbel met haar vriendin, dat naar hij wist uren door kon gaan. Hij ging via de hal de trap op, zijn kamer in, waar Captain Oates opgekruld op het bed lag. De kleine hond had zijn ogen dicht, zijn staart was om zijn achterpoten gekruld en hij lag vredig te slapen.

Edgar werd ineens overspoeld door droefheid. Captain Oates was zijn enige liefde. Het idee dat hij hem misschien nooit meer zou zien, nooit meer zou vasthouden, nooit meer iets tegen hem zou zeggen, was hartverscheurend. Ach, hadden ze maar meer gelukkige weken, maanden, jaren zelfs, samen kunnen beleven. Had hij maar eerder geweten hoeveel vreugde een hond je kon schenken. Hij had zoveel gemist in zijn leven, en dat begreep hij nu pas.

Zou hij nog steeds dit soort incognito bezoekjes kunnen afleggen wanneer hij dood was? Hij had geen idee, maar het leek hem dat het antwoord op die vraag nee was. Dat betekende dat hij hier was om afscheid te nemen, zonder iets te kunnen zeggen.

Hij probeerde zijn gedachten aan Captain Oates door te seinen.

Ik hou van je.

Ik hou van je.

Meer dan je ooit zult weten.

Ik wou dat ik kon blijven, maar dat gaat niet.

Captain Oates deed zijn ogen niet open. Hij bleef diep in slaap, maar hij kwispelde wel een keertje met zijn staart. Edgar besloot dat op te vatten als een teken dat hij hem had begrepen en dat hij zei dat hij ook van hem hield.

Dat zou het asiel fijn vinden. Net zoals dat andere. Misschien moest hij daar ook nog maar even langs...

Maar nee, dat was niet nodig. Hij had het gevoel dat hij weer terug moest naar het ziekenhuis, om daar herenigd te worden met zijn lichaam.

Net toen Edgar de kamer verliet, werd Captain Oates wakker. Hij blafte kort, sloot toen weer zijn ogen en sliep verder.

Vaarwel, mijn mooie jongen, vaarwel.

Met kerst had Edgar van Lou naar *The Snowman* op tv moeten kijken, een van haar lievelingsfilms, en nog een tekenfilm ook. Sentimenteel als wat natuurlijk, over de liefde tussen een jongetje en zijn sneeuwman, en toen het was afgelopen had Edgar geklaagd dat het hem een halfuur van zijn leven had gekost, een halfuur dat hij niet zou terugkrijgen, hoewel hij moest toegeven dat er een paar gevoelige momenten in zaten. Maar aan de andere kant had die jongen natuurlijk best kunnen weten dat zijn nieuwe vriend zou smelten; dat gebeurde uiteindelijk altijd.

Terwijl hij door de koude nachtelijke lucht terugvloog naar het ziekenhuis, besefte hij dat dit wel een beetje op die film leek. Zou dit hier allemaal ophouden te bestaan wanneer hij stierf? Vast wel, want als hij eeuwig zou blijven rondvliegen, zou de lucht toch gevuld moeten zijn met mensen in dezelfde toestand, die alle kanten uit sjeesden om in de gaten te kunnen houden wat er gebeurde met alle mensen die ze kenden?

Binnen de kortste keren was hij weer terug. Remy Keeler stond in de gang voor zijn kamer. Keeler belde met iemand, hij zei: 'Lou is er kapot van, en ze voelt zich schuldig omdat ze er niet bij was toen het gebeurde. Ze denkt dat hij die beroerte kreeg vanwege de stress van het rijden in de sneeuw.'

Edgar zoomde wat in en zag toen dat Keeler sprak met zijn broer in Amerika. Op het schermpje zei die slonzige jongere broer: 'Het is raar, want hij was altijd zo chagrijnig, maar als hij doodgaat, zal ze het heel erg vinden.'

Edgar werd opnieuw overspoeld door een golf van droefheid en spijt. Wat had hij gedaan?

'Ik weet het. Oké, ik hou je op de hoogte,' zei Remy. 'Ik ga weer bij haar zitten, ik wil haar liever niet te lang alleen laten.'

'Doe haar de groeten.'

'Doe ik.'

Edgar volgde Remy de kamer in en ze zagen allebei dat Lou haar ogen snel droogde met een zakdoekje dat tot een prop was samengeknepen. Edgar dacht aan alle dingen die ze voor hem had gedaan sinds die kennismaking op het parkeerterrein van de supermarkt toen hij had gedacht dat ze hem wilde beroven. En bij wijze van contrast dacht hij ook even aan Della's zorgeloze telefoongesprek met haar vriendin Saz.

Wat hem ook opviel was Remy's blik toen hij troostend een hand op Lou's schouder legde en naar haar keek, terwijl ze de prop in haar zak stopte en een van de slangetjes die geknakt was weer rechttrok.

Zo zo, dat was nog eens interessant. Hij wist wel dat ze goed bevriend waren. Maar hij wist ook dat Remy een vriendin had die Talli heette en die een tandartsenpraktijk of zoiets in Cheltenham had. Maar uit Remy's blik kon hij opmaken dat hij wilde dat ze meer dan alleen goede vrienden konden zijn.

Edgar voelde weer een oprisping van verdriet vermengd met schaamte bij het besef zo dom te zijn geweest. Er was nu echter niets meer aan te veranderen, tenzij hij als door een wonder beter werd en zijn vergissingen kon herstellen. Maar het zag er toch echt naar uit dat er een einde zou komen aan zijn aardse bestaan. Als hem nog een paar uur gegund was geweest voordat hij achter het stuur bewusteloos was geraakt, was zijn afspraak met Jerry Johnson gewoon doorgegaan en had hij kunnen uitleggen wat er was gebeurd en daarna een nieuw testament laten opmaken.

Daar was het nu te laat voor. Dat zou niet meer gebeuren.

De uren tikten voorbij op de klok aan de muur. Edgar keek ernaar, terwijl Lou zijn vingers streelde en tegen hem bleef praten tot de vermoeidheid het eindelijk won. Haar ogen vielen dicht en haar hoofd viel opzij, zodat ze tegen Remy leunde.

Remy leek dat helemaal niet erg te vinden.

Op een bepaald moment kwam er een verpleegster binnen die de monitoren bekeek. Ze zei tegen hem: 'Gaat het nog?'

Remy glimlachte en knikte; 'Ja hoor. Prima.'

'Jullie kunnen best naar huis, hoor, we bellen wel als er verandering optreedt.'

Als ik het loodje leg, bedoel je, dacht Edgar.

Remy wees naar Lou's hand, die nog steeds verstrengeld met die van Edgar op het bed lag. 'Dank je, maar zij wil per se blijven.'

En zodra hij het loodje had gelegd, zou Lou ontdekken hoe dubbelhartig hij was geweest. En dan zou ze het pas echt erg vinden dat ze bij hem was gebleven. Edgar concentreerde zich hard op zijn hand op het bed, zich afvragend of hij er genoeg invloed op kon uitoefenen om Lou een kneepje te geven. Ze zou nooit weten hoe erg het hem speet wat hij had gedaan.

En hij zou nooit weten wat er in de toekomst ging gebeuren, hoe Lou's leven zou verlopen en of ze het soort geluk zou vinden dat ze verdiende.

39

De uren verstreken langzaam. Om zeven uur de volgende ochtend was Edgars ademhaling aanzienlijk vertraagd. Remy maakte Lou wakker uit haar onrustige slaap, strekte zijn stijve armen en benen en haalde bekers koffie uit de net geopende cafetaria.

Samen wachtten ze, terwijl het einde naderbij kwam.

Een moederlijke verpleegster fluisterde: 'Het duurt nu niet lang meer,' en Remy knikte.

Lou zei: 'Het is goed, Edgar, we zijn bij je.' Toen wendde ze zich met een hoopvolle blik tot Remy. 'Volgens mij kneep hij net in mijn hand. Ik voelde het.'

Maar het duurde langer voordat de volgende ademhaling kwam, en die daarna bleef nog langer uit. Ze wachtten... en wachtten... maar er kwam niets meer.

'Hij is dood.' Lou sprak zo zacht dat ze bijna niet te verstaan was.

'Hij wist dat jullie bij hem waren,' zei de verpleegster.

'Ik hoop het. Ik weet zeker dat hij in mijn hand kneep.'

Een uur later verlieten ze het ziekenhuis. Gelukkig was het opgehouden met sneeuwen en er was rijkelijk gestrooid op het parkeerterrein.

Remy maakte eerst Lou's auto sneeuwvrij en toen de zijne. Hij zag haar fronsen toen ze voor de zoveelste keer op haar mobiel keek.

'Della neemt nog steeds niet op. Ik hoop dat er niks aan de hand is.'

Remy dacht bij zichzelf dat Della waarschijnlijk diep in slaap was. Hij zei: 'Ik rijd achter je aan, ik wil zeker weten dat je veilig thuiskomt. En als je liever wilt dat ik erbij ben als je het haar vertelt, ga ik wel mee naar binnen.'

Gelukkig was er ook gestrooid op de wegen en de rit naar Foxwell verliep zonder moeilijkheden.

Nadat ze allebei hun auto tot stilstand hadden gebracht bij Walton House, stapte Lou uit de Mini en liep naar Remy toe die inmiddels ook was uitgestapt. 'En die arme Captain Oates. Ik moest onderweg de hele tijd aan hem denken. Ik heb zo'n medelijden met hem. Hij snapt er natuurlijk niks van als Edgar nooit meer thuiskomt.'

'Maar hij heeft jou,' zei hij tegen haar.

Er welden weer tranen op in haar ogen en ze zag er zo moe uit dat hij zijn armen spreidde.

Terwijl ze zich tegen zijn borst vlijde, zei ze: 'Ik had nooit verwacht dat ik zo verdrietig zou zijn. Ik voel me zo... schuldig.'

Geen van hen had het nog over het testament gehad, maar hij wist dat ze daarop doelde. In de loop der tijd was Lou steeds meer gesteld geraakt op de ouwe mopperkont, maar ze wist ook dat ze nooit voor hem zou zijn gaan werken als hij haar niet dat idiote aanbod had gedaan, een aanbod waardoor ze had geweten dat hij ontzettend eenzaam was. Remy had de hele nacht, terwijl Lou tegen zijn schouder lag te slapen, nagedacht over hoeveel hij van haar hield. Want dat was zo, daar was geen ontkomen meer aan. Het probleem was dat hij dat nooit meer kon toegeven nu Edgar dood was.

Want Lou zou een huis erven dat miljoenen waard was en daarbij ook nog alles wat er op de bank stond. Het zou een rare indruk maken als hij nu ineens zei dat hij van haar hield. O te gek, je bent ineens stinkend rijk en had ik je overigens al verteld dat ik ontzettend verliefd op je ben?

Ja hoor, heel geloofwaardig.

Iedereen die hij kende zou meteen klaarstaan met zijn mening.

Lou ook, en dat was nog het ergste.

Maar in de tussentijd stond ze in zijn armen en wilde hij haar niet meer loslaten. Hij voelde de warmte van haar lichaam tegen het zijne, rook de vage abrikozengeur van haar shampoo op en de...

'Hé, wat is dat? Stoor ik soms?'

De voordeur was opengegaan en in de deuropening stond Tom Lloyd. Remy voelde dat Lou even naar adem hapte als reactie op zijn onverwachte verschijning.

'Wat doe jij hier?' vroeg ze met rode wangen.

'Ik woon hier.' Hij grijnsde en spreidde zijn armen alsof hij de bezitter van het huis was. 'Mijn moeder vertelde me dat Edgar in het ziekenhuis lag en dat zijn toestand kritiek was. Het leek haar beter als ik hiernaartoe kwam. Ik ben tien minuten geleden door de chauffeur afgezet.' Hij keek hen afwachtend aan. 'Nou?'

'Nou wat?' Remy kon het niet helpen; de hebberige blik in de ogen van die vent maakte hem gewoon misselijk. En hij was ook geschrokken, want blijkbaar was Tom Lloyd op de hoogte van het testament. Dat betekende dat Lou hem dat moest hebben verteld.

'Is hij dood? Of hangt zijn leven nog aan een zijden draadje?'

Remy hoorde Lou nog een keer naar adem happen en toen vroeg ze: 'Eh... waar is je moeder?'

'In bed met een kater, denk ik, want ik zag een lege fles in de kamer staan.'

'Nee, ik lig niet meer in bed.' Della verscheen naast haar zoon, rillend in haar dunne zijden kamerjas. 'Hoe gaat het met hem?'

'Laten we eerst naar binnen gaan,' zei Lou.

'Is hij dood?' vroeg Della.

'Ik vind het zo erg, ja, hij is dood.'

Remy zag een eenzame traan over Lou's wang lopen, en het volgende wat hij zag was de triomfantelijke blik die Della en

Tom uitwisselden. Wat was er in vredesnaam aan de hand?

'Ach, wat naar,' zei Della. 'Maar hij heeft een mooi leven gehad.'

Er vertrok een spiertje in Remy's kaak. Hij had altijd al een hekel aan dat cliché gehad.

'Trouwens, jij hoeft hier niet te blijven, hoor,' zei Tom tegen hem, met nog steeds iets triomfantelijks in zijn ogen. 'We redden ons wel.'

Er was echt iets aan de hand. Kalm zei Remy: 'Ik kom heel even mee naar binnen, ik moet nog iets met Lou bespreken.' Wat hij haar wilde zeggen, was dat hij Tom voor geen cent vertrouwde en dat zij dat ook niet moest doen. Maar zou ze hem wel geloven? God, wat een toestand.

'Je ziet er doodmoe uit,' zei Tom tegen Lou. 'Ik ben ook kapot. Kom, dan breng ik je naar bed.' Hij knipoogde toen hij dat zei.

Bah, die vent was echt walgelijk, dacht Remy.

Maar Lou schudde haar hoofd al toen ze naar binnen liepen. 'Ik ben niet moe. Ik wil naar Captain Oates.' Meteen daarna hoorden ze geblaf in Edgars studeerkamer en Lou ging er snel naartoe.

'O, het spijt me zo, liefje, ik ben het maar.' Uit de hoopvolle blik van de hond kon ze opmaken dat hij verwachtte dat Edgar bij haar zou zijn. 'Hij is dood. Hij hield zoveel van je.'

Voorzichtig, omdat ze hem pas sinds kort mocht vasthouden, tilde ze hem op en knuffelde hem. Toen keek ze ineens om zich heen. 'Wat is hier gebeurd?'

Op het bureau stond een bijna leeg champagneglas, met daarnaast een nagelschaartje en een groentemesje. Verder was het uitvouwbureaublad bedolven onder de slordige stapels papieren en een paar grote bruine enveloppen.

Remy, die haar achterna was gelopen, fronste. 'Ligt dat er normaal niet dan?'

'Nee, Edgar is altijd heel netjes. Ik snap niet hoe dit kan.'

Wat Remy betrof was het wel duidelijk. Hij riep Della die met kletterende borden op weg was naar de keuken. 'Lou vraagt zich af wat al die papieren op het bureau doen. Er liggen allemaal bankafschriften en brieven van Edgars financieel adviseurs.'

Della kwam weer aanlopen vanuit de keuken, op haar hielen gevolgd door Tom die vroeg: 'Wat gaat jou dat aan?'

'Het gaat jou anders ook niets aan,' diende Remy hem van repliek.

'Ah, daar kun je je weleens in vergissen.'

Della zei: 'Schat, laat...'

'Ach kom op, die man is dood. Binnenkort weet iedereen het toch.' Op geamuseerde toon liet Tom erop volgen: 'Mijn moeder was op zoek naar het testament.'

God, wat een weerzinwekkende kerel. Remy snapte niet waarom Lou voor zijn gladde praatjes was gevallen. Met opgetrokken wenkbrauwen vroeg hij: 'Omdat...'

Della keek hem aan. 'Omdat die schat van een Eddie alles aan mij heeft nagelaten.'

Remy hoorde Lou verbaasd naar adem happen. Wat was dit nu weer? Wat had Edgar gedaan? En nog belangrijker: wanneer had hij dat gedaan?

'Aan wie anders zou hij zijn huis willen nalaten?' Toen ze hun gezichten zag, voegde ze er uitdagend aan toe: 'Eddie is jaren geleden verliefd op me geworden en dat is hij altijd gebleven.'

'Dus hij heeft dat testament laten opmaken toen hij nog in Londen woonde?' Remy moest het vragen.

'Nee.' Ze wisselde een zelfvoldane blik uit met haar zoon. 'Dit jaar, begin januari.'

Remy schudde zijn hoofd. O, Edgar Allsopp, jij achterbakse bedrieger.

Maar toen hij Lou aankeek, zag hij dat ze haar best deed om haar gezicht in de plooi te houden.

'Wat is er zo grappig?' wilde Tom weten.

Ze schaterde het ineens uit en zei hoofdschuddend: 'Hij heeft ook alles aan mij nagelaten.'

'Dat meen je niet!' Tom schrok zichtbaar. 'Fuck! Wanneer?'

'O, maak je maar geen zorgen, dat was in september het jaar daarvoor. En alleen het recentste testament is geldig.' Ze lachte nog steeds en nadat ze de tranen uit haar ogen had geveegd, zei ze: 'Dus het is allemaal voor jullie.'

Die arme Captain Oates. Nu zijn geliefde baasje er niet meer was, volgde hij Lou als een verloren ziel door het huis. Ze merkte aan alles dat hij Edgar vreselijk miste. Wanneer ze hem probeerde te troosten, voelde ze dat ze slechts een surrogaat was. Hij zocht door het hele huis naar zijn baasje. En toen ze in de keuken, waar hij in zijn mand lag, naar hem keek, jammerde hij even. Het klonk bijna als Ed-gar.

Het was hartverscheurend.

'Oké, kom eens mee jij.' Ze liep de keuken uit en hij volgde meteen.

Aan een haak aan de deur van Edgars studeerkamer hing het blauwgrijze fleecejack dat Edgar altijd had aangetrokken wanneer hij het koud had of wanneer hij Captain Oates uitliet in de tuin. Lou mocht het bijna nooit wassen van hem, en de laatste keer was een paar weken geleden geweest, dus ze hoopte dat het nog naar hem rook. Misschien zou het Captain Oates een beetje troosten als ze het in zijn mand legde.

Ze hield het jack op voor de hond zodat hij eraan kon snuffelen. Toen hij voorzichtig kwispelde, keek ze even of er geen chocola in de zakken zat, want Edgar was dol geweest op Maltesers. Maar nee, in de zakken zaten alleen zijn suède handschoenen met een voering van schapenwol. Als ze zelf nog nauwelijks kon bevatten dat Edgar dood was, dan moest het voor een hond helemaal moeilijk zijn om te begrijpen dat zijn baasje nooit meer terugkwam.

Pas toen ze de handschoenen in haar hand opvouwde, merkte ze dat er iets in zat. Een potlood? Zo'n kort geval dat je op wedkantoren kreeg? Maar toen ze het eruit haalde, zag ze dat het een kleine ouderwetse sleutel was, zo'n sleutel die in een antieke kast of zo paste. Haar blik gleed naar Edgars walnotenhouten bureau en het laatje dat Tom gisteren vergeefs open had proberen te krijgen.

40

'Is Briony hier? Is hier verder nog iemand?' flapte Lou eruit toen Remy een uur later de deur voor haar opendeed.

Hij schudde zijn hoofd. 'Nee, Briony is naar een bouwplaats. Ik ben alleen. Wat is er gebeurd? Is er een probleem?' Zijn hart ging altijd al sneller slaan wanneer hij haar zag, maar deze keer ging het echt in overdrive. Wat was er? Ze keek stralender dan ooit. O god, ze ging hem zo toch niet vertellen dat Tom haar net ten huwelijk had gevraagd…

Maar ze zei buiten adem: 'Ik heb iets ergs gedaan.'

'O, mijn god…'

Ze moest lachen om zijn geschokte blik. 'Rustig maar, ik heb ze niet vermoord.'

'O. Nou, dat is waarschijnlijk maar beter ook.' Hij nam haar mee naar binnen. Aan de andere kant, jammer wel.

Lou wikkelde snel haar roze das met stippels af en pakte toen een in leer gebonden aantekenboekje uit haar tas. 'Sorry dat ik hier zo kom binnenvallen. Of heb je het te druk?'

Voor jou nooit. 'Ik ben alleen maar benieuwd naar wat voor ergs je hebt gedaan.'

'Oké, ik had een sleuteltje gevonden. Ik was nergens naar op zoek of zo,' voegde ze er ter verdediging van zichzelf aan toe. 'Hij zat in een handschoen van Edgar. Het is de sleutel van het laatje in zijn bureau dat Della gisteravond open probeerde te krijgen. Nou, en toen heb ik het geopend en vond ik dit hier.' Ze wapperde met het aantekenboekje naar hem. 'En het verklaart alles.'

'Heb je zijn dagboek gelezen? Is dat wat je zo erg vindt?' vroeg hij verbaasd.

Ze schudde verwoed haar hoofd.' Nee. Maar ik heb ze niet verteld dat ik het heb gevonden. Ik hoorde Tom binnenkomen en toen heb ik het snel onder mijn trui verstopt en mee naar mijn kamer gesmokkeld.'

'En toen ben je hiernaartoe gekomen.'

'Ik heb het eerst gelezen. Het is droevig, maar ook fantastisch.'

Haar ogen glansden. Ze liep over van geluk. Hij vroeg: 'Bedoel je soms dat toch alles voor jou is?'

'Nee! Vooruit, ga zitten, lees zelf maar. Della en Tom hebben al een afspraak met hun notaris uit Londen, hij komt morgen hierheen. Ik moet erbij zijn, omdat ze willen overleggen over wat ze met mij aan moeten.'

'Weten ze dat je hier bent?'

'Nee. Ik zei dat ik melk ging halen. Ze luisterden niet eens naar me,' zei ze met een droog lachje. 'Ze hadden het te druk met nog een fles champagne opentrekken.'

Het was niet echt een dagboek, maar Edgar had wel zijn gedachten aan het papier toevertrouwd, en dat al een paar jaar lang. De eerste anderhalf jaar nam Remy snel door; Edgar beklaagde zich voornamelijk over de politiek, politici, het weerbericht en verschillende inwoners van Foxwell die de euvele moed hadden gehad om zijn pad te kruisen.

In september ging het over zijn eerste ontmoeting met Lou. Hij beschreef tot in detail het aanbod dat hij haar zou doen, een aanbod dat ze volgens hem niet kon weigeren. Nadat Lou daadwerkelijk bij hem was ingetrokken, werd de toon wat luchtiger.

'Hij was meer op je gesteld dan hij liet merken,' mompelde Remy, en toen hij opkeek zag hij dat ze knikte en langs haar ogen veegde.

Het volgende stuk ging over Lou die Edgar had meegesleept naar het asiel en het werd heel ontroerend toen Edgar het moment beschreef waarop hij verliefd was geworden op Captain Oates.

Daarna schreef hij dat hij op aandringen van Lou contact had opgenomen met zijn oude vriendin Della Lucas. Remy knikte bij zichzelf, want uit de volgende bladzijden maakte hij op dat Edgar langzaam leerde om gelukkig te zijn, al was het met twee stappen vooruit en eentje achteruit, als een peuter die leert lopen.

Toen sloeg hij de bladzijde om en kwam bij 30 december. Edgar had geschreven:

Ik ben zo stom geweest. Lou heeft het spel goed gespeeld toen ze deed alsof ze me mocht. Maar vandaag zag ik een berichtje op haar telefoon waarin ze het met een vriendin over me heeft. Ze schrijft: Alleen in geval van dood. Met zo'n lachend gezichtje erbij. En logisch, want daar zit ze al de hele tijd op te wachten. Ik moest weer denken aan toen ik acht was, toen Elizabeth doodging en ik mijn moeder snikkend in de armen van mijn vader hoorde vragen waarom ik niet was doodgegaan in plaats van mijn zusje.

Hetzelfde gevoel van afwijzing. Dat gaat waarschijnlijk nooit meer weg. Dat weet ik nu. Maar Lou heeft me goed voor de gek weten te houden. Ik dacht dat ze anders was. Wat een sukkel ben ik ook. Ik had beter moeten weten.

Remy stopte met lezen en keek naar Lou, die een zucht slaakte.

'Het was een typefout. Ik had.... Maar ik heb die fout niet gezien. En ik wist ook helemaal niet dat hij dat berichtje had gelezen, maar laatst stuurde hij me een berichtje met een typefout erin en toen vertelde ik hem over mijn stomme fout. Dus hij wist in elk geval dat ik het niet meende. En daar ben ik nu heel blij om.' Ze knipperde met haar ogen. 'Want ik zou het onverdraaglijk vinden als hij was doodgegaan zonder dat te weten. Maar lees door.'

Het volgende stukje ging over nieuwjaarsdag. Edgar was terug uit Londen waar hij oudjaarsavond had doorgebracht met Della. Hij had haar gezegd dat ze wel bij hem mocht komen wonen, maar dat had ze niet gewild. En om haar op andere gedachten te brengen had hij beloofd om alles aan haar na te laten als ze wel kwam. En toen had ze dat natuurlijk gedaan.

En hij had zich niet eens schuldig gevoeld. Het was Lou's verdiende loon.

Remy keek op. 'Een dure typefout.'

'Doorlezen,' zei ze. 'Het wordt alleen maar beter.'

Hij liet zijn blik over de volgende bladzijden glijden waarin Edgar langzaam tot de slotsom kwam dat het gelukkige leventje met Della waarop hij had gehoopt geen werkelijkheid zou worden. Vervolgens had hij het over het afgeluisterde telefoongesprek met haar vriendin Maggie waaruit hij had kunnen opmaken hoe Della echt over hem dacht. Alweer zat er iemand om wie hij gaf alleen maar te wachten op zijn dood.

Remy stopte even. Het handschrift werd steeds slordiger, alsof Edgar zo gekwetst was dat hij bijna niet meer kon schrijven. Je kon zijn verdriet bijna voelen. Het was onmogelijk om geen medelijden met hem te hebben.

Het daaropvolgende stuk was weer kalmer. Edgar had geschreven:

Heb een afspraak met Jerry Johnson gemaakt. Heb hem verteld over het tweede testament. Hij vindt me een ouwe stomkop, dat merk ik aan alles. Maar we hebben een derde opgesteld. Dit is het laatste. En ik weet in elk geval zeker dat ik van dit testament geen spijt zal krijgen.

Twee dagen later had hij er nog aan toegevoegd:

Laatste testament getekend. Het origineel ligt bij Johnson, de executeur-testamentair.

Remy keek Lou aan en zei: 'Hij zegt niet wie de begunstigde is? Is het nu allemaal weer voor jou?'

Lou stak een wijsvinger op, alsof ze wilde zeggen: geduld! 'Er lagen ook nog kopieën van alle drie de testamenten in de la.' Met een klein lachje pakte ze ze uit haar tas en spreidde ze als oversized speelkaarten uit op de tafel. 'Wil je ze nu lezen? Of wachten tot morgen, als de notaris er is?'

Haar ogen dansten; ze barstte bijna uit elkaar.

Remy kon zijn ogen haast niet van haar afhouden en daarom tikte hij snel op de dichtstbijzijnde envelop en zei: 'Als je het niet erg vindt, wil ik ze geloof ik liever meteen lezen.'

Het gesprek met de notaris vond de volgende middag plaats aan de lange, glanzende mahoniehouten tafel in de eetkamer van Walton House. Lou putte troost uit de wetenschap dat Edgar zich prima zou vermaken als hij er bij had kunnen zijn, hij zou van iedere seconde van het spektakel hebben genoten. Dat was ook de reden waarom hij het had gedaan natuurlijk.

De meeste anderen rond de tafel zouden het minder vermakelijk vinden.

De eerste twee testamenten werden nietig verklaard, omdat er een derde was. En in dit laatste testament van Edgar John Allsopp was de begunstigde het dierenasiel Ivy Lodge.

Della was krijtwit tegen de tijd dat Jerry Johnson klaar was met zijn uitleg.

Tom daarentegen was onaantrekkelijk paars van woede. 'Dit is fucking belachelijk! Het kan gewoon niet!' brulde hij, terwijl hij ongelovig met zijn hand op de tafel sloeg. 'Hij heeft belóófd dat alles naar ons zou gaan! Hij kan toch niet zomaar zonder iets te zeggen van gedachten veranderen!'

'Het spijt me, maar dat kan wel.' De vertegenwoordiger van Kemper and Drew, van het notariskantoor in Londen waar het tweede testament was opgesteld, was vanuit Londen naar Foxwell gekomen.

'Als executeur-testamentair,' zei Jerry Johnson op zijn officieelste notaristoon, 'kan ik u verzekeren dat alles volmaakt in orde is.'

'Maar waarom?' Della was radeloos. 'Hij wist dat ik het geld hard nodig had! Waarom zou hij me dit willen aandoen? Ik hield van hem,' vervolgde ze huilend. 'En hij hield van mij. We hadden elkaar net weer teruggevonden, en nu dit...'

'Gezien de omstandigheden,' verkondigde Jerry, 'is het misschien handig als u de kopieën leest van de verklaringen van meneer Allsopp in zijn eigen handschrift, dan begrijpt u hopelijk beter waarom hij tot dit besluit is gekomen.' Hij gaf kopieën aan Lou, Della, Tom en Mary, de bedrijfsleider van het asiel.

'Dit kan iedereen wel hebben geschreven,' viel Tom uit nadat hij de gehighlighte passages had gelezen.

'Natuurlijk, maar dit zijn niet de wettige documenten. Anders dan het testament dat meneer Allsopp op 28 februari heeft ondertekend.' Jerry wierp hem een kort zakelijk lachje toe.

'Dit is bullshit. We gaan het aanvechten.' Tom wendde zich tot de notaris uit Londen. 'Dat gaan we doen.'

'Je kunt het testament altijd aanvechten,' zei de man, 'maar ik moet u waarschuwen dat dat een kostbare aangelegenheid is. Vooral als uw claim geen succes heeft.'

'Maar dat is oneerlijk, want dat betekent dat we het ons niet kunnen permitteren om het aan te vechten.' Della slaakte een wanhopige kreet. 'Hoe kon hij zo hatelijk zijn? Hij heeft dit expres gedaan... gewoon om ons te straffen! En wat moeten we nu?'

'In het testament staat dat u een bedrag van zevenduizend pond zult ontvangen. En u krijgt twee maanden de tijd voordat u Walton House moet verlaten.'

'Ja, ik weet wat er stáát! Maar waar moeten we naartoe?'

'Daarmee kan ik u helaas niet helpen.' De man van Kemper and Drew stond op en stopte alle papieren in zijn aktetas. 'Als er verder geen vragen meer zijn, dan ga ik.' Hij knikte beleefd naar Tom en Della. 'U kunt onze factuur voor het overleg van vandaag tegemoet zien.'

'Een factuur terwijl je geen reet hebt gedaan?' zei Tom. 'Dat kun je schudden.'

Toen Tom en Della weg waren, de een woest en de ander compleet van slag, zei Jerry droog: 'Testamenten doen de gemoederen soms hoog oplopen.' Hij keek over de tafel heen naar Lou. 'Hoe gaat het met jou?'

'Goed. Behalve dan dat Edgar dood is.' Het was nog niet eens anderhalve dag geleden. Er was daarna ook zoveel gebeurd, niet op de laatste plaats het besef dat Tom echt een weerzinwekkende man was. Weer zo'n voorbeeld van haar slechte smaak op het gebied van mannen.

Jerry knikte meelevend. 'Het spijt me dat ik je niet kon vertellen over dat laatste testament, maar dat is de geheimhoudingsplicht.'

'Wil je echt weten wat ik ervan vind?' Lou leunde naar achteren en haalde haar handen door haar haar. 'Het klinkt misschien raar, maar ik ben blij dat het zo is gegaan. Het heeft altijd verkeerd gevoeld dat ik hier alleen maar zou zijn vanwege Edgars belofte en het testament. Daar ben ik me altijd schuldig om blijven voelen. Als ik hier tien jaar had gewerkt, zou ik me misschien in de maling genomen voelen, maar ik heb maar een halfjaar voor hem gewerkt. Eigenlijk is er een last van mijn schouders gevallen, want nu zullen de mensen me niet kunnen veroordelen. En ik heb hier altijd met veel meer plezier gewerkt dan ik voor mogelijk had gehouden.'

'Ik weet eigenlijk niet of ik je dit wel zou moeten vertellen,' zei Jerry, 'maar ik doe het toch. Toen Edgar die beroerte kreeg, was hij op weg naar mij. Uit wat hij door de telefoon zei, meende ik te kunnen opmaken dat hij zijn testament nog een keer wilde veranderen.'

Mary van het asiel, die aan de andere kant van de tafel zat, kreeg een paniekerige blik in haar ogen.

Lou glimlachte naar haar en zei: 'Nou, ik ben blij dat hij dat niet heeft gedaan.'

Edgar had haar tienduizend pond nagelaten én Captain Oates. Wat kon een mens zich nog meer wensen? Het was perfect.

41

De sfeer in Walton House was gespannen, op zijn zachtst gezegd. Lou had het gevoel dat Tom en Della haar de schuld gaven van het feit dat Edgar zijn testament nog een keer had veranderd. Tom was een paar dagen naar Londen geweest en pas gisteravond laat weer teruggekomen. Toen Lou hem in de keuken tegenkwam, werd ze meteen misselijk van de weeïge geur van zijn aftershave.

'Wat?' Hij klonk geïrriteerd. 'Waarom kijk je me zo aan?'

'Je hebt een andere aftershave op.'

'Van een vriendin gekregen. Het is haar lievelingsgeurtje. Heb je daar soms een probleem mee?'

Lou slikte de golf van misselijkheid weg; hij had vrijwel meteen na het voorlezen van het testament zijn belangstelling voor haar verloren. Ze was gewoon handig geweest om achter de hand te hebben. Gelukkig was het gebrek aan oprechte gevoelens wederzijds. Hij mocht er dan goed uitzien, en heel charmant zijn wanneer hij wilde, ze was zich er scherp van bewust dat ze hem alleen maar had gebruikt om niet de hele tijd aan Remy te hoeven denken. *Quid pro quo.*

En bovendien had het niet eens gewerkt als afleidingsmanoeuvre.

'Ik heb je al weken geleden verteld dat Brett dezelfde aftershave had. Ik kan er gewoon niet tegen.'

Nonchalant haalde Tom zijn schouders op. 'Dat is niet mijn probleem. Ik heb het van Zoë gekregen en zij vindt het lekker. En ik ook.'

Zoë was het meisje, zo had ze onlangs van Della te horen gekregen, met wie hij al een paar maanden af en aan iets had. Lou keek naar hem terwijl hij een piepspeeltje van Captain Oates wegschopte om bij de ijskast te kunnen. Hij pakte een pak jus d'orange en dronk de helft ervan zo op zonder de moeite te nemen een glas te pakken. Nou, veel succes, Zoë!

'Ik ga naar Cheltenham, Edgars kleren naar het uitvaartcentrum brengen. Wil je zien welke ik heb uitgekozen?'

Hij veegde zijn mond af met de rug van zijn hand en zei met een verbitterd lachje: 'Alsof het mij wat kan schelen wat die ouwe zak draagt. Voor mijn part trekken ze hem een clownspak aan.'

Nog weer een voorbeeld, als ze dat al nodig had, van hoe verschrikkelijk slecht ze was in het peilen van mannen. Dat ze ooit van hem had gedacht dat hij aardig was.

Vanuit zijn mand, waar hij tegen Edgars oude suèdehandschoenen aan lag, ontblootte Captain Oates zijn tanden naar Tom en gromde.

'Kutbeest.' Tom keek de hond hoofdschuddend aan. 'Het is tijd dat ze je een spuitje geven. Kun je samen met Edgar begraven worden.'

Hoewel de laatste sneeuw nog maar een week geleden was gevallen, bracht een warmtefront ineens de lente naar Cheltenham. De zon scheen, het was onbewolkt en in Montpellier, de chique wijk van de stad, droegen de bomen al kersenbloesem.

Lou had Edgars mooie donkerblauwe pak uitgekozen voor in de kist. Met een wit overhemd, een groen-blauwe das, donkerblauwe sokken en, natuurlijk, zijn glanzend gepoetste leren schoenen. Ze had ze afgegeven bij de begrafenisondernemer die hij in zijn testament had genoemd en had daar te horen gekregen dat alles geregeld was voor de begrafenis volgende week.

Omdat ze alle tijd had ging ze in Suffolk Road op een terrasje zitten met een koffie en een donut. Ze pakte haar telefoon, voor de zoveelste keer op zoek naar een nieuwe baan, want zoals de zaken er nu voor stonden in Walton House wilde ze niets liever dan daar weggaan. En hoe aardig ze de inwoners van Foxwell ook vond, misschien was het beter om ergens anders helemaal opnieuw te beginnen en het afgelopen halfjaar achter zich te laten.

'Hé, maar dat is toevallig!'

Voor haar stond Talli, die zo te zien heel blij was om haar te zien.

Snel slikte Lou een hap donut door. 'O, hallo!'

Talli keek haar vragend aan. 'Ben je hier voor mij? Heeft Remy je gestuurd?'

'Remy? Nee...' Verbaasd zei Lou: 'Ik heb kleren naar het uitvaartcentrum gebracht en toen had ik zin in...'

'Het uitvaartcentrum? Wie is er dood dan?'

Nou, dit werd heel surrealistisch. Lou fronste. 'Heeft Remy je dat niet verteld? Edgar heeft een beroerte gehad. Hij is een week geleden gestorven, in het ziekenhuis.' Wat raar dat Remy haar daar niets over had verteld. Wat was er aan de hand?

'Meen je niet! Goh! Dus dat betekent... Sorry, maar ik wist dat helemaal niet. Je zult wel... O, graag, ik wil wel een cappuccino.' Talli keek de serveerster die was komen aanlopen stralend aan en ging toen tegenover Lou zitten.

'Waarom dacht je dat Remy me had gestuurd?'

'Mijn praktijk is hier om de hoek. Ik lunch bijna elke dag hier.' Ze nam Lou nieuwsgierig op. 'Je weet het dus niet.'

'Wat niet?'

'Het is uit.'

'Wat?'

'Ik bedoel, ik neem aan dat je hem onlangs nog wel hebt gezien.'

'Ja, natuurlijk. Hij was bij me in het ziekenhuis toen Edgar stierf.'

Heel kort trok er een lachje over Talli's gezicht. 'Dat geloof ik meteen.'

Lou schudde verbijsterd haar hoofd. 'Hij heeft me niet verteld dat... Ik had geen idee.'

'Nou ja, gefeliciteerd in elk geval.'

'Waarmee?'

De serveerster zette de cappuccino op tafel en Talli nam een slokje. 'Jij hebt het huis toch geërfd? En de rest? Dat vind ik wel een felicitatie waard.'

'Wist je dat?' Had Remy haar dat verteld?

'Ik kwam er toevallig achter.' Talli haalde haar schouders op. 'Maar goed gedaan. Ik bedoel, wie kan het je nu kwalijk nemen dat je die baan aannam als dat de beloning was?'

Lou was nog steeds niet bekomen van het nieuws over Remy.

Ze zei: 'Edgar had zijn testament veranderd. In het tweede had hij alles nagelaten aan Della.'

'Wat? Meen je niet! Mijn god...' Talli's lach was een mengeling van shock en verrukking.

'En toen heeft hij het nog een keer veranderd en nu gaat alles naar het asiel waar Captain Oates heeft gezeten.'

Dit keer stootte Talli zo'n harde ongelovige kreet uit dat een duif in de buurt paniekerig opvloog. 'Dus jij krijgt niks? Echt helemaal niks?'

'Hij heeft me tienduizend pond nagelaten. En Captain Oates.'

'Is dat alles? Kun je het niet aanvechten?' Talli was geen hondenvriend en ze had het nooit met Captain Oates kunnen vinden.

'Ik vind het prima zo. Maar Tom en Della zijn er niet zo blij mee. En dat is nog zacht uitgedrukt. Tom blijkt een eikel eersteklas te zijn, maar dat zul je inmiddels zelf al wel hebben bedacht. Ik blijk altijd op de verkeerde mannen te vallen.'

'O, wat erg voor je.'

'Zoals ik al zei, ik ben eraan gewend.' Lou haalde haar schouders op. 'Je hoeft je over mij geen zorgen te maken. Maar ik ben nog steeds verbaasd dat Remy me niet heeft verteld dat het uit is tussen jullie.'

Talli nam een slok koffie en glimlachte toen. 'Ik denk dat ik wel weet waarom hij dat niet heeft gedaan. Weet je, we hadden een meningsverschil en ik zei dat hij, als hij de tijd had gehad om erover na te denken, wel van gedachten zou veranderen. Daarom zal hij er niets over hebben gezegd. Hij is waarschijnlijk tot het inzicht gekomen dat hij geen betere vrouw dan ik kan krijgen, maar dat wil hij natuurlijk niet meteen toegeven. Maar ik schat dat hij binnen twee weken weer bij me terug is.' Ze knikte zelfverzekerd. 'En dan voorgoed.'

'Vast wel.' Want waarom ook niet? Per slot van rekening waren ze het perfecte paar. Lou doopte haar vinger in de basterdsuiker op haar bord; ze had dat altijd al geweten.

'En jij?' vroeg Talli op meelevende toon. 'Wat zijn jouw plannen? Denk je dat je in Foxwell blijft?'

'Waarschijnlijk niet. Ik denk dat ik ergens anders opnieuw ga beginnen.' Ze hield haar toestel op, zodat Talli kon zien dat ze op een vacaturesite had zitten kijken. 'Misschien ga ik weleens iets compleet anders doen. Een hotel in Cornwall zoekt een receptioniste. Het is aan de zuidkust, in Lanrock.'

'Lijkt me een goed idee,' zei Talli warm. 'Dat klinkt heel leuk.' Ze gaf Lou een geruststellend kneepje in haar hand. 'Iets nieuws gaan doen is altijd goed.'

Noch Della noch Tom woonde de begrafenis van Edgar bij. Twee dagen geleden waren ze allebei naar Londen vertrokken, zodat Lou alles in haar eentje moest regelen.

Maar het verliep allemaal goed. Lou en Jess en Jess' moeder waren er samen naartoe gegaan, en er waren ook wat personeelsleden en vrijwilligers van het asiel geweest, net als enkele inwoners van Foxwell die ze had weten over te halen om op een winderige, maar heldere dinsdagmiddag in maart naar een begrafenis te gaan.

Remy was er ook geweest, in de rij achter haar. Ze was zich de hele dienst intens bewust geweest van zijn aanwezigheid, maar het was noch de plek noch de gelegenheid voor dat soort gevoelens. Hij had haar verteld dat hij omkwam in het werk, maar hij had niets over Talli gezegd, en ze wist dat hij, als hij wilde dat zij of wie dan ook moest weten dat het uit was, het haar zelf wel zou hebben verteld. Hij wilde dus blijkbaar niet dat iemand het wist.

Na de dienst en de begrafenis ging iedereen naar de Bear Inn voor een drankje en om, een beetje ongemakkelijk, herinneringen op te halen aan Edgar, want niemand wilde kwaad spreken van de doden, maar verder viel er eigenlijk niet zoveel te zeggen.

Na zijn eerste drankje nam Remy Lou even apart. 'Sorry, maar ik moet weg. Ik neem vanavond het vliegtuig naar Dallas. Weet je nog, die kerel die in september mijn afspraak met hem had afgezegd?'

De nacht waarin hij onverwacht thuis was gekomen en haar diep in slaap in zijn bed had aangetroffen. Lou bloosde bij de herinnering. 'Die man met een vrouw en een minnares.'

'Precies.' Hij knikte. 'Hij had een andere architect in de arm genomen om het project te begeleiden, eentje uit de buurt, maar blijkbaar loopt alles nu in het honderd en daarom wil hij graag dat ik de boel in orde kom maken. Zo te horen ben ik daar wel een paar weken zoet mee. Maar dat wilde ik je dus even laten weten. Red je je hier?'

Dacht hij soms dat ze volkomen hulpeloos was? Lou dwong zichzelf om niet meer aan oudjaarsavond te denken, toen ze samen naar het vuurwerk hadden gekeken en ze een magische seconde lang had gedacht dat hij haar zou gaan kussen. En ze wilde ook niet denken aan hoe ze samen in het ziekenhuis aan Edgars bed hadden gezeten en hun dijen elkaar raakten en ze uiteindelijk met haar hoofd tegen zijn borst in slaap was gevallen. En ze wilde al helemaal niet denken aan die avond in Al Fresco toen ze schaamteloos met hem had zitten flirten, ervan overtuigd dat hij hetzelfde voelde als zij, tot Talli ineens binnen was gekomen in een wolk van schoonheid en glamour...

'Natuurlijk red ik me. Waarom zou ik me niet redden? Ik heb nog genoeg te doen. En Della en Tom kan ik wel aan.'

Hij wierp haar een blik toe die maakte dat ze het liefst haar armen om zijn nek had geslagen. Maar ze werden omringd door andere mensen, en ze was vandaag zo emotioneel dat ze zichzelf niet vertrouwde. Bovendien zou het waarschijnlijk sowieso gênant zijn. Dat kon hij vast missen als kiespijn, nog een wanhopige vrouw die zich in de pub als een zeepok aan hem vastklampte.

Toen ze een stapje naar achteren deed, fluisterde hij: 'Pas goed op jezelf.'

Lou hoopte maar dat Talli wist wat voor bofkont ze was. Ze schraapte haar keel om niet al te zeer als een kikker te klinken, rechtte haar schouders en glimlachte naar hem. 'Maak je daar maar geen zorgen over. Dat komt helemaal goed.'

42

Della merkte dat ze het uiteindelijk toch niet over haar hart kon verkrijgen om Edgars graf te bezoeken zonder bloemen mee te nemen.

Maar dan wel gewoon tulpen. Uit de supermarkt. Nou ja, wat had hij anders kunnen verwachten? Meer kon ze zich niet permitteren.

De begrafenis was een week geleden geweest. De meeste bloemstukken waren al aan het verdorren, hoewel er verse gele rozen stonden van Lou die iedere dag naar het graf ging omdat ze, zoals ze zei, niet wilde dat Edgar eenzaam was.

'Hier lig je dus,' zei Della tegen hem, terwijl ze zich vooroverboog om de witte tulpen op de verse aarde te leggen. 'Maar je moet niet denken dat dit betekent dat ik je heb vergeven, want dat is niet zo. Je hebt mijn leven verpest en ik kan dat nog steeds nauwelijks geloven. Je zult ons allemaal wel uitlachen. Maar mij vooral.'

Opnieuw werd ze overspoeld door een golf van zelfmedelijden. Ze vond het vreselijk dat ze zo zwak was, maar aan de andere kant was het ook niet meer dan logisch. Haar zoon was meteen ingetrokken bij die aan-en-uit-vriendin van hem in Nottingham. Fia, nog steeds in L.A., had de tijd van haar leven met de plaatselijke jetset, want zo'n soort vrouw was ze nu eenmaal. Della had echter de teleurstellende ontdekking gedaan dat het heel anders lag als je eenenzestig was en niet meer beroemd. Wallen en rimpels groeven zich een weg over haar gezicht en ze had geen geld om er iets aan te kunnen doen.

Bovendien hadden haar zogenaamde vriendinnen haar tot haar ergernis als een baksteen laten vallen. Twee weken geleden had ze zichzelf min of meer uitgenodigd bij Saz, die meerdere logeerkamers had in dat enorme bruidstaartachtige huis van haar in Kensington. Maar op het moment dat ze had gezegd dat het voor Saz misschien ook wel leuk zou zijn om een paar weken een huisgenote te hebben, was de houding van haar voormalige beste vriendin drastisch veranderd. Saz had haar er zelfs fijntjes aan herinnerd dat ze nog geld van haar kreeg.

Er welden tranen op in Della's ogen. Het was allemaal bijzonder ongemakkelijk geweest en Saz had het blijkbaar doorverteld aan de rest van hun vriendinnen, want ineens had iedereen het te druk om zelfs maar aan de telefoon te komen. Ze was arm, en nu dat enorme fortuin dat haar in de schoot zou worden geworpen in rook was opgegaan, hadden ze haar uit hun kring verbannen.

En dat ze sommigen van hen sowieso al niet zo had gemogen, maakte het allemaal nog frustrerender.

Feit bleef dat ze nu in een diep gat zat en geen manier zag om eruit te klimmen.

'Een beetje zoals jij,' zei Della tegen Edgar. Het was jammer dat hij haar niet kon horen, dat hij niet zag hoe wreed hij was geweest. Het liefst zou ze hem uitschelden voor klootzak, maar ze vond het te ver gaan om dat woord hier, op een begraafplaats, hardop te zeggen.

Tot nu toe was ze de enige bezoeker geweest, maar nu hoorde

ze een auto stoppen op de oprijlaan achter de kerk. Toen ze door de taxussen heen gluurde, ving ze een kleurige flits op en zag ze wie er uit de rode Jaguar stapte.

Zit jij hierachter, God? Neem jij me nu ook al in de maling?

Terwijl ze 'klootzak' niet eens hardop had gezegd. Hoewel ze nu misschien een uitzondering moest maken, want daar kwam er nog zo eentje aanlopen.

Wekenlang had ze haar best gedaan om Harry Bailey te ontlopen; ze was zelfs nauwelijks meer de stad in geweest. En wanneer het echt niet anders had gekund, was ze altijd aan de overkant van zijn antiekzaak gaan lopen. Maar ja, natuurlijk moest hij uitgerekend vandaag hier zijn, met een mooi ingepakte bos roze pioenrozen in zijn hand.

Hij had haar nog niet gezien. Della, die al gehurkt zat naast Eddie's graf, waar pas over een paar maanden, wanneer de aarde was ingeklonken, een steen op zou komen, besefte dat ze zich nog wat beter moest verschuilen. Snel kroop ze op haar handen en knieën achter een grafsteen links van Edgars graf. Oef, veilig. Toen ze een minuutje later voorzichtig om de rand van de steen keek, zag ze dat Harry een metalen urn met water vulde bij een kraan in de buurt en toen de bos bloemen uit het papier pakte en de pioenrozen voorzichtig arrangeerde, zodat de felroze knoppen mooi omringd werden door de puntige groene bladeren.

Hij bleef een tijdje in stilte naar de bloemen op het goed onderhouden graf kijken. Della wilde dat hij wegging, want ze was nieuwsgierig geworden naar wiens graf het was.

Toen hij echter eindelijk wegging, liep hij niet naar zijn auto maar naar de grafsteen waarachter Della zich had verstopt. 'Hallo, bespied je me soms?'

Kon ze nog dieper zinken? Moeizaam strekte ze haar knieën die hoorbaar kraakten toen ze rechtop ging staan. 'Ik bespiedde je niet. Ik had me verstopt.'

'Aha.' Hij knikte. 'Waarom?'

Nou, wat dacht je van uit schaamte of van ellende? 'Toe zeg, doe niet zo onnozel. Je weet best waarom.'

Met een klein lachje zei hij: 'Je hebt gelijk. Maar ik moet zeggen dat het me verbaast om jou hier te zien. Je was niet op de begrafenis, en ik neem aan dat dat een bewuste keuze was.'

'Misschien ben ik hier nu wel om Eddie te laten weten wat ik van hem en zijn bedrog vind.' Ze veegde de droge aarde van haar knieën en vervolgde verbitterd: 'Hij heeft me onder valse voorwendselen hiernaartoe gehaald. En toen dit.'

'Ik heb het gehoord.'

'En het is gewoon heel oneerlijk!' Ja, natuurlijk had hij het gehoord. Het nieuws over de meerdere testamenten was als een lopend vuurtje door de stad gegaan, vooral dankzij Tom die bijna meteen na het vertrek van de notarissen naar de Bear Inn was gegaan. Na een flink aantal whisky's achterover te hebben geslagen, had hij het daar aan iedereen verteld die het maar wilde horen. En dat was dus letterlijk iedereen geweest.

'Lou lijkt er totaal niet mee te zitten,' riep Della uit. 'Ze doet van "kan gebeuren" en is zelfs al op zoek naar een andere baan en een ander huis. Maar wat moet ik nu doen?'

Harry knikte. 'Als dat een serieuze vraag is... Ik heb gehoord dat ze in de supermarkt een kassajuffrouw zoeken.'

'Ach, hou je mond, laat me met rust, lach me niet uit.' Tot haar grote ergernis voelde ze dat ze tranen in haar ogen kreeg.

'Ik lach je niet uit. Je zou best weleens een heel goede...'

'Nee, dat zou ik niet!'

'Waarom niet?'

'Oké, wil je de waarheid horen? Hoewel je die al kent?' De tranen rolden nu over haar wangen en langs haar hals. 'Omdat ik verwend ben en egoïstisch en daar kan ik niks aan doen. Ik ben gewoon niet iemand die met moeilijke dingen kan omgaan. En ik ben ook al behoorlijk oud.' Ze voelde haar onderlip trillen.

'En het enige wat ik nog wil, is een makkelijk leventje, maar het is net alsof ik word gestraft...' Ineens had ze geen woorden meer en stortte ze compleet in; ze rommelde in haar tas op zoek naar zakdoekjes en het kon haar zelfs niet meer schelen hoe ze eruitzag.

'Hé, kop op. Het spijt me. Kom, dan gaan we even zitten.' Hij nam haar mee naar een houten bank een eindje verderop.

Tegen de tijd dat het gesnik was opgehouden, zat ze er helemaal doorheen en voelde ze zich een grotere mislukkeling dan ooit.

'Zo,' zei Harry. 'Heeft het een beetje geholpen?'

'Niet echt. Want dit is geen sprookje.' Het maakte haar zelfs niets meer uit dat ze vast een rode neus had. 'Er is niks veranderd.'

'Luister, het spijt me.'

'Wat precies?'

'Dat ik je laatst in de auto heb gekust. Dat had ik niet moeten doen.' Hij zweeg, keek haar aan en hield zijn hand boven zijn ogen tegen de zon die door de bomen scheen. 'Je bent dus niet de enige hier die fouten maakt.'

'Je nam wraak op mij om iets wat mijn dochter had gedaan.'

'Ik weet het. Omdat je haar verdedigde. Het was verkeerd. Ik probeer een goed mens te zijn, maar soms lukt dat niet. Dat heet menselijk. Maar hoe dan ook, het spijt me echt heel erg.'

Zijn blik gleed naar de witte marmeren grafsteen met de pioenrozen. Even leek hij kilometers weg met zijn gedachten. Ze vroeg: 'Wie ligt daar?'

'Hè? O, dat is Hannah. Mijn eerste liefde.'

'En je legt nog steeds bloemen op haar graf? Wat romantisch.'

Hij knikte. 'Ze was ook mijn derde liefde.'

'Zulke dingen kun je niet zeggen zonder het me uit te leggen.' Terwijl hij zich iets vooroverboog, keek ze naar zijn profiel en naar zijn losjes verstrengelde handen.

'We hebben een jaartje wat gehad toen we ergens in de twintig waren. En toen maakten we het uit en ik vertrok. Toen ik zeven jaar later terugkwam, was Hannah met iemand anders verloofd.'

'Beroerde timing.'

'Tja. Ik had zelf net een relatie van drie jaar achter de rug, in Toscane. Maar toen ik Hannah weer zag, wist ik dat ik alleen haar wilde.'

'Wat gebeurde er toen?'

'Ik vertelde haar wat ik voor haar voelde en smeekte haar om haar verloving te verbreken. Maar dat wilde ze niet.' Hij zweeg toen er een paar mussen op het pad landdden op zoek naar de kruimels die door eerdere bezoekers waren achtergelaten.

'Dus is ze met haar verloofde getrouwd.'

Hij knikte. 'We hebben drie weken een affaire gehad, niet lang voor de bruiloft.'

Della's wenkbrauwen schoten omhoog; dát had ze dan weer niet verwacht.

'Ik weet het,' zei hij met een vluchtig lachje. 'Schokkend. Ik beschouw het als mijn troostprijs. Ze hield van mij, maar die andere man was stabieler, het soort man met wie ze wilde trouwen.'

'En?'

'Ze trouwde met hem. En ze waren samen erg gelukkig. Ze kreeg drie kinderen en bleef haar man altijd trouw.' Harry verjoeg een bij. 'Maar toen op een dag nam ze te snel een bocht op haar motor, verloor de controle over het stuur en reed zo tegen een muur aan. Ze was op slag dood. Dat hele leven, weg.'

'O, wat erg.' Ze schudde haar hoofd. 'Wat naar voor je.'

'Maar snap je ook waarom ik je dit vertel? Ik ben met Hannah naar bed geweest, vlak voor haar trouwen. Ik heb iets slechts gedaan. Wij beiden. Omdat we menselijk waren. Het was fout en dat wisten we, en toch hebben we het gedaan.'

Ze slikte terwijl ze het probeerde te verwerken. 'Woont haar gezin hier nog in de buurt?'

'Nee, een paar jaar na het ongeluk zijn ze naar Schotland verhuisd.' Hij keek haar even van opzij aan. 'Voordat ze vertrokken, vroeg haar man me of ik het graf een beetje bij wilde houden. En ik heb hem toen beloofd dat ik dat zou doen.'

'Vroeg hij je dat? Wist hij dan van jou en Hannah?'

'O ja, hij heeft dat altijd geweten. Ze had het hem jaren geleden al verteld, maar hij had het zelf ook al uitgevogeld op de een of andere manier. Hij was een goed mens. Nou ja, dat is hij nog steeds. We hebben nog contact.'

'Dank je dat je me dit hebt verteld,' zei Della.

'Zodat je weet dat ik ook niet perfect ben?' Hij keek naar de kerk die daar al eeuwen stond en waarschijnlijk getuige was geweest van talloze liefdesverhalen, drama's en tragedies. 'Graag gedaan. Niemand is perfect.'

43

'Nee, dank je,' zei Sammy.

Misschien had Shiv willen fronsen als de botox dat niet onwaarschijnlijk had gemaakt. Nu kon hij Sammy alleen maar aankijken met zijn haaienblik. 'Hoe bedoel je?'

'Ik bedoel, nee, ik wil geen facings. Ik vind mijn tanden goed zoals ze zijn.'

'Nou, dat zijn ze niet. Ze zijn niet wit genoeg en ze staan ook niet recht genoeg.'

'Maar ik wil geen tanden die eruitzien zoals die...' Sammy wist zich net op tijd te beheersen; hij had willen zeggen: die van jou. In plaats daarvan zei hij: 'Als dingen uit een tekenfilm.'

'Je hebt een afspraak bij de beste tandarts van L.A.'

'Ik ga niet.'

'Wil je beroemd worden of niet?' Er klonk inmiddels wat van wrevel door in zijn stem. Shiv Baines was het niet gewend om te worden tegengesproken.

'Ik word wel beroemd met mijn eigen tanden.'

'Dat vinden mensen afstotelijk.'

'Ik zou ze eventueel kunnen laten bleken.' Dat was zijn poging om Shiv tegemoet te komen.

'Maar dan staan ze nog steeds scheef.'

'Daar zit ik niet mee. Bovendien lijkt iedereen me oké te vinden zoals ik ben.'

'Sommigen wel, anderen niet. In de leeftijdsgroep van veertien tot negentien doe je het niet zo goed in de populariteitspoll. Tieners houden niet van slonzige idolen.'

Sammy moest bijna lachen. Gisteren nog had een van de visagisten hem aangeboden om zijn wenkbrauwen te epileren en te verven. Er was ook druk op hem uitgeoefend om zijn blonde wimpers zwart te verven. Gelukkig piepte Shivs horloge, als teken dat er buiten op de gang nog een of andere sukkel stond die hem wilde spreken. Sammy rechtte zijn rug, waarbij hij ineens de koffievlek op zijn witte T-shirt zag, en zei: 'Sorry, maar dat doe ik niet.'

Koeltjes en vol minachting zei Shiv: 'Kijk maar eens op de sociale media. Googel het. Dan zul je zien hoe de jeugd hier over Britse tanden denkt.'

Jess mocht er dan aan gewend zijn geraakt om van buiten niets te laten merken, van binnen had ze steeds meer het gevoel dat ze in drijfzand zat en niet probeerde te verzuipen, terwijl de trollen van internet vastbesloten waren haar steeds verder naar beneden te trekken. Ze had haar eigen accounts allemaal opgeheven, maar sommige commentaren bereikten haar nog via een andere weg, en iedere keer weer voelde ze zich erdoor overvallen.

Mensen konden dan wel zeggen dat ze die moest negeren, maar ze hadden makkelijk praten, want als je je hele leven al een beetje onzeker was over je uiterlijk, ging dat niet zomaar. Ze wist dat ze niet mooi was, ze wist dat ze het niet verdiende om Sammy's vriendin te zijn en ze wist verdomd goed dat hun relatie dit alles niet zou overleven.

Misschien hadden ze een kans gehad als ze al wat langer samen waren geweest. Maar dat was niet zo. En de duur van Sammy's verblijf in L.A. werd week na week verlengd. Inmiddels was hij al twee maanden weg. Vorige week had hij haar voor de zoveelste keer gevraagd om ook te komen, maar dat kon ze hem niet aandoen, ze zou hem alleen maar voor schut zetten. Jess wist dat de pr-afdeling het verhaal dat Sammy en Frini Papadopoulos een hete romance hadden, in leven wilde houden. En langzamerhand begon ze te geloven dat het nog waar was ook.

Waarschijnlijk zocht hij zelfs naar een goede reden om van haar af te komen, al zei hij dan van niet.

Gisteren had ze voor de toonbank van Val's Café staan wachten en wat toeristen aan een tafel horen praten over het feit dat Sammy Keeler hier woonde. Zich zalig onbewust van haar aanwezigheid hadden ze hem uitgebreid besproken en zich verbaasd over het feit dat hij die slonzige vriendin van hem nog niet had gedumpt.

Altijd leuk om te horen natuurlijk.

Afgelopen nacht had ze niet kunnen slapen en had ze ineens beseft wat ze moest doen. Ze zou haar eigen hart ermee breken, maar dat hoefde Sammy niet te weten. Het was nodig.

Het was het beste.

'Wat?' Een fractie van een seconde dacht hij dat ze een grapje maakte. 'Dat meen je niet.'

'Sammy, het spijt me, maar ik meen het echt.'

Het was elf uur 's ochtends in L.A. en zeven uur 's avonds in Groot-Brittannië, en Sammy had Jess gebeld in een pauze tussen opnamesessies. Hij was ervoor naar buiten gegaan en was in een ligstoel aan het zwembad gaan zitten om even met haar te kunnen kletsen. Over tien minuten verwachtten ze hem alweer terug in de studio.

En nu dit.

Hij schoot overeind en zag in de hoek van zijn schermpje de geschokte blik op zijn eigen bleke gezicht met de vele sproetjes. Jess daarentegen had veel meer make-up op dan anders, haar haar was pas gewassen en hing in krullen over haar schouders en ze droeg een smaragdgroene fluwelen jurk met een lage v-hals waarin haar decolleté goed zichtbaar was.

Decolleté was altijd een van zijn lievelingswoorden geweest. Tot nu.

Met droge mond vroeg hij: 'Maar... waarom?'

'Ach toe, we weten allebei waarom. Dit werkt zo niet. Dit kan niks worden. Het is onmogelijk.'

'Dat is niet eerlijk... Ik blijf hier niet eeuwig.'

'Misschien niet, maar je zult heel vaak weg zijn en hoe kunnen we elkaar nu een stel noemen als we elkaar maandenlang niet zien?'

'Jess...' zei hij geschokt.

'Niet doen,' onderbrak ze hem, 'want je kunt me toch niet op andere gedachten brengen. Sammy, ik ben heel blij voor je dat dit allemaal gebeurt, maar samen kunnen we niet verder, dat slaat gewoon nergens op.'

'Maar ik hou van je!'

Zonder iets te zeggen keek ze hem heel even keek recht in de ogen.

Met een knoop in zijn maag begon Sammy te ratelen: 'Alsjeblieft, we overleven dit wel, ik zal alles doen om...'

'Maar dat gaat dus niet,' onderbrak ze hem. 'Je kunt er niet voor zorgen dat mensen me niet meer uitlachen, medelijden met me hebben, kritiek hebben op mijn uiterlijk, mijn kleren en het feit dat ik geen botox heb laten inspuiten.'

'O Jess, ik heb je toch gezegd dat je al die dingen op internet niet moet lezen?'

'Het punt is dat het niet alleen maar op internet is. Soms zeggen ze het recht in mijn gezicht.'

Gekweld vroeg hij: 'Wat kan ik doen? Zeg het me en ik doe het. Wat dan ook.'

Hij zag dat ze even naar adem hapte. 'Oké, dit helpt niet mee. Ik wilde het gewoon rustig uitmaken. Ik dacht dat je wel opgelucht zou zijn.'

'Pardon?' vroeg hij op hoge toon. 'Klink ik soms opgelucht?'

'Luister, het spijt me, en ik wilde het niet op deze manier vertellen, maar er is nog een reden. Ik heb iemand anders leren kennen.'

'Wat?'

'Hij heet Rob en hij woont in Gloucester.' Sammy zag haar borstkas op- en neergaan terwijl ze nog een keer diep ademhaalde. 'Hij heeft geen belangstelling voor muziek, dus hij weet niet wie je bent. We hebben elkaar een paar weken geleden op een veiling leren kennen en we zijn al een paar keer samen uit geweest. Hij komt me zo meteen ook ophalen. Hij is aardig, Sammy. Een goed mens. Jij zult hem ook leuk vinden.'

'Maar...'

'Nee.' Ze stak haar hand op om hem het zwijgen op te leggen. 'Niks zeggen. We weten allebei dat het beter is zo. Vroeg of laat zou het toch gebeuren. Jij wordt een superster en ik zou dat soort leven nooit aankunnen, zo ben ik gewoon niet. Oké, ik hoor Robs auto, dus ik moet nu ophangen. Je hoeft me niet meer te bellen, want ik neem toch niet op. Veel plezier nog, oké? En ik beloof je dat ik iedere keer als ik een broodje met banaan en bacon neem, aan jou zal denken.' Er druppelde een traan over haar wang en ze wuifde nog een keertje een beetje raar naar hem voordat ze de verbinding verbrak.

Sammy staarde stomverbaasd voor zich uit. Hij had nog vier minuten voordat hij de studio weer in moest en hij probeerde haar snel terug te bellen, maar ze had zijn nummer al geblokkeerd.

Hij stuurde een berichtje aan Lou: *Jess heeft het net uitgemaakt.*

Dertig seconden later kreeg hij haar antwoord al: *O, wat naar voor je. Gaat het?*

Sammy kreeg een brok in zijn keel. *Nee. Heb jij haar nieuwe vriend al ontmoet?*

LOU:

Rob? Nee. Maar hopelijk binnenkort.

Sammy typte: *Wat is zijn achternaam?* Hij wilde hem googelen om te kijken hoe hij eruitzag.

LOU:

Dat heeft Jess me niet verteld. Maar ze denkt dat het zo het beste is.

Fuck, typte Sammy.

LOU:

Ik snap dat het een shock is, maar je komt er wel overheen.

Hij hoorde voetstappen. Een van de geluidstechnici kwam het terras op. 'O, daar zit je.'

Brak zijn hart echt in tweeën of voelde het alleen maar zo?

De geluidstechnicus maakte een ongeduldig gebaar. 'Kom, iedereen zit op je te wachten. Naar binnen jij.'

Zo, klaar. Jess zat er helemaal doorheen na het gesprek. Ze trok haar fluwelen jurk uit en deed een pyjama en ochtendjas aan. Daarna verwijderde ze alle make-up die ze zo zorgvuldig had aangebracht om haar dikke oogleden en vlekkerige betraande huid te verbergen. Toen poetste ze haar tanden, deed haar haar in een staart en stapte in bed. Het was dan nog wel vroeg, maar misschien zou ze eindelijk eens kunnen slapen.

Die arme niet-bestaande Rob uit Gloucester zou vanavond een blauwtje lopen.

Haar telefoon pingde. Een berichtje van Lou.

LOU:
Ik kreeg net een berichtje van Sammy. Hij wilde weten wie Rob was. Hij is behoorlijk van streek.

JESS:
Hij komt er wel overheen. Wat heb je tegen hem gezegd?

LOU:
Alleen maar wat ik van jou moest zeggen.

JESS:
Dank je. Welterusten. Xx

Ze zette haar toestel uit en sloot haar ogen. Geen tranen meer; ze had gedaan wat er gedaan moest worden. Het was beter voor hen allebei, zoiets als een door gangreen aangetaste teen afzetten om het been te redden.

En zij was de teen.

Nou ja. Sammy zou er binnen de kortste keren overheen zijn.

Sammy stond nog steeds naar adem te happen op de stoep voor Shivs landhuis toen het elektrische hek openging en de idioot lange limo naar buiten kwam rijden. Hij tikte op het raampje en wachtte tot Shiv, gekleed in een zwarte smoking en op weg naar een uitreiking, het naar beneden had gedraaid.

'O nee, niet weer over de tanden,' zei Shiv.

'Niet over de tanden. Maar ik moet je spreken.'

'Je weet waar ik naartoe ga. Kan het niet wachten?'

'Nee. Het is belangrijk.'

Shiv mompelde iets tegen de chauffeur die uitstapte om het achterportier voor Sammy open te doen. Door de airco was het heerlijk koel in de auto, maar de lucht zelf rook duur.

'Je zweet helemaal,' zei Shiv met een vies gezicht.

'Ik weet het. Ik heb het hele stuk gerend.'

'Vanaf het hotel? Ben je wel goed bij je hoofd?'

'Beter dan ooit. Luister, ik...'

'Je hebt tien minuten, jongen. Ik ben niet van plan om te laat te komen voor die uitreiking, dus we praten onderweg wel.'

'Mijn vriendin heeft het uitgemaakt.'

'O? Dat is fantastisch nieuws. Ik wilde je net vertellen dat je dat moest doen.'

Ja, natuurlijk. Het had geen enkele zin om te proberen Shiv uit te leggen waarom dat een vreselijke opmerking was; zijn hersens konden dat simpelweg niet snappen. Hij mocht dan muzikanten in zijn stal hebben die prachtige nummers hadden geschreven over de liefde en die nummers met succes aan de man hebben gebracht, maar het enige waar het hem om ging was geld.

'Nou, eerlijk gezegd vind ik het geen fantastisch nieuws. En ik ben hier om je te vertellen dat ik dit niet meer kan.' Sammy haalde diep adem. 'Dit is niet mijn soort leven. Ik wil het contract laten ontbinden.'

44

Shiv zette zijn zonnebril af en wierp Sammy weer de haaienblik toe waar hij bekend om stond. 'Is dit een grap of zo?'

'Nee, ik meen het. En ik zal niet van gedachten veranderen.'

'Weet je wel hoeveel geld je dat kan gaan kosten?

'Nou ja, het zal wel behoorlijk veel zijn...'

'Behoorlijk veel,' herhaalde Shiv zijn woorden op ongelovige en geamuseerde toon, terwijl hij aan de designerstoppeltjes op zijn kin krabde.

'En daarom wil ik je ook een voorstel doen,' vervolgde Sammy. 'Ik hou ervan om liedjes te schrijven. En vroeger hield ik er ook van om ze te zingen, maar dat was voordat iedereen wist wie ik was. Beroemd zijn is niets voor mij. Ik vind het niet leuk, ik heb het niet nodig en ik wil het niet. En het kan me niet schelen wat al die idioten online over me zeggen, maar het kan me wel schelen als ze akelige dingen schrijven over iemand van wie ik hou. Dus... ik wil naar huis. Nee, dat zeg ik verkeerd. Ik gá naar huis,' verbeterde hij zichzelf, voordat Shiv de kans kreeg om iets te zeggen. 'Maar ik wil wel graag voor je blijven werken, liedjes schrijven voor je andere artiesten, als je dat zou willen.'

Er viel een lange stilte.

'Wil je dit echt allemaal opgeven?' vroeg Shiv toen. Hij gebaarde om zich heen, door de raampjes van getint glas naar de enorme rij limo's die stapvoets naar de uitreiking reden. En in elke limo zat waarschijnlijk een man in smoking en een beeldschone vrouw in designerkleren. En wie weet, sommige van die mensen zouden het misschien zelfs wel leuk vinden om zich drie maanden uit te hongeren en dan mooie kleren aan te trekken en te poseren op de rode loper.

'Ik wil niets liever. Dit is niet mijn wereld.' Sammy schudde verwoed zijn hoofd. 'Mijn wereld is in Foxwell, bij Jess.' Hij legde een hand op zijn verkreukelde en klamme shirt. 'Jij zult nooit kunnen begrijpen hoeveel ik van haar hou, en nu ben ik haar kwijt. Omdat ze dit allemaal niet aankan, omdat we niet bij elkaar kunnen zijn. En ik kan het haar niet kwalijk nemen, want het was echt shit allemaal. Ik heb haar vreselijk gemist, maar dacht dat we het wel zouden overleven. Alleen blijkt nu dat dat niet zo is.' Zijn stem was hees van emotie en de woorden kwamen er stamelend uit. 'Want ze heeft iemand anders en dat is allemaal mijn schuld.'

Nog meer stilte. Tot ineens *boink* de limo op de achterbumper van de nog langere limo voor hen botste.

Geïrriteerd zei Shiv tegen de chauffeur: 'Je moet wel uitkijken waar je rijdt.'

'Sorry.' Ze draaide zich om om zich te verontschuldigen en Sammy zag dat haar wangen onder haar Ray-Ban nat waren van de tranen. 'Ik kon niks zien.'

Nadat door beide chauffeurs was vastgesteld dat er geen schade was aangericht, vervolgden ze hun trage rit. Het gebouw waar de prijsuitreiking was, bevond zich maar een paar honderd meter verderop en het zou veel sneller zijn om te gaan lopen, maar zo gingen de dingen hier niet. Alleen gekken liepen.

'Als die ex van je iemand anders heeft, wat heeft het dan voor zin om terug te gaan?' wilde Shiv weten.

'Ik moet gewoon terug. Ik kan hier niet blijven. Jess is alles voor me.'

'Alles voor me.' Shiv stak een vinger op en knikte. 'Mooie titel voor een song.'

'Ik hou van haar,' zei Sammy. 'Ik hou van haar. En als ze me niet wil, dan wacht ik gewoon zolang er maar nodig is.'

'Goh, je zou die zinnen moeten opschrijven. Ik hoor er allemaal songs in.'

'Ik vertrek vanavond nog,' ging Sammy verder. 'Ik kan niet langer wachten. Ik moet haar zien. Misschien bedenkt ze zich wel en beseft ze dat ze me nog steeds wil.'

'Hé,' Shiv praatte wat harder omdat hij het tegen de chauffeur had, 'hoorde ik je snuffen? Je weet dat ik daar niet tegen kan. Huil je nou alweer? Godsamme, mens, beheers je eens.'

'Sorry, meneer Baines. Maar het is ook zo romantisch... Die vriendin van hem heeft zoveel geluk. Ik bedoel, stel je voor dat je een vriend hebt die alles wil opgeven om je terug te krijgen.'

'Hm. Als je het mij vraagt, zit er een steekje los bij hem. Stel dat hij helemaal terugvliegt en dat zij hem dan vertelt dat hij kan opdonderen? Want dat kan ook gebeuren. Misschien is die nieuwe vent wel beter in bed...'

'Dank je voor je medeleven,' zei Sammy, terwijl hij de hendel van het portier vastpakte. 'Nou, ik ga ervandoor. Hoe sneller ik mijn spullen heb gepakt, hoe eerder ik op het vliegveld ben. Bedankt voor alles. Dat meen ik echt. Het was fantastisch om met je te werken.'

Shiv maakte een wegwerpgebaar. 'Ja, hoor.'

'Ik meen het. Ik heb mijn vriendin verteld dat je veel aardiger bent dan iedereen denkt.'

'Jezus man, hou op alsjeblieft! Ik zit er echt niet op te wachten dat mensen me aardig vinden!' Hij veranderde zijn blik van afschuw snel in een blik van ijzeren vastbeslotenheid. 'Trouwens, je bent nog niet van me af. Je bent me heel veel geld verschuldigd.'

'Dat weet ik. Ik geef jou de rechten van "Angel in the Snow" en van nog vijf nummers die je zelf mag uitkiezen. Is dat wat? Je kunt ermee doen wat je wilt.'

Shiv aarzelde geen seconde. 'Deal. Maar je bent wel een watje.'

'Hij is geen watje!' flapte de chauffeur eruit. 'Hij doet iets waar elke vrouw van droomt.' Ze bracht de limo tot stilstand, draaide zich om en lachte naar Sammy. 'Succes ermee.'

'En neem in godsnaam een douche en trek schone kleren aan,' beval Shiv, weer helemaal de oude Shiv toen Sammy het portier opende. 'Je stinkt.'

Sammy grijnsde. 'Ik weet het. Sorry.'

'Genoeg geld voor de terugvlucht?'

'Net.'

'Weer tussen het klootjesvolk zitten?' Shiv rilde overdreven. 'Jij liever dan ik.'

'Al moest ik in het ruim zitten, voor Jess zou ik het doen.'

'Nou, opschieten dan maar.' Droog voegde hij eraan toe: 'Het zou je verdiende loon zijn als ze je niet terug wil.'

Een halfuur later, toen Sammy in het hotel zijn spullen in stond te pakken, kreeg hij een berichtje op zijn telefoon. Het was van Shivs assistente en er was een vliegticket aan toegevoegd. Ze had geschreven: *Shiv belde me om te vertellen wat er is gebeurd. Hij vindt je nog steeds knettergek, maar vroeg me wel om businessclass voor je te boeken. Goed gedaan, schat, ik hoop dat het gaat zoals je wilt! Xxx*

Jess vroeg zich af hoeveel langer Alf Martin nog in de zaak zou blijven rondsnuffelen, want ze had zin om naar huis te gaan. Maar hij bleef maar over koetjes en kalfjes babbelen, waardoor ze het idee kreeg dat hij hier alleen maar zijn tijd verdreef totdat de pub om halfzes openging.

Alf was een vriend en collega van Harry en had even wat dozen afgeleverd met spullen die Harry gisteren op een veiling had gekocht. 'Mooi ding,' zei hij met een knikje naar het victoriaanse hobbelpaard in de etalage. 'Maar hoe gaat het met jou, lieverd?'

'Met mij? Goed, hoor.' Hoewel ze er steeds beter in werd om te doen alsof alles prima ging, voelde het nog steeds als een messteek wanneer haar die vraag werd gesteld.

'Gek om te bedenken dat ik Sammy altijd een paar pond gaf om spullen voor me op te halen in die ouwe bus van hem. Moet je hem nu eens zien!'

'Ja.' Om Alf te laten merken dat ze naar huis wilde, maakte ze er een hele show van om in de laden van haar bureau te kijken en ze daarna te sluiten.

'Aardige jongen. Hoewel ik niet kan zeggen dat ik zo dol was op zijn muziek, maar ieder zijn smaak. Je zult hem wel missen.'

'Nou ja...' Ze keek demonstratief op haar horloge. O Alf, waarom vat je mijn hint niet?

'Heel ander leventje heeft hij nu, hè? Vriendjes met al die beroemde mensen, heel anders dan hier, hè? Ik denk niet dat we hem hier snel terug zullen zien, niet nu al die meisjes in bikini achter hem aan zitten. Over een luxeleventje gesproken.'

'Eerlijk gezegd,' zei een stem op de drempel, 'kan een luxeleventje in het echt vies tegenvallen.'

Jess was net bezig om haar sleutels in haar tas te zoeken. Haar hoofd schoot zo snel omhoog dat ze zichzelf bijna een whiplash bezorgde. Wat? Hoe... O, mijn god...

'Als je het over de duivel hebt!' Alf bulderde van het lachen. 'Hoe gaat het met je, jongen? We hadden het net over je! Weet je nog dat je vroeger spullen voor me ophaalde met je bestelbus? Wat een lol hadden we dan, hè? O, weet je nog die keer dat we dat marmeren beeld ophaalden bij die tweedehandszaak in Oxford en je achteruit tegen de paal van het hek reed? En dat er toen zo'n vrouw met een paars hoedje kwam aanzetten die je met haar paraplu wilde slaan? Man, wat was dat lachen!'

'Ja, ik weet het nog.' Sammy knikte. 'Maar sorry Alf, ik ben hier voor Jess, als je het niet erg vindt. Het is nogal... belangrijk.'

'O, oké...'

'Ik kwam langs de Bear,' zei Sammy. 'Zo te zien gingen ze net open.'

Alf klaarde helemaal op. 'O, echt? Nou, tot ziens dan maar. Tenzij je nu zin hebt om een paar biertjes met me te gaan drinken.' Ineens dacht hij weer aan Jess en hij voegde eraan toe: 'Jij mag ook wel mee, als je wilt.'

'Nu niet,' zei Sammy. 'Ander keertje misschien.'

Hij liep met Alf mee naar de deur, haalde toen de smeedijzeren deurstopper weg en deed de deur op slot.

Terwijl Jess naar hem keek zei ze zenuwachtig: 'Ik snap het niet. Wat... doe je hier?'

'Ik ben terug. Ik moest je zien. We moeten praten.'

'Maar... maar...' Ze had zoveel vragen dat ze niet wist welke ze als eerste moest stellen.

'Ik weet het en het spijt me.' Hij stak zijn hand op. 'Ik weet dat je iemand anders hebt en...'

'Wat? O ja!' God, ze zou een bijzonder slechte dubbelagent zijn.

'Die man uit Gloucester,' zei hij. 'Hoe heet hij ook alweer?'

Goede vraag. Hoe heette hij? Rod? Rich? Ron? Rob? Haar hersens waren veranderd in een suikerspin en ze kon het zich werkelijk niet herinneren.

'Dat ben ik vergeten. Voornamelijk omdat ik hem heb verzonnen.'

'Dat meen je niet! Neem je me nou in de maling?' Sammy's wenkbrauwen schoten omhoog. 'Je bedoelt dat ik me de hele vlucht lang een beeld van die vent heb proberen te vormen en eindeloze denkbeeldige gesprekken met hem heb gevoerd... en hij bestaat niet eens?'

Haar benen begonnen te trillen. 'Ik dacht gewoon dat het dan makkelijker zou zijn. Zodat je je niet schuldig hoefde te voelen... en... en je je geen zorgen over me hoefde te maken.'

'Ik maakte me meer zorgen om mezelf. Dus er is niemand anders? O, godzijdank.'

'Maar het verandert niets,' protesteerde ze. Ze voelde zich

vreselijk verscheurd, want hij was hier en ze hield van hem, maar de situatie was nog steeds hopeloos. 'Je hebt nu zo'n heel ander leven, daar kan ik gewoon niet tegenop... Jij bent iemand anders geworden en ik ben nog steeds wie ik was. Ik hoor niet bij die wereld. Ik pas daar gewoon niet.'

'Ik ook niet. O, kom hier. Ik kan er niet tegen, ik hou van je.'

Hij kwam dichterbij en Jess wist dat het verstandig zou zijn om een stap naar achteren te doen en zo de controle te houden. Maar hoe moest ze dat doen, wanneer iedere vezel van haar lichaam bruiste, als vijlsel dat door een magneet werd aangetrokken, met de behoefte lichamelijk contact te maken, om zijn armen weer om haar heen te kunnen voelen.

'Sammy, ik hou ook van jou, maar het gaat gewoon niet werken zo.'

'Welles, want ik stop met zingen.'

En toen hield hij haar stevig vast en zij klampte zich aan hem vast, met haar hoofd in zijn hals begraven, en snoof de geur van zijn huid op. Half lachend zei ze: 'Dat is belachelijk. Zingen is je vak. Je staat onder contract bij Shiv.'

'Ik heb het hem al verteld. Hij noemde me een idioot. Maar ik hou het meest van liedjes schrijven. Ik heb ze alleen maar gezongen zodat anderen ze konden horen. En Shiv snapt dat, dus nu wordt er een nieuw contract opgemaakt. Hij heeft veel zangers in zijn stal en lang niet zoveel songwriters. Ik hoef dan niet in L.A. te zijn. Of op te treden. Of naar de tandarts om iets aan mijn gebit te laten doen. Want het enige wat ik wil, is hier bij jou zijn... Mmffpp...'

Jess was echter niet van plan ermee te stoppen; ze kuste hem, sloeg haar armen om zijn nek en kreeg het gevoel dat ze bijna ontplofte van geluk. Hier, in deze stoffige winkel, alleen met Sammy en omringd door antiek, was net een soort wonder gebeurd, iets wat ze nooit voor mogelijk had gehouden.

Toen ze zich eindelijk van hem losmaakte vroeg ze nog nahijgend: 'Zul je het niet missen? Al die glitter en glamour? Al die aandacht en beroemd zijn en overal waar je gaat mensen die iets van je willen?'

'Echt, dat zal ik niet missen. Geloof me, zo fijn is dat niet.' Onder het praten verstrengelde hij zijn vingers met de hare. 'Ik blijf hier. Weg van de spotlights. Minder Elton John en meer Bernie Taupin.'

'Wie is Bernie Taupin?'

Hij grinnikte. 'Precies. In het vervolg doe ik gewoon mijn eigen ding en ga ik van het leven genieten. Samen met mijn prachtige vriendin.' Hij trok haar nog een keer tegen zich aan. 'Als mijn prachtige vriendin me tenminste terug wil.'

Alle zorgen en angsten van de afgelopen maanden smolten weg als sneeuw voor de zon. Haar benen waren gestopt met trillen. Ze streek zijn eigenzinnige haar van zijn voorhoofd en vroeg zich af of ze ooit gelukkiger zou zijn. 'Weet je,' zei ze. 'Ik denk dat ze dat wel wil.'

45

Iedere keer dat Remy terugkeerde van een zakenreis of een vakantie in het buitenland, verheugde hij zich op dit gedeelte van thuiskomen. De top van de heuvel bereiken, met de vertrouwde bocht naar rechts, als voorbode van wat komen ging, en dan ineens de vallei voor je zien liggen, met Foxwell in het dal in de verte en de rivier die als een glanzende slang door het landschap kronkelde.

En nu, op een dag als deze, eind april, was het uitzicht nog spectaculairder. De zon scheen fel en in de zachtblauwe lucht dreven hoge wolken als witte watten voorbij en wel duizenden tinten groen vulden de eerst nog kale takken van de bomen en de velden erachter. In het stuk bos links van hem was de grond bezaaid met grasklokjes en in de bermen groeiden boterbloemen, speenkruid en sleutelbloemen.

Terwijl hij verder reed, viel het hem op dat het drukker dan normaal was in de stad, en nadat hij de laatste bocht had genomen, zag hij hele mensenmassa's op de oevers van de rivier. O ja, natuurlijk. Het was de laatste zaterdag van de maand. Het was Duck Day.

Nou ja, zo werd het genoemd door iedereen die hier woonde. Het was een traditie die zo'n veertig jaar geleden was begonnen: een jaarlijkse voorjaarsmarkt met muziek, dansen, speciale optredens en wedstrijden, met als hoogtepunt de eendenrace. Het was klein begonnen, maar al snel was het groter en competitiever geworden, met mensen die hun eigen plastic eenden beschilderden en namen gaven, en ook nog de mogelijkheid om erop te wedden bij het plaatselijke wedkantoor. De genummerde eenden werden losgelaten in de rivier op het punt waar hij de stad in kwam. En dan dreven ze, vechtend om een plaatsje, de rivier af, luidkeels aangemoedigd door hun eigenaren die meeliepen langs de oevers, en de eerste eend die onder de stenen brug uit kwam, had gewonnen. De winnaars werden uit het water gehaald en de rest van de dag door de stad meegedragen, terwijl de ongeveer vijfhonderd verliezers werden gevangen in een net dat over de rivier was gespannen en opgeslagen in de garage van Dave en Sandy Harding, tot ze er op de volgende Duck Day weer uit mochten.

Remy trommelde met zijn vingers op het stuur. Hij was helemaal vergeten wat voor dag het was, omdat hij het te druk had gehad met aan Lou denken, zich afvragend hoe het met haar ging en wanneer hij haar weer zou zien. De afgelopen weken had hij eigenlijk bijna nergens anders aan kunnen denken. Maar hij had zich aan zijn eigen regel gehouden en geen contact met haar opgenomen, want iedereen, zelfs Sammy, dacht dat hij en Talli nog samen waren.

En hij kon dan wel weten wat hij voor haar voelde, maar zij had zoveel meegemaakt dat hij het gewoon eerlijker vond om haar wat ruimte en tijd te gunnen om alles te verwerken wat er in de afgelopen weken was gebeurd.

Hij hoopte alleen dat ze niet terug was bij die glibber van een Tom Lloyd.

Thuis. Eindelijk. Hij parkeerde zijn auto op zijn eigen plek voor Riverside Cottage en stapte uit. Waarschijnlijk was het beter om eerst zijn koffers naar binnen te brengen en uit te pakken... alleen kon hij dat niet, want daar was hij ineens veel te ongeduldig voor. Ergens tussen al die mensen was Lou, dat voelde hij gewoon, en het verlangen om haar weer te zien was gewoon overweldigend. Hij sloot zijn auto af en stak met de sleutels in zijn hand de straat over en liep mee met de mensen die hun eenden aanmoedigden. Hij keek naar links en naar rechts, maar zag haar nergens. Misschien wachtte ze bij de stenen brug aan de andere kant van de stad, waar de eenden de finish zouden bereiken en...

'Lou! Lou! Dáár!'

Remy's hoofd schoot naar links toen hij de stem van zijn broer herkende, en hij ontdekte hem uiteindelijk op de andere oever van de rivier. Sammy, die er slonziger en gelukkiger uitzag dan ooit, werd vergezeld door Jess, en ze stonden allebei woest te gebaren.

Remy liep die kant uit, hij perste zich tussen Dave Harding en Moira van de supermarkt door. En toen zag hij haar, niet in de verzamelde menigte, maar in het ondiepe water, in een kort roze en groen gebloemd jurkje met kakikleurige rubberlaarzen aan haar voeten. Ze probeerde Sammy's eend te bevrijden uit een bos waterplanten.

Zijn hart sloeg over toen hij haar zag, want ze was zo natuurlijk, altijd zo compleet zichzelf. Ze probeerde met het handvat van een van Edgars wandelstokken de eend te pakken te krijgen en verloor daarbij bijna haar evenwicht. De menigte riep verschrikt 'O!', maar zelf begon ze te schateren en het lukte haar toch nog om de eend los te duwen. De eend vervolgde zijn weg, iedereen juichte, en Lou maakte een vrolijke buiging. Remy besefte ineens dat hij niet de enige was die van Lou hield. In de zeven maanden dat ze hier woonde, was ze een onlosmakelijk deel van de stad geworden.

Een seconde later zag ze hem ook en haar blik vond de zijne. Ze keek verbaasd en blij, tenminste, dat laatste hoopte hij met heel zijn hart. Haar mond bewoog en hij meende dat ze zei: 'Je bent er weer.' Als reactie begon hij te grijnzen en het leek alsof Lou naar hem toe wilden waden, maar toen riepen Bob en Rico, op de andere oever, dat ze ook hun eend moest bevrijden die vastzat in het riet.

En omdat Lou Lou was kon ze geen nee zeggen. Ze draaide zich om en liep de andere kant uit, weg van Remy, voorzichtig balancerend op de met mos begroeide stenen in het rivierbed. Haar streperige blonde haar glansde in de zon en danste om haar schouders, terwijl ze ook de tweede eend met haar wandelstok op weg hielp. Dit succes werd begroet met nog meer gejuich en applaus en nu stak Rico zijn hand naar haar uit om haar weer op het droge te trekken.

Remy kreeg een droge mond. Alles in hem wilde dat ze niet Rico's hand zou pakken, want dat zou een slecht voorteken zijn. Hij was degene die haar moest redden. Godzijdank zag hij dat ze haar hoofd schudde en terug waadde door het kristalheldere water, zich een weg banend tussen de laatste dobberende eenden door.

En nu stond ze eindelijk voor hem en zei: 'Ik wist niet dat je terug was.'

Zijn hart maakte een foto. Terwijl hij naar haar glanzende

ogen en brede lach keek, wist hij dat dit een van die momenten was die hij nooit zou vergeten. 'Ik ben net terug. Ik had er niet bij stilgestaan dat het Duck Day was. Hoi.' Oké, dat was er niet helemaal in de goede volgorde uit gekomen. Het klonk zelfs belachelijk. Hij stak zijn hand uit om haar uit het water te helpen, maar vergat daarbij dat hij zijn autosleutels nog in zijn hand had. O fuck.

Met een plons vielen de sleutels in het water, want dat deden sleutels nu eenmaal. In een paar seconden tijd was hij blijkbaar de kunst van het concentreren verleerd en veranderd in iemand die altijd stomme dingen overkwam.

'Ik pak ze wel even.' Zonder enige aarzeling boog ze door haar knieën en stopte haar blote arm in het water, tastend in het rivierbed en de wandelstok gebruikend om haar evenwicht te bewaren. Het duurde bijna een minuut, maar toen riep ze: 'Hebbes!' en stond triomfantelijk op.

'Dank je.' De elektronische sleutel zou het vast niet meer doen na het rivierbad, maar hij kon zich er niet druk om maken. Hij stak haar zijn hand toe, en ze pakte hem en stond toe dat hij haar omhooghees.

Ze had behoorlijk wat van de rivier meegenomen. De voorkant van haar gebloemde jurk was doorweekt en omdat ze had moeten hurken om de sleutel te zoeken, waren haar laarzen ook bijna tot de rand met water gevuld.

'Het was een beetje natter dan ik had verwacht.' Lachend veegde ze vochtige lokken uit haar gezicht en maakte toen een sprongetje op het gras zodat het water als fonteinen uit haar laarzen spoot. 'Dank je voor je hulp. Maar hoe gaat het met je? Goede vlucht gehad?'

'Eh... ja, fantastisch.' Remy, die nooit om woorden verlegen zat, leek ze nu allemaal te zijn verloren. Hij had zich nog nooit zo gevoeld, had nog nooit zo gedaan. Hij gaf zichzelf een schop onder de kont en zei: 'Het is heel fijn om weer terug te zijn.'

De menigte om zich heen loste zich op, want iedereen volgde de eenden naar de finish. Van de andere oever riep Sammy: 'We zien jullie straks in de pub.' Naar Remy wijzend voegde hij er grijnzend aan toe: 'Jij was aan de beurt voor een rondje!'

Remy keek naar Sammy en Jess die, met hun armen om elkaars middel, naar de brug liepen. 'Hij ziet er gelukkig uit.'

'Hij is ook gelukkig. Dat zijn ze allebei.'

'En jij?' Hij hield zijn adem in.

'Ik ook.' Na een korte aarzeling voegde ze eraan toe: 'Ik schaam me nogal omdat ik ooit heb gedacht dat Tom Lloyd een aardige man was.' Ze haalde haar schouders op. 'Nou ja, zo leert een mens altijd weer wat. En gelukkig is hij weg, voorgoed.'

'Daar ben ik blij om.' Remy hield het niet meer; hij moest het haar vertellen. 'Talli en ik hebben het uitgemaakt.'

'Dat weet ik,' zei Lou.

Dat was niet wat hij verwacht had te zullen horen. 'O? Hoe kan dat?'

'Ik kwam haar in Cheltenham tegen. Ze vertelde het me toen.'

'Heeft ze verder nog iets gezegd?'

'Niet echt. Ze zei dat je je nog wel zou bedenken.' Ze keek hem onderzoekend aan. 'Wil dit zeggen dat je je niet hebt bedacht?'

'O nee, en dat gaat ook niet gebeuren. We hadden niet dezelfde toekomstplannen.' Omdat hij zichzelf had gedwongen om tijdens zijn afwezigheid geen contact met haar op te nemen, was er nu ineens heel veel wat hij moest weten. 'En hoe gaat het verder met je? Al op zoek naar een nieuwe baan?'

Ze knikte. 'Ja, ik heb al een paar sollicitaties lopen. Een hotel in Cornwall zoekt een receptioniste en dat leek me wel leuk. In de hal van dat hotel hangt een gigantische inktvis van glas-in-lood die...'

'Wacht eens even, Cornwall? En als ze je willen, neem je die baan dan?' Hij kreeg letterlijk een steek in zijn hart; overwoog ze serieus om zo ver weg te gaan wonen? Op de een of andere manier had hij niet aan die mogelijkheid gedacht.

'Ze hebben me die baan al aangeboden.'

Weer een steek. Alsjeblieft, nee! 'En?'

In de verte, bij de stenen brug, steeg gejuich op toen de eerste eend de finish over zeilde. Lou glimlachte even, begon toen over haar hele lijf te rillen en zei: 'Sorry, maar dat water was ijskoud, ik heb geen gevoel meer in mijn voeten. Ik moet gauw naar huis om iets anders aan te trekken.'

Remy ondersteunde haar, terwijl ze haar laarzen uittrok en het restje water eruit goot. Ze had kippenvel op haar armen, zag hij nu pas, en ze stond te klappertanden en haar voeten waren lichtblauw.

'Mijn huis is dichterbij. Je zult daar wel gauw opwarmen en dan trek je je kleren lekker... Ik bedoel, dan geef ik je iets warms om aan te trekken.' Zelfs nog terwijl hij het zei, kromp hij ineen van schaamte. Dat was toch wel het allerslechtste versierpraatje ter wereld geweest.

46

De douche was heerlijk, heet water dat over haar lichaam stroomde zodat ze weer gevoel kreeg in haar dooie vingers en tenen.

Verwonderd bedacht Lou dat ze precies naast de slaapkamer was waar het allemaal was begonnen, die nacht dat Remy onverwacht thuis was gekomen en haar diep in slaap in zijn bed had aangetroffen.

Haar lichaam bevond zich, nu ze hem vandaag weer had gezien, in een staat van door adrenaline aangedreven chaos. Het ene moment had ze nog gedaan waarvoor ze zich als vrijwilligster had aangemeld, plastic eenden losmaken die vast waren komen te zitten in de waterplanten en het volgende moment was hij er ineens geweest, gebruind door de Texaanse zon; hij had zijn donkere ogen strak op haar gericht, maar aan zijn gezicht had ze verder niets kunnen aflezen.

Nou ja, dat was niet helemaal waar. Ze had een vaag vermoeden wat zijn blik betekende, maar stel dat ze zich vergiste? Misschien wilde ze wel veel te graag geloven dat hij dezelfde gevoelens voor haar koesterde als zij voor hem.

Ze draaide de douchekraan dicht, stapte uit de douchecabine en droogde zich af. Daarna pakte ze de veel te grote donkerblauwe badjas die Remy haar had gegeven. Haar bloed begon sneller te stromen toen ze hem in zijn slaapkamer hoorde lopen en laden open en dicht hoorde doen.

Het was in elk geval duidelijk dat hij niet meer terug wilde naar Talli. Dat betekende dat er nog een andere reden moest zijn waarom hij het nieuws van hun relatiebreuk wekenlang voor zich had gehouden.

Lou knipperde met haar ogen. Misschien had hij het haar niet verteld omdat ze volkomen onbelangrijk voor hem was.

Maar terwijl ze de condens van de spiegel veegde en naar haar spiegelbeeld keek, wist ze diep vanbinnen dat ze niet onbelangrijk voor hem was; dat had ze gemerkt in die paar betoverende momenten toen hij even geen woorden had kunnen vinden nadat hij haar uit het water had getrokken. Toen zijn hand zich om de hare had gesloten, had ze een schokje gevoeld en ook meteen geweten dat hij hetzelfde voelde.

Was het toeval dat ze vannacht weer over Brett had gedroomd, die droom waarin hij haar uitschold en haar al haar fouten voor de voeten wierp en haar vertelde dat ze compleet nutteloos was? Die droom had ze regelmatig en als ze dan wakker werd, voelde ze zich uitgeput en ongelukkig. Maar afgelopen nacht had ze in de droom voor het eerst teruggeschreeuwd en het was fantastisch geweest om zijn geschrokken reactie te zien. Hij begon zelfs te huilen en weg te lopen, maar zijn handen waren zo klein dat hij de voordeur niet open had kunnen krijgen. Toen moest zij dat voor hem doen en was hij snikkend vertrokken. Ze had zich nog nooit zo machtig gevoeld...

Daarna was ze met een schokje wakker geworden en de droom had haar nog helder voor de geest gestaan. Opvallender was echter het gevoel van lichtheid en opluchting geweest, alsof ze een monster had overwonnen. En ze was ook duizelig van blijdschap geweest, omdat ze zeker wist dat die droom nooit meer terug zou komen. Ze dacht dat het haast geen toeval kon zijn dat het op Duck Day was gebeurd, de belangrijkste feestdag in Foxwell.

En toen had ze niet eens geweten dat het ook de dag was waarop Remy thuis zou komen.

In de schone spiegel keken haar heldere ogen haar aan.

Nou? Dit kon toch geen toeval zijn?

Er was maar één manier om daarachter te komen.

Ze haalde haar vingers door haar vochtige haar en trok de kleren aan die Remy voor haar bij elkaar had gezocht. De lichtgrijze sweater met v-hals was heerlijk zacht, en de witte surfbroek te groot, maar zoals hij had uitgelegd, kon ze de veter aantrekken zodat de broek niet van haar kont zou vallen.

Jammer eigenlijk.

'Beter zo?' vroeg Remy toen ze de keuken in kwam.

'Veel beter, dank je.'

Hij leunde tegen het aanrecht. 'Je wilde me vertellen over die baan in dat hotel in Cornwall.'

Had hij er al die tijd op gewacht om haar dat te kunnen vragen? Lou ging tegen het werkblad tegenover hem staan. 'Ik heb een videogesprek met de eigenaar gehad, Dom Burton. Hij heeft me een rondleiding gegeven en me daarna die glazen kroonluchter in de hal laten zien. Echt een bijzondere man.'

'De Burton Hotel Group.' Remy fronste. 'Ik heb weleens van Dom Burton gehoord. Nogal een charmeur.'

'O, hij is beslist heel charmant.'

Na een korte stilte zei hij: 'Zo iemand is niet te vertrouwen.'

Ze keek hem onschuldig aan. 'O nee? Ik vond hem aardig. Volgens mij is hij een heel leuke baas.'

'Ja, in het begin. Maar dan gaat hij met je flirten en krijg je iets met die charmante baas van je en dan loopt het helemaal mis en dan ben je diepongelukkig én moet je weer op zoek naar een andere baan.'

'Denk je dat het zo zal gaan?' Het was zo leuk om hem een beetje te plagen; hij klonk zo vreselijk serieus. 'Komt dat scenario je misschien bekend voor soms?'

Remy slaakte een zucht. 'Inderdaad. Ja, misschien spreek ik wel uit ervaring. Maar ik was toen een stuk jonger.'

'Dom is ouder dan jij.'

'Precies. Sommige mensen groeien eroverheen en anderen niet. Ik ken een vrouw die een tijdje geleden iets met Dom Burton heeft gehad. Hij heeft haar hart gebroken. Echt een playboy.'

'Ja, dat zag ik meteen.' Ondeugend liet ze erop volgen: 'Ik leer ze steeds beter herkennen.'

'Wanneer heeft hij je de baan aangeboden?' Hij keek haar recht aan.

'Een paar dagen geleden.'

'En? Doe je het?'

'Nou, dat was ik wel van plan...' Terwijl ze het zei, zag ze dat Remy heel even zijn hoofd schudde. En toen wist ze het zeker. 'Maar toen vertelde Jess' moeder me dat er in de Ivy Lodge ook een vacature is, omdat een van de vrouwen daar op kantoor met pensioen gaat. Ze zoeken iemand voor de administratie en de pr. En indien nodig moet je ook bijspringen bij de zorg voor de dieren.'

'Dat klinkt fantastisch.' Hij knikte verwoed. 'Echt iets voor jou.'

'Maar het is niet aan zee. Niet zoals het hotel.'

'Maar er zijn dieren. Heel veel dieren.'

'Maar geen kroonluchter van glas-in-lood in de vorm van een inktvis.'

'Edgar zou het te gek vinden als je bij de Ivy Lodge zou gaan werken. En Captain Oates ook, denk ik.'

Dit was toch wel een serieus geval van emotionele chantage. 'Maar Cornwall is prachtig,' zei ze.

'Hier is het ook prachtig.' Remy gebaarde naar het raam. Na een korte stilte zei hij: 'Ga nou maar niet naar Cornwall.'

Met ingehouden adem vroeg ze: 'Waarom niet?'

Stilte. Gevolgd door nog meer stilte.

Toen zei hij: 'Ja, het is natuurlijk jouw keuze. Maar ik wil niet dat je gaat.'

'Omdat je Dom Burton een playboy vindt?'

'Nee. Nou ja, dat helpt niet mee.' Hij wierp een wanhopige blik op het plafond en slaakte toen een diepe zucht. 'Jezus, dit is vreselijk, waarom kan ik het niet gewoon zeggen? Dit is echt niks voor mij.'

O, wat wilde ze die woorden graag horen. 'Wat dan?'

'Het komt door jou,' zei hij. 'Wat doe je met me? Ik wil het je zeggen, maar het lukt me niet... Ik maak er een complete puinzooi van. En als je iemand anders was, dan kon ik dat wel aan, geen probleem, maar nu staat er zoveel op het spel. Ik ben bang en dat is me nog nooit gebeurd...'

Ze aarzelde geen seconde meer. Wanneer zij zich voornam om iets te doen, dan deed ze het. En ze deed het nu, ze liep naar hem toe, nam zijn gezicht tussen haar handen en kuste hem met een explosie van opgekropte emoties waarvan... een glazen kroonluchter in duizend stukjes uiteen zou spatten.

Sommige kussen zijn langzaam en romantisch, sommige aarzelend en verlegen. Deze was geen van beide; het leek er in de verste verte niet op – hun kus was krachtig en enthousiast, vreugdevol en extatisch, noodzakelijk en vol opluchting en ging samen met het overweldigende gevoel dat dit, dít, het enige was wat ertoe deed.

Het mooiste was nog wel dat ze wist dat Remy precies hetzelfde voelde. De eeuwige angst en twijfel dat haar gevoelens niet beantwoord werden, waren door deze ene kus weggevaagd. Toen ze heel kort haar ogen opende, zag ze dat hij de zijne gesloten hield; het enige wat ze kon zien waren zijn donkere wimpers. Ze wist eindelijk dat dit het was waarnaar ze allebei hadden verlangd. Hij had zijn armen om haar heen geslagen, een hand lag op haar nek, en ze voelde het gestage gebonk van zijn hart tegen haar borstkas.

'Nou,' zei Remy toen ze zich eindelijk van elkaar losmaakten. 'Dat had ik dus echt niet verwacht.'

Zijn glimlach was aanstekelijk. Ze zei: 'Als je het niet fijn vond, kunnen we altijd nog doen alsof er niets is gebeurd.' Oké, als hij op haar aanbod zou ingaan, zou ze dus echt uit Foxwell weg moeten. Voorgoed.

Maar ze wist al dat hij dat niet zou doen.

'Waag het niet hier een grapje over te maken.' Zijn handen lagen inmiddels op haar armen, alsof hij zich niet van haar kon losmaken. 'Je hebt geen idee hoelang ik hier al op heb gewacht.'

'Het is pas een paar weken uit met Talli.'

'Allang daarvoor.' Hij trok een gezicht. 'Maar jij was verliefd op Tom.'

Van dichtbij kon ze de gouden stipjes in zijn donkere ogen zien. 'Ik was niet verliefd. Ik probeerde over mijn verliefdheid op jou heen te komen.'

'In Texas moest ik continu aan jou denken.' Hij streek met zijn duim over haar wang. 'Ik kon me nauwelijks concentreren op mijn werk. Terwijl het wel om de bouw van een winkelcentrum van honderd miljoen dollar ging.'

Lou moest het even verwerken. 'Oké, en ik kon me nauwelijks concentreren op het uitruimen van Edgars kledingkasten, terwijl ik wel moest beslissen welke er naar de liefdadigheid zouden gaan.'

Hij gaf haar arm een geruststellend kneepje. 'Was het naar?'

'Nee, viel wel mee. Maar het was wel een beetje raar om Bez Shackleton de volgende dag de Bear binnen zien te komen in een van Edgars favoriete tweedjasjes.'

Hij glimlachte. 'Je moet trouwens je verhaal nog afmaken. Ga je voor Dom Burton werken?'

'Nee, ik heb de baan afgewezen. Ik ga bij de Ivy Lodge werken. En 's avonds ga ik een cursus boekhouden doen, zodat ik, zodra ik mijn diploma heb, daar ook de boekhouding kan doen.'

'Wat goed van je. Je bent echt heel bijzonder.'

'Niet waar.' Ze haalde haar schouders op. 'Ik ben heel gewoon.' Maar ze werd er wel steeds beter in om de minder fijne gedeeltes van haar leven achter zich te laten.

Hij gaf haar nog een kus. 'Verre van dat. Zal ik je vertellen wat ik een van de mooiste momenten van mijn leven vind? Dat was toen je me die drie testamenten kwam laten zien die je had gevonden. Je wist toen dat je het huis toch niet zou krijgen, maar dat kon je niks schelen. Dat was ongelofelijk. Je was zelfs blij dat je het niet kreeg.'

'Ik verdiende het niet. En ik heb het niet nodig. Het is veel beter dat de Ivy Lodge het krijgt.' Even zweeg ze, in gedachten verzonken. 'Weet je, de mooiste en de naarste momenten in mijn leven hadden nooit iets met geld te maken. Oké, eerst de naarste.' Ze telde af op haar vingers. 'Mijn moeder die doodging. De avond waarop voor het eerst tot me doordrong dat Brett een verschrikkelijke echtgenoot was en mijn huwelijk een ramp. En... de nacht van zijn dood, toen ik echt dacht dat het mijn schuld was en dat ik gearresteerd zou worden.'

Remy knikte. 'Ga verder.'

'Mijn mooiste?' Ze dacht weer even na. 'Niet lang voordat mijn moeder stierf, had ze 's avonds ineens heel erg zin in een kom cornflakes, maar mijn vader was boodschappen doen en ze voelde zich te zwak om uit bed te komen. En toen heb ik een kommetje cornflakes op een dienblad gezet, samen met een kan melk, en dat heb ik naar boven gebracht. Ik zat op de rand van haar bed terwijl ze at, en ze zei dat ze nog nooit zoiets lekkers had gegeten. En omdat ik wist dat ze het meende, voelde ik me heel trots en blij.' Lou wist dat ze die avond nooit zou vergeten, ze had hem goed opgeborgen in haar geheugen, samen met alle details van haar moeders glimlach. 'Oké, tweede moment. Dat was toen ik Sammy en Jess samen zag nadat hij Shiv aan de kant had gezet en weer naar huis was gekomen, vorige week. Dat was echt prachtig. Hij heeft de juiste keuze gemaakt. Liefde is veel belangrijker dan geld.' Al zou Sammy nooit meer om geld verlegen zitten, nu hij liedjes ging schrijven voor Shiv.

'En het derde?' Remy trok zijn wenkbrauwen op. 'Ik zie gewoon dat er nog zo'n moment is.'

'Ik kan niet echt kiezen. Misschien toen Sammy dertien werd, zijn verjaardagsfeest, toen ik de wedstrijd boompjeklimmen won en jij tweede werd. Dat was echt een bijzonder moment.'

'Ik kon gewoon niet geloven dat je me had verslagen.' Hij keek haar doordringend aan. 'Of?'

Ze glimlachte toen hij zijn handen weer om haar middel legde. 'Oké, die keer dat we samen de logeerkamer schilderden en ik zei dat ik overwoog om een cursus boekhouden te gaan doen en jij zei dat dat een goed idee was. Of misschien oudjaarsavond, toen we samen naar het vuurwerk keken. O nee, ik weet het al,' fluisterde ze. 'Tien minuten geleden, hier. Toen ik wist dat ik je ging kussen.'

'Nou, dat is toevallig.' Hij trok haar tegen zich aan. 'Volgens mij is dat ook mijn mooiste moment. Misschien moeten we het nog een keertje doen, kijken of het geen toevalstreffer was.'

Dat was het niet. Zijn warme mond op de hare was net zo betoverend als bij de eerste kus. Terwijl ze de geur van zijn huid opsnoof, drukte ze zich wat harder tegen hem aan, zich afvragend of...

Tttrrrrr.

Ze schrokken allebei toen Remy's telefoon ging.

'Het is Sammy.' Remy slaakte een zucht. 'Ze vragen zich waarschijnlijk af waarom ik nog niet naar de pub ben gekomen.'

Hij drukte op Opnemen en Lou hoorde Sammy vragen: 'Hé, waar blijf je nou?'

'Sorry, ik heb het druk met uitpakken. Ik zie je straks wel.'

'Dat meen je niet! We hebben elkaar al weken niet gezien.' Op strenge toon liet Sammy erop volgen: 'Kom nu onmiddellijk hierheen!'

Grijnzend streelde Remy Lou's nek, zodat ze begon te rillen van genot. In de telefoon zei hij: 'Ik ben gewoon helemaal kapot. Jetlag. Ik moet echt wat slaap inhalen.'

'Oké, dan komen we wel naar jou toe. Drink op, Jess, we gaan naar huis.'

'Nee, dat hoeft echt niet,' zei Remy op een toon die geen tegenspraak duldde.

Toen hoorden ze Jess en Sammy lachen.

'Goh, waarom zou dat nou zijn?' Sammy klonk zelfvoldaan. 'Zou het heel misschien eventueel iets te maken kunnen hebben met het feit dat je niet alleen bent?'

'Zodat je liever niet gestoord wilt worden?' voegde Jess er op onschuldige toon aan toe. 'Zou dat het kunnen zijn?'

'Je denkt waarschijnlijk dat we helderziend zijn,' vervolgde

Sammy, 'maar we hebben gehoord dat je met Lou naar binnen ging. En jullie schijnen al die tijd niet meer naar buiten te zijn gekomen.'

'Wat een stad,' zei Remy. 'Echt. Wie heeft je dat verteld?'

'O, het werd terloops gezegd. Door Dave en Sandy Harding.'

'En daarna nog een keer door Moira,' voegde Jess eraan toe.

'En na Moira volgens mij Jerry Johnson,' zei Sammy.

'En toen mijn moeder,' zei Jess.

'En toen Bob en Rico.'

'Val had het er ook over.'

'Nou, en je wilt niet weten wat Steve Crane te melden had toen...'

'Oké, oké, ik heb het al begrepen.' Remy schudde zijn hoofd. 'Dit is wat er gebeurt als je ergens woont waar iedereen altijd alles weet.'

'En soms weten ze het al voordat je het zelf weet.' Sammy klonk erg ingenomen met zichzelf. 'Dus jij en Lou... Is het leuk om haar weer te zien?'

Remy keek naar Lou. 'Ja, het is leuk om haar weer te zien.'

'En weet je zeker dat je niet wilt dat wij naar jullie toe komen, om even gezellig bij te praten?'

'Dat weet ik heel zeker. Nemen jullie nog maar een drankje. Een paar drankjes,' verbeterde Remy zichzelf snel. 'Zoveel als jullie maar willen. Het is Duck Day, iedereen viert feest.'

'Net als jullie,' zei Sammy vrolijk. 'Maar maak je geen zorgen, we zullen jullie de komende uren met rust laten – hopelijk ben je tegen die tijd wel klaar met uitpakken.'

'Eindelijk,' zei Remy. Nadat hij zijn toestel had uitgezet, sloeg hij zijn armen weer om Lou's middel. 'Kleine broertjes... die vinden zichzelf altijd ontzettend grappig.'

'Maakt niet uit. Hij valt je voorlopig niet lastig.'

'Nee, hij staat het waarschijnlijk iedereen in de pub te vertellen.'

Lou kon nog maar aan één ding denken. 'Kan me niks schelen.'

'Mij ook niet. En als hij het ze niet vertelt, dan zal het niet lang duren voor ze er zelf achter komen.' Hij gaf haar weer een kus, pakte toen haar hand en nam haar mee de keuken uit. 'Kom, volgens mij hebben we hier lang genoeg op gewacht. Tijd om je mee naar boven te nemen.' Zijn donkere ogen glinsterden terwijl hij met zijn hand over haar rug gleed. 'Dan kun je me helpen met uitpakken.'

47

Ruim twee jaar later

Lou deed een stap naar achteren om haar kunststukje te bewonderen. Ze klopte op de zwartmarmeren grafsteen en zei: 'Zo Edgar. Ziet er goed uit. Heel chic.'

Het was een warme dag begin juni. In de bomen zongen vogels, en bijen en vlinders fladderden over de begraafplaats om de bloemen die er lagen te inspecteren. Lou had de afgelopen twintig minuten het graf gefatsoeneerd; ze had het opkomende onkruid uitgetrokken, de gele rozen die in volle bloei stonden gesnoeid en een bos oranje tuberozen in de stenen urn gezet.

Ze ging naast Captain Oates zitten, op de houten bank met het koperen bordje met Edgars naam erop, en wachtte. Na een paar seconden klauterde het kleine hondje op haar schoot.

Lou streelde zijn kop en keek naar het keurige graf. 'Ongelooflijk, hè, Edgar? Het voelt nog steeds als een wonder als hij dat doet.'

Er waren nog steeds heel veel mensen die Captain Oates

geen blik waardig keurde. Maar heel langzaam, in de maanden na de dood van zijn geliefde baasje, had hij geleerd dat hij zich bij sommige mensen af en toe wel kon ontspannen. Zijn standaardreactie op onbekenden was niet langer een boze blik en het ontbloten van tanden. In het begin was Lou de enige geweest die hem had mogen optillen, maar sindsdien had hij geleerd dat enige mate van lichamelijk contact niet altijd iets slechts was. En hoewel hij nog steeds niets moest hebben van mannen met mutsen, kreeg hij door dat andere mannen soms best wel meevielen.

'Morgen gaan we het lintje doorknippen bij de opening van de nieuwe vleugel van Ivy Lodge,' zei Lou tegen Edgar. 'Ik bedoel, officieel is Captain Oates de eregast, maar waarschijnlijk moet ik hem een handje helpen met de schaar.'

Sommige mensen vonden het misschien raar dat ze hier nog steeds met Edgar kwam praten, maar dat kon haar niets schelen. Soms had ze echt het gevoel dat hij naar haar luisterde – en zich waarschijnlijk bijzonder ergerde aan het feit dat hij niet kon reageren. Hoewel ze eerlijk gezegd het idee had dat ze meestal wel kon raden wat hij ergens over dacht, zo erg zelfs dat ze hem soms in haar hoofd hoorde praten. 'Je kunt trots zijn,' vervolgde ze. 'Ik ben blij dat je hebt gedaan wat je hebt gedaan. Iedereen bij Ivy Lodge is je heel dankbaar, en ik vind het ontzettend leuk om daar te werken.' Trots voegde ze eraan toe: 'Vooral de boekhouding doen vind ik leuk.'

Er landde een wesp op de armleuning van de bank en Captain Oates ontblootte meteen zijn tanden.

'Sst, dat is nergens voor nodig.' Lou sloeg de wesp weg. 'Oké, wat nog meer? O ja, zo te zien trekken de nieuwe eigenaren eindelijk in het huis! Val zei dat ze vanochtend verhuiswagens de oprijlaan in zag slaan, dus dat wordt leuk.' Het had een jaar geduurd voordat alle zaken die met het huis te maken hadden waren afgewikkeld, en toen was Walton House te koop gezet en drie weken later al verkocht, al was, tot grote frustratie van iedereen in Foxwell, de identiteit van de nieuwe eigenaar niet onthuld. Wel deden er geruchten de ronde, variërend van een pornobaron met een gouden helikopter tot een sjeik met vijf echtgenotes. Maar hoewel de verkoop vorig jaar herfst had plaatsgevonden, had het huis al die tijd leeggestaan, al was er wel meteen met renovatiewerkzaamheden begonnen.

'O ja. Sorry, wat nog meer?' Ze was zich ervan bewust dat ze had zitten dagdromen en dat Edgar haar waarschijnlijk aanspoorde om door te gaan, en zei: 'Sammy en Jess overwegen om nog een hond te nemen, als gezelschap voor Bomber. Natuurlijk uit het asiel. En Della werkt nog steeds in Val's Café.' Dit nieuws was bijna nog opzienbarender dan de verbetering in het gedrag van Captain Oates. Toen Della Walton House had moeten verlaten, was iedereen ervan uitgegaan dat ze terug zou gaan naar Londen. Maar tot verbazing van heel Foxwell was ze in de stad gebleven en had een kleine flat betrokken dat eigendom was van Jess' oom, Harry Bailey. Een paar inwoners hadden geopperd dat de twee stiekem romantische betrekkingen onderhielden, maar omdat beide partijen dat bleven ontkennen, was ook dat weer zo'n mysterie dat nog ontrafeld moest worden.

Lou vertelde het maar niet aan Edgar, want stel dat hij haar echt hoorde. Ze wilde hem niet kwetsen. En daarom kletste ze nog wat verder over van alles en nog wat... Ja, Sammy was nog steeds erg in trek als songwriter en was nog steeds heel blij dat hij niet meer in de spotlights stond. Talli daarentegen was in alle roddelbladen te vinden vanwege haar affaire met een net gescheiden parlementslid. En Tom zat tegenwoordig ergens in het noorden van Wales, waar hij was ingetrokken bij de dochter van een profbokser en nog steeds aan filmscripts werkte waar nooit films van werden gemaakt. Fia was intussen een TikTok-koningin geworden en leefde een luxeleventje in de Hollywood

Hills. O, en hoewel Heathers toestand bleef verslechteren, was ze nog steeds opgewekt als altijd en hield ze met behulp van haar man Tony een blog bij over haar ziekte.

Lou krabde zacht achter Captain Oates' oren. Als Edgar al luisterde, dan had hij vast geen flauw idee wat TikTok was. Of een blog.

Maar er kwam iemand aanlopen en haar hart maakte een sprongetje, terwijl ze zich afvroeg of van al die mensen die Edgar had gekend er wel eentje net zo gelukkig was als zij. Toen Sammy twee jaar geleden was teruggekomen in Foxwell had hij een modern huis in een buitenwijk gekocht voor hem en Jess. Lou en Captain Oates waren vlak daarna in Riverside Cottage getrokken en haar leven had sindsdien al haar verwachtingen overtroffen. Ze had eindelijk haar perfecte man gevonden, en de reeks verkeerde mannen behoorde tot het verleden. Remy was alles wat ze zich maar had kunnen wensen: fantastisch gezelschap, fantastische partner. Hij was aardig, hij was grappig en hij maakte haar iedere dag aan het lachen. Iedere keer dat ze hem zag, maakte haar hart een sprongetje, omdat hij van haar was en wie kon ze zich beter wensen? Bovendien was hij ook fantastisch in bed, waardoor hun pogingen om een kind proberen te krijgen beslist geen straf waren...

Ze hief haar gezicht naar het zijne toen hij voor haar stond. Remy boog zich naar haar toe om haar een kus te geven, ging toen weer rechtop staan en vroeg: 'Captain Oates, zie ik je nu echt kwispelen? Ben je werkelijk blij om me te zien?'

'Stiekem houdt hij van je. Hij wil dat alleen niet laten merken, dat is niet cool. Hoe ging het?' vroeg ze, want hij kwam net terug van een overleg met een klant in Elliscombe.

'Heel goed.' Hij ging naast haar zitten en pakte haar hand, en daar had je weer dat schokje dat er altijd was wanneer ze elkaar aanraakten. 'Ze willen dat ik de aanbouw voor hun hotel ontwerp. Het is een prachtige plek. Maar onderweg naar huis gebeurde er iets veel interessanters.' Hij glimlachte. 'Je raadt nooit wie ik op de oprijlaan van Walton House zag staan, met een air alsof hij de eigenaar was.'

'O ja, Val zei dat ze vanochtend verhuiswagens had zien rijden.' Nieuwsgierig vroeg ze: 'Iemand van het koninklijk huis?'

'Nog veel beter.' Remy kneep in haar vingers en grijnsde. 'Shiv Baines.'

Jill Mansell, daar word je vrolijk van!

Solo *Solo*
Wanneer Tessa vier boterhammen met banaan achter elkaar opeet, beseft ze dat ze zwanger is.

Open huis *Open House*
Tegenpolen trekken elkaar aan, zeggen ze, maar de verschillen tussen Marcus en Nell zijn wel heel groot.

Tophit *Kiss*
Izzy raakt in één klap alles kwijt, maar ze klimt weer uit het dal, vastbesloten om te scoren.

Kapers op de kust *Sheer Mischief*
Maxine solliciteert bij een beroemde fotograaf, maar ze is niet de enige.

Hals over kop *Head Over Heels*
Als de nieuwe buurman je oude grote liefde is, dan kan het leven heel ingewikkeld worden.

Geknipt voor Miranda *Miranda's Big Mistake*
Een man is net een trein, er komt altijd een volgende!

De boot gemist *Perfect Timing*
Poppy Dunbar ontmoet op een vrijgezellenavond de man van haar dromen.

Millies flirt *Millie's Fling*
Millie vindt het wel best, een manloze zomer. Tot ze Hugh ontmoet.

Niet storen! *Staying at Daisy's*
In het hotel van de spontane Daisy is het nooit saai.

Kiezen of delen *Nadia Knows Best*
Nadia wordt gered door een knappe vreemdeling. Nu moet zij...

Gemengd dubbel *Mixed Doubles*
Drie vriendinnen gaan vol goede voornemens het nieuwe jaar in. Maar het lot heeft andere plannen.

Geluk in het spel *Good at Games*
Suzy valt nota bene voor de agent die haar een boete geeft... maar na hun tweede ontmoeting is hij verdwenen.

De prins op het verkeerde paard *Falling for You*
Voor Maddy en Kerr is het liefde op het eerste gezicht. Tot ze ontdekt wat zijn achtergrond is.

Schot in de roos *The One You Really Want*
Nancy vertrekt naar Londen voor een nieuw leven. Al snel ontmoet ze haar nieuwe, knappe buurman Connor.

En de minnaar is... *Making Your Mind Up*
Lottie is helemaal niet op zoek naar liefde, tot ze haar nieuwe baas Tyler ontmoet.

Ondersteboven *Thinking of You*
Ginny wordt door een lange, knappe man van diefstal beschuldigd en is totaal...

Scherven brengen geluk *An Offer You Can't Refuse*
Lola voelt meteen weer kriebels als ze haar oude liefde Doug terugziet.

Eenmaal andermaal verliefd *Rumour Has It*
Tilly Cole raakt verstrikt in de intriges en rivaliteit rondom de aantrekkelijkste man van de stad.

Versier me dan *Take a Chance on Me*
Cleo wordt versierd door de liefste man van de wereld.

De smaak te pakken *To the Moon and Back*
Vindt Ellie na maanden verdriet weer ruimte voor verliefdheid?

Drie is te veel *Two's Company*
Cass ontdekt dat haar man niet zo perfect is als ze dacht.

Vlinders voor altijd *A Walk in the Park*
Lara komt opeens haar vriendje van vroeger tegen. Voor ze het weet voelt ze weer vlinders.

Huisje boompje feestje *Don't Want to Miss a Thing*
Er is meteen een enorme aantrekkingskracht tussen Molly en haar nieuwe buurman.

Rozengeur en zonneschijn *The Unpredictable Consequences of Love*
Voor Sophie geen relatie meer, echt niet! Maar dan ontmoet ze Josh en wordt ze tot haar afgrijzen toch verliefd.

Je bent geweldig *Three Amazing Things About You*
Hallie heeft een geheim: ze is verliefd op de perfecte man. Maar het zal nooit wat kunnen worden, want Hallie heeft niet lang meer te leven.

Lang leve de liefde *You and Me, Always*
Wanneer Lily op haar verjaardag de allerlaatste brief van haar overleden moeder opent, krijgt ze de verrassing van haar leven.

Ik zie je op het strand *Meet Me at Beachcomber Bay*
Clemency ontmoet Sam in het vliegtuig, maar verliest hem uit het oog. Drie jaar later blijkt hij de nieuwe vriend van haar verwaande stiefzus te zijn.

Stuur me een berichtje *This Could Change Everything*
Essie verliest alles als een persoonlijke brief per ongeluk viral gaat. Maar dan ontmoet ze Lucas.

Ik wil met je mee! *Maybe This Time*
Telkens wanneer Mimi's pad dat van Cal kruist voelt ze dat er iets meer is dan alleen maar vriendschap. Zal het juiste moment voor hen beiden ooit aanbreken?

Heerlijk duurt het langst *It Started With a Secret*
Lainey kan haar gevoelens voor Seth maar moeilijk verborgen houden. Maar ze blijkt niet de enige met een geheim...

Tot aan de zon en terug *And Now You're Back*
Didi krijgt de schrik van haar leven als ze na dertien jaar weer oog in oog staat met Shay Mason, haar eerste liefde. Zijn onverwachte bezoek dreigt lang verborgen geheimen aan het licht te brengen...

De zomer van je leven *Should I Tell You*
Amber heeft een geheim; ze is verliefd op Lachlan – haar beste vriend! Ze weet dat het nooit kan werken. Bovendien maakt ze zich zorgen om haar pleegvader Teddy. Is zijn nieuwe vriendin wel zo perfect als ze lijkt?

Het zonnetje in huis *Can You Keep a Promise?*
Wie had kunnen denken dat de excentrieke Edgar de oplossing zou hebben voor Lou's problemen? Het enige wat ze hoeft te doen, is zwijgen over de voorwaarde. Maar kan ze die belofte wel houden?